O QUARTO VERMELHO

Outras obras da autora publicadas pela Record

Mata-me de prazer
Sob a pele

NICCI FRENCH

O QUARTO VERMELHO

Tradução de
FLÁVIA RÖSSLER

EDITORA RECORD
RIO DE JANEIRO • SÃO PAULO

2006

CIP-Brasil. Catalogação-na-fonte
Sindicato Nacional dos Editores de Livros, RJ.

French, Nicci, 1959-
F94q O quarto vermelho / Nicci French; tradução Flávia Rössler.
- Rio de Janeiro: Record, 2006.

Tradução de: The red room
ISBN 85-01-06745-8

1. Ficção policial. 2. Romance inglês. I. Rössler, Flávia.
II. Título.
06-1380

CDD - 823
CDU - 821.111-3

Título original inglês:
The red room

Arte-final de capa: Tita Nigrí

Impresso no Brasil

ISBN 85-01-06745-8

PEDIDOS PELO REEMBOLSO POSTAL
Caixa Postal 23.052
Rio de Janeiro, RJ – 20922-970

EDITORA AFILIADA

Para Karl, Fiona e Martha.

Cuidado com dias bonitos. Coisas ruins acontecem em dias bonitos. Talvez seja porque quando uma pessoa está feliz, fica desatenta. Cuidado ao fazer planos. Você se concentra neles e é nesse momento que as coisas começam a desaparecer de seu campo de visão.

Certa vez, ajudei meu orientador na universidade a realizar uma pesquisa sobre acidentes. Nossa equipe entrevistou pessoas que tinham sido atropeladas, feridas ao operar máquinas, vítimas de acidentes de automóveis. Elas tinham ficado encurraladas em incêndios, rolado alguns degraus ou caído do alto de escadas. Cordas haviam arrebentado, cabos se rompido, pessoas tinham atravessado soalhos, paredes desmoronaram, tetos desabaram sobre suas cabeças. Não há um único objeto no mundo que não possa voltar-se contra você. Se não houver o risco de cair em sua cabeça, ele no mínimo se tornará escorregadio, poderá cortá-lo, ser engolido ou escapar de suas mãos. E quando os objetos estão nas mãos de seres humanos, bem, aí a história muda de figura.

É lógico que tivemos alguns problemas com nossa pesquisa. Um número considerável de vítimas de acidentes não pôde participar de nossas pesquisas porque tinha morrido. Essas pessoas teriam contado uma história diferente? No momento em que o cinto de segurança se soltou e o limpador de janelas caiu do vigésimo andar, as esponjas ainda nas mãos, teria ele pensado em alguma coisa diferente de "estou fodido!"? Quanto aos outros, eram pessoas que, no momento do acidente, mostravam-se cansadas, felizes, clinicamente deprimidas, bêbadas, drogadas, incompetentes, mal treinadas, distraídas ou haviam sido apenas vítimas de equipamentos defeituosos ou do que poderíamos única e relutantemente caracterizar como azar, mas todas tinham algo em comum. Suas mentes estavam concentradas em alguma outra coisa naquele momento. Mas então é essa a definição de acidente. É algo que intercepta de repente a nossa concentração, como um agressor numa rua deserta.

Quando chegou a hora de avaliar os resultados da pesquisa, nosso trabalho foi ao mesmo tempo fácil e difícil. Fácil, porque quase todas as conclusões eram óbvias. Como vem escrito nas garrafas, não opere equipamentos pesados quando beber demais. Não remova o dispositivo de segurança de uma máquina impressora ainda que ele aparente estar solto, e não peça a um garoto de 15 anos que a opere durante um período de experiência de uma semana. Olhe para os dois lados antes de atravessar a rua.

Mas tivemos problemas até mesmo com essa última regra. Estávamos tentando resgatar coisas que tinham permanecido à margem da mente das pessoas e colocá-las diante de seus olhos. O problema óbvio nesse caso é que ninguém consegue colocar tudo diante dos olhos de alguém. Se nos viramos para encarar uma fonte de perigo, pode ser que um outro perigo apareça furtivamente às nossas costas. Quando você olha à esquerda, corre o risco de levar um golpe pela direita.

Talvez fosse esse o ensinamento que nos proporcionariam as pessoas mortas. E talvez não queiramos escapar de todos esses acidentes. Todas as vezes em que me apaixonei, nunca foi pela pessoa com a qual eu sonhava nem pelo rapaz simpático que minhas amigas tinham me apresentado. Não que tenha sido obrigatoriamente pelo homem errado, mas em geral era pela pessoa que não estava destinada a fazer parte de minha vida. Passei certa vez um verão adorável com um rapaz que conheci porque era amigo de uma amiga que veio ajudar minha melhor amiga a fazer a sua mudança para um novo apartamento. O amigo que estava sendo esperado precisou participar de uma partida de futebol porque o jogador titular havia quebrado a perna.

Sei de tudo isso. Mas saber não resolve nada. Ajuda apenas a compreender um fato depois que ele ocorreu. Às vezes, nem então. Mas ele ocorreu. Não há dúvida. E acredito que tudo tenha começado quando eu estava olhando para o outro lado.

Foi num belo final de tarde de maio. Alguém bateu na porta de minha sala e, antes que eu pudesse dizer alguma coisa, ela se abriu e o rosto sorridente de Francis apareceu.

— Suas consultas foram canceladas — disse ele.

— Eu sei — respondi.

— Portanto, você está liberada...

— Bem... — comecei. Na Clínica Welbeck era sempre perigoso uma pessoa admitir que estava efetivamente liberada. Alguém achava sempre alguma coisa para lhe pedir, que era em geral alguma das coisas com as quais os mais antigos na clínica não queriam se ocupar.

— Pode fazer uma avaliação para mim? — perguntou-me Francis rapidamente.

— Bem...

Ele abriu um largo sorriso.

— É claro que o que quero mesmo dizer é "Faça uma avaliação para mim", mas uso um rodeio convencional para mostrar que sou uma pessoa bem-educada.

Uma das desvantagens de trabalhar numa clínica psiquiátrica era ter que responder a pessoas como Francis Hersh que, em primeiro lugar, não conseguem dar um bom-dia sem colocá-lo entre aspas e acrescentar uma análise instantânea do que estão dizendo; e, em segundo lugar... bem, prefiro nem começar. Tratando-se de Francis, o segundo lugar seria seguido do terceiro e assim por diante até o décimo, e ainda levaria muito tempo até o assunto se esgotar.

— Sobre o quê?

— Questão policial. Encontraram alguém gritando na rua, ou algo parecido. Você já estava indo embora?

— Estava.

— Ótimo, então. Basta você dar uma parada na estação de Stretton Green, no seu caminho de casa, dar uma olhada no sujeito e depois o pessoal pode mandá-lo passear.

— Tudo bem.

— Pergunte pelo detetive Furth. Ele está esperando por você.

— Quando?

— Cinco minutos atrás.

Telefonei para Poppy já em cima da hora e disse-lhe que estaria alguns minutos atrasada para nosso drinque. Apenas um imprevisto de trabalho.

Quando um indivíduo faz alguma coisa que perturba a paz alheia, pode ser extremamente difícil avaliar se o cara é muito chato, se está bêbado, mental ou fisicamente doente, perturbado, se está sendo mal compreendido, se é detestável porém inofensivo ou, o que raramente acontece, se constitui uma ameaça real. Em geral a polícia reage a essas situações de maneira arbitrária, chamando-nos apenas em casos extremos e de perigo evidente. No entanto, um ano antes, um homem que tinha sido detido e depois liberado voltou duas horas mais tarde a uma rua movimentada das redondezas com um machado na mão. Dez pessoas foram feridas e uma delas, uma mulher de mais de oitenta anos, morreu alguns dias depois. Foi instaurado um inquérito, cujo resultado foi divulgado há um mês, e por isso, por enquanto, a polícia estava nos convocando regularmente.

Eu já estivera no local várias vezes, com Francis ou sozinha. O que nos parecia engraçado, embora a situação não tivesse graça nenhuma, era que, ao nos esforçarmos para fazer uma avaliação competente sobre aquelas pessoas sentadas numa sala da estação Stretton Green, em sua maioria tristes, atônitas e fedorentas, estávamos basicamente fornecendo um álibi para a polícia. Da próxima vez que as coisas saíssem erradas, poderiam jogar a culpa em nós.

O detetive Furth era um homem bonito, não muito mais velho do que eu. Quando me cumprimentou, tinha uma expressão divertida e quase insolente, que me fez olhar nervosamente para as minhas roupas para ter certeza de que nada estava fora do lugar. Depois de alguns instantes, percebi que essa era sua expressão permanente, a viseira que o protegia do mundo. Ele tinha cabelos louros, que penteava para trás, e as linhas retas do queixo pareciam ter sido traçadas com régua. Sua pele era levemente marcada. Ele deve ter tido acne na adolescência.

— Dra. Quinn — ele disse com um sorriso, estendendo a mão. — Pode me chamar de Guy. Sou novo aqui.

— Prazer em conhecê-lo — respondi, fazendo uma careta de dor pela força do seu aperto de mão.

— Não sabia que você era tão... tão... jovem.

— Desculpe-me — comecei, mas logo me interrompi. — Que idade eu precisava ter?

— Agora você me pegou — disse ele, com o mesmo sorriso. — E você é Katherine... Kit, para facilitar. O dr. Hersh me disse.

Kit era o diminutivo usado por meus amigos. Eu nem sabia mais desde quando era chamada assim, mas ainda ficava sem graça quando uma pessoa estranha o usava, como se tivessem me surpreendido nua no meu quarto.

— Então, onde está ele?

— Por aqui. Aceita um chá ou um café?

— Obrigada, estou com um pouco de pressa.

Ele conduziu-me pela ampla sala sem divisórias, parando numa escrivaninha para pegar uma caneca em formato de bola de rúgbi com a parte de cima cortada, como um ovo quente.

— Minha caneca da sorte — disse, enquanto cruzávamos uma porta no outro extremo. Ele parou diante da sala de interrogatório.

— E então, quem vou encontrar? — perguntei.

— Um tarado chamado Michael Doll.

— E?

— Ele estava perambulando perto de uma escola primária.

— Ele abordou alguma criança?

— Não diretamente.

— Então, o que ele está fazendo aqui?

— Os pais dos alunos das redondezas criaram um grupo de ação. Distribuíram folhetos. Eles o reconheceram e as coisas se complicaram um pouco.

— Invertendo a pergunta, o que estou fazendo aqui?

Furth se fez de desentendido.

— Você tem experiência com esse tipo de coisa, não é mesmo? Disseram que trabalha em Market Hill.

— Parte do tempo, sim.

Na verdade, divido meu tempo entre Market Hill, um hospital para delinqüentes psicopatas, e a Clínica Welbeck, que oferece assistência à classe média em momentos de depressão.

— Bem, ele é esquisito. Diz coisas sem sentido, fica conversando baixinho consigo mesmo. Estávamos imaginando se seria esquizofrênico, ou alguma coisa parecida.

— O que sabem sobre ele?

Furth deu uma fungada, como se conseguisse detectar o fedor do homem do outro lado da porta.

— Vinte e nove anos. Sem grande qualificação. Fez algum serviço como motorista de rádio-táxi.

— Ele tem algum registro de delito sexual?

— Um pouco disso, um pouco daquilo. Uma boa dose de exibicionismo.

Sacudi a cabeça.

— Nunca pensaram que isso tudo não faz muito sentido?

— E se ele for realmente perigoso?

— Você gostaria de saber se ele seria capaz de fazer alguma coisa violenta no futuro? É o tipo de pergunta que eu fazia à minha supervisora quando comecei a trabalhar na clínica. Ela respondia que era quase certo que não conseguiríamos identificar isso por antecipação e que depois todos se sentiriam terrivelmente culpados.

O rosto de Furth se contraiu.

— Conheci canalhas como Doll, depois de eles cometerem seus crimes. Mas aí a defesa sempre consegue alguém para falar sobre a infância difícil que tiveram.

Michael Doll tinha fartos cabelos castanhos encaracolados que lhe chegavam aos ombros e seu rosto era fino, com faces proeminentes. Seus traços eram estranhamente delicados. Os lábios, em particular, pareciam os de uma mulher jovem, com a curva superior pronunciada. Mas era um pouco estrábico, e era difícil dizer se estava olhando para mim ou em outra direção. A pele tinha o bronzeado de quem passa muito tempo ao ar livre. A impressão que se tinha ao vê-lo era de que estava desconfortável o tempo todo. Suas grandes mãos calosas estavam apertadas, como se uma tentasse impedir a outra de tremer.

Ele vestia *jeans* e um moletom cinza que não teria parecido especialmente esquisito se não fosse o volumoso suéter cor de laranja usado por baixo e que o moletom não chegava a cobrir. Eu conseguia ver como, em outra vida, em outro mundo, ele poderia ter sido atraente, mas a esquisitice pairava sobre ele como um mau cheiro.

Quando entramos ele falava apressadamente coisas quase ininteligíveis para uma policial com ar de entediada. Ela recuou com visível alívio quando sentei-me na frente de Michael Doll, do outro lado da mesa, e me apresentei. Não tirei da bolsa meu bloco de anotações. Provavelmente não haveria necessidade.

— Tenho algumas perguntas muito simples a lhe fazer — eu disse.

— Eles estão atrás de mim — murmurou Doll. — Estão querendo me forçar a contar coisas.

— Não estou aqui para falar sobre o que você fez. Quero apenas saber como está. Tudo bem?

Ele olhou em torno com cara de desconfiado.

— Não sei. Você é da polícia?

— Não. Sou médica.

Ele arregalou os olhos.

— Acha que estou doente? Ou maluco?

— O que você acha?

— Que estou muito bem.

— Ótimo — repliquei, detestando o tom paternalista de minha voz. — Está tomando algum medicamento? — Ele pareceu não entender. — Remédios? Comprimidos?

— Tomo coisas porque sofro de indigestão. Tenho dores. Depois de comer. — Ele bateu de leve no peito.

— Onde você mora?

— Tenho um quarto. Em Hackney.

— Mora sozinho?

— Moro. Alguma coisa errada com isso?

— Não. Eu moro sozinha, também.

Doll deu um leve sorriso, mas não me pareceu um sorriso simpático.

— Você tem namorado?

— E você?

— Não sou veado, fique sabendo.

— Eu quis dizer namorada, é claro.

— Você primeiro — ele disse secamente.

Ele era muito esperto. Manipulador, até. Mas não muito mais louco do que qualquer outra pessoa na sala.

— Estou aqui para saber coisas sobre você — continuei.

— Você é como eles — disse ele, com a voz trêmula de raiva. — Quer que eu caia na sua armadilha e diga alguma coisa.

— Minha armadilha seria para você dizer o quê?

— Não sei, eu... eu... — Ele começou a gaguejar e as palavras não saíam. Ele apertou com força a borda da mesa. Uma veia na sua têmpora pulsava forte.

— Não tenho nenhuma armadilha para você, Michael — eu disse, levantando-me. Olhei para Furth.

— Acabei.

— E?

— Na minha opinião, ele está bem.

Ao meu lado eu podia ouvir Doll, como um rádio que alguém tivesse esquecido de desligar.

— Não vai perguntar o que ele estava fazendo perto da escola?

— Para quê?

— Porque ele é um pervertido, só por isso — disse Furth, finalmente sem sorrir. — Ele é um perigo para os outros, e devia ser impedido de circular no meio das crianças. — Isso ele disse para mim. Depois, dirigiu-se a Doll, por cima de meu ombro. — Não pense que isto o ajuda em alguma coisa, Mickey. Conhecemos você muito bem.

Olhei na direção de Doll. Ele estava estático, a boca aberta, como se fosse um sapo ou um peixe. Dei-lhe as costas para sair da sala e a partir daquele instante tive apenas *flashes* de consciência. O barulho de algo se espatifando. Um grito. Um empurrão. A sensação de que um lado de meu rosto se rasgava de cima a baixo. Uma sensação quase audível. Seguida logo depois por um jato quente no rosto e pescoço. O chão vindo ao meu encontro. A pancada forte no linóleo. Um peso sobre mim. Gritos. Outras pessoas ao meu redor. O esforço para me erguer, mas sempre escorregando. Minha mão estava molhada. Olhei para ela. Sangue. Sangue por todo lado. Tudo estava vermelho. Uma quantidade incrível por toda parte. Eu estava sendo arrastada, levada.

Era um acidente. Eu era o acidente.

Um

— E eu disse "Sim, sim, é claro que acredito em Deus", mas Deus pode ser o vento nas árvores e o relâmpago no céu. — Ele inclinou o corpo à frente e apontou para mim com o garfo, esse homem com o qual eu não iria para casa no final da noite, e cujo número de telefone perderia. — Deus pode ser a sua consciência. Deus pode ser um nome para amor. Deus pode ser o Big Bang. "Sim" eu disse, "acredito que até o Big Bang seja merecedor de sua fé". Mais um pouco de vinho?

Esse era o estágio da noite a que tínhamos chegado. Seis garrafas de vinho entre os oito, e ainda não havíamos acabado o prato principal. Torta de peixe meio amolecida e ervilhas. Poppy é uma das piores cozinheiras que conheço. Ela faz quantidades industriais de uma comida sofrível para creches. Olhei para ela. Seu rosto estava vermelho. Ela discutia com Cathy e gesticulava enfaticamente, inclinada à frente. Uma de suas mangas roçava a comida. Era uma pessoa autoritária, ansiosa, tímida, talvez infeliz, sempre generosa — e estava oferecendo esse pequeno jantar para comemorar minha recuperação e meu iminente retorno ao trabalho. Ela percebeu meu olhar e olhou para mim também. Sorriu, e seu sorriso fez com que parecesse subitamente muito jovem, como a estudante que eu conhecera há dez anos.

A luz de velas torna as pessoas bonitas. Os rostos ao redor da mesa estavam luminosos, misteriosos. Olhei para Seb, marido de Poppy, médico psiquiatra. Nossos territórios são limítrofes. Foi o que ele me disse um dia. Eu nunca pensara em mim como dona de um território, mas ele às vezes parecia um cão de guarda patrulhando sua área, latindo para quem fizesse menção de chegar perto demais. Seus traços pronunciados, inquiridores, eram suavizados pela tênue luz vacilante. Cathy não estava mais morena e pesada, mas dourada e delicada. Seu marido, na outra extremidade da mesa, estava envolto em sombras secretas. O homem à minha esquerda ficava entre tons de claro e escuro.

— Eu disse para ela: "Todos nós precisamos acreditar em alguma coisa. Deus pode ser nossos sonhos. Todos nós precisamos sonhar."

— É verdade. — Enfiei uma garfada de peixe na boca.

— Amor. "O que é a vida sem amor?", perguntei. — E ele levantou a voz e repetiu para todos à mesa: — O que é a vida sem amor?

— Ao amor — disse Olive à minha frente, levantando seu copo vazio e dando uma risada que parecia o repique de um sino rachado. Ela era alta, tinha a pele bem escura, nariz aquilino e cabelos pretos azulados presos espetacularmente no topo a cabeça. Sempre pensei que ela parecia mais uma modelo do que uma enfermeira do serviço geriátrico. Ela chegou o corpo para a frente e plantou um grande e sonoro beijo na boca de seu novo namorado, que afundou na cadeira com ar de espanto.

— Alguém quer mais torta de peixe?

— Você tem alguém na sua vida? — murmurou meu vizinho. Ele na verdade parecia meio bêbado. — Alguém que você ame?

Pisquei os olhos e tentei não lembrar. Uma outra festa, uma fase anterior de minha vida, antes de eu quase morrer e voltar para a vida como uma mulher com o rosto cortado por uma cicatriz: Albie em um quarto de hóspedes na casa de um estranho, com uma outra pessoa. As mãos dele no vestido cor de morango dela, fazendo deslizar as alças pelos ombros; os seios cremosos da garota avolumando-se em suas mãos. Os olhos fechados dela, a cabeça jogada para trás, o batom de cor viva borrado. Ele disse "Não, não, não devemos", com a voz encharcada de álcool, mas deixou-a prosseguir, lânguido e passivo, enquanto seus dedos o despiam. Eu tinha ficado estática no alpendre, os olhos fixos neles, sem condições de me mover nem de falar. Há somente um determinado número de coisas que se pode fazer no sexo, eu pensara na ocasião, observando a cena; todos os gestos que acreditamos nossos pertencem a outras pessoas também. O modo como ela esfregava o dedão no lábio inferior dele. Eu faço isso. Depois Albie me viu e pensei: Há somente um determinado número de maneiras de você pegar quem você ama com outra pessoa. Que falta de originalidade. Sua linda camisa presa pelo cinto e pendurada ao redor do corpo. Tínhamos olhado nos olhos um do outro, a mulher fazendo poses lânguidas entre nós. Continuamos a nos olhar e eu podia ouvir as batidas do meu coração. O que é a vida sem amor?

— Não — respondi. — No momento, ninguém.

Poppy bateu várias vezes com o garfo no seu copo. No andar de cima, ouvi um grito de criança. Um barulho surdo ressoou no teto acima de nós. Seb franziu a testa.

— Quero fazer um brinde — disse ela e limpou a garganta.

— Esperem, precisamos encher os copos.

— Três meses atrás, Kit passou por aquele terrível... aquele... acontecimento terrível...

Meu vizinho virou-se e olhou meu rosto. Ergui a mão para cobrir a cicatriz, como se seu olhar a fizesse queimar.

— Ela foi atacada por um maluco.

— Bem... — comecei a protestar.

— Todos os que a viram naquela cama de hospital, como eu, que viram o que ele fez com ela... Bem, ficamos desesperados. — A bebida e a emoção fizeram a voz de Poppy tremer. Baixei os olhos para meu prato, o rosto ardendo pelo embaraço. — Mas ninguém deve julgá-la pela aparência. — Foi a vez dela ficar vermelha. Inquieta, olhou para mim. — Não estou falando da... vocês sabem. — Levei a mão ao rosto novamente. Eu agora fazia isso sempre, o gesto de autoproteção que não conseguira fazer na ocasião. — Ela pode parecer frágil, mas é uma mulher forte, valente, e sempre foi uma batalhadora. Agora ela está entre nós de novo, segunda-feira volta ao trabalho, e esta noite é dela. Quero que todos ergam seus copos para celebrar sua recuperação e... bem, é só isso, na verdade. Nunca tive muito talento para fazer discursos, mas não importa. À nossa querida Kit.

— A Kit — todos repetiram em coro. Os copos, erguidos bem alto, tilintaram por cima do que sobrara da refeição. Rostos afogueados, sorrindo para mim, se diluíam na penumbra e de novo tomavam forma com a claridade das velas. — Kit.

Consegui dar um sorriso. Na verdade não queria nada daquilo e não me sentia à vontade.

— Vamos lá. Kit, faça um discurso — disse Seb, sorrindo para mim. Todos provavelmente conheciam seu rosto, ou pelo menos sua voz. Já o tinham ouvido opinar sobre todos os assuntos, da motivação de assassinos em série a pesadelos de crianças de tenra idade até histeria coletiva. Ele é gentil comigo, sorri e faz o possível para que eu me sinta à vontade, mas na verdade acho que ele me vê como uma principiante, sem grandes perspectivas na profissão que considera sua. — Você não pode ficar sentada nos olhando com esse seu jeito doce e tímido, Kit. Diga alguma coisa.

— Tudo bem, então. — De repente pensei em Michael Doll, atravessando a sala com ímpeto, a mão levantada. Revi seu rosto, o cintilar de seus olhos. — Não sou realmente uma batalhadora. Na verdade, sou o oposto, eu...

Um grito muito alto veio do andar de cima e logo a seguir mais um.

— Oh, pelo amor de Deus — disse Poppy, levantando-se da cadeira. — Outras crianças já estão dormindo às dez e meia da noite, não brigando desse jeito. Aguardem um momento, por favor, volto já.

— Não, eu vou — me ofereci, empurrando a cadeira para trás.

— Não seja boba.

— Vou sim. Não vi as crianças a noite toda. Quero dar-lhes boa-noite.

Saí da sala praticamente correndo. Enquanto subia as escadas, ouvi pesadas passadas que avançavam pelo corredor e gemidos abafados. Amy e Megan estavam deitadas, cobertas até o queixo. Megan, de sete anos, fingia dormir, embora suas pálpebras tremessem pelo esforço de mantê-las fechadas. Amy, de cinco, estava de olhos arregalados. Ao lado dela, no travesseiro, um coelho de veludo com olhos de contas de vidro e orelhas gastas.

— Olá, meninas — cumprimentei, sentando-me aos pés da cama de Amy. Sob a luz da lâmpada de cabeceira, pude ver uma mancha vermelha no seu rosto.

— Kitty — disse Amy. Além de Albie, elas eram as únicas pessoas que me chamavam de Kitty. — Megan bateu em mim.

Megan sentou-se, indignada.

— Mentirosa! Mas de qualquer jeito, ela me arranhou. Veja. Olhe as marcas. — Ela ergueu a mão.

— Ela disse que eu sou burra como um passarinho.

— Eu não disse isso!

— Vim apenas desejar boa-noite a vocês.

Olhei para elas quando sentaram-se em suas camas, cabelos despenteados, olhos brilhantes e rostos vermelhos.

Encostei a mão na testa de Amy. Estava quente e úmida. Senti nela um nítido cheiro de sabonete e suor infantil. Ela tinha sardas no nariz e queixo fino.

— Já é tarde — falei.

— Amy me acordou — queixou-se Megan.

— Oh! — A boca de Amy abriu-se num perfeito círculo que demonstrava sua indignação.

No andar de baixo, eu podia ouvir o burburinho de vozes, o tilintar dos talheres na louça, alguém rindo.

— O que posso fazer para que vocês durmam?

— Dói? — Amy cutucou meu rosto com o dedo, o que fez com que eu me encolhesse.

— Agora não dói mais.

— Mamãe diz que foi uma pena — disse Megan.

— Ah, é?

— E também disse que Albie foi embora. — Albie fazia cócegas nelas, dava-lhes pirulitos, soprava dentro das mãos postas para imitar a voz de uma coruja.

— É verdade.

— Você não vai ter bebês, então?

— Cale a boca, Amy, isso é falta de educação.

— Talvez um dia — respondi. Senti um nó no estômago de saudade. — Mas não agora. Querem que eu conte uma história?

— Queremos — responderam as duas juntas, triunfantes. Elas haviam me conquistado.

— Uma curta, então. — Puxei pela memória tentando encontrar alguma que servisse. — Era uma vez uma menina que morava com suas duas irmãs muito feias e...

Um protesto conjunto veio das duas camas.

— Não, essa não.

— A Bela Adormecida, então? Os Três Porquinhos? Cachinhos Dourados?

— Todas muito chatas. Conte uma inventada por você — disse Megan. — Uma da sua cabeça.

— Sobre duas meninas... — sugeriu Amy.

— ...chamadas Amy e Megan...

— ...e a aventura delas num castelo.

— Tudo bem, tudo bem. Vamos lá. — Comecei a falar sem ter idéia de como continuaria. — Era uma vez duas meninas chamadas Megan e Amy. Megan tinha sete anos e Amy cinco. Um dia elas se perderam.

— Como?

— Elas saíram para passear com seus pais, mas caiu a noite e logo depois começou um enorme temporal, com trovões, relâmpagos e um vento muito forte que uivava por todos os lados. Elas se esconderam dentro de uma árvore oca, mas quando a chuva parou perceberam que estavam sozinhas numa floresta escura, e que não sabiam como voltar para casa.

— Muito boa — disse Megan.

— Então Megan disse que elas deviam caminhar até encontrar alguma casa.

— E o que foi que eu disse?

— Amy disse que elas deviam comer as amoras que havia por perto, para não morrer de fome. Elas caminharam, caminharam, caminharam. E enquanto caminhavam, caíram no chão e machucaram o joelho. A noite ficou cada vez mais escura, os relâmpagos recomeçaram e grandes pássaros pretos cruzavam a frente delas, com gritos horríveis. Elas viam olhos que as espiavam por trás dos arbustos. Olhos de animais.

— Panteras.

— Acho que não havia panteras naquela...

— Panteras — insistiu Megan.

— Tudo bem, panteras. De repente, Megan viu uma luz que brilhava através das árvores.

— E eu?

— Amy também a viu ao mesmo tempo. As duas caminharam na direção da luz. Quando chegaram perto, descobriram que ela vinha de uma lâmpada pendurada numa porta de madeira abaulada. Era a porta de uma grande casa em ruínas. O lugar era assustador, parecia mal-assombrado, mas elas estavam tão cansadas e com tanto frio e medo que decidiram arriscar. Bateram na porta e ouviram um som ecoar no interior da casa, como a batida de um tambor. — Fiz uma pausa. Elas estavam em silêncio, de boca aberta. Continuei: — Mas ninguém apareceu, e cada vez mais pássaros pretos gritavam ao redor, até que uma verdadeira nuvem negra de pássaros cobriu o céu. Pássaros pretos, clarão de relâmpagos, estrondo de trovões e galhos de árvores balançando furiosamente com o vento. Então Megan empurrou com dificuldade a porta, que abriu-se com um rangido. Amy pegou a lâmpada a óleo da porta e as duas meninas entraram juntas na casa em ruínas. Elas deram-se as mãos e olharam ao redor. Viram um grande corredor, com água escorrendo pela parede. Seguiram por ele até chegarem a uma sala. Era toda pintada de azul e tinha uma fonte azul borbulhante no centro e um teto azul muito alto. Ouviram o ruído de ondas rebentando na costa. Era uma sala de água, de oceanos e de lugares distantes e elas compreenderam que estavam mais longe de casa do que nunca. Então caminharam um pouco mais e chegaram a outra sala. Essa era verde e tinha samambaias e árvores em grandes vasos, que as fizeram lembrar-se dos parques onde gostavam de brincar, e elas sentiram uma enorme saudade de casa. Então caminharam um pouco mais e chegaram a uma terceira peça. A porta estava fechada. Essa estava pintada de vermelho. Por alguma razão, sentiram muito medo antes mesmo de abrirem a porta.

— Por quê? — perguntou Megan. Ela estendeu a mão e a segurei entre as minhas.

— Atrás da porta vermelha havia o quarto vermelho. Elas sabiam que dentro dele encontrariam todas as coisas das quais tinham muito medo. Coisas diferentes para Megan e para Amy. Do que você mais tem medo, Megan?

— Não sei.

— De estar num lugar muito alto?

— É. E de cair de um barco e morrer. E do escuro. E de tigres. E de crocodilos.

— Isso é o que havia dentro do quarto vermelho para Megan. E Amy?

— Amy tem pavor de aranhas — disse Megan com entusiasmo. — Ela grita.

— É, e de cobras venenosas. Fogos de artifício explodindo nos meus cabelos.

— Certo. Então o que é que Megan e Amy fazem a seguir?

— Saem correndo.

— Não, não. Elas querem ver o interior do quarto. Querem ver os tigres, os barcos, os crocodilos...

— E as cobras venenosas...

— E as cobras venenosas. Então elas empurram a porta, entram no quarto vermelho, olham ao redor e vêem que tudo é vermelho. Teto vermelho, paredes vermelhas, chão vermelho.

— Mas o que havia lá dentro? — perguntou Megan. — Onde estavam os crocodilos?

Fiquei calada, perplexa. O que havia realmente no quarto vermelho? Eu não tinha pensado nessa parte da história. Por um instante, achei divertida a idéia de um tigre de verdade que comeria as duas.

— Havia um pequeno tigre de pelúcia — respondi. — E um crocodilo de pelúcia.

— E uma cobra de pelúcia.

— Sim, e um pequeno barco de brinquedo, além de coisas boas para comer e uma cama grande e macia. E os pais de Megan e Amy. Então eles puseram as duas na cama, deram-lhes um grande beijo e elas adormeceram.

— Com a luz de cabeceira acesa.

— Com a luz de cabeceira acesa.

— Quero outra história — pediu Megan.

Inclinei-me e beijei as duas testas mal-humoradas.

— Da próxima vez — falei e saí do quarto.

— O final da história foi um pouco apressado, na minha opinião. — Levei um susto e olhei para trás. Seb sorria para mim.

— De onde você a tirou? Da coleção de contos infantis de Bruno Bettelheim?

Ele falou com um sorriso nos lábios, mas respondi com ar sério.

— Foi um sonho que tive no hospital.

— Mas não acredito que houvesse brinquedos e uma cama gostosa no seu quarto vermelho.

— Não.

— Havia o quê?

— Não sei — respondi. Eu estava mentindo. Senti um nó no estômago ao lembrar-me da realidade.

Mais tarde, recusei a oferta de carona de meu amigo bêbado que acreditava que Deus era o Big Bang, e percorri a pé o quilômetro e meio que separavam a casa de Poppy e Seb de meu apartamento, em Clerkenwell. O vento frio e úmido soprava no meu rosto, e minha cicatriz formigava levemente. Uma meia-lua flutuava entre nuvens esparsas, acima da claridade alaranjada das lâmpadas da rua. Eu me sentia feliz e triste e também um pouco bêbada. Eu tinha feito meu discurso — sobre como a amizade ajudou na minha recuperação, e todas as frases banais mas sinceras sobre o maior valor que eu dava à vida agora — e comido doce de maçã. Tinha dado uma desculpa e ido embora. Agora estava sozinha. Meus passos ecoavam nas ruas desertas e eu evitava poças cintilantes e latas vazias.

Em casa, havia uma mensagem de meu pai na secretária eletrônica. "Alô", ele falou, com voz queixosa. Depois de uma pausa, prosseguiu: "Alô? Kit? É seu pai." Só isso.

Eram duas horas da manhã, mas eu estava completamente sem sono, e meu cérebro zumbia. Preparei uma xícara de chá — é tão fácil quando é para uma pessoa só. Um saquinho e água fervendo por cima; depois, um pouco de leite. Às vezes como em pé, na frente da geladeira, ou caminhando pela cozinha. Uma fatia de queijo, uma maçã, um sanduíche comprado pronto e com a data da validade vencida, um biscoito que mastigo enquanto estou com a cabeça em outro lugar. Suco de laranja bebido diretamente da caixa. Albie costumava preparar enormes refeições bem elaboradas — muita carne, ervas, temperos; caçarolas ferviam e transbordavam; queijos com formatos estranhos repousavam no peitoril da janela; garrafas de vinho abertas antecipadamente; muito riso e muita conversa fiada em todos os cômodos. Sentei-me no sofá e bebi meu chá em pequenos goles. E como eu estava sozinha e me sentia melancólica, tirei da bolsa a fotografia.

Ela tinha a minha idade na época, eu sabia, mas parecia absurdamente jovem e distante no tempo. Como uma criança que vai para um lugar longínquo; alguém a quem vemos de relance através de um portão no fundo do jardim. Ela estava sentada num gramado, diante de uma árvore e vestia *short* de algodão e camiseta vermelha. Os raios de sol batiam nela, manchando seus joelhos nus e roliços. Seus cabelos castanho-claros eram longos e estavam atrás das orelhas, exceto por uma mecha que caía sobre um olho. No momento seguinte ela a colocaria para trás de novo. Tinha um rosto suave e redondo, salpicado de minúsculas sardas de verão, e olhos cor de cinza. Ela se parecia comigo, diziam sempre os que a tinham conhecido: "Você é a cara de sua mãe. Coitada", eles acrescentavam, referindo-se a mim, a ela, a nós duas, suponho.

Ela morreu antes de eu ter idade suficiente para guardá-la como uma lembrança, embora tentasse com freqüência mergulhar nos meus indistintos primeiros anos de vida para ver se conseguia encontrá-la ali, nos confins empalidecidos de minhas recordações. Tudo o que tinha eram fotografias como essa, e as histórias que me contavam sobre ela. Cada um apresentava a sua versão. Eu tinha apenas a palavra dos outros sobre ela. Por isso, não era realmente da minha mãe que eu sentia falta agora, mas da idéia que eu fazia dela, repleta de uma ternura impossível.

Eu sabia, graças à data que meu pai tinha escrito cuidadosamente no verso, que ela já estava grávida, embora não desse para perceber. Seu ventre se mostrava achatado, mas eu estava lá, invisível, crescendo dentro dela como um segredo. Por isso eu amava aquela fotografia: porque, embora ninguém mais soubesse, era uma foto de nós duas. Eu, ela e o amor que haveria pela frente. Toquei-a com o dedo. Seu rosto iluminou-se para mim. Ainda choro quando a vejo.

Dois

Sempre fico nervosa na noite de Ano-Novo. Não consigo acreditar inteiramente num novo começo. Uma amiga me disse certa vez que isso significava, na verdade, que eu era protestante e não católica. Acho que ela quis dizer que levo minha vida de arrasto, como um saco de roupa suja ou uma valise inútil. No entanto, eu queria que meu retorno ao trabalho fosse um novo começo. O apartamento estava entulhado com todas as coisas que Albie deixara para trás. Seis meses já tinham se passado e eu ainda guardava algumas camisas dele dentro do meu armário, um par de sapatos velhos embaixo da minha cama. Não tinha propriamente me livrado dele. Fragmentos da sua presença voltavam com regularidade, como destroços de um navio naufragado que chegam à praia depois de uma tormenta.

Naquele noite de domingo vesti uma calça branca de algodão e uma camiseta laranja de mangas três-quartos e renda no decote junto ao pescoço. Passei rímel nos cílios, um brilho nos lábios, um leve toque de perfume atrás das orelhas. Escovei os cabelos e prendi-os, ainda úmidos, no topo da cabeça. Nada disso importava. Ele viria e num instante partiria de novo, e eu ficaria sozinha no meu apartamento uma vez mais, com as janelas abertas, as cortinas fechadas, um copo de vinho gelado na mão e uma música no toca-discos. Tudo na maior calma. Parei diante do espelho alto do meu quarto. Eu parecia bastante firme. Sorri e a mulher diante de mim também sorriu, levantando as sobrancelhas com ironia.

Ele estava atrasado, é claro. Ele está sempre um pouquinho de nada atrasado. Em geral chega ofegante, sem fôlego, sorridente, e começa a falar antes mesmo de eu entreabrir a porta, engrena logo uma conversa, lança um idéia ou outra, explode numa risada. Eu o ouvia rir ainda antes de vê-lo. Era só me virar e lá estava ele, satisfeito consigo mesmo, o que era invejável, eu pensava na ocasião.

Ele estava mais silencioso, hoje; seu sorriso indicava desconfiança.

— Oi, Albie.

— Estou achando você ótima — disse ele, olhando-me como se eu fosse um objeto de arte do qual ele ainda não tinha certeza se gostava ou não. Curvou-se e deu-me dois beijinhos no rosto. A barba arranhou minha pele, minha cicatriz, e seus braços seguraram meus ombros com firmeza. Havia tinta preta nos seus dedos.

Atrevi-me a olhar para ele, mas logo dei um passo para trás, fugindo do abraço.

— Entre.

Ele parecia encher minha espaçosa sala de estar.

— Como tem passado, Kitty?

— Bem — respondi como voz firme.

— Fui vê-la no hospital, acho que você soube. Fui assim que me contaram. Você provavelmente não se lembra. É claro que não. Estava com um aspecto terrível. — Ele sorriu e acompanhou com o dedo meu ferimento. As pessoas pareciam gostar de fazer isso. — Está quase bom. Acho até que as cicatrizes podem ser bonitas.

Afastei-me.

— Vamos em frente?

Começamos pela cozinha. Ele pegou sua faca especial para cogumelos, com uma escova na ponta para retirar a sujeira, o jogo de *fondue* com seis garfos longos, seu ridículo conjunto de avental listrado e chapéu de cozinheiro que insistia em usar cada vez que cozinhava, três livros de receitas. Lembrei-me de seu ensopado de enguia. Do suflê de maracujá que crescera demais e se desfizera ao tocar o teto do forno. Dos *tacos* mexicanos recheados com carne moída, creme azedo e cebola. Ele comia com prazer, também, agitando o garfo e enchendo a boca de comida, discutindo e debruçando-se por cima das velas da mesa para me beijar. No último Natal, ele comeu tanto ganso e bebeu tantos copos de um excelente vinho tinto que acabou indo parar num pronto-socorro, pensando que estava tendo um ataque cardíaco.

— E isso? — perguntei, suspendendo uma panela de cobre que tínhamos comprado juntos.

— Fique com ela.

— Tem certeza?

— Claro que tenho.

— E todos aqueles pratos espanhóis que nós...

— São seus.

Mas ele levou seu roupão, seus discos de guitarra sul-americana, seus livros de poesia e de física, sua gravata violeta.

— Acho que é tudo.

— Aceita um copo de vinho?

Ele hesitou, depois balançou a cabeça.

— É melhor eu ir. — Pegou sua sacola e acrescentou: — Que estranho mundo, não?

— É esse, então?

— Esse o quê?

— Seu epitáfio para o nosso relacionamento. Que estranho mundo.

Ele franziu a testa quando olhou para mim. Vi duas rugas verticais acima do seu nariz. Sorri para assegurar-lhe que nada daquilo tinha realmente importância. Sorri quando ele levantou-se para partir com suas caixas, sorri quando deu-me um beijo de despedida, sorri quando desceu os degraus para pegar o carro, sorri quando acelerou e se foi. Agora eu olharia para a frente, não para trás.

A Clínica Welbeck fica numa tranqüila rua residencial no bairro de King's Cross. Quando foi construída, no final dos anos cinqüenta, a idéia era que não se parecesse em nada com uma instituição opressora. Afinal de contas, seria um lugar onde psiquiatras resolveriam os problemas das pessoas, lhes devolveriam a alegria e as mandariam de volta para o mundo. Não parecer uma instituição tradicional significava não ter o aspecto vitoriano, com torres góticas e janelas pequenas e estreitas.

Infelizmente o projeto foi tão bem-sucedido, elogiado e premiado, e influenciou a construção de tantas escolas primárias urbanas, centros médicos e casas de repouso para idosos, que a Clínica Welbeck agora parecia extremamente institucional. Em tempos normais, eu de fato nem reparava no prédio, da mesma forma como não tinha consciência da minha própria respiração. Eu o freqüentava diariamente, trabalhava, conversava, estudava e bebia café ali. Mas agora, subindo as escadas depois de semanas de ausência, percebia que a construção estava envelhecida, o concreto sujo e rachado. A porta roçava no degrau de pedra, provocando um rangido sempre que era aberta.

Fui à sala de Rosa e ela imediatamente aproximou-se e deu-me um longo abraço. Em seguida afastou-se um pouco para observar-me com ar indagador, mas alegre. Estava vestida com simplicidade, calças pretas e suéter azul-marinho. Seus cabelos estavam ficando inteiramente grisalhos, e, quando sorriu, seu rosto quase se iluminou por trás de suas finas rugas. O que ela estava pensando? Quando a conheci, quase sete anos antes, já sabia do seu extraordinário trabalho com o desenvolvimento infantil. De quando em quando eu ficava perplexa diante dessa grande especialista em crianças, ela que jamais tivera filhos, e às vezes me perguntava se todos os seus assistentes na clínica, inclusive eu mesma, competiam para ver quem se tornava o mais brilhante de seus filhos ou filhas. Talvez houvesse algo de maternal na sua maneira de dirigir a clínica, mas não era necessariamente prudente contar com a doçura e a indulgência de uma mãe. Ela possuía também uma objetividade férrea.

— Sentimos sua falta, Kit — ela disse. — Seja bem-vinda.

— Não falei nada. Apenas tentei fazer uma cara que demonstrasse afeição. Senti um bolo no estômago. Lembrei-me do meu primeiro dia na escola secundária. — Que tal sairmos para conversar um pouco? — ela perguntou, animada. — Acho que o céu está claro de novo. O tempo tem andado estranho ultimamente, não é mesmo?

Caminhamos na direção do jardim nos fundos do prédio e Francis cruzou conosco no caminho. Ele também estava vestido informalmente, de *jeans* e camisa azul-escuro. Como de hábito, sua barba estava por fazer e os cabelos despenteados. A impressão que dava era de que ele gostaria de parecer um artista, não um cientista. Ele estendeu os braços ao me ver, mas ainda caminhamos alguns constrangedores segundos na direção um do outro até eu receber seu abraço.

— Que bom tê-la aqui de novo, Kit. Tem certeza de que está preparada?

Confirmei com a cabeça.

— Preciso trabalhar. Só que é... bem, no começo é como voltar a montar a cavalo depois de uma queda.

Francis fez uma careta.

— Felizmente posso dizer que nunca cheguei sequer perto de um cavalo. Em primeiro lugar, a coisa mais segura é jamais montar um.

Tinha chovido mais cedo, mas o sol voltara e as lajes molhadas do chão brilhavam e emanavam vapor. Os bancos estavam encharcados, por isso ficamos de pé, um pouco tímidos, como pessoas que acabaram de ser apresentadas numa recepção.

— Qual é mesmo a sua agenda para hoje? — perguntou Rosa, apenas para dizer alguma coisa.

— Hoje de manhã vou ver Sue.

Sue era uma jovem anoréxica de 23 anos, tão magra que dava a impressão de que a luz podia brilhar através dela. Seus lindos olhos eram como lagos cristalinos no rosto pequeno e magro. Ela parecia uma criança, ou uma mulher velha.

— Muito bem — ela disse com voz firme. — Faça tudo no seu ritmo. E não deixe de nos informar caso precise de ajuda.

— Obrigada.

— Há uma outra coisa, ainda.

— O quê?

— Uma indenização.

— Ah.

— Sim. Francis acha que você deve pensar em uma ação judicial.

— Caso aberto e encerrado — disse Francis. — E foi com a própria caneca do policial, não foi? Que diabo de coisa aquele cara tinha na cabeça?

Olhei para Rosa.

— O que você acha?

— Prefiro saber o que *você* acha.

— Não sei o que acho. Foi tudo tão confuso. Você sabe que a promotoria... — tentei lembrar-me das palavras da carta que tinha recebido — ...rejeitou o processo contra o sr. Doll. Talvez tenha sido um erro deles. Talvez tenha sido um erro meu. Talvez tenha sido apenas um acidente. Não tenho certeza do que eu reclamaria.

— Umas duzentas mil libras, é o que estivemos pensando — disse Francis, com um sorriso.

— Não tenho certeza se Doll tinha realmente a intenção de machucar alguém. Ele andava apenas procurando briga por todo lado, assustando as pessoas. Ele pegou a caneca e jogou-a contra a parede, e então se feriu, e depois me feriu. Ele já estava fora de si antes mesmo de a polícia acabar de interrogá-lo. Você sabe o que acontece às pessoas nas celas da polícia. Elas perdem completamente a razão. Elas se matam, ou partem para cima de outras pessoas. Eu devia estar preparada para isso. — Olhei para Rosa e Francis. — Estão chocados? Preferiam que eu estivesse furiosa? Que quisesse arrancar a pele de Doll? — Estremeci. — A polícia bateu nele para valer antes de jogá-lo dentro de uma cela. Pelo visto, achavam que estavam me fazendo um favor. Devem estar furiosos porque ele foi solto.

— Estão mesmo — disse Rosa secamente.

— E a culpa foi de Furth, embora ele nunca vá admitir, é claro. E minha também. Talvez eu não estivesse concentrada o suficiente. De qualquer forma, simplesmente não vejo motivo para processá-lo. Isso ajudaria a quem?

— As pessoas devem ser responsabilizadas pelos seus erros — disse Francis. — Você podia ter morrido.

— Mas não morri. Estou bem.

— Pense no assunto, pelo menos.

— Penso o tempo inteiro — repliquei. — Sonho com isso de noite. De alguma forma, a idéia de fazer com que alguém me indenize com dinheiro não parece relevante neste momento.

— Entendo o que quer dizer — falou Francis, num tom que me deixou com vontade de dar-lhe um beliscão no nariz.

Chovia forte quando peguei o carro de volta para casa, uma chuva quente de verão que batia contra o pára-brisa e que respingava das rodas dos barulhentos caminhões que passavam, formando arcos iridescentes. A hora do *rush* estava começando, e meus olhos pareciam cheios de areia, minha garganta um pouco inflamada.

Quando estacionei diante de casa, vi um homem parado na porta de entrada. Ele vestia uma capa de chuva, estava com as mãos nos bolsos e observava o prédio. Ele ouviu a batida da porta do carro e virou-se para olhar. Seu capacete de cabelos loiros brilhava na chuva. Seus lábios finos desenharam um sorriso. Olhei-o durante um longo tempo e ele apenas correspondeu ao meu olhar.

— Detetive Guy Furth — eu disse.

Tive a sensação de que ele me examinava, me avaliava, e tentei não demonstrar hesitação.

— Você parece bem, Kit — disse ele e sorriu, como se fôssemos velhos amigos.

— Qual é o problema?

— Posso entrar um instante?

Encolhi os ombros. Parecia mais fácil simplesmente concordar.

Três

— Nunca estive aqui antes — disse ele, olhando ao redor.

Não consegui deixar de rir.

— Por que cargas d'água teria estado? Só nos encontramos uma vez. Está lembrado?

— Eu tinha a impressão de ter sido mais — respondeu, circulando pela sala como se estivesse pensando em comprar o imóvel. Foi até a janela dos fundos, que dava para um gramado. — Bela vista — disse ele. — Quem olha pela frente não imagina. Bonita área verde.

Não respondi e ele virou-se com um sorriso que foi traído por seus olhos. Eles percorreram com cautela a sala como se ele fosse um animal que temesse ser atacado por trás. Sempre tive a impressão de que meu apartamento mudava cada vez que alguém entrava nele. Eu o veria através de seus olhos. Ou, melhor, eu o veria como imagino que a pessoa o veria. O apartamento pareceria vazio demais para Furth, desprovido de conforto e decoração. Havia um sofá e um tapete sobre o chão de madeira encerada. Um velho equipamento de som no canto e uma pilha de CDs ao lado. Prateleiras cheias de livros, e livros pelo chão. As paredes eram caiadas de branco e quase nuas. A maioria dos quadros me irritava, ou, o que era pior, tinha parado de me irritar. Eu achava penoso constatar que, depois de semanas ou meses, um quadro que havia me impressionado passasse a não ter mais sentido, que se tornasse apenas uma peça de decoração. Quando eu deixava de me interessar por um quadro, colocava-o de lado ou passava-o adiante, até que fiquei com apenas dois. Um era uma pintura de duas garrafas sobre uma mesa, que meu pai me dera quando eu tinha 21 anos. O pintor era um velho conhecido seu, um primo distante, sem nenhum talento. Eu não conseguia passar por ele sem parar. O outro era uma fotografia do pai de meu pai, seu irmão e sua irmã, na frente do pano de fundo de um estúdio, mais ou menos na metade da década de 1920. Meu avô vestia uma roupa de marinheiro. Os três exibiam um estranho sorriso contido no rosto, como se estivessem segurando o riso diante de uma cena que não conseguíamos ver, que não conseguíamos ouvir. Era uma foto encantadora. Um dia, talvez daqui a cem anos, alguém colocaria essa fotografia na parede, diria que era divertida e se perguntaria: "Quem seriam essas crianças?"

Olhei para Furth e percebi que para ele, é claro, a foto não significava nada. Talvez ele a olhasse apenas com um leve ar de zombaria e desdém. É só isso? É por *isso* que Kit Quinn volta todas as noites?

Ele se mantinha perto demais de mim e me olhava nos olhos com um ar de preocupação que me revirava o estômago.

— Como você está agora? — perguntou ele. — Tudo bem com o seu rosto?

Recuei um passo antes que pudesse tocar minha cicatriz.

— Nunca pensei que votaríamos a nos encontrar — respondi.

— Ficamos chateados com você, Kit — disse Furth, acrescentando rapidamente: — Não que tenha sido culpa de alguém. Ele parecia um animal enlouquecido. Precisamos de quatro pessoas para dominá-lo. Você devia ter prestado atenção quando eu lhe disse que ele era um pervertido.

— Foi para dizer isso que veio até aqui?

— Não.

— Então o que veio fazer?

— Conversar.

— Sobre o quê?

Seu olhar pareceu-me malicioso.

— Queríamos sua orientação.

— O quê?! — Eu estava tão espantada com o inesperado da situação que não precisei de nenhum esforço para rir. — Você está aqui para falar de um caso?

— Isso mesmo. Queríamos conversar. Você tem alguma coisa para beber? — perguntou.

— O quê, por exemplo?

— Cerveja, ou qualquer outra coisa.

Saí da sala e descobri no fundo da geladeira uma garrafa que parecia de alguma coisa da Baviera e a trouxe.

— Você se incomoda se eu fumar?

Fui até a cozinha e peguei um pires para usar como cinzeiro. Ele empurrou para o lado o copo que eu lhe havia entregado e tomou um gole direto do gargalo. Depois acendeu um cigarro e deu várias tragadas.

— Estou trabalhando no assassinato do Regent's Canal — disse ele por fim. — Ouviu falar sobre esse caso?

Pensei por um instante.

— Vi alguma coisa no jornal poucos dias atrás. O corpo que encontraram no canal?

— Isso mesmo. O que achou?

— Achei triste. — Ri para ele. — Uma notícia pequena no pé de uma página. Uma jovem sem domicílio fixo. A única razão para ter saído alguma coisa foi que os ferimentos foram realmente horríveis. Eles nem sabiam o nome dela, não é mesmo?

— Ainda não sabem. Mas temos um suspeito.

Sacudi a cabeça.

— Muito bem. Agora...

Ele levantou a mão.

— Pergunte-me o nome do suspeito.

— Como?

— Vamos, pergunte. — Ele deu uma risada e afundou na cadeira com os braços cruzados, esperando.

— Certo. — respondi obedientemente. — Qual é o nome do suspeito?

— Seu nome é Anthony Michael Doll.

Olhei-o fixamente, assimilando suas palavras. Ele devolveu-me o olhar, no qual havia um brilho de triunfo.

— Então? Entende agora por que você era a pessoa certa para o trabalho? Perfeito, não?

— Minha chance de dar-lhe o troco — respondi. — Perdi a oportunidade de acabar com ele na cela, então talvez eu possa ajudar na sua condenação por assassinato. É essa a idéia?

— Não, não — respondeu ele, com voz branda. — Meu chefe estava interessado em que você fizesse um trabalho para nós. Não se preocupe, você será paga por isso. E pode ser divertido. Pergunte a seu amigo Seb Weller.

— Divertido — repeti. — Como eu poderia resistir? Nos divertimos tanto antes.

Voltei à geladeira e peguei uma garrafa aberta de vinho branco. Servi para mim um copo bem cheio e ergui-o contra a luz que declinava. Tomei um grande gole e senti o líquido gelado escorrer pela minha garganta. Olhei pela janela e contemplei o sol vermelho que se punha no céu turquesa. A chuva tinha parado e a noite se anunciava bela. Voltei para perto de Furth.

— Por que acham que foi Doll?

Ele pareceu surpreso, depois satisfeito.

— Está vendo? Você está interessada. Ele passa os dias pescando no canal. Está lá todo santo dia. Ele apresentou-se quando apelamos para as pessoas que tivessem estado naquela área. — O olhar de Furth foi penetrante. — Isso a deixa surpresa?

— Por quê?

— Um homem como esse apresentar-se.

— Não necessariamente — repliquei. — Se ele for inocente, é bom que se identifique. E se for culpado... — Interrompi a frase. Não queria envolver-me numa consultoria baseada no esboço de um suspeito que Furth tinha na cabeça.

Ele piscou para mim, de qualquer forma, como se tivesse me apanhado.

— Se for culpado — disse —, talvez queira envolver-se no inquérito, ainda que de maneira modesta. O que acha?

— É sempre assim.

— A gente sabe que é sempre assim. Pessoas como ele adoram fazer isso. Querem estar próximas do caso, para provar que são espertos. Um prazer extra. Canalhas nojentos.

— E o que foi que ele disse?

— Não o interrogamos.

— Por que não?

— Vamos cozinhá-lo em fogo brando durante algum tempo. Mas não ficamos parados. Temos uma agente chamada Colette Dawes. Ótima pessoa. Inteligente. Ela conseguiu ter um encontro com ele. Em roupas civis, é claro. Fez ele falar. Você sabe como isso funciona. Um pouco de bebida, um elogio aqui, uma perna cruzada ali quando ele estiver olhando, ela direcionando a conversa. Enquanto isso, o microfone está ligado e nós temos as fitas. Horas de fitas.

— É essa a sua investigação? — perguntei, frustrada. — Fazer com que uma policial feminina flerte com ele?

Furth inclinou-se à frente com uma expressão de urgência no rosto.

— Não vou falar nada — replicou, com um sussurro conspirador. — A única coisa que queremos é a sua opinião profissional sobre ele. Oficiosamente. Não levará muito tempo. Apenas olhe seu dossiê e depois tenha uma conversa rápida com ele. Você conhece esse tipo de coisa: apenas uma avaliação preliminar.

— Devo falar com ele?

— É claro. Isso lhe traz algum problema?

Claro que isso me trazia um problema e agora eu sabia que não podia dizer não.

— Nenhum problema — respondi. — Essa mulher, Colette Dawes, sabe o que está fazendo?

Furth fechou a cara.

— Ela sabe se cuidar. Estamos sempre por perto, de qualquer maneira. Olhe, Kit, entendo que você esteja nervosa. Mas pensamos que isso poderia ajudá-la a sentir-se melhor. — Ele tomou um gole de cerveja. E vocês queriam ter certeza de que eu não entraria com um pedido de indenização, pensei comigo mesma.

— Obrigada, doutor — eu disse. — Talvez ajude mesmo.

— Então, o que decide?

Levantei-me e caminhei até a janela, olhando o pedaço de gramado escondido entre prédios de escritórios. Era o início da noite, mas ainda não estava escuro. Na verdade, não chegara sequer o crepúsculo. A luz se suavizava lentamente, passando do amarelo vivo ao dourado.

— É uma fossa da peste, você sabe — eu disse.

— O quê?

— Durante a peste, os corpos eram jogados numa fossa. Cobertos com cal virgem. Enterrados. E esquecidos.

— Um pouco lúgubre.

— Não, não é — retruquei, e olhei de novo para ele. — Vou dizer-lhe uma só coisa, agora. Não sei nada sobre esse caso. Mas acho que tentar fazer dessa mulher uma Mata Hari é uma idéia meio maluca. Não sei com base em que autoridade você está fazendo isso e nem quero saber. Para mim parece um ato irresponsável, talvez até mesmo ilegal, mas afinal de contas sou médica, não advogada.

— De qualquer modo, me dará uma resposta?

— Sim.

— Quando?

— Dentro de dois dias, pode ser? Preciso falar com uma pessoa primeiro.

— Você me telefona?

— Tudo bem.

Ele saiu e fiquei durante vários minutos olhando pela janela. Não para Furth, não por aquela janela. Eu olhava para o gramado, observando o verde mudar aos poucos e desaparecer na noite resplandecente. Pessoas mortas. Pessoas mortas por todo lado.

Quatro

Telefonei imediatamente para Rosa, em casa. Não podia esperar.

— Furth veio me ver — falei.

— Quem?

— O detetive. O que estava lá quando fui atacada.

Contei-lhe tudo e, à medida que falava, a história me parecia cada vez mais estranha e pouco profissional.

— E o que você disse? — perguntou ela, por fim.

— Fiquei confusa.

— Mas curiosa.

— Curiosa? Eu me senti tentada.

— O que está querendo dizer com isso, Kit?

— Eu acordo durante a noite. Ou às vezes não acordo. Mas isso não faz praticamente nenhuma diferença. E penso e repenso sem parar, como se tudo ainda estivesse acontecendo. Ou estivesse por acontecer e eu pudesse fazer alguma coisa para impedir, voltar o relógio do tempo. É como se estivesse de volta naquela sala e houvesse sangue vermelho por todo lado. Meu. Dele.

— Então você quer encontrar-se de novo com Doll e reduzi-lo ao que ele merece?

— Você é muito esperta, sabia?

— Bem, nunca pensei que esperteza fosse muito importante. Olhe, Kit, vou dizer apenas duas coisas para você e são as duas coisas que devem ter passado pela sua cabeça quando decidiu me telefonar. A primeira é uma pergunta: que vantagem você terá ao encontrar esse homem? A segunda é que realmente não importa a vantagem que você terá. Você foi chamada para realizar um serviço. Tem condições de realizá-lo?

— Sim, acho que sim.

Ela fez uma pausa. Depois falou:

— É perigoso pedir um conselho, Kit. Você pode não receber aquele que gostaria. — Ela suspirou. — Sinto muito. Na minha opinião, você não deve aceitar. Agora, por que acho que não dará atenção às minhas palavras?

— A linha deve estar ruim.

— É, acho que é isso.

Desliguei o telefone. Era a hora do crepúsculo. De novo a chuva fustigava as vidraças e sacudia com grande estrépito os galhos das árvores. Julho rebelde, fustigado e inundado por vendavais quentes. Aproximei-me da janela e contemplei o jardim mais abaixo, o gramado encharcado.

Um casal, de mãos dadas, tentava atravessá-lo, chapinhando entre brotos arrancados pelo vento e poças de lama. Ela virou o rosto para seu companheiro, rindo na semi-escuridão. Afastei-me da janela. Amor e trabalho, é isso que nos faz seguir em frente.

O telefone tocou e, num sobressalto, despertei de meus sonhos.

— É Kit?

A voz parecia muito distante. Entrecortada. Uma chamada do exterior? Talvez não. Nova York às vezes parece estar mais próxima do que o sul de Londres. E está, num certo sentido.

— Sim, sou eu.

— É Julie. — Silêncio total. Julie. Julie. Julie. Eu não conseguia lembrar quem era. — Julie Wiseman.

— Oh, *Julie*. Mas pensei que você estivesse... — Ela tinha ido embora. Parecia que tinha sumido da face da terra.

— Estou de volta a Londres.

De volta *de onde*? Eu deveria saber? Tentei imaginá-la como era na última vez que a vira. Cabelos pretos cacheados — presos para trás, era isso? De repente as lembranças voltaram, como uma lufada de ar quente, e me fizeram sorrir. Cigarros tarde da noite em restaurantes baratos. Uma noite, ficamos até tão tarde que os cozinheiros vieram da cozinha com uma garrafa de vinho e sentaram-se conosco. Acima de tudo, Julie tinha feito o que todos dizíamos pretender fazer, mas que secretamente sabíamos que jamais ousaríamos. Ela era professora de matemática numa escola secundária e um dia pediu demissão e resolveu dar a volta ao mundo, ou percorrer a América do Sul, ou o que fosse. Senti-me mais tranqüila. Disse a Julie que tínhamos sentido sua falta e que seria ótimo poder revê-la. E ela respondeu que seria ótimo poder rever-me também e rapidamente ficou muito claro que seria ótimo se ela pudesse fazer até mais do que isso. Eu agora me lembrava. Ela havia desistido do apartamento ao ir embora. O que fizera com todas as suas coisas? Sabendo bem quem ela é, tinha dado tudo, certamente. Essa era a Julie, generosa com as coisas dela, generosa com as coisas dos outros. Ela poderia ficar comigo um dia ou dois? Refleti por um instante. Eu não tinha um único motivo que me levasse a pensar que não seria uma boa coisa ter alguém comigo durante algum tempo.

Ela entrou porta adentro trazendo consigo uma lufada de lugares distantes. Uma enorme mochila e uma bolsa de lona marrom foram jogadas no chão, levantando uma nuvem de poeira. Ela usava sapatos de couro marrom, calças cáqui de um tecido resistente e jaqueta azul acolchoada, com um certo ar tibetano. Seu rosto não estava apenas bronzeado. Estava mais do que bronzeado. Parecia amadurecido, patinado, polido. Suas mãos e pulsos estavam escuros também, e seus olhos, brilhantes como pedras semipreciosas, riam de alguma coisa engraçada que só ela tinha visto por enquanto.

— Meu Deus, Kit, o que aconteceu com seu rosto?

— Ah, bem, na verdade...

Mas ela já estava de cabeça baixa, remexendo numa sacola de plástico.

— Tenho uma coisa para você — disse.

Eu esperava que ela tirasse da sacola um Buda antigo esculpido à mão, mas foi uma garrafa de gim comprada numa loja *duty-free* do aeroporto.

— Imaginei que você pudesse ter água tônica para misturar com o gim — disse. — Mas posso dar um pulo na rua e comprar.

Parecia não haver dúvida de que o gim devia ser aberto e consumido imediatamente.

— Tudo bem — respondi. — Tenho água tônica.

— Posso preparar alguma coisa para mim? Dormi umas treze horas no avião.

— Você chegou de onde?

— Passei duas semanas em Hong Kong — respondeu. — Lugar fantástico. Ovos fritos, talvez?

— Com *bacon*?

— Excelente. E torrada, se você tiver pão. Há dois meses sonho em voltar para a Inglaterra e comer de novo uma velha e boa fritada de verdade... ovos, bacon, tomate, pão, tudo junto na frigideira.

— Vou comprar tomate, então. Há uma loja vinte e quatro horas aqui perto.

— Tenho outra coisa para você.

Ela tirou da bolsa um pacote enorme de cigarros Marlboro, também *duty-free*.

— Na verdade, não fumo.

— Acho que eu sabia — disse Julie com um sorriso. — Você se incomoda se eu acender um?

— É claro que não.

Quinze minutos mais tarde, eu estava sentada na frente de Julie na mesa da cozinha e bebericava meu gim-tônica. Ela alternava pequenos goles de gim com grandes goles de um chá escuro como casca de árvore e assaltos ao enorme prato de seu extremamente tardio café-da-manhã. Enquanto comia, contava pedaços de histórias: caminhadas em altas montanhas, canoagem, caronas, comidas estranhas, uma inundação, zonas de guerra, breves encontros sexuais, um caso de amor para valer num apartamento de frente para a baía em Sydney, um cruzeiro como tripulante de um iate pelas ilhas do Pacífico, trabalho como garçonete em São Francisco, Havaí e Cingapura, ou teria sido em São Paulo e Santo Domingo? E tudo isso — bem entendido — era como o *trailer* de um filme destinado apenas a me dar água na boca. As histórias completas, em toda a sua substância, me seriam contadas no devido tempo.

— Adoro este apartamento — ela disse. — Sempre adorei.

Fiquei perplexa por um momento.

— Eu já morava aqui quando você foi embora?

— É claro que sim — disse ela, dando cabo de uma boa porção de gema com a ajuda de um pedaço de pão engordurado. — Estive aqui várias vezes. Para jantar, inclusive.

Ela tinha razão. Eu me lembrava agora. Parecia até uma repreensão. Ela fizera tantas coisas, tinha assistido a tantos crepúsculos diferentes, vivido tantas "experiências", tinha desfrutado de tantas paisagens, enquanto eu estivera o tempo todo em Clerkenwell, envolvida com o trabalho, com a pintura de uma sala. Meu trabalho parecera tão importante que nem sequer tirara férias durante o período em que Julie enriquecia sua mente. Vi minha imagem refletida no espelho.

Como eu estava pálida! Era como se Julie tivesse voltado de lugares ensolarados e, ao levantar uma pedra, desse de cara comigo, úmida e com aspecto de doente.

— Mas de um certo modo realmente invejo você — disse ela sem nenhuma convicção. — Saltei da escada. Da escada profissional, quero dizer. Agora estou de volta e preciso encontrar um jeito de galgá-la de novo. Veja minha situação. De volta e sem condições de arrumar um emprego.

Ela deu uma risada. Estava visivelmente orgulhosa de si, e eu tinha de admitir que não lhe faltavam motivos para isso.

E chegou o momento que eu temia. Ela perguntou:

— E você? O que tem feito? Como foi que conseguiu uma cicatriz tão *sexy*?

— Fui atacada numa cela na delegacia.

— Meu Deus! — Ela parecia realmente impressionada. — Por quê?

— Não sei. Porque ele estava em pânico, suponho.

— Que horror! — Ela mastigou ruidosamente durante alguns segundos. — Foi muito grave mesmo?

— Muito grave, sim. Aconteceu há três meses e só voltei ao trabalho hoje.

— Hoje? Você não se incomoda de eu ter vindo, não é? — Seu rosto contraiu-se com ansiedade. — Aterrissar aqui, sem mais nem menos.

— Não, tudo bem. Contanto que não seja por muito...

— O que mais você tem feito? Isto é, além de ser atacada por um maluco e de quase morrer?

Tentei lembrar-me de algum acontecimento importante.

— Albie e eu terminamos — falei. — Finalmente.

— É mesmo? — exclamou Julie com ar pesaroso. — Lembro-me de que você comentava que estavam tendo problemas.

Caramba, pensei. Seria verdade? Três anos? Decididamente minha vida fazia lembrar um daqueles mergulhadores de águas profundas do tempo antigo, que caminhavam pelo fundo do mar com passos muito lentos, com pesadas botas de chumbo. — E agora, há alguém novo?

— Não — respondi. — Aconteceu há pouco tempo.

— Ah. E o trabalho?

— Continuo na clínica.

— Ah — repetiu ela.

Eu precisava pensar em alguma coisa. Precisava mesmo. Caso contrário, seria melhor sair da sala e telefonar para o Centro de Valorização da Vida.

— A polícia pediu-me ajuda para um trabalho. Talvez isso até passe a ser um tipo de consultoria. — Falar em voz alta e para alguém de fora dava à idéia um ar de realidade.

Ela tomou um grande gole de gim, engoliu-o e depois bocejou, deixando-me ver seus dentes brancos, a língua rosada e o cintilante túnel no fundo de sua garganta.

— Incrível — disse Julie. — Contei para você sobre o cara que eu e uma amiga conhecemos quando estávamos subindo as montanhas Drakensburg?

Não, ela não tinha contado, mas fomos para o sofá e ela então contou. A versão integral, dessa vez. Era tranqüilizador ver Julie assim, espichada como um gato, falando com genuíno prazer sobre esses perigos distantes, enquanto eu bebia pequenos goles de meu gim-tônica e lá fora a noite caía lentamente, como um jogo de *Mamãe posso ir?* que eu nunca conseguia ganhar. Finalmente, ergui os olhos e vi que Julie tinha adormecido, com o drinque ainda na mão; seu cérebro tinha provavelmente dito ao seu forte corpo bronzeado que ela ainda estava na Tailândia ou em Hong Kong e que na verdade eram três horas da madrugada. Tirei com cuidado o copo de sua mão e ela murmurou algo ininteligível. Peguei depois uma manta no armário de meu quarto e cobri Julie até o queixo. Ela suspirou e enrolou-se na coberta como um hamster no seu ninho. Não pude deixar de sorrir ao vê-la assim. Essa peregrina já estava mais à vontade no meu apartamento do que eu mesma.

Fui para meu quarto e tirei a roupa. Tinha sido o dia mais estranho — repleto de atividades quase frenéticas — depois de tantas semanas de convalescença. Minha cabeça zumbia com pensamentos variados. Minha pele parecia fria e exposta, como um galho do qual foi tirada a casca. Fui para a cama e enrolei-me na minha coberta. Eu tinha a impressão de que não conseguia envolver-me confortavelmente nela. Sabia que era quadrada, mas ela parecia transformar-se num losango e deixar sempre uma parte de meu corpo exposta. Por fim, pus-me a pensar na garota encontrada morta à margem do canal. Lianne. Era esse o seu nome, ou o nome pelo qual era conhecida. Apenas Lianne. Uma jovem abandonada, sem um nome de verdade. Eu logo descobriria mais alguma coisa sobre ela. Amanhã, talvez. Precisava dormir para que minha mente estivesse clara no dia seguinte. No dia seguinte eu precisava ver Doll. Toquei minha cicatriz. Fechei os olhos.

Ela não estava mais à margem do canal, é óbvio. Lianne sem sobrenome. Estaria numa gaveta metálica, numa câmara refrigerada. Fichada. Eu sentia, quase fisicamente, a imensidão da cidade que se estendia ao meu redor, em todas as direções. Coisas terríveis aconteciam em algumas daquelas casas. Mas tentava convencer-me de que, em termos estatísticos, isso era praticamente irrelevante. Bastava pensar nos milhões e milhões de casas onde tudo corria bem, ou onde nada havia além de solidão e esquecimento. Essa era a estatística realmente assombrosa. Todas aquelas casas em que nada de grave estava acontecendo. Essa idéia não me deixou muito animada, mas adormeci, de qualquer modo.

Cinco

O pequeno quarto de Michael Doll ficava atrás de um salão de beleza para cães, em Homerton, numa rua cheia de lojas estranhas e sujas, que sempre me faziam pensar se seria realmente possível ganhar algum dinheiro com elas. Uma delas era de um taxidermista, onde havia um martim-pescador empalhado olhando pela janela com olhos embaçados. Quem teria tido a idéia de empalhar um martim-pescador? Havia uma loja de roupas que vendia aventais floridos e calças em material sintético com tiras de passar pela sola dos pés; outra, onde tudo custava menos de uma libra; uma mercearia aberta 24 horas, onde latas de conserva amassadas formavam pirâmides nas prateleiras e um homem gordo sentado junto à caixa registradora cutucava o nariz. Número 24-A. Uma das janelas estava coberta com um pedaço de plástico ondulado. Uma luz estava acesa.

Virei-me para Furth.

— Você sabe que não é assim que devíamos agir. Você devia estar examinando o caso e definindo quem seria o suspeito, em vez de pegar um suspeito e ver se consegue encaixá-lo no seu caso. Só estou metida nisso porque você já fez a grande besteira de mandar sua bela Colette com seus microfones e suas pernas perfeitas.

— É claro, Kit — retrucou ele em tom afável, observando a rua sinistra diante dele. — Mas você está pronta, de qualquer forma?

— Prontíssima. — Eu não iria contar-lhe que estava acordada desde as três da manhã, preparando-me para esse momento.

Quando saímos do carro, senti um espasmo de apreensão e cerrei os punhos. Para esconder minha preocupação, eu tinha escolhido uma roupa descontraída: calças *jeans* pretas, uma camiseta branca de mangas compridas por baixo de uma jaqueta velha de camurça. Meus cabelos estavam frouxamente presos para trás. Eu queria parecer relaxada e acessível, mas ao mesmo tempo profissional. Eu era a médica, uma pessoa acessível, mas não uma amiga.

Toquei a campainha, mas não consegui ouvir se ela soou no primeiro andar. Ninguém atendeu. Toquei de novo e esperei. Nenhuma resposta ainda. Empurrei a porta e ela se abriu. Entrei e gritei:

— Olá! Michael? — Minha voz ficou suspensa no ar rançoso.

A escada era estreita e nua. Bolotas de sujeira acumulavam-se nos degraus. As paredes eram pintadas de um verde-hospital. Segurei o corrimão envernizado, grudento como se centenas de dedos pegajosos tivessem se apoiado nele antes dos meus. Não havia espaço para nós dois. Fui na frente e Furth seguiu-me, como se estivéssemos subindo uma escada em caracol no torreão de um castelo. À medida que subíamos rumo à porta do andar superior, comecei a sentir um forte cheiro de corpo suado. Percebi de repente que nada daquilo tinha sentido.

— Não podemos fazer isso — eu disse para Furth, em voz baixa.

— Como assim? — ele falou entre dentes. — Você ficou maluca?

Sacudi a cabeça.

— Não, não. Mas preciso vê-lo sozinha.

— O que está dizendo? Não posso deixá-la fazer isso, meu Deus.

— Você não percebe? Você, eu e ele juntos de novo. O que ele vai pensar?

Furth olhou ao redor com ar desesperado, como se procurasse alguém na escada que pudesse assumir o comando da situação.

— Você não vai entrar lá sozinha.

— Você me disse que ele era um canalha. Qual é o problema?

— Já disse, acho que ele é um assassino.

Refleti por um instante.

— Você fica na escada. Direi a ele que você está aí. Vai dar certo.

Furth ficou um momento em silêncio.

— Bem, estarei por perto. Basta você gritar que eu entro. Está me ouvindo? Ao menor problema, você grita, Kit.

— Perfeito — respondi, respirando fundo. — Fique alguns degraus abaixo até que eu tenha entrado. Michael? — chamei de novo e bati com força na porta, pintada do mesmo verde depressivo.

Alguém fechou a corrente de segurança e em seguida abriu uma fresta de uns cinco centímetros na porta.

— O que quer?

Uma pequena fração do rosto de Doll me espiava. Seus olhos pareciam levemente injetados; a testa lívida estava coberta por dezenas de minúsculas espinhas subcutâneas. O cheiro ficou de repente mais forte.

— Sou Kit Quinn, Michael. A dra. Quinn. A polícia telefonou para avisar da minha vinda.

— Mas eu não estava esperando, eu não... Está a maior bagunça aqui dentro. Você veio cedo demais. Está tudo desarrumado.

— Isso não tem a menor importância.

— Espere. Espere. — A porta fechou-se na minha frente e pude ouvir que ele fazia algum tipo de arrumação; ouvi o barulho de objetos sendo arrastados, de gavetas sendo fechadas com força e de uma torneira correndo.

Poucos minutos mais tarde a porta se abriu, dessa vez completamente. Doll estava ali. Forcei um sorriso e ele sorriu também. Dei um passo à frente.

Ele tinha escovado para trás das orelhas os cabelos escorridos e usado algum tipo de loção. Seu perfume adocicado, associado ao forte cheiro de suor, invadiu minhas narinas.

Estendi a mão. Percebi que ela estava razoavelmente firme. Ele apertou-a com delicadeza, como se tocasse uma bomba que corresse o risco de explodir. Senti a palma de sua mão macia e suada contra a minha. Ele não me fitou nos olhos.

— Bom dia, Michael — eu disse e ele afastou-se um pouco para me deixar entrar. Quando cruzei a soleira da porta, ouvi um rosnar baixo e logo em seguida uma forma escura atirou-se na minha direção. Vi dentes amarelos, uma língua vermelha, olhos brilhantes e senti o cheiro forte e desagradável de sua respiração antes que Doll a repelisse.

— Quieto, Kenny. — Kenny era grande e tinha o pêlo marrom quase preto, certamente uma cruza com a raça alsaciana. — Desculpe. Desculpe.

— Não se preocupe. Ele nem chegou a tocar em mim.

A química do medo ainda fluía nas minhas veias. O rosnar continuava ecoando no fundo da garganta de Kenny.

— Não. Sinto muito. Sinto muito mesmo.

— Ah, você está falando disto. — Toquei meu rosto e ele fixou os olhos na cicatriz.

— Desculpe — repetiu. — Desculpe, desculpe, desculpe. Eu não queria... É o modo como eles tratam a gente... Não foi realmente culpa minha, você estava lá e eles disseram coisas.

— Não vim aqui para falar disso, Michael.

— Então você está com eles.

— Não estou com eles. Quero ser franca com você. Sou médica, converso com pessoas que têm problemas, que sentem necessidade de falar ou que querem falar. E dou minha opinião para a polícia. Eles me trouxeram aqui, mas eu lhes disse que esperassem lá fora. Queria que conversássemos a sós, apenas você e eu.

— Tudo bem. Eles me massacraram, também, você sabe. Não foi só você. Fomos nós dois.

Olhei para ele e imaginei por que um homem como Michael Doll jamais tinha conseguido um emprego normal, por que ele assustava a maioria das mulheres. Não havia uma explicação única. O caso era que tudo nele parecia um pouco fora de foco. Pensei no modo como as pessoas embriagadas fingem estar sóbrias, captar todos os detalhes, e ainda assim não enganam ninguém. Doll imitava um membro normal e sociabilizado da coletividade. Tinha inclusive feito um esforço especial para minha visita. Abotoara a camisa até o pescoço e estava usando gravata. Não havia nada de estranho com relação à gravata, mas o nó estava incrivelmente apertado e pequeno. Dava a impressão de que jamais poderia ser desfeito. Sua velha jaqueta de veludo cotelê era grande demais e ele tinha dobrado uma das mangas para dentro e a outra para fora, de modo que o forro estava visível de um lado e do outro não. Aparentemente seu cinto havia se partido, porque estava emendado com fita adesiva transparente. Ele tinha feito a barba, mas esquecera de uma faixa inacreditavelmente larga sob a linha do queixo, onde crescia um arquipélago de fios espetados.

Eu não sabia se ele era uma pessoa má ou um psicopata. Sabia que era — e sempre tinha sido — pobre. E que vivia sozinho. Às vezes penso que as palavras mais importantes que uma pessoa pode dizer a outra não são "Eu te amo", mas

"Você não pode sair assim". É uma frase que nos repetem sem parar quando somos crianças, e quando crescemos nós a interiorizamos e repetimos para nós mesmos. Por isso, crescemos aprendendo a fazer o tipo de coisa que outras pessoas fazem, a dizer o tipo de coisa que outras pessoas dizem, para que possamos passar pelo mundo sem ser notados. Mas há pessoas como Michael Doll a quem isso nunca foi dito, ou pelo menos não da maneira correta. Para elas, fazer o que os outros fazem é uma língua estrangeira que elas sempre falaram com um sotaque estranho.

— Chá? Café? — O suor acumulava-se na sua testa.

— Um chá seria perfeito.

Ele pegou duas canecas de um armário onde não havia mais nada. Uma tinha a imagem da princesa Diana; a outra estava com a borda lascada.

— Qual das duas você prefere?

— A da princesa Diana.

Ele aprovou com a cabeça, como se eu tivesse passado em algum teste.

— Diana era especial. — Seus olhos encontraram os meus por um segundo, mas ele logo os desviou. Enfiou a mão por baixo da camisa e coçou-se com força. — Eu a amava muito. Você quer... humm... — e apontou para o sofá.

Sentei-me com uma certa repugnância e disse:

— Sim, muita gente a amava.

Ele franziu as sobrancelhas, como se procurasse as palavras adequadas, e depois repetiu:

— Ela era especial.

No canto do cômodo entulhado, que fazia às vezes de sala de estar e cozinha, havia dois grandes ossos. Uma nuvem de moscas zumbia ao redor deles e também ao redor de uma tigela colocada no chão, cheia até a metade com comida de cachorro gelatinosa. Na parede, acima de um pequeno forno engordurado, havia um desses calendários que mostram mulheres nuas com seios fartos e sorriso úmido. Uma panela com resto de feijão endurecido repousava sobre uma bancada. Uma pequena televisão estava ligada no canto, mas sem som. Uma faixa branca horizontal cobria a parte inferior da tela. O sofá estava coberto de pêlo de cachorro e manchas, nas quais eu não queria nem pensar. Latas de cerveja, embalagens de salgadinhos e cinzeiros transbordando estavam espalhados pelo chão. Pela porta, eu podia ver uma parte do quarto de Doll. As paredes pareciam cobertas de fotos recortadas de jornais e revistas. Pelo que eu conseguia ver, elas variavam de garotas seminuas fazendo beicinho a pornografia pura e simples.

Havia prateleiras na parede, não para livros, mas, parecia, para objetos colocados aleatoriamente: uma bailarina de plástico com uma perna arrancada na altura do joelho, seis ou sete aparelhos de rádio velhos e rachados, uma buzina de bicicleta, vários tacos enlameados, uma coleira de cachorro, um caderno com a figura de um tigre na capa, um ioiô sem a corda, um jarro trincado, uma fita de cabelo cor-de-rosa com uma rosa na frente, uma sandália azul-claro, uma escova de cabelo, um pedaço de corrente, uma bacia esmaltada, uma bola de barbante, uma pilha de clipes de papel coloridos, várias garrafas velhas vazias. Eu podia garantir que pelo menos metade da população britânica diria que Michael Doll merecia prisão perpétua simplesmente pelo que fizera com esse apartamento.

Ele percebeu que eu olhava os objetos e disse, um tanto orgulhoso, mas também na defensiva:

— São coisas que recolho. Do canal. Você não imagina as coisas que as pessoas jogam fora.

Observei-o enquanto colocava um saquinho de chá em cada caneca e quatro colheres de açúcar na dele. Sua mão tremia tanto que o açúcar espalhou-se pela bancada.

— Gosto bem doce — disse ele. — Aceita um biscoito?

Senti que eu não conseguiria comer nada do que ele tivesse tocado ou simplesmente olhado.

— Não — respondi. — Mas fique à vontade.

Ele pegou dois biscoitos de um pacote e mergulhou-os juntos no chá até a ponta de seus dedos quase tocarem o líquido. Os biscoitos ficaram tão encharcados que ele precisou segurá-los na outra mão. Levou-os até a boca e comeu-os, lambendo-se com gosto para aproveitar o que ficara deles na sua pele. Sua língua era grossa e cinzenta.

— Me desculpe — ele disse com um sorriso forçado.

Aproximei os lábios da caneca de chá, fingindo que tomava um minúsculo gole.

— Então, Michael — eu disse —, sabe por que estou aqui?

— Eles dizem que devo contar-lhe sobre a garota.

— Sou médica e já trabalhei com pessoas que cometeram esse tipo de crime.

— Que tipo?

— Crimes violentos, contra mulheres, coisas assim. De qualquer forma, a polícia pediu minha opinião sobre o caso do canal. — Percebi um indício de interesse no seu olho bom. Ele olhou-me de frente pela primeira vez. — É óbvio — continuei — que estou interessada em conversar com alguém que possa ter visto alguma coisa. Você foi uma das pessoas que se apresentaram espontaneamente. Você estava naquela área.

— Eu pesco — ele disse.

— Eu sei.

— Fico lá todos os dias — continuou. — Quando não estou trabalhando. É um lugar tranqüilo, longe de todo o barulho. É como estar no interior, num certo sentido.

— Você come os peixes?

Doll olhou-me com ar de espanto e nojo.

— Não suporto peixe — ele disse. — É viscoso e fede. E ninguém vai querer comer alguma coisa que venha daquela água. Trouxe um para meu cachorro, um dia. Nem toquei nele. Agora simplesmente deixo-os na minha rede e coloco-os de novo na água no fim do dia.

— Você estava bem próximo do local em que a vítima foi encontrada.

— Isso mesmo.

— Sabe o que aconteceu?

— Procurei nos jornais. Não havia muita coisa. Ela se chamava Lianne. Vi uma foto antiga dela. Ainda uma menina. Tinha uns dezessete anos, pelo que dizem. Uma menina, ainda. Foi terrível.

— Foi por isso que você se apresentou?

— A polícia pediu. Eles queriam falar com alguma pessoa que tivesse estado na área.

— A que distância você estava?

— A cento e cinqüenta, duzentos metros. Na direção do rio. Passei o dia inteiro lá. Pescando, como disse.

— Então, se Lianne tivesse chegado por aquele lado você a teria visto?

— Eu não a vi. Mas pode ser que ela tenha passado por perto. Quando estou pescando, fico perdido nos meus pensamentos. Você a viu?

— O quê?

— Você viu o corpo?

— Não.

— A garganta estava cortada.

— É verdade.

— A morte é rápida, nesse caso?

— Se o corte for nas artérias principais, sim, a morte é rápida.

— Haveria muito sangue, não é mesmo? O assassino estaria coberto de sangue.

— Acredito que sim. Não sou especializada nisso. Você tem pensado muito no caso?

— Sim, claro. Não consigo tirá-lo da cabeça. Foi por isso que quis saber o que a polícia estava fazendo.

Fingi tomar mais um gole de chá.

— Você está interessado na investigação? — perguntei.

— Nunca me envolvi com uma coisa dessas antes. Pensei que pudesse participar. Eu queria ajudar.

— Você disse que não consegue tirar isso da cabeça.

Ele mexeu-se na cadeira. Pegou outro biscoito, mas não o comeu. Quebrou-o em pedaços e depois em pedaços menores, até que houvesse apenas farelos sobre a mesa.

— Fico vendo tudo isso.

— Vendo o quê?

— A menina, que caminha ao longo do canal e de repente tem a garganta cortada e morre.

Tirei uma carteira de cigarros do bolso, roubada do estoque secreto de Julie especialmente para essa ocasião. Ele ergueu os olhos. Ofereci-lhe um e ele aceitou. Joguei a caixa de fósforos para o outro lado da mesa, como se estivesse entre amigos.

— A polícia deve ter perguntado se você se lembrava de alguma coisa, o que quer que fosse.

— Isso mesmo.

— Quero abordar o caso sobre um outro ângulo, que talvez lhe traga alguma lembrança. Quero saber o que você sentiu.

— Como assim?

— Sobre a morte de Lianne.

Ele deu de ombros.

— Penso nela.

— Porque estava por perto?

— Acho que sim.

— Sobre o que você pensa?

— Tudo passa pela minha cabeça.

— *Tudo* o quê?

— Tudo. Tudo — ele insistiu. — Penso em como deve ter sido.

— Como você acha que foi, Michael?

Ele riu.

— Não é esse o seu trabalho? Você não tenta imaginar como deve ser matar uma mulher?

— Você disse que não conseguia tirar isso da cabeça.

— Não vi nada. Então imagino.

— É isso que me interessa — repliquei. — Se você não viu nada, por que se apresentou?

— Porque eu estava naquela área. A polícia perguntou.

— Você está bem, Michael? Tem falado com alguém?

— Com um médico, você quer dizer?

— Sim.

— Para quê?

— Às vezes é bom falar sobre o assunto.

— Tenho falado.

— Com quem?

— Com um amigo.

— E daí?

Ele ergueu os ombros. — Falamos.

Um outro momento de silêncio.

— Você está interessado no caso. Há alguma outra coisa que queira saber?

Ele desviou o olhar mais uma vez. Como uma evasiva?

— Tenho interesse pelo que a polícia faz. Quero saber como o caso está evoluindo. Acho estranho ter interesse e não saber nada.

— Quando não consegue pensar noutra coisa, o que você vê na sua cabeça?

Ele refletiu por alguns segundos.

— É como quando você acende e apaga uma luz muito depressa. Vejo uma mulher.

— Que mulher?

— Qualquer mulher. Vejo-a no caminho que margeia o canal. Alguém chega por trás, agarra-a, corta sua garganta. Vejo tudo isso num momento. Vejo o tempo inteiro.

— O que sente então?

Ele se sacudiu, quase tremeu.

— Não sei. Nada. Só não consigo tirar isso da cabeça. Está lá dentro. Eu só queria ajudar. — Sua voz estava alta e queixosa. Ele parecia um menino.

Lembrei-me dos detalhes que lera sobre a sua vida nos dossiês no dia anterior, quando fui à delegacia falar com Furth: levado para um orfanato aos oito anos depois de ser abandonado pela mãe alcoólatra e espancado pelo padrasto. Aos dezesseis, já tinha passado por vinte abrigos e dez lares de adoção. Ele tinha uma história que incluía cama molhada de noite, fugas, brigas na escola, primeiro apanhando e depois batendo. Torturou um gato em um dos lares de adoção e em outro ateou fogo nos lençóis da sua cama. Foi transferido para uma unidade especial para crianças problemáticas aos treze anos, onde seu comportamento violento ficou ainda pior. Quando tornou-se independente, morando em uma pensão sórdida, vagando pelas ruas com olhos errantes e espiando as garotas no parque, Michael Doll não passava de uma crise esperando para acontecer.

— Ninguém escuta — ele prosseguiu com impaciência. — É esse o problema. Ninguém escuta. Você diz alguma coisa e os outros não escutam porque pensam que você é a ralé, ou coisa parecida. É assim que eles falam. Eles não ouvem o que você diz. É por isso que vou pescar, porque assim não preciso encontrar ninguém. Posso ficar lá o dia todo. Mesmo quando está chovendo. Não me importo com a chuva.

— Nunca alguém o escutou?

— Não, ninguém — respondeu. — Nunca. Nem ela. — Imaginei que se referisse à sua mãe. — Ela nunca se preocupou. Nem sequer foi me ver depois que fui levado embora.

Nunca foi me ver. Nem mesmo sei se ainda vive. Se algum dia eu tiver um filho, menino ou menina — e aqui seu tom tornou-se inteiramente sentimental —, vou afagá-lo e mimá-lo e nunca o deixarei ir embora. Uma coluna de cinza de cigarro caiu e se desmanchou nas suas calças.

— E nos lares de adoção? — perguntei. — Alguém o escutava?

— Se alguém me escutava? Isso é uma piada. Às vezes eu fazia coisas ruins, mas não conseguia evitar, era como se estivesse cheio de coisas dentro de mim e tivesse que deixá-las sair, e aí eles batiam em mim e me trancavam no quarto e não me deixavam sair mesmo que chorasse horas a fio. — Seus olhos encheram-se de água novamente. — Ninguém ouve você.

— E seus amigos? — perguntei com cautela.

Ele deu de ombros e amassou o cigarro.

— Amigos ou amigas?

Doll estava agitado. Ele remexia no tecido de suas calças e seus olhos se moviam de um lado para o outro.

— Tem uma senhora — ele disse. — Ela gosta de mim, é o que ela diz. Contei coisas para ela.

— Que coisas?

— Coisas que eu sentia. Você sabe o que é.

— Seus sentimentos, por exemplo?

— É, sentimentos. E outras coisas. Você sabe.

— Seus sentimentos com relação a mulheres?

Ele murmurou algo incompreensível.

— Seus sentimentos com relação a mulheres, Michael, deixam você ansioso?

— Não sei.

— Você gosta das mulheres?

Ele deu uma risada nervosa e respondeu:

— Claro. Não tenho nada de errado nessa área.

— Quero saber é se você gosta delas como pessoas. Você tem amigas mulheres?

Ele sacudiu a cabeça e acendeu outro cigarro.

— Quando pensa na garota que foi assassinada, o que você sente?

— Essa Lianne era uma garota que tinha fugido. Não a culpe também. Eu fugi, você sabe. Sempre pensei que minha mãe acabaria me pegando de volta. No entanto, eu quebraria a cara dela se aparecesse na minha frente agora. Rebentaria a cara dela com uma de suas garrafas, até que não sobrasse mais nada. Serviria de lição para ela.

— Então você quis ajudar a polícia porque sabia que tinha estado perto do local do crime?

— Exato. Continuo a ver tudo na minha cabeça. Não consigo parar. E ainda invento histórias. — Ele olhou para mim, depois virou o rosto. — Volto para o canal e fico sentado pensando que poderia acontecer tudo de novo. Poderia, não é mesmo? Poderia acontecer de novo, exatamente onde fico sentado.

— Isso o deixa assustado?

— Um pouco. Bem... — Ele lambeu os lábios. — Um pouco nervoso e um pouco... você sabe...

— Excitado?

Ele levantou-se e começou a andar de um lado para o outro na pequena sala.

— Você acredita em mim?

— Acredito no quê, Michael?

— Acredita em mim? — repetiu, desanimado.

Hesitei antes de responder.

— Estou aqui para ouvir você, Michael. Para ouvir o seu lado da história. É isso que faço: ouço as histórias das pessoas.

— Você vai voltar outro dia? Pensei que estaria furiosa comigo, depois de... você sabe... depois do que aconteceu. Mas você não me trata como se eu não prestasse.

— É claro que não.

— E você é bonita. Não me interprete mal, não estou...

você sabe, tentando conquistá-la. Você é uma dama. Gosto de seus olhos. Cor de cinza. Como o céu. Gosto do modo como eles me olham.

Furth estava sentado na escada, desanimado. Quase tropecei nele.

— E então, o que achou? — perguntou, como se eu acabasse de sair do pavilhão de insetos de um zoológico. Deixamos o imóvel e entramos no carro. Provavelmente Doll estaria nos olhando pela janela. Ele me veria com Furth. O que pensaria? Eu desceria a janela do carro e deixaria que o vento morno soprasse no meu rosto. Alguns pingos grossos de chuva bateram contra o pára-brisa e o céu escureceu.

— Um pobre coitado.

— Só isso? É esse o perfil psicológico que você faz dele? Um pobre coitado? Foi esse sujeito que desfigurou o seu rosto. Está lembrada disso?

Suspirei.

— Tudo bem. Um pobre coitado, triste, inculto, mal-amado, perturbado, aflito consigo mesmo, seguro de sua honradez, perverso, solitário, traumatizado, apavorado.

Furth riu.

— E você só provou a entrada. Chegou a hora do prato principal.

Seis

De volta à delegacia, joguei água fria no rosto e sequei-o com uma fina folha de papel-toalha, tirando também os últimos vestígios de batom. Escovei os cabelos e prendi-os num coque mais apertado, sem mechas soltas. Tirei os brincos e coloquei-os no bolso lateral de minha sacola a tiracolo. Tinha a sensação de que algo macio e indefinível estava preso no meu rosto, como uma teia de aranha ou alguns finos fios de cabelo. O ar estava morno, espesso, estagnado. De segunda mão. Eu estava aspirando o ar que outras pessoas tinham acabado de expelir dos pulmões. Olhei minha imagem refletida no espelho manchado. Achei-me pálida e com ar sério. Eu parecia uma pessoa como qualquer outra — e no momento era bom ser uma pessoa como qualquer outra.

Furth esperava por mim, em pé, no meio de muitas caixas. Tinha no ouvido um minúsculo telefone celular, quase escondido pelos seus cabelos brilhantes, mas ele mergulhou-o no bolso de cima do casaco assim que me viu.

— Esses malditos telefones não funcionam mais aqui — disse. — Metade dos computadores já se foram. Metade das salas já não tem mais onde a gente sentar. O papel higiênico acabou na maioria dos toaletes. — Depois, fez um movimento brusco com o queixo, que parecia talhado por um cinzel. — Lá em cima — disse.

Segui-o até uma pequena sala quadrada, com uma seringueira morta em um canto e uma janela que não abria. Em outro canto, uma cadeira quebrada estava caída de lado. Sobre a mesa no centro da sala havia um grande toca-fitas e uma caixa de fitas etiquetadas com letra caprichada. Furth sentou-se de um lado da mesa e eu na frente dele. Nossos joelhos quase se tocaram, por isso cheguei um pouco para trás e coloquei as mãos nos braços de madeira de minha cadeira.

— Pronta? — ele perguntou, levantando uma das mãos. — Já voltamos a fita até o ponto que deve lhe interessar mais.

Fiz um sinal de concordância com a cabeça e ele apertou o botão "PLAY" com o dedo indicador.

No início, não reconheci a voz. Em primeiro lugar, estava mais alta. E o ritmo era completamente diferente — às vezes muito rápido, a ponto de eu mal conseguir entender o que estava sendo dito, e depois, de repente, ficava lento e tornava as sílabas incompreensíveis. Por alguns segundos cheguei a pensar que havia algo de errado com o aparelho, que as pilhas estavam acabando — mas ele estava ligado a uma tomada na parede e quando me inclinei vi que a fita corria normalmente.

— Vou sempre lá. Vou de noite, quando não consigo dormir, e muitas vezes não consigo dormir, Dolly, pensando...

Apertei o botão "STOP".

— Dolly?

Furth tossiu de leve.

— Foi esse o nome que Colette, isto é, a policial Dawes, escolheu para si. Delores, ou Dolly, como diminutivo. Ele é Doll e ela é Dolly. Foi assim que ela engrenou a conversa. Você sabe como é. "Que coincidência", ela disse, surpresa, piscando os longos cílios, "meu nome também é Doll". Inteligente, não?

— Estou apavorada.

Ele riu.

— Você custa a ficar satisfeita, Kit Quinn. Quer continuar?

— Continue, então.

— ...nas mulheres. Você sabe.

— Prossiga, Michael — disse a mulher. — Prossiga.

— Vou ao lugar onde tudo aconteceu. Quando não tem mais ninguém lá e está tudo escuro, fico parado onde ela estava.

— Sim?

— Sim, Dolly. Isso está certo?

— Você sabe que está.

— Vou lá e imagino. Imagino que está tudo acontecendo de novo, exatamente como naquele dia. A garota seguindo pela trilha. Ela é muito bonita, sabe? É jovem, dezessete anos, talvez. Cabelos compridos. Gosto de cabelos compridos. Como os seus cabelos, Dolly, quando você os deixa soltos. E imagino por um instante que a sigo de perto. Ela sabe que estou lá, é claro, mas não olha para trás. Vejo que ela sabe. Seu pescoço está retesado e ela caminha um pouco mais depressa. Está com medo. Medo de mim. Eu me sinto alto, me sinto forte. Você sabe. Me sinto viril. Melhor não brincar comigo. Ela caminha um pouco mais depressa e eu caminho um pouco mais depressa. E me aproximo.

Houve uma pausa e apenas silêncio, respiração e ruído ambiente. A detetive Colette Dawes diz novamente:

— Prossiga. — Com voz áspera, dessa vez, como se fosse sua professora.

— Eu me aproximo — ele repetiu. Sua voz estava consideravelmente mais suave. — Ela se vira, e no momento em que se vira, vejo sua boca bem aberta, os olhos arregalados, e ela é como um peixe, como os meus peixes antes de eu colocá-los de volta na água suja. Como um peixe que tenho sob o meu controle.

Ouvi a risada de Michael Doll. Um riso nervoso, estridente. Pelo menos, a mulher não acompanhou-o na risada.

Silêncio de novo. Furth e eu ouvimos o som da fita girando. Olhei para as outras fitas na caixa. Havia mais três, etiquetadas e datadas. Doll voltou a falar:

— Isso significa que sou um cara mau? O que acabei de dizer, Dolly, significa que sou um cara mau?

— Você a odiava, Michael?

— Se eu a odeio? — perguntou ele, impaciente. Reparei mentalmente na mudança para o tempo presente. Eu gostaria de ter um bloco de papel na minha frente, onde pudesse fazer pequenas observações e concentrar-me nelas. — Não, ódio não. Eu a amo, é claro. É amor que sinto. Amor. Amor.

Furth inclinou-se e voltou a fita, depois apoiou-se no encosto da cadeira e cruzou os braços.

— E então?

Empurrei a cadeira para trás e levantei-me. A sala parecia pequena demais. Atravessei-a e vi pela janela a parede oposta, por onde escorria um filete de água proveniente de um vazamento na calha. Se eu esticasse o pescoço, teria quase visto uma faixa de céu pesado e escuro.

— Eu gostaria de conversar com a detetive Dawes.

— Nem pense nisso, Kit, pelo amor de Deus! Não precisa se preocupar. Queremos apenas sua opinião profissional, com base no passado dele, a impressão que deixou em você, sua confissão gravada. Que tipo de homem é Doll, na sua respeitada opinião, blablablá, isso tudo que você conhece bem. Você ouviu o que ele disse. Foi ele. Praticamente confessa ter matado a garota e diz que agora se excita com a história e se masturba no seu esquálido quarto de pensão noite após noite, olhando para as fotos pornográficas e pensando no crime. É um pervertido, um assassino. Não é o tipo de pessoa de quem alguém queira se aproximar. Você conhece isso melhor do que ninguém. Sabe do que ele é capaz. Escreva alguns parágrafos sobre o que pensa dele.

— Quero trocar só uma palavra com Colette Dawes. Depois preparo um relatório. Está bem assim?

Ele franziu as sobrancelhas. Suspirou pesadamente. Enfiou as mãos nos bolsos.

— Vou ver o que consigo fazer — disse.

Uma mulher carregando uma prancheta e uma pilha de envelopes abriu a porta e entrou. Percebi imediatamente o quanto Doll teria confiado nela. Ela tinha cabelos loiros e um rosto suave com contorno delicado, parecendo não ter arestas, não ter ossos. Sua pele pálida parecia ter recebido um *blush* permanente. E dava a impressão de ser muito jovem. Trocamos um aperto de mão.

— Furth falou-lhe sobre mim?

— Não exatamente — disse ela. — Você é médica, ou algo assim.

— Sou médica. Furth queria minha opinião sobre Michael Doll. Vi o processo. Ouvi um pedaço da fita.

Ela levantou a papelada, segurando-a com os dois braços contra o peito, como um escudo.

— Sim?

— Eu gostaria de falar-lhe um instante.

— Sim. O detetive Furth já me disse. Mas não tenho muito tempo. Estou esvaziando esses arquivos.

— Quinze minutos. Não mais do que isso. Podemos dar uma caminhada?

Ela parecia desconfiada, mas largou seus papéis na escrivaninha e murmurou algo que não consegui entender para o funcionário de plantão. Descemos a escada em silêncio, uma atrás da outra, e saímos. A delegacia de polícia de Stretton Green fica numa pequena rua tranqüila, mas um minuto apenas de caminhada levou-nos à Stretton Green Road. Há ali uma loja de comida natural com poucas mesas, onde servem café durante o dia, e nos instalamos num canto. Fui até o balcão e pedi dois cafés pretos a uma jovem que estava sentada perto da caixa registradora lendo o jornal.

— Dez — eu disse, quando ela nos deixou com nossos cafés.

— O quê? — perguntou a detetive Dawes.

— *Piercings* — respondi. — Três numa orelha, quatro na outra, dois no nariz e um que atravessa o lábio inferior. E quem sabe quantos mais?

Ela tomou um gole de café, mas não respondeu.

— Colette... Tudo bem se eu a chamar assim?

— É claro.

— Bem, Colette, é extraordinário o que você conseguiu tirar de Doll — comentei. Ela deu de ombros. — Foi difícil? — Ela deu de ombros mais uma vez. — Onde foi que a conversa aconteceu?

— Em diferentes lugares.

— Estou falando de quando ele descreve o assassinato em detalhes.

— Estávamos no apartamento dele.

— Você gostou dele?

Ela levantou bruscamente os olhos e depois desviou-os. Manchas vermelhas tinham aparecido na sua pele pálida.

— É claro que não.

— Ou teve uma certa pena dele?

Ela sacudiu a cabeça.

— Não, não, doutora...

— Kit.

— Kit. Veja. — Ela estava irritada, ou esforçando-se para ficar irritada. — Você não viu o relatório do patologista? — ela prosseguiu.

— Não, isso não é comigo. Minha única preocupação é Michael Doll.

— Ele é um homem perigoso, parece que você não sabe.

— É claro que sei.

— O que você quer, então? Esperar até que haja um outro assassinato e que então talvez possamos pegá-lo? Ou talvez a próxima vítima vá enfrentá-lo e capturá-lo para nós? É isso que está esperando?

Acomodei-me melhor na cadeira. Não respondi e ela continuou.

— O que fizemos era parte do bom trabalho da polícia de antigamente. Furth e os outros passaram dias e noites investigando todas as pessoas que estavam na área. Foi Furth quem reuniu o material sobre Doll. Ele não lhe contou isso?

— Não.

— Aproximei-me dele de maneira amigável, fiz com que ele falasse. Não foi uma coisa agradável de fazer. Por isso, não entendo o que você está querendo dizer.

Tomei um gole demorado de meu café, tendo o cuidado para não deixar a xícara vazia. Eu não queria que eia se fosse, ainda.

— A única coisa que quero é reunir todas as informações possíveis sobre Michael Doll. Tudo bem?

Como resposta, ela fez um quase imperceptível movimento de concordância com a cabeça.

— Então, Colette, qual foi o seu plano depois que conseguiu conhecê-lo?

— Eu queria apenas fazê-lo falar.

— Sobre o assassinato?

— Isso mesmo.

— Mas é difícil, não? Você poderia, então, contar-me sobre suas conversas?

Uma mecha de cabelos tinha escorregado para a sua testa e ela colocou-a para cima. A mecha caiu de novo e ela fez um esforço para prendê-la.

— Doll não tem exatamente um grande número de amigos. Acho que ele estava desesperado para ter alguém com quem conversar.

— Ou desesperado para ter um amigo.

— É a mesma coisa.

— Sim — eu disse. — Há quanto tempo você o conhece?

— Não muito tempo. Não mais do que duas semanas.

— Entendo que tenha havido três ou quatro conversas gravadas e que o trecho que ouvi vem da última delas. É isso mesmo?

— É isso mesmo.

— Como foram as primeiras?

— Como assim?

— Ele falou sobre o crime?

— Não.

— Você tocou no assunto?

— De leve.

— Ele falou logo?

— Precisei primeiro ganhar a sua confiança.

— Quer dizer que ele precisou confiar em você primeiro antes de contar-lhe que tinha assassinado alguém?

— Ele não confessou de fato, não foi? Por isso trouxeram você.

Apoiei os dois cotovelos na mesa, o que fez com que meu rosto se aproximasse do de Colette.

— Você sabe, sempre falo com muita gente com problemas terríveis, que fizeram coisas indignas, e a barreira inicial a transpor é fazer com que sintam que é importante para eles se abrirem, não esconderem nada. Como conseguiu isso?

— Você tem um cigarro?

— Por acaso sim — respondi e tirei da bolsa o maço que trouxera para Doll.

— Encorajei-o a falar livremente — disse ela. — Insisti que queria conhecer os seus segredos.

— Insistiu que queria conhecer os segredos dele e ele contou que tinha cometido um crime.

— Não foi bem assim. Eu estava falando com ele sobre as suas fantasias.

— Isso não foi no *pub*, imagino. Foi no apartamento dele.

— Sim.

— Você conduziu a conversa para as áreas de sexo e violência.

Ela deu uma tragada no cigarro.

— Encorajei-o a falar. Como qualquer pessoa faz. Como *você* faz.

— Foi uma espécie de toma-lá-dá-cá? Você contou as suas fantasias e levou-o a contar as dele?

— Tentei fazer com que ele falasse. Eu precisava mostrar-lhe que não ficaria chocada com nada do que ele me contasse.

— Mas as suas primeiras conversas com Doll não deram resultado?

— Na verdade, não.

— Naturalmente Furth e os outros ouviram as fitas.

— É claro que sim.

— E eles disseram que as fitas não estavam acrescentando nada?

— Elas *não* estavam acrescentando nada.

— E eles então disseram: "Volte lá e consiga alguma coisa melhor"?

— Não exatamente.

— E eles disseram: "Insista um pouco mais"?

— O que está insinuando?

— Imagino que eles tenham dito algo como: "Por que Doll haveria de lhe contar alguma coisa? Você precisa insistir um pouco mais."

— Não sei o que quer dizer. Apenas consegui que ele falasse.

— E como! O que ouvi foi um material e tanto. Completamente repugnante. Não há dúvida, Colette, de que você voltou lá e saiu com o que queria.

— Fiz meu trabalho.

— Você encontrou esse cara estranho, perturbado, totalmente insociável, e no terceiro ou quarto encontro ele já lhe conta uma fantasia macabra sobre o assassinato de uma mulher. Você vê onde quero chegar, não é mesmo?

— Fiz o meu trabalho.

Inclinei-me à frente a tal ponto que nossos narizes quase se tocaram.

— Você fez sexo com Michael Doll?

Ela recuou.

— Não — respondeu, e sua voz era pouco mais do que um murmúrio. Depois, mais alto: — Não.

Meus olhos não se desviaram dos dela.

— Você estava usando um microfone. Fazer sexo talvez fosse um problema. Talvez não tenha sido exatamente sexo.

— Não — ela disse, sacudindo a cabeça. Ela esfregou o canto do olho direito.

— Ótimo — eu disse, com voz baixa. — Vamos embora.

Caminhamos em silêncio até chegarmos aos degraus que levavam à delegacia. Parei e segurei-a pelo braço.

— Colette — eu disse.

Ela desviou o olhar.

— Quem preparou você para essa missão? Quem a aconselhou?

— Apenas Furth.

— Tudo bem — falei. — E como se sente agora, quando pensa nisso?

— Como eu deveria me sentir?

— Preocupada, talvez.

— Por quê? Esse é um problema para pessoas como você. Tenta fazer com que todos se sintam traumatizados.

— Eu estava querendo ser solidária.

— Não preciso de solidariedade.

Separamo-nos friamente e no mesmo instante mandei chamar Furth. Ele chegou, com ar jovial e seguro de si.

— Preciso ouvir todas as fitas — eu disse.

Sete

Dormi mal, com o sono interrompido várias vezes, e acabei acordando tarde. Bebi um pouco de café enquanto me arrumava às pressas. Julie saiu de seu quarto vestida apenas com uma velha jaqueta minha encontrada provavelmente no armário do quarto de hóspedes, que eu fizera uma tentativa de transformar em escritório. Agora era o quarto dela. Nós duas precisaríamos ter uma boa conversa sobre várias coisas. Ela parecia um roedor saído da hibernação. Seus cabelos estavam totalmente embaraçados e os olhos apertados, como se precisasse protegê-los da luz.

— Não sabia que você se levantaria tão cedo — disse ela. — Eu teria preparado o café-da-manhã para você.

— Faltam vinte para as nove — retruquei —, e estou apressadíssima.

— Vou comprar alguma coisa — ofereceu-se.

— Não se incomode com isso.

— Não é incômodo nenhum.

Voltei à delegacia de polícia com uma terrível sensação de fatalidade, como quando eu tinha quinze anos e estava prestando meus primeiros exames para valer. Sentei-me muito retesada no assento do motorista e segurei com força o volante. Todas as partes de meu corpo estavam tensas. Minha coluna parecia um bastão de metal. Os músculos do pescoço estavam distendidos, o queixo cerrado involuntariamente. Minha cabeça latejava como se alguém tamborilasse nas minhas têmporas com os nós dos dedos. Idiota, idiota, idiota, murmurei para mim mesma, presa num sinal que ficou vermelho, verde, vermelho, sem que nenhum carro se movesse, porque um caminhão-reboque bloqueava a rua. Chovia sem parar. Nas calçadas, algumas pessoas caminhavam apressadamente sob seus guarda-chuvas, desviando-se de poças e de fezes de cachorros. Londres cinzenta, congestionada, enlameada. Meu relatório estava no banco do carona. Tinha cerca de seiscentas palavras. Conciso e direto. As fitas estavam ao lado dele, numa sacola de plástico.

No estacionamento da delegacia entrei de ré numa vaga e ouvi imediatamente o barulho assustador de metal contra metal. O engraçado é que, quando isso acontece com a gente, a sensação é quase física, como se a carroceria do carro fosse nossa própria pele.

— Droga.

A traseira de meu carro tinha batido contra o azul brilhante de um BMW incrivelmente caro, como dava para perceber. Saí do carro no meio do aguaceiro e examinei o longo e fino arranhão que meu carro fizera no outro. O meu tinha sofrido ainda mais e estava com uma lanterna quebrada e um pára-choque amassado como se fosse uma folha de jornal. Tirei um bloco de dentro da minha bolsa e escrevi um bilhete de desculpas, deixei o número do registro de meu carro e do meu telefone, dobrei o papel várias vezes para protegê-lo da chuva e enfiei-o embaixo do limpador de pára-brisa do BWM. Eu não tinha trazido guarda-chuva e já estava encharcada. A água pingava pela minha nuca. Peguei o relatório e enfiei-o na bolsa.

Furth estava sentado na sala de conferências, com uma prancheta na sua frente, mas levantou-se quando entrei e cumprimentou-me com um amigável aceno de cabeça. Com ele estava uma mulher com cabelos prematuramente grisalhos e rosto acetinado e tranqüilo, com a qual eu já me encontrara, e um homem corpulento que tinha a careca rodeada por uma coroa de cabelos e pequenos e penetrantes olhos azuis.

— Estávamos falando em você — disse ele. — Suas orelhas não arderam? Passe-me seu casaco. Esta é Jasmine, que você já conhece, não é mesmo? Jasmine Drake. E este é o detetive Oban. Meu chefe. Café? Chá? Nada?

Olhei para Oban um pouco alarmada.

— Não se preocupe comigo — disse ele. — Estou só de passagem.

— Nada para mim, obrigada — repliquei, acomodando-me numa cadeira de plástico cor de laranja e colocando meu relatório dentro de seu envelope branco e liso, na minha frente. — Você pediu que eu entregasse isto pessoalmente. Aqui está.

— Muito amável de sua parte — disse Furth, olhando para Oban e depois piscando o olho para mim. — Para falar a verdade, ela tem o ar gentil, mas é melhor ficar atento.

Enfiei o indicador por baixo da aba colada do envelope e o abri.

— Isso ainda o interessa?

— Antes de começar, acho que você gostaria de saber que trouxemos Doll.

— O quê?

— Independentemente de seu relatório, as coisas estão avançando. Enquanto estamos aqui conversando, há mergulhadores vasculhando o canal. O próprio testemunho de Doll indica que ele estava por perto. Além disso, há o seu comportamento suspeito antes e depois, e a sua confissão gravada, é claro. As coisas estão se encaixando perfeitamente. Tudo feito ao pé da letra, não se preocupe. Com um advogado, é óbvio. John Coates. Ele está vindo. Você deve conhecê-lo.

Eu o encontrara uma vez aqui mesmo, com Francis. Simpático, sorria o tempo todo. O tipo de homem que qualquer um preferiria ter como gerente de uma conta bancária e não como advogado. Olhei para Jasmine Drake, mas ela rabiscava qualquer coisa no seu bloco e nem levantou a cabeça. Vireime então para Oban, e fiquei constrangida ao ver que seus olhos claros estavam fixos em mim, sem sequer piscar. Tirei a folha que continha todo o meu relatório e coloquei-a na mesa à minha frente.

— Só isso? — perguntou Furth.

— Faça um resumo para nós, por favor, dra. Quinn. — Era a voz de Oban.

— Deixem-no ir embora.

O silêncio invadiu a sala. Eu conseguia ouvir as batidas de meu coração. Elas estavam regulares. Eu me sentia melhor agora que tinha desabafado, exposto minha posição.

— O quê?

— A não ser que existam outras provas sobre as quais não fui informada, não vejo por que prendê-lo. Por enquanto.

Furth ficou vermelho. Esse era o pior momento. A idéia era que eu ficasse do lado dele, mas agora parecia que eu não estava.

— Você não sabe o que está dizendo — ele falou, sem fitar-me nos olhos.

Respirei fundo.

— Nesse caso, não precisavam ter me pedido um relatório.

— É desse seu maldito relatório que estou falando — disse Furth, com uma súbita raiva hilariante, como se a questão pudesse ser resolvida com um pouco de graça. — A única coisa que lhe pediram foi que avaliasse Doll. Só isso. Ele é um pervertido, não? Essa é a única coisa que precisa dizer. Anthony Michael Doll é um pervertido.

— Ele é um jovem perturbado que tem fantasias sinistras e violentas.

— E então? Qual é a dif...

— *Fantasias*. Há uma diferença entre a fantasia e o ato.

— Ele confessou e confessará de novo. Você verá.

— Não. Ele fantasiou durante os atos sexuais com a detetive Dawes. — Olhei ao meu redor. Tinha dado certo. A sala estava em silêncio. — Vocês sabiam? Sabiam que enquanto ela o *encorajava*, nas palavras dela, a falar, ela o estava masturbando e permitindo que ele a acariciasse? Vocês a incentivaram a fazer isso, ainda que não declaradamente? Dizendo que seria pelo interesse do serviço, ou coisa parecida? Ela não estava conseguindo um material interessante, antes? De qualquer maneira, isso não importa. Não é uma confissão, é um recital de pornografia.

— Ouça, Kit. — Seu rosto estava vermelho. — Eu jamais deveria ter metido você nisso. Foi esse o meu erro. Eu devia ter imaginado que depois do seu acidente suas idéias talvez ficassem prejudicadas. Você na verdade está se identificando com Michael Doll, protegendo-o de um modo muito estranho. É como as pessoas que se apaixonam por seus seqüestradores. — Ele olhou de lado para Oban, depois virou de novo para mim seu rosto preocupado. — Pensamos que estávamos ajudando você, mas agora vejo que estávamos enganados. Foi tudo cedo demais. Talvez por isso devamos apenas agradecer pelo tempo que nos dedicou, e dizer-lhe que pagaremos pelo seu serviço.

Então falei, com o tom mais conciliatório que arranjei:

— Você pediu a Colette Dawes que conseguisse uma confissão de Michael Doll. Ela sabia com quem estava lidando? Ela deixou-se levar?

— Ele é um assassino — disse Furth, com um visível ar de pouco caso. — Todos sabemos quem ele é e você devia saber também. Precisamos apenas prová-lo diante de um júri. A detetive Dawes fez um excelente trabalho em condições difíceis.

Olhei-o bem dentro dos olhos.

— A idéia foi sua?

Furth fez uma óbvia tentativa de falar com calma.

— Temos um assassino lá dentro — ele disse. — Essa é a minha opinião. Abrimos um processo. Temos uma confissão. Se ultrapassamos um pouco as regras, foi porque imaginei que teríamos a sua aprovação, Kit, mais do que a dos outros. Estamos do lado das mulheres... da que foi morta e das que ainda serão.

— Acho que você não me entendeu — repliquei, ouvindo minha voz tremer. Seria nervosismo ou raiva? — Não estou dizendo que Michael Doll não pode ter matado aquela mulher, mas você ainda não tem um processo. Estou aqui como uma profissional que trabalha com os emocionalmente perturbados e os psicopatas, não como advogada, mas posso imaginar que a fita seria inteiramente inadmissível em qualquer tribunal. Mais do que isso, acredito que se algum juiz a ouvisse, consideraria a história toda uma tremenda armadilha. — Olhei para ele, para seu belo rosto. — Se eu fosse você, enterraria essa fita num buraco bem fundo e rezaria para que o advogado de Doll nunca ouvisse falar nela. De qualquer maneira, não quero mais participar do caso.

— É a primeira coisa sensata que você diz.

Foi a gota d'água.

— Toda essa história — prossegui, quase sem fôlego — é de uma obscenidade grotesca. E você — agora dirigindo-me a Jasmine Drake —, você devia ter um conhecimento maior. Não apenas como policial. Como mulher! E isso vale para você também — falei para o detetive Oban, que estava sentado no seu canto, com uma expressão vaga no rosto redondo, amável e rosado. Olhei com raiva para o relatório que estava sobre a mesa, o relatório que eu redigira numa linguagem simples e científica.

Oban não me respondeu. Ele levantou-se e, quando abriu a porta, olhou para Furth com uma expressão desanimada que fez-me lembrar um cão de caça muito velho e enrugado.

— Deixem-no ir — disse, com voz macia e quase informal.

— Quem?

— Michael Doll. Alguma coisa mais? — Ninguém disse uma palavra. Agora ele olhava para mim. — Mande-nos a conta de seus honorários, doutora, ou o que a senhora costuma fazer. Obrigado. — Mas ele não parecia muito agradecido. Eu estragara seu dia. Ele saiu, seguido de Jasmine Drake, que olhou-me de relance antes de desaparecer no corredor.

Fiquei sozinha com Furth, que estava sentado em silêncio, olhando a parede. Levantei-me para ir embora. O som de minha cadeira arranhando o chão acordou-o de seu devaneio. Ele pareceu surpreso que eu ainda estivesse ali. Quando falou, foi como se estivesse sonhando.

— A culpa será sua — disse — quando ele fizer isso de novo. Ele fez com você, fez com a garota. E lá fora, andando por aí, está provavelmente alguém que será a sua próxima vítima.

— Adeus, Furth — eu disse, indo embora. — Eu... isto é... você sabe...

— Fique de olho nos jornais — gritou para mim, enquanto eu me afastava. — Ainda esta semana, ou na próxima, aparecerá alguma coisa.

Oito

Quando cheguei à rua eu tremia de emoção. Queria fazer alguma coisa extrema e violenta, como atirar uma pedra contra uma vitrine ou deixar o país, assumir uma nova identidade e nunca mais retornar à Inglaterra. Eu iria para casa, trancaria a porta e não apareceria por uma semana.

Quando voltei para pegar o carro, o BMW não estava mais lá. Sem dúvida eu logo receberia um comunicado de alguma companhia de seguros. "Fomos notificados por nosso cliente..." Um amassado que atingia as duas portas. Quanto isso me custaria?

No apartamento reinava um silêncio extremo, o que deixou-me encantada. Julie não estava. A oportunidade era preciosa. Enchi a banheira, despejei alguns sais de nomes absurdamente exóticos, peguei um jornal e uma revista e afundei na água como uma morsa. Em pouco tempo deixei de lado o jornal e concentrei-me na revista: li sobre os cinco melhores hotéis-fazenda que ofereciam fins de semana por menos de cem libras, aprendi sete maneiras de escandalizar um homem na cama e respondi a um questionário intitulado "Você é uma pessoa caseira ou festeira?". O resultado deu que eu era festeira. Por que então eu ia tão raramente a festas?

Por fim, abandonei também a revista e mergulhei lentamente na água até ficar só com o nariz e a boca de fora. Indiferente, ouvi o telefone tocar uma vez, e a seguir o *bip* da secretária eletrônica. Imaginei-me deitada num tanque de flotação. Uma solução salina adequada para permitir uma flutuação perfeita, mantida na mesma temperatura de meu corpo. Escuridão. Para que isso? Eu estava totalmente desligada ou totalmente concentrada? Eu sabia que um lapso de tempo muito curto pode parecer longo demais, ou talvez fosse exatamente o contrário.

Ouvi uma série de ruídos surdos e batidas de porta. Era Julie. Parecia que ela tinha fechado a porta com o pé. Era hora de retornar ao mundo. Sequei-me lentamente como se para retardar o inevitável, depois enrolei a toalha no corpo e saí do banheiro.

— Fantástico — disse Julie. — Banho de banheira em plena luz do dia. Isso é que é vida!

— Parece um pouco ilícito — admiti, embora ao mesmo tempo fosse irritante ouvir uma mulher que passara anos vagando pelo mundo fazer uma provocação por eu me permitir um pequeno prazer.

— Não se preocupe com o jantar — disse ela, animada. — Dei uma olhada nos seus livros de receitas e saí para comprar algumas coisas. Você fica em casa esta noite?

— Sim, mas não tinha realmente pensado em...

— Ótimo. Deixe o jantar por minha conta. É um segredo, mas não se preocupe. É tudo muito leve. Muito saudável. A propósito, há uma mensagem para você na secretária eletrônica, de uma pessoa chamada Rosa. Desculpe, não sabia que você estava em casa, e estava esperando uma ligação. Não tenho certeza se apertei o botão certo. Talvez eu tenha apagado o recado por engano.

E tinha. Vesti-me rapidamente e com simplicidade. Como não sairia de casa, optei por uma calça *jeans* branca e um suéter azul-claro. Fiquei tentada a ignorar a mensagem de Rosa. Eu não conseguia pensar em nenhuma boa notícia que essa mensagem pudesse me trazer. Mas contei até dez e disquei.

— Precisamos nos encontrar — Rosa disse imediatamente.

— Para quê?

— Tem a ver com a polícia. Se entendi bem, você não seguiu meu conselho. Isso não é exatamente uma surpresa, mas eu teria achado ótimo se tivesse sido informada.

— Oh — falei, com o coração apertado. — Ok. Tudo bem se eu aparecer amanhã, durante o dia?

— Gostaria de encontrá-la hoje. Algum problema se eu for até sua casa?

— Por quê? Isto é, está ótimo — respondi.

— Chegarei dentro de uma hora, mais ou menos — concluiu Rosa, e desligou.

Fiz uma tentativa ridiculamente ineficaz de botar ordem na sala, enquanto ouvia o alvoroço de Julie preparando as coisas na cozinha. Na verdade, tinham se passado apenas 45 minutos quando a campainha tocou.

Desci as escadas correndo e abri a porta com um alegre sorriso previamente ensaiado, que se congelou quando olhei para a escada.

— Oh — foi tudo o que consegui dizer, e acho que foi exatamente a mesma coisa que eu tinha dito a Rosa por telefone.

— Não estou sozinha — revelou.

Ela não estava sozinha. Ao seu lado estava o detetive-chefe Oban. Atrás dele, um carro. Um BMW.

— Sinto muito pelo carro — eu disse. Foi tudo no que consegui pensar, mas no exato momento em que falei, deime conta de que, se você só consegue pensar numa coisa, não significa obrigatoriamente que precise dizê-la. Pode acontecer que a única coisa que lhe vem à cabeça seja a pior coisa a dizer.

— A culpa foi toda minha. Pagarei imediatamente. Sei que a primeira regra no caso de uma batida é nunca admitir a responsabilidade, mas a culpa foi só minha.

Rosa parecia perplexa e Oban deu um leve sorriso.

— Um problema de estacionamento — ele disse a ela, à guisa de explicação. A seguir, olhou de novo para mim. — Então, foi você? Encontrei um bilhete debaixo do limpador de pára-brisa, mas a chuva tinha apagado tudo. Não se preocupe, acho que dá para declarar que os danos ocorreram no exercício de minhas funções.

— O que é verdade. Num certo sentido.

Eu não conseguia pensar em mais nada para dizer, nem mesmo em frases idiotas, por isso segurei a porta e afasteime um pouco para deixá-los entrar. No início eu tinha pensado, num delírio quase paranóico, que era por causa da batida no carro que eles tinham vindo, por eu ter abandonado o local do incidente, ou algo parecido. Mas é claro que não era isso. O que estava acontecendo, então? Havia sido apresentada algum tipo de queixa oficial? Subi a escada atrás deles. No momento em que chegamos na sala, Julie saiu da cozinha, chamando a atenção pelo seu avental de açougueiro listrado. *Meu* avental. Ela pareceu pega de surpresa. Apresentei todo mundo.

Oban apertou a mão de Julie com um ar um pouco estranho.

— Vocês...

— Julie está passando alguns dias comigo — interrompi.

O que ele estava insinuando? Então olhei para Julie, alta, bronzeada, forte. Oh, meu Deus, ele deve ter pensado que nós duas tínhamos um caso. Pensei em tentar explicar a natureza de nosso relacionamento, mas depois percebi que isso não fazia o menor sentido.

— Estou preparando nosso jantar — disse Julie, num tom terrivelmente doméstico. — Vocês jantam conosco?

— É apenas uma reunião de trabalho — apressei-me em dizer. A idéia de Julie e eu começarmos a receber visitas como um casal me fez estremecer.

— O senhor é realmente detetive? — Julie perguntou a Oban.

— Realmente sou — respondeu ele.

— Deve ser uma coisa fascinante.

— A maior parte do tempo, não.

Oban olhou na direção de Rosa, que tinha tirado um livro da estante e folheava-o com ar concentrado.

— Poderia nos dar licença um instante? — disse ele a Julie, com muita educação.

— Quem? Eu? — perguntou ela, surpresa. — Tudo bem, volto para a cozinha.

Ela saiu rapidamente. Depois que ela desapareceu, Rosa colocou o livro de volta na prateleira e olhou para mim.

— Sente-se, por favor — eu disse.

Todos nos sentamos, levemente constrangidos, Rosa e eu lado a lado no sofá e Oban numa cadeira, na nossa frente.

— Dan Oban telefonou-me hoje de manhã...

— Rosa — interrompi —, eu sei que devia...

Ela levantou a mão para que eu me calasse.

— Espere — disse. Depois, virou-se para Oban. — Dan? — É óbvio que eles se conheciam bem.

— Sinto muito por tudo isso — recomecei, antes que ele pudesse falar. — Eu estava um pouco nervosa, e tão chateada pela armadilha que prepararam, por toda a idéia envolvida, que não consegui me conter. Mas não foi nem um pouco profissional e...

— Você estava certa — disse Oban.

Eu não conseguia ver sua expressão, porque à medida que falava, ele se inclinava à frente, esfregando os olhos. Ele estava cansado.

— O quê?

— A idéia toda foi desastrosa. Você estava certa. Falei com alguns colegas do departamento jurídico e, como você disse, é provável que a fita seja considerada uma prova inadmissível. A pobre garota conduzia Doll com rédea curta. Como se pudesse ser. — Ele olhou para Rosa com um sorriso acanhado, mas reprimiu-o imediatamente ao ver seu cenho franzido.

— E então? — perguntei, erguendo os ombros. — Quer dizer que está tudo bem?

— Não é isso que eu ia dizer. Telefonei para a dra. Deich porque quero você de volta.

— De volta?

— Seu trabalho foi muito bom, não deixou dúvidas. Quero você na investigação.

— Não acho que seja uma boa idéia.

— Por quê?

— Por inúmeras razões. Em primeiro lugar, você consegue me imaginar trabalhando com Furth de novo? Ele estava uma fera.

— Furth é problema meu. De qualquer forma, ele não está mais à frente da investigação. Eu estou.

— Ainda assim, não acredito que tenha algo a oferecer — repliquei. — Não tenho muita experiência nesse tipo de coisa. Nenhuma, na verdade. Apenas trabalho com homens como Doll. Não tenho idéias.

Oban levantou-se e caminhou lentamente até a janela, depois virou-se.

— Este é um caso simples — disse ele. — É o crime mais terrível e mais básico. Uma mulher está num lugar isolado, um sujeito a mata e foge. Ele ainda está solto. Precisamos apenas de um pouco de sorte. Um pouco só, e o pegaremos.

— Por que telefonou para Rosa? — perguntei, intrigada. — Por que não para mim?

— Porque ele queria saber o que eu achava — disse Rosa.

— O que achava de mim? Se eu era maluca? — perguntei.

Rosa não conseguiu continuar séria.

— Prefiro não me manifestar sobre esse aspecto — disse. — Ele queria saber se era justo pedir-lhe isso.

— E qual foi a sua resposta?

— Eu disse que ele devia perguntar a você.

— Perguntar para mim se era justo pedir-me para voltar?

Ela ergueu os ombros.

— O que você acha? — quis saber Oban.

— Vou pensar no caso — respondi simplesmente.

— Isso é muito bom — disse Oban. — Quero muito que participe de nossa equipe. Você impõe as condições. Tem carta branca. Arranjarei o que você precisar.

A porta abriu-se de repente e Julie apareceu, carregando uma bandeja. De onde ela tinha tirado aquilo? Sobre a bandeja havia três travessas.

— Antes que vocês digam alguma coisa, isso não é um jantar. É apenas um lanche. O senhor aceita, não é mesmo, detetive?

— Com muito prazer — disse Oban, olhando ansiosamente para a bandeja. — O que temos?

— Tudo muito simples. Aqui, presunto com figo, aqui, uma salada de alcachofra e aqui, uma omelete de abobrinha. Vou pegar pratos.

Ela voltou, não apenas com pratos e garfos, mas também com copos e uma garrafa aberta de vinho tinto. Uma garrafa de vinho muito caro que pertencia a Albie e que ele esquecera de levar, mas da qual certamente se lembraria um dia desses. Então Julie era boa em alguma coisa, afinal de contas. Ela encheu generosamente nossos copos. Oban e Rosa serviram-se dos três pratos.

— Está muito bom, Julie — disse Rosa.

— Delicioso — completou Oban. — Devo dizer que vocês parecem fazer uma combinação muito boa. Há quanto tempo você e Kit...

— Oh, há algumas semanas apenas — disse Julie, com voz animada.

Esvaziei meu copo em um gole só.

Nove

No dia seguinte, quando fui a Stretton Green para uma reunião, Oban deu-me um abraço, o que fez com que eu me sentisse mais uma sobrinha predileta do que uma consultora profissional. Depois, conduziu-me até o escritório onde me esperava a equipe — em grande parte renovada — que estava investigando o crime do canal.

— Obrigado pela noite de ontem — ele disse. — Comida deliciosa. Diga-me uma coisa. — Ele olhou ao redor com uma expressão zombeteira. — Quando você e... Julie... se conheceram?

— Não sei ao certo. Há muitos anos. Ela era amiga de uns amigos meus. Eu realmente não...

— Que lindo — ele disse. — Vocês duas formam um bonito.... hã...

— Olhe — repliquei com impaciência. — Acho que é melhor eu... — Interrompi a frase porque Oban estava agora me conduzindo pelo amplo escritório sem divisórias, que parecia ter sido recentemente invadido por ladrões — arquivos com todas as gavetas abertas, pastas espalhadas sobre uma mesa, caixas de papelão cheias de xícaras mal lavadas.

— Estamos de mudança — disse Oban, empurrando com o pé um rolo de fita adesiva.

— Foi o que imaginei.

— É um verdadeiro desastre. Você já se mudou alguma vez?

— Já. Um horror.

Procurei Furth com os olhos mas, para meu alívio, não consegui localizá-lo. E logo em seguida fiquei irritada comigo mesma. A troco de que eu estava chateada? Eu não tinha pedido nada disso. Paramos no extremo oposto do escritório, num canto. Oban fez um sinal para várias pessoas que estavam debruçadas sobre suas mesas e os telefones foram recolocados no gancho, os arquivos fechados e um pequeno grupo de detetives, homens e mulheres, aproximou-se. Oban tossiu, à guisa de introdução.

— Esta é a dra. Quinn. Ela trabalha para a Clínica Welbeck e para o Hospital Market Hill de delinqüentes psicopatas. — Ele virou-se para mim. — Não vou apresentá-la a cada um agora. Mais cedo ou mais tarde você provavelmente se defrontará com a maioria.

— Oi — falei, tentando sorrir para a sala inteira. Naquele momento, Furth entrou. Ele parou junto da porta e cruzou os braços sobre o peito.

— Foi a dra. Quinn — continuou Oban — quem nos convenceu a liberar Michael Doll. — A frase não foi exatamente recebida com uma salva de palmas. Ao contrário, ouviu-se um certo murmúrio no fundo da sala e o ruído de pés se movimentando. — E se alguém considerar isso um problema, por favor, procure-me para conversarmos. Se este caso tivesse chegado às mãos de um juiz, ele teria sido jogado de volta na nossa cara. Não vou repetir aqui o que disse em particular para Guy, mas é importante que façamos um bom trabalho de campo, entendido? E nesse meio tempo, providenciem o que a dra. Quinn precisar. — Mais murmúrios. Percebi que nem todos estavam satisfeitos com a imposição feita. — Kit, você tem alguma coisa a dizer?

Levei um susto. Eu não estava preparada para isso. Olhei os rostos levemente mal-humorados voltados para mim.

— Bem... — eu disse. Detesto começar uma frase sem ter idéia de como continuá-la. — Quero apenas dizer que não estou aqui para ensinar a vocês o seu trabalho. A melhor coisa que posso fazer, talvez, para ajudá-los, é indicar uma direção e não outra, além de dar sugestões.

— Foi Doll — alguém disse. Não consegui ver quem.

— Foi mesmo? — perguntei, na falta de uma resposta mais eficaz.

— Claro que sim.

Dessa vez consegui identificar meu interlocutor, um homem no fundo da sala, em mangas de camisa, alto, com a compleição de um jogador de rúgbi.

Oban deu um passo à frente.

— Então encontre uma prova válida, Gil — ele disse.

— E se você estiver errado? Se for Doll o culpado?

— Olhe, nunca disse que Doll era inocente. Disse que não havia provas. O que quero é examinar os elementos que vocês reuniram e fazer de conta que nunca ouvi o nome dele. — Um dos presentes murmurou alguma coisa que não consegui ouvir e outro deu uma gargalhada.

— Agora chega — disse Oban, rispidamente. — A reunião acabou. Sinto muito, Kit — ele disse, olhando seus detetives com uma expressão de desdém. — Eu gostaria de dizer-lhe que eles não são tão ruins assim, no entanto isto não é verdade. Mas sei que você saberá se defender. Deixo-a com Guy, agora. Está bem?

— Está ótimo. — Não estava.

Oban foi embora e os outros se dispersaram, não parecendo muito ocupados. Olhei para Furth.

— Posso pedir um chá para você? — perguntou, com uma cortesia estudada.

— Daqui a pouco, obrigada.

— E então, tem alguma idéia?

— Não — respondi com franqueza. — Não tenho. De qualquer forma, neste estágio as idéias seriam um obstáculo. Quero examinar o material com a mente vazia.

Furth deu um leve sorriso.

— Não vejo por que precisamos contratar mentes vazias, uma vez que temos Gil. Mas, como já lhe disse, é um caso muito simples.

— É mesmo?

— Uma garota estava desaparecida e é encontrada morta perto de um canal.

— E isso é simples?

Furth encolheu os ombros e olhou ao redor, como se fosse ficar constrangido caso alguém o tivesse ouvido dizer o óbvio a uma psiquiatra convencida.

— Os marginais atacam prostitutas e mulheres que não têm onde morar porque elas são alvos fáceis. Eles as atacam perto dos canais porque o lugar é deserto. Não tem tráfego.

— É, li sobre isso.

— Você não concorda?

— Posso fazer uma sugestão?

Furth apertou os lábios. Acho que teve vontade de me mandar à merda, de dizer para eu sumir da delegacia e nunca mais botar meus malditos pés ali dentro, mas isso não era permitido.

— É para isso que lhe pagamos — ele disse.

— Às vezes é fácil demais simplesmente rotular alguém. Talvez seja interessante não pensar em Lianne apenas como uma jovem abandonada. Isso o impede de vê-la como ser humano.

— Ela *era* uma jovem abandonada.

— Eu sei. Mas deve ter sido outras coisas também — repliquei.

— Uma prostituta, você quer dizer? — Ele começou a rir, mas parou quando viu a expressão de meu rosto. Num rápido *flash*, eu tinha imaginado sua vida de menino, dominado pelos companheiros até desenvolver esse estilo de durão.

— Não, não é o que quero dizer. Ela era jovem. Tinha uma história, um passado, uma família, um nome.

— Que não conhecemos.

— Que idade ela tinha, mais ou menos?

— Dezesseis, dezessete, talvez um pouco menos, talvez um pouco mais.

— Como é que sabemos que ela se chamava Lianne?

— Não sabemos. O que sabemos é que esse era o nome que ela usava. Um sujeito chamado Pavic, que dirige um abrigo de jovens, identificou-a.

— Mas descobrir quem Lianne realmente era e de onde veio deve ser apenas uma questão de tempo.

— O que a leva a pensar assim? — Ele esboçou um leve sorriso.

— Todo mundo está em alguma lista, em algum computador, em algum registro, não?

— Você sabe quantas pessoas estão desaparecidas neste momento?

— Muitas, eu sei.

— Dezenas de milhares.

— Sei disso.

— Essas são as que sabemos que estão desaparecidas, mas não conseguimos encontrar. Aquelas que alguém, em algum lugar, quer que encontremos. Mas e todos os outros, como Lianne, a quem ninguém dá a mínima importância, que um dia simplesmente partiram e nunca mais voltaram? Como podemos encontrá-los, se ninguém comunica seu desaparecimento? É como um depósito de bagagem extraviada de um aeroporto. Você já esteve em algum? Eu sim, no Cairo... um grande depósito de malas, a maioria fora do alcance da visão, cobertas de poeira, roídas pelos ratos. Já é uma dificuldade danada alguém encontrar uma valise se ela tiver uma etiqueta, imagine se não tiver. É melhor esquecê-la de vez.

— Lianne não é uma valise.

Ele olhou-me fixamente.

— Eu não disse que ela é uma valise. Disse que era *como* uma valise.

— O ponto sobre o qual insisto é que precisamos pensar nela como uma garota, não como um item extraviado. Não simplesmente "a desaparecida".

— E o canal? Podemos chamá-lo assim ou você acha que seria melhor dizer que é um rio disfarçado?

— Eu estava tentando dizer que é bom abordar os fatos com a cabeça fresca. Mas realmente o conselho talvez valha mais para mim do que para você.

— Muito bem — ele disse, com voz calma. — Estamos ansiosos à espera de sua contribuição. Precisa de alguma coisa?

— Oban não lhe disse? — perguntei, esforçando-me para demonstrar autoridade, como se eu soubesse exatamente o que estava fazendo. — Primeiro quero uma sala tranqüila, e depois gostaria de olhar todo o material que vocês têm.

— Alguma outra coisa? — Essas últimas palavras foram ditas com delicadeza ácida.

— Um chá seria perfeito, por favor. Com um pouquinho de leite. Sem açúcar.

Furth levou-me até uma pequena sala sem janelas, com um cheiro que parecia indicar que ela servira para armazenar alguma substância corrosiva e ilegal. Não havia nada além de uma escrivaninha e uma cadeira de plástico. Poucos instantes depois, duas policiais chegaram com os braços carregados de pastas. O conteúdo pareceu-me de uma inconsistência decepcionante. Não se conhecia quase nada sobre a vida de Lianne, e também não havia muitos dados sobre sua morte.

Comecei a ler. Fiquei na sala durante quase duas horas, li sobre seus ferimentos perfurantes, examinei depoimentos, vi fotografias de seu corpo pálido na cena do crime, o rosto contra a grama espessa, atrás de alguns arbustos perto do canal e por fim pensei: é isso?

Dez

No rádio anunciaram que aquele seria o verão mais chuvoso desde 1736. Estacionei em cima de uma poça e fiquei dentro do carro por um minuto, enquanto a água escorria como cascata pelo pára-brisa e batia com força no capô. Fechei os olhos e ouvi a chuva ressoar dentro de minha cabeça. Ainda não me habituei a ver pessoas mortas.

A patologista esperava por mim. Alexandra Harris. Eu já a encontrara antes. Ela não parecia uma patologista — se é que os patologistas devem parecer alguma coisa — e ela dava a impressão de ser uma atriz de filme B começando a envelhecer, voluptuosa em seu casaco branco, com cabelos pretos caindo em anéis ao redor do rosto oval cor de creme, e um ar passivo e sonhador. Ou talvez estivesse apenas cansada. Havia círculos escuros sob seus olhos.

— Alexandra — comecei, quando apertei sua mão. — Obrigada por conceder-me parte de seu tempo.

— Tudo bem. É o meu trabalho. Guy disse que você já tinha analisado os dossiês.

— Sim. Mas não foi você quem fez a autópsia, ou foi?

— Não, foi o *sir* em pessoa. Brian Barrow. *Sir* Brian. Ele está dando aula hoje. O que você procura, exatamente?

— Só quero ter uma impressão — respondi.

— Uma impressão? — Olhou-me intrigada, como se de

repente esse nosso encontro não tivesse sido uma idéia muito boa.

— Sentir quem ela era — acrescentei inadequadamente. — Lianne.

— Você já viu um cadáver alguma vez? Não há muita coisa a ver.

— Se já vi um? — perguntei. — Estudei medicina. Tive um só para mim durante seis meses.

— Desculpe. Quer que eu a acompanhe imediatamente?

— É melhor.

Meus dedos deslizaram na alça de minha maleta. Eu queria ver Lianne; realmente vê-la, não apenas contentar-me em examinar fotografias desbotadas à procura de provas. Ela tivera uma vida curta e solitária, e não havia ninguém que sentisse sua falta agora que havia morrido. Eu queria tocá-la, ficar ao lado de seu corpo por alguns momentos. Não achei que Alexandra entenderia isso e também não estou certa de eu mesma ter entendido.

— Preciso me trocar? — perguntei.

— Botar um vestido de noite? — retrucou Alexandra, com um sorriso. — Não, usamos roupas informais aqui.

— Desculpe-me — declarei. — Ainda sou inexperiente nesse tipo de coisa. Ainda não aprendi a falar sobre tudo isso em tom de brincadeira.

— Quer que eu fale como uma papa-defunto?

— Quero ver Lianne — declarei, com delicadeza.

O sorriso de Alexandra murchou. Ela não demonstrava mais um ar muito amigável. Cruzei atrás dela duas portas de vaivém, ouvindo apenas o barulho de meus saltos no linóleo. Aqui estávamos num outro mundo, frio, silencioso e estéril. O mundo do crime, pensei. Sob a roupa leve de verão, senti minha pele arrepiar-se. Eu podia ouvir o coração dentro do peito — que estranho, tantos corpos à nossa volta, mas apenas nossos dois corações batendo.

Compreendi o que Alexandra quisera dizer. Parecia que todo e qualquer indício de que Lianne vivera no caótico e apinhado mundo lá de fora tinha sido purgado de seu corpo. Ela estava limpa, muito limpa. Não limpa como quando lavamos as mãos. Limpa como quando esfregamos uma pia durante um longo tempo e nossas mãos ficam murchas e ásperas. Com a cabeça descoberta, o único vestígio de sua vida que pude perceber foi um minúsculo furo no lóbulo de uma orelha. *Sir* Brian Barrow fizera um trabalho complicado. Ele dera um corte ao redor do pescoço, ligeiramente acima do ferimento. A sua incisão tinha sido costurada. O corte feito com a faca permanecia, mas, limpo e sem sangue, dava a impressão de uma daquelas toalhas plásticas forradas de tecido de algodão. Eu já tinha assistido a cirurgias, e jamais esquecera o cheiro forte de carne e sangue, que lembrava comida de gato. Mas esse era diferente. Apenas um ácido odor de remédio que queimava minhas narinas.

O rosto de Lianne era redondo. Algumas sardas salpicavam seu nariz. Sua boca era pequena e estava sem cor. Encostei um dedo na sua face e senti a carne de pedra. A morte na ponta dos meus dedos, tão fria e dura que deixou-me ofegante. Seus longos cabelos ruivos estavam embaraçados e mal repartidos. Quando aproximei o rosto, pude ver as pontas partidas dos fios. Os cabelos continuam a crescer depois da morte, todo mundo sabe. Cabelos e unhas — mas quando levantei com cuidado um lado do lençol para descobrir um braço, vi que as unhas de Lianne estavam roídas até o sabugo. Ela tinha mãos muito pequenas e rechonchudas. Não sei por que, foram as mãos que mais me comoveram. Elas ainda davam a impressão de ser macias, como se pudessem dobrar-se e segurar. Toquei a palma, e ela parecia de pedra também.

Respirei fundo e puxei o lençol, de modo que apenas seus pés continuaram cobertos. Absorvi a imagem de seu corpo inteiro; era como se essa visão penetrasse no meu crânio e ali se fixasse. De novo havia uma longa incisão de *sir* Brian, do pescoço até os pêlos avermelhados do púbis. Não era uma linha reta. Havia um pequeno corte ao redor do umbigo, como uma estrada que contorna um monumento antigo. A incisão tinha sido costurada com capricho, como uma demonstração em uma aula de economia doméstica. Eu precisava concentrar-me nos ferimentos relevantes. Sua garganta tinha sido cortada com capricho e precisão, de um lado ao outro, mas havia também marcas de pequenas perfurações no estômago, nos ombros, nas coxas. Dezessete no total — perdi a conta na primeira vez e tive de recomeçar. Seus seios, pequenos e altos, não haviam sido tocados, assim como a área genital. Eu sabia, pelo relatório da autópsia, que não havia sido constatada lesão na vagina nem no períneo.

Aproximei-me um pouco mais de Lianne. Tentei continuar chamando-a assim na minha cabeça. Suas pernas não estavam depiladas. Seus braços eram cabeludos. Havia dois violentos arranhões no seu pulso direito, causados sem dúvida pelos arbustos na vizinhança do canal, onde ela foi encontrada. Uma cicatriz no joelho esquerdo. Talvez ela tivesse sofrido uma queda quando pequena. Imaginei-a criança, ainda de rabo-de-cavalo, com falhas nos dentes, correndo ao redor de um jardim durante um verão com pouca chuva, pensando que a vida seria só felicidade. É isso que me comove tanto nas crianças: elas têm certeza de que a vida será ótima para elas. Pergunte a uma criança de seis anos o que deseja ser quando crescer, e ela responderá que quer ser piloto, primeiro-ministro, bailarina, estrela *pop*, jogador de futebol, milionário. O que Lianne teria desejado ser?, eu me perguntava. Bem, quaisquer que tivessem sido seus sonhos, eles não mais existiam. Ali estava ela, com a única diferença de que não era Lianne quem estava ali, apenas seu cadáver, frio, sem cor. Não havia mais ninguém senão eu. Nenhum sopro de vida na sala a não ser a minha respiração. Eu nunca experimentara tal sensação de ausência.

Descobri também seus pés, e vi que as unhas estavam pintadas de vermelho, e o esmalte lascado. Toquei a cicatriz no seu joelho. Toquei sua mão de novo, com as unhas terrivelmente roídas. Levantei uma mecha dos cabelos ruivos. Até os cabelos estavam mortos. Cada célula, cada partícula de seu ser tinha interrompido seu curso. Eu sentia o sangue percorrer minhas veias, o ar atravessar meu corpo, as imagens desfilarem diante de meus olhos, os pêlos pinicarem minha pele pegajosa.

Basta. Puxei o lençol para cima e certifiquei-me de que ele cobria Lianne inteiramente, não deixando à mostra uma mecha de cabelo sequer. Eu queria dizer alguma coisa, qualquer coisa, para quebrar o silêncio, mas não consegui pensar em nada, por isso contentei-me em pigarrear o mais alto que pude. Imediatamente Alexandra reapareceu na sala. Sem dúvida ficara esperando do outro lado da porta.

— Acabou?

— Acabei.

Lianne estava deitada numa gaveta e, com esforço, Alexandra recolocou-a no lugar, que parecia um arquivo gigante.

— Nada que você não pudesse ter encontrado no relatório, não é mesmo? — perguntou ela, com um toque de rispidez.

— Eu queria ver os ferimentos — respondi.

Peguei minha pasta, meu impermeável e saí porta afora sob a chuva torrencial. Levantei o rosto para o céu e deixei que a chuva escorresse pelas minhas faces, como lágrimas.

Voltei para meu claustrofóbico escritório na delegacia e repassei todo o dossiê de Lianne, embora àquela altura já o conhecesse muito bem. Examinei primeiro os escassos dados biográficos: mulher jovem conhecida como Lianne, idade aproximada dezessete anos, parece ter sido vista pela primeira vez na região de Kersey Town há sete ou oito meses, hospedou-se durante breve tempo no abrigo para jovens dirigido por um certo William Pavic. Quando não estava lá — de acordo como alguns companheiros de infortúnio que a polícia conseguira localizar — dormia em bancos, sob marquises de lojas ou, de vez em quando, no chão de algum amigo felizardo que morasse numa pensão. Isso era tudo. Nada sobre seu caráter, suas amizades, seu histórico sexual. Não indicava se ela era virgem ou não.

Peguei o mapa de onde ela tinha sido encontrada. Um X marcava o local. Então liguei para Furth.

— Gostaria de ver o local onde ela foi encontrada — declarei. — Pode ser hoje à tarde, depois de meu expediente na clínica? Digamos, às cinco horas. É possível?

— Pedirei a Gil que a leve lá — respondeu. Eu quase podia ouvi-lo sorrir.

— Aqui foi onde Doll a executou — disse ele, olhando-me de lado. Recuou para permitir que eu olhasse.

O corpo de Lianne tinha sido encontrado numa parte um pouco íngreme da margem, atrás do cepo de uma árvore morta, onde cresciam tasneirinha, urtiga e salsa selvagem. Os talos amassados e quebrados indicavam onde ela tinha caído, o rosto contra o chão. Sua cabeça estava enfiada bem dentro da verde floresta de ervas daninhas. Os pés, calçados com sapatilhas brancas e vistosas meias listradas de vermelho, tinham ficado apoiados sobre uma garrafa quebrada. Pedaços de plástico pendiam de galhos dos arbustos e flutuavam na água turva e oleosa. Havia maços de cigarro e também guimbas enfiados na lama da trilha que margeia o canal. Um pequeno cavalo de plástico foi encontrado bem diante do local onde estava escondido o corpo de Lianne; provavelmente alguma criança o deixara cair. Do lado oposto, uma roda de bicicleta, enferrujada e retorcida.

— E um jovem a encontrou?

— Exatamente. Darryl alguma coisa.

— Pearce.

— Isso mesmo. Ele estava fazendo *jogging*. Bem feito para ele. Você leu seu depoimento? Ela estava morrendo quando ele a encontrou. Mais ou menos. Ele estava andando em ziguezague por aqui e ouviu-a gritar.

— Mas ela estava morta quando ele a encontrou.

— Que babaca. Darryl, não você. Imagine que ele disse que ficou por aqui durante dez minutos, decidindo o que fazer. Estava apavorado, essa é que é a verdade. Depois, quando recuperou a coragem, foi ver o que era, nos chamou e, quando chegamos, ela já estava morta. Se ele tivesse ido imediatamente ver o que estava acontecendo, ela poderia ter dito quem a tinha ferido. Teria nos poupado um inquérito.

— Ele não foi considerado suspeito?

— É claro que sim. Mas ele não tocou o corpo. A coitada da Lianne parecia ter sido borrifada de sangue dos pés à cabeça. O assassino deve ter ficado coberto de sangue também. Fizemos todos os testes possíveis em Darryl, nas fibras de suas roupas, em tudo. Não encontramos nada.

— E havia a mulher também, Mary Gould — falei, em parte para mim mesma.

— Sim, uma velhinha simpática que levava pão para os patos. Ela veio do outro lado dos arbustos, dos apartamentos. Viu o corpo e voltou voando para casa. Só telefonou no dia seguinte. Ainda estamos decidindo se ela merece uma medalha.

Olhei de novo o local com atenção.

— E então Doll apresentou-se dois dias mais tarde para dizer que andava vagabundeando pela área — disse Gil. — Ele não usou exatamente estas palavras.

Franzi a testa e ele de novo deu-me seu sorriso arrogante e assobiou entre os dentes.

Tentei representar a cena na minha cabeça. Ao ser encontrada, Lianne vestia uma saia de Lycra vermelha muito curta, levantada até acima das nádegas. As calcinhas não tinham sido tiradas. Vestia também uma blusa de algodão violeta e não usava sutiã. Estava com todas as roupas quando morreu e não as tinham tirado depois. Os golpes foram desferidos através da blusa. No pulso esquerdo, usava um daqueles relógios digitais que os postos de gasolina dão como brinde publicitário e, ao redor do pescoço, havia uma medalha dourada no feitio de um coração partido. Nele estava escrito, em letra cor-de-rosa bem desenhada: "Melhor...". Alguém, em algum lugar, estaria usando a outra metade do coração, com a inscrição "amiga"?

Telefonei para Poppy, minha melhor amiga. Precisava ouvir uma voz calorosa de novo.

— Kit! Como foi esta sua primeira semana? — Ao fundo, eu podia ouvir gritos de crianças. Poppy estava mexendo alguma coisa, pois eu ouvia também o ruído metálico de uma colher.

Uma semana apenas, pensei. Quatro dias.

— Estranha — respondi. — Muito estranha.

— Tentei ligar para você antes. Uma mulher que não sei quem era atendeu.

— Julie. Você não a conheceu, anos atrás? Talvez não tenha sido do seu tempo. Ela passou uma temporada fora.

— Ela não lhe deu meu recado? — Ela não dera. — Quem é ela? Aguarde um instante. Megan! Amy! Venham tomar seu leite quente com mel. Desculpe. Essa Julie...

— Ela passou uma temporada fora, viajando pelo mundo todo. Está hospedada aqui. Durante algum tempo.

— Oh. Isso a incomoda?

— Ainda não. Na verdade, não.

— Mas você está bem? Ah, meu Deus, limpe isso agora. Agora! Pegue um pano ou qualquer outra coisa, está escorrendo por todo lado.

— Você precisa desligar?

— Acho que sim. Ligo mais tarde.

Eu havia comprado comida no dia anterior, inclusive um pacote de massa fresca, um vidro de pimenta vermelha, molho picante e dois sacos de folhas para salada, daquelas que não precisam ser lavadas. Mas tudo tinha desaparecido. Assim como a fatia de *cheesecake* de limão e gengibre. Não havia quase nada na geladeira, a não ser um pacote de leite, um pouco de queijo cremoso e — levantei-a para certificar-me do que via — uma calcinha preta nova, ainda com a etiqueta do preço.

Bati na porta de Julie. Nenhuma resposta. Empurrei-a. Vi roupas espalhadas por todo lado, inclusive algumas minhas. Havia potes de creme e batons em cima do arquivo, onde ela tinha apoiado um espelho do banheiro. Meus chinelos estavam embaixo de sua cama desfeita.

Não tive ânimo de sair de novo para fazer compras — eu estava cansada demais —, por isso preparei apenas torradas com geléia e uma caneca de chocolate. Recuperei meus chinelos e vesti a camisola. Depois peguei meu bloco de desenho. Sentei-me à mesa, bebendo pequenos goles do espumante chocolate quente, e tentei desenhar Lianne — mas não o seu rosto; suas pequenas mãos de criança, com as unhas roídas até o sabugo. É difícil desenhar mãos, pior até do que pés ou rostos. É quase impossível chegar às proporções corretas. Os dedos ficam volumosos como bananas; o polegar se dobra num ângulo improvável.

Não consegui fazer um bom desenho e, depois de várias tentativas, desisti. Estava um pouco chateada por causa da calcinha preta na minha geladeira, da chuva que batia na janela e da estranha sensação de que alguma coisa me escapava.

Onze

Quando se tem muita coisa a fazer a adrenalina vai lá em cima. Naquela manhã, ao invés de ficar dentro de uma banheira quente até ouvir Julie sair, tomei uma ducha rápida e lavei os cabelos. Não me preocupei em secá-los, apenas esfreguei-os bem com a toalha e prendi-os para cima. Bebi uma xícara de café enquanto enfiava um vestido e sandálias. Depois, peguei as chaves do carro, botei uma maçã na bolsa e consegui sair sem ser vista por Julie, que estava sentada na cozinha diante de uma xícara de chá e parecia tão sonolenta quanto um gato numa réstia de sol. Fui diretamente para a Clínica Welbeck e estacionei o carro na vaga habitual, sob o pé de acácia. A manhã estava enevoada e úmida. Ainda não havia ninguém ali, a não ser uma faxineira, que andava de ré limpando *o hall* com um aspirador de pó.

Na minha sala fechei a porta e abri as janelas, que davam para o pequeno jardim nos fundos do prédio. Não havia papéis na bandeja de saída, mas uma pequena montanha na de entrada. Pacientes que eu precisava ver, outros que haviam sido encaminhados por colegas, correspondência a responder, formulários a preencher, revistas médicas a ler, convites a recusar. De acordo com a minha secretária eletrônica, eu tinha 29 mensagens. Liguei o computador e vi que tinha uma dúzia de *e-mails*, ou mais. Eu lera em algum lugar que um executivo muito ocupado pode receber até duzentos *e-mails* por dia. Isso é muito injusto. Eles não poderiam ser divididos entre todas as pessoas que levam uma vida solitária em suas casas, sem ter ninguém que lhes mande uma mensagem?

Às nove, a montanha de papéis havia diminuído sensivelmente. Eu recusara convites para conferências em três países diferentes, tinha separado pedidos para ver pacientes em três pilhas: sim, não e talvez; enchera minha agenda com uma satisfatória distribuição de meu tempo. Havia bolas de papel amassado por todo lado. Eu ouvia os barulhos da clínica que acordava para a vida: telefones tocando em outras salas, portas batendo, murmúrio de conversas no corredor. Fui até a máquina de café, que ficava no térreo, depois voltei apressadamente carregando a xícara, o café respingando nos meus dedos.

A seguir, peguei as anotações feitas sobre Lianne. Olhei fixamente para as frases que escrevera até que elas ficaram embaralhadas, como hieróglifos. O único nome do qual eu poderia esperar alguma luz era o do homem encarregado do local onde ela às vezes dormia ou ia à procura de um banho, uma refeição quente e roupas limpas. William Pavic, era esse o nome dele. Num impulso, peguei o telefone e disquei seu número.

— Alô. — A voz soou áspera e impaciente.

— Posso falar com William Pavic, por favor?

— Sim.

Silêncio.

— É William Pavic quem está falando?

— Sim. — Com mais raiva, dessa vez.

— Bom dia. Sou a dra. Quinn e estou ajudando a polícia num...

— Sinto muito. Não trato com a polícia. Estou certo de que a senhora compreenderá, considerando as circunstâncias. — E desligou.

— Patife — murmurei.

Tirei a maçã da bolsa e comi-a toda, lentamente, só deixando as sementes. Depois, liguei para meu apartamento.

— Alô. — Julie parecia muito mais animada do que na última vez em que a vira.

— Sou eu, Kit. Tem uma coisa que não me saiu da cabeça por toda a manhã. Por que uma calcinha dentro da minha geladeira?

— Opa! — Ouvi uma gargalhada do outro lado da linha. — Li em alguma revista que, quando faz muito calor, é uma sensação fantástica vestir uma calcinha gelada. Só isso.

— Mas não está tão quente assim.

— Por isso ela ainda está lá. Estou esperando.

Então aquilo estava resolvido. Telefonei para Will Pavic mais uma vez.

— Alô. — A mesma voz, o mesmo tom.

— Sr. Pavic, aqui é a dra. Quinn. Ouça, por favor, o que tenho a lhe dizer antes de desligar o telefone de novo.

— Sra. Quinn...

— Doutora.

— *Dra.* Quinn. — Ele deu um jeito de transformar o título em insulto. — Sou um homem muito ocupado.

— Como eu disse, ou tentei dizer, estou ajudando a polícia com a investigação da morte de Lianne. — Houve uma pausa. — A Lianne que foi encontrada à margem do canal.

— Sei de quem está falando. Não sei como espera que eu possa ajudá-la.

— Eu gostaria de falar com pessoas que a tenham conhecido. Que saibam como era a sua vida, com quem ela se relacionava, o que a preocupava, se ela era o tipo de pessoa que...

— Com certeza não. Não quero que os jovens que se hospedam aqui sejam importunados pela senhora e sua turma. Eles já têm problemas suficientes do jeito como as coisas estão.

Respirei fundo.

— E o senhor, então, sr. Pavic?

— Eu o quê?

— Pode conversar comigo sobre ela?

— Não tenho nada a dizer. Mal conhecia Lianne.

— Conhecia suficientemente bem para identificar o corpo.

— Eu a conhecia de vista, é claro. — Sua voz estava áspera. Imaginei um homem severo e sombrio, com rosto duro e olhar frio. — Mas não acredito que seja esse o tipo de conversa que lhe interessa, não é mesmo? A senhora quer saber sobre a *mente* dela, certo? — Sua voz transbordava de sarcasmo.

Eu não estava disposta a perder o sangue-frio. Quanto mais furioso ele ficasse, mais calma eu me sentiria.

— Não levará muito tempo.

Ouvi um lápis batendo rapidamente contra uma superfície.

— Muito bem. O que quer saber?

— Posso ir vê-lo pessoalmente? — Não havia possibilidade de ele me dizer alguma coisa por telefone.

— Tenho uma reunião em menos de uma hora e depois disso...

— Estarei aí em quinze minutos — eu disse. — O senhor é muito gentil, sr. Pavic. Agradeço muito.

Foi a minha vez de desligar. Peguei minha bolsa e meu casaco e saí correndo de minha sala antes que ele tivesse tempo de ligar para mim.

O Centro Tyndale para Jovens era um enorme e pouco atraente prédio do período pré-guerra, com janelas de metal, espremido entre um *pub* malcuidado e o que deve ter sido um dos mais feios prédios baixos de apartamentos de Londres — blocos cinzentos sujos e janelas pequenas de péssima qualidade, algumas delas destruídas. Um mural em cores vivas cobria um dos lados, com flores e gavinhas que subiam até o teto. Poderia representar *João e o pé de feijão*. Uma outra mão tinha escrito

"FODA-SE" por cima do desenho, a quase dois metros do chão. Do outro lado da rua, havia várias casas abandonadas com janelas e portas cobertas com madeira e ervas daninhas tomando conta dos jardins. Dois adolescentes de cabeça raspada chutavam uma velha bola de tênis na rua, mas pararam e olharam intrigados para mim quando aproximei-me da porta.

— Olá!

Eu não saberia dizer se a pessoa que abriu a porta para mim era uma das jovens do centro ou uma ajudante. Tinha cabelos cor de violeta, vários *piercings* nas sobrancelhas e no nariz, um sorriso doce. Estava usando enormes chinelos felpudos. Atrás dela, percebi que havia um grande *hall*, de onde partiam vários corredores. Do andar de cima vinha o insistente martelar de música *rap* e de alguém gritando.

— Sou a dra. Quinn. Tenho um encontro com Will Pavic.

— Encontro? — gritou uma voz, fora de minha visão. — Deixe-a entrar.

A mulher afastou-se. O *hall* estava pintado de amarelo-claro. Havia uma árvore fina e comprida em um vaso no canto, uma mesa repleta de folhetos encostada em uma parede e um sofá velho perto da escada onde um gato amarelado se acomodara para dormir. Percebi imediatamente que o local tinha sido planejado para não intimidar quem cruzasse suas portas.

Will Pavic estava em uma pequena sala do lado oposto, com a porta aberta. Estava sentado atrás de uma escrivaninha e olhou-me fixamente por cima de seu computador. Devia ter quarenta e poucos anos, cabelos à escovinha mais ou menos do mesmo comprimento de sua barba escura, e grossas sobrancelhas pretas. Na claridade da peça, ele parecia monocromático, todo de preto e cinza, e seu rosto era anguloso como se tivesse sido talhado em granito. Estava de cara amarrada. Levantou-se quando atravessei o *hall* na sua direção, mas permaneceu atrás da fortaleza desorganizada de sua mesa de trabalho.

— Bom dia — eu disse.

Ele apertou minha mão com firmeza e curiosidade.

— Sente-se — convidou, indicando com a cabeça uma cadeira de espaldar reto colocada no canto. — Pode botar os papéis no chão.

Limpei a garganta. Dei um sorriso nervoso, que ele não retribuiu. Bilhetes adesivos amarelos cobriam todos os centímetros livres da parede atrás dele. De repente ocorreu-me que eu não tinha na verdade pensado no que perguntar.

— Desculpe-me — comecei —, realmente não entendo. Este é um lar para crianças?

— Não — respondeu ele.

— O que é então? Um centro municipal de readaptação?

— As autoridades locais não têm nada a ver com este centro. O governo não tem nada a ver com ele. Os serviços sociais também não.

— Então quem o dirige?

— Eu.

— Sim, mas a quem o senhor se reporta?

Ele deu de ombros.

— Mas como o centro funciona de fato? — perguntei.

— É simples — respondeu. — Este é um lugar onde jovens que não têm onde ficar podem se hospedar por um curto período. Damos a eles alguma ajuda, fazemos ligações telefônicas, o que for preciso, e os mandamos seguir seus caminhos.

— O senhor mandou que Lianne seguisse seu caminho? — A essas palavras, seu rosto ficou paralisado. — Veja bem, estou partindo do zero nessa história — prossegui, sorrindo para ele. Nenhuma reação, como um computador que acaba de ser desligado. — Quero descobrir tudo o que for possível sobre Lianne. Não me refiro aos seus passos pouco antes de sua morte nem às últimas pessoas que a viram, esse tipo de coisa. Isso é para a polícia. O que mais me interessa é saber que espécie de garota ela era, acho que o senhor entende.

Seu telefone tocou, mas ele esperou que a secretária eletrônica fosse acionada.

— Não a conheci sob esse aspecto — disse Will.

— Durante quanto tempo ela hospedou-se aqui?

— Ela não hospedou-se aqui. Não no modo como a senhora se refere. Ela passava por aqui uma vez ou outra. Conhecia algumas pessoas.

— Isso não faz sentido. Se seu contato com ela era tão pequeno, por que foi o senhor a identificar o corpo? Como a polícia estabeleceu essa relação?

— A polícia estabeleceu a relação porque colocou a foto dela em um cartaz e um cidadão bem-intencionado deu um telefonema anônimo e disse que ela passara algum tempo no Tyndale. E a razão para eu ter feito a identificação é que fui a única pessoa supostamente respeitável que os policiais conseguiram encontrar que admitiu já tê-la visto. Mas aqui é Kersey Town, e não o tipo de lugar de onde a senhora vem.

— O senhor não sabe de onde venho.

— Posso imaginar — replicou, com um leve sorriso, finalmente.

— Quero apenas saber como ela era, sr. Pavic. Sabe alguma coisa do seu passado, por exemplo? Ou dos seus amigos?

Ele agora parecia constrangido e irritado, como se eu estivesse bancando a idiota.

— A senhora não entende — ele disse. — Não quero saber da vida desses jovens. Não vou fingir que sou amigo deles. Tento dar-lhes uma pequena ajuda prática, e na maior parte do tempo eu fracasso. É isso. O pessoal que foge de casa tem suas razões para fazer isso, dra. Quinn. Acha que estou envolvido nisso por diversão? Lianne provavelmente tinha excelentes razões para fugir.

— Acha que ela pode ter sido vítima de abuso sexual? — perguntei.

Ele não respondeu e fiquei com raiva de ter feito a pergunta.

— Ela era solitária — ele disse de repente. — Uma jovem solitária, ansiosa, assustada, revoltada. Alguém como a senhora diria talvez que ela estava à procura de amor. Isso basta?

— E o senhor não quer ajudar.

Ele curvou-se, o rosto duro.

— Mas já fracassei na minha tentativa de ajudar — ele disse. — De novo.

— Eu...

— Preciso ir agora. Tenho uma reunião.

— Posso acompanhá-lo até o metrô?

— Estou de carro.

— Nesse caso o senhor poderia me deixar na estação. Tenho só algumas perguntas a fazer. Em que direção o senhor vai?

— Na direção de Blackfriars Bridge.

— Então passa em frente à minha porta — eu disse, convenientemente esquecendo que meu carro estava estacionado na Clínica Welbeck.

Ele suspirou ostensivamente.

— Tudo bem. — Saímos juntos para o *hall*. Uma jovem de longos cabelos loiros e de uma beleza extraordinária, entrou correndo. "Porra, estou tentando!", ela gritou na nossa cara. Depois, subiu correndo as escadas, soluçando.

— Ela estava drogada? — perguntei depois de sentar-me no banco do carona do enferrujado Fiat de Will Pavic e de nos enfiarmos no meio do tráfego.

— Mais perguntas, hein?

— Fiquei curiosa.

— Diga-me onde devo dobrar.

— Ainda não. Por que está sempre tão zangado?

— Parece uma reação razoável, para mim.

— Reação a quê?

— A tudo. A essa merda toda. — E o gesto que ele fez, tirando as mãos do volante, abrangia realmente tudo: o tráfego, a conversa, minha presença ao seu lado quando ele gostaria de estar sozinho, a morte de Lianne, a vida em geral.

Percorremos o resto do caminho em silêncio, a não ser pela orientação que lhe dei sobre o caminho. Ele parou bem diante de meu prédio e saltei.

— Kit! Oi, Kit... Kit!

Meu coração gelou.

— Oi, Julie.

— Parece que combinamos. Esqueci minha chave. — Ela curvou-se e sorriu para Pavic pela porta aberta.

— Este é Will Pavic — apresentei, entre dentes. — Julie Wiseman.

Ela curvou-se tanto para enfiar o corpo dentro do carro que sua saia subiu até o alto das coxas e os seios cresceram dentro da blusa apertada.

— Oi, Will Pavic. Não vai subir?

— Ele apenas me deu uma carona. Está a caminho de uma reunião.

Julie ignorou-me.

— Aceita um chá? Um café?

— Não, obrigado. — Sua voz estava extraordinariamente cortês. Era só comigo, então.

— Obrigada pela carona — falei e virei-me para entrar. Deixei a porta aberta para que Julie pudesse entrar e subi, ainda que em poucos minutos eu tivesse que sair de novo e voltar à clínica para pegar o carro. Mas tinha tempo para uma bebida gelada, pelo menos. Deixei a torneira correr e refresquei meus dedos sob o jato. Ouvi os passos de Julie subindo a escada.

— Uau! Ele é *maravilhoso!*

— Você acha?

— É claro! Exatamente o meu tipo. Severo, desgastado pelo tempo, forte, quieto. Convidei-o para jantar.

Olhei de frente para ela.

— Você *o quê?*

— Convidei-o para jantar. — Ela deu um sorriso triunfante.

Murmurei alguma coisa incoerente e ela riu, jogando as sandálias longe.

— Não adianta nada ficar esperando. Não sou como você, Kit. Você sabia que podemos dividir as pessoas em herbívoros e carnívoros?

— Eu...

— Você é uma herbívora. Eu sou carnívora. E *ele* é carnívoro.

— Ele aceitou o convite? — consegui perguntar.

— Amanhã. Às oito. Ele não conseguiu arranjar uma desculpa a tempo.

— Eu vou sair.

— Você nunca sai — disse ela com desdém. — De qualquer forma, você não pode sair. Eu disse que tínhamos convidado alguns amigos e perguntei se ele não queria juntar-se a nós, se estivesse livre. Portanto, quem você vai convidar?

— Julie...

— E o que devo preparar?

— Ouça...

— E o mais importante: o que devo vestir? Você me empresta seu vestido vermelho?

Doze

Depois de voltar com meu carro, sentei-me na sala para examinar alguns papéis enquanto Julie, contente consigo mesma, tomava uma ducha. Ela tomava muitas duchas, sempre cantando canções natalinas — ainda que a época não fosse adequada — com voz muito alta e desafinada. Talvez tivesse adquirido esses hábitos de higiene durante suas viagens pelo exterior. Lembro-me das piadas que colegas americanos e australianos tinham feito sobre os ingleses: falta de asseio, casas empoeiradas, dentes ruins, sujos. Se você quiser esconder alguma coisa no banheiro de um inglês, qual o melhor lugar? Embaixo do sabonete. Tinham me contado essa uma noite, durante uma conferência em Sydney.

Li de novo o relatório sobre a cena do crime. Olhei as fotografias. Fechei os olhos e tentei imaginar o que tinha acontecido naquele dia à margem do canal. Alguma coisa estava me irritando. A sensação de que algo que eu buscava encontrava-se fora do meu alcance estava quase me deixando maluca. Contudo, eu sentia também uma certa excitação. Alguma coisa estava por aparecer. Eu tinha a cópia de um mapa que mostrava a área. Olhei para ele, impotente. O que havia ali para eu me preocupar?

Julie entrou na sala, corada, ainda impregnada pelo vapor da ducha quente. Vestia seu *jeans* cortado na altura dos joelhos, uma minúscula camiseta que não chegava sequer ao umbigo e estava sem sutiã. Nem haveria espaço para um sutiã. Carregava uma garrafa de vinho branco e dois cálices. Sem dizer uma palavra, encheu um dos copos e colocou-o na minha mão. Foi de novo para a cozinha e voltou com uma pequena tigela chinesa cheia de azeitonas. Colocou-a na mesa de centro, sentou-se no sofá com os joelhos contra o peito e tomou um gole do vinho. Provei o meu. Estava deliciosamente gelado. Olhei para Julie. Ela estava muito atraente, bronzeada, à vontade com seu corpo. Pensei em Oban e sorri. Era verdade, formávamos uma espécie de casal agora, e acredito que ele tenha pensado que Julie foi uma bela aquisição que fiz. Eu podia facilmente ver a vantagem de ser *gay*. Havia tanta complicação no envolvimento com homens. Sempre aquela sensação de uma pessoa estranha, de objetos diferentes no banheiro, tudo, enfim. Tomei mais um gole. Infelizmente não havia nada que eu pudesse fazer a esse respeito. Talvez fosse devido à minha educação ou às pressões da sociedade, mas eu era inexoravelmente heterossexual.

— Prove uma azeitona — Julie disse. — Andei pelo Soho hoje de tarde. Foi ótimo. Comprei estas azeitonas recheadas com anchova e pimenta. É como levar um coice de cavalo na cara. De um modo agradável, bem entendido.

Comi uma e de fato tive a imediata sensação de que um fósforo aceso tinha sido colocado na minha língua, mas tomei outro gole de vinho e foi fantástico sentir o frio extinguindo o calor.

— Uma delícia — comentei.

— Outro dia fiquei andando por aí e pensando. Preciso encontrar três coisas. Um trabalho, um lugar para morar e um homem. Por isso atirei-me naquele sujeito lá fora. Ele é casado?

— Não sei.

— Ou *gay*?

— Eu nunca o tinha visto.

— Se ele não é *gay*, tem boa aparência, consegue juntar duas ou três palavras e está disponível, preciso agir imediatamente.

— A minha experiência diz que quando as pessoas estão disponíveis em geral é por uma boa razão.

— Você quer dizer que ele talvez tenha alguma doença?

Limitei-me a rir.

— Mas veja, Kit, eu estava falando sério. Não me sinto bem invadindo seu apartamento. O que quero dizer é que estou realmente tentando conseguir um lugar.

— Não se preocupe.

— Sei que estou atrapalhando o seu estilo de vida.

— Tenho um estilo de vida no momento? — perguntei. — Não, sei que tenho sido um pouco rabugenta, mas se estivesse sozinha, acho que estaria subindo pelas paredes.

— Pensei que você fosse ficar mais tempo na rua. Procurando pistas.

Inclinei-me, peguei a garrafa e enchi meu copo e o de Julie.

— Estou principalmente examinando os relatórios.

Julie encheu a boca com duas azeitonas, começou a tossir e bebeu vários goles de vinho. Seu rosto ficou muito vermelho.

— Você tem algum suspeito? — ela conseguiu perguntar.

— Não é isso que estou fazendo. Estou repassando tudo com olhos diferentes, na esperança de descobrir alguma coisa sobre o tipo de pessoa que a polícia deveria procurar. O que devo fazer é examinar tudo com lucidez, sem idéias preconcebidas. Mais ou menos como aqueles enigmas com soluções prontas. Antônio e Cleópatra estão deitados lado a lado, mortos. Ao lado deles, uma poça d'água e cacos de vidro. Como foi que eles morreram?

— Um aquário caiu na cabeça deles — disse Julie no mesmo instante. — E que tal a história do homem que pega o elevador no térreo, vai sempre até o décimo andar e depois sobe a pé os últimos cinco andares, ao passo que para descer ele pega o elevador no décimo quinto e vai até o térreo, sem parar?

— Um anão.

— Então, você acha que eles vão encontrar o assassino?

— Isso depende. Se ele não cometer mais nenhum crime, não, não acredito.

— É uma opinião um pouco pessimista, não?

— Você sabe quantos assassinatos são cometidos por ano?

— O quê? No mundo inteiro?

Eu ri.

— Não, na Inglaterra e no país de Gales.

— Não tenho idéia. Cinco mil?

— Cento e cinqüenta, duzentos, algo em torno disso. E mais da metade, talvez dois terços, são desvendados imediatamente. A maioria das vítimas é morta por pessoas conhecidas, maridos, membros da família. Ou há uma briga do lado de fora de um clube, uma rixa entre torcedores, um assaltante mata uma senhora de idade depois de ser surpreendido por ela dentro de sua casa. Para todos os outros, há as primeiras quarenta e oito horas de ouro em que a maioria das pessoas que serão capturadas são capturadas. É o período em que o assassino ainda está coberto de sangue, comporta-se de maneira estranha, tenta esconder armas e roupas, apaga todas as pistas. Só dias e dias mais tarde, quando os policiais já esgotaram todas as idéias, eles começam a pensar em pedir que alguém como eu se envolva no caso. A arma do crime foi jogada fora e não pôde ser encontrada. O sangue desapareceu. Se alguma testemunha tivesse visto algo, com certeza a essa altura já teria se apresentado. Você sabe, é como quando a gente perde as chaves e chega naquele estágio terrível em que começa a procurar nos mesmos lugares em que já procurou. Foi a esse estágio que a policial chegou agora.

— Parece desanimador.

Mordi outra azeitona. Que maravilha.

— A polícia não está muito preocupada. Nenhum parente está criando problema. A imprensa não está cobrando resultados. Mas têm um lado bom. Se a situação é desanimadora, pelo menos é difícil deixá-la pior.

— Por isso você estava falando com aquele sujeito, o Will?

— Sim. Lianne... bem, há muita gente como ela por esta área.

— Você diz as prostitutas e jovens que fugiram de casa.

— Eu me refiro as jovens que andam por aí, não em relações estáveis, ganhando algum dinheiro num lugar ou noutro. E acredito que William Pavic conhece esse mundo melhor do que ninguém.

— O que ele faz? É cafetão?

— Dirige um centro que acolhe jovens sem lar. — Sorri ao ver o ar desapontado de Julie. — Sinto muito. Ele não é advogado, médico, nem produtor de televisão. Pela expressão que vi no rosto dos policiais cada vez que o nome dela era mencionado, dava para perceber que não o tinham em grande conta. De qualquer modo, como você deve ter escutado, a comunicação dele comigo não é das melhores e portanto o complô que você está armando para prendê-lo em suas garras poderia ser útil. Quando ele estiver apaixonado por você, talvez decida contar-me alguma coisa. Ou você se incomoda de eu ficar aqui?

— Pelo amor de Deus, Kit! Você precisa ficar aqui. Precisa me ajudar.

Julie sairia de noite, mas eu não. Terminei a garrafa de vinho e li de novo os relatórios que já tinha lido. Olhei mais uma vez o mapa e então soltei uma espécie de grunhido.

— É isso! — eu disse, falando sozinha. Não era nada que merecesse um grito de "Eureca". Não corri pela sala gritando. Mas fiquei intrigada e isso já era alguma coisa.

Quando entrei na sala do detetive Furth na manhã seguinte, ele olhou-me como se eu tivesse vindo retomar seu toca-fitas.

— Sim? — perguntou.

— Tive uma idéia.

— Que bom — replicou ele secamente. — Mas não era preciso vir até aqui. Podia ter simplesmente telefonado. Economizaria trabalho de todo mundo.

— Não precisamos ser inimigos — contestei.

— O que está querendo dizer? — perguntou ele com tom inocente.

— Não importa. Quer saber qual é a minha idéia?

— Claro, estou ansioso.

— É melhor olhar o mapa.

— Tenho o meu.

— Quer ouvir o que tenho a dizer?

— Por favor, diga qual é a sua idéia, estou ardendo de curiosidade.

Sentei-me do lado oposto da mesa de Furth. A cadeira estava irritantemente baixa, o que fez com que eu parecesse estar falando com o presidente de um conselho de administração.

— Por que o canal? — perguntei.

— Porque é isolado.

— Sim, mas olhe o mapa.

— Estendi a minha cópia na mesa. Há partes do canal que são muito isoladas, mas não onde o corpo foi encontrado. Veja. Lianne foi encontrada a dois passos de Cobbett.

— É isolado o suficiente — disse Furth em tom animado. — Conheço o local de trás pra frente. Há arbustos por todo lado. É mal iluminado, deserto de noite. E também o assassino poderia escapar ao longo do canal numa direção ou na outra, ou ainda enfiar-se em uma das ruas.

— Foi isso o que me ocorreu quando olhei o mapa. É um lugar onde se pode chegar com um veículo. Olhe, é quase ao lado do estacionamento municipal.

— E o que mais?

— Outra coisa me deixou intrigada. Lianne teve a garganta cortada e a carótida atingida. Suas roupas estavam empapadas de sangue. Procurei no relatório sobre a cena do crime a quantidade de sangue ali encontrada. Nada.

Furth deu de ombros.

— E daí?

— Não é estranho?

— Para mim, não. Se ela tivesse sido atacada por trás, o sangue poderia ter respingado apenas nela e no assassino. As outras marcas não seriam percebidas. De qualquer maneira, os colegas que examinaram a cena do crime provavelmente não mencionaram isso. De que serviria?

— É justamente essa a questão. E se Lianne não tiver sido morta no canal? E se tiver sido levada até lá, já morta, e abandonada? O local foi escolhido porque é acessível de carro, e é escuro e tranqüilo, como você mesmo diz.

— É isso? — perguntou Furth, com voz firme.

— É.

Ele levantou-se, foi até um arquivo de aço e abriu uma gaveta. Percorreu as pastas com o dedo, escolheu uma cor de cinza, atravessou a sala e atirou-a em cima da mesa. Peguei a pasta e olhei.

— Reconhece?

— Sim.

— Darryl Pearce. Ele encontrou o corpo de Lianne, está lembrada? Está lembrada de como o encontrou? Ele ouviu um gemido ou um grito abafado. Ficou rodando um pouco por ali. Covarde maldito. Finalmente ele se decidiu, vasculhou a vegetação rasteira e a encontrou. Qual é o seu argumento? Você acha que o assassino transportou no seu carro uma mulher meio morta? Você sabe quanto tempo leva para uma pessoa morrer depois de um ferimento como esse?

— Pensei nisso também — respondi.

— Então que diabo de coisa você está fazendo aqui?

— Uma das regras que tento sempre seguir é não dar muita importância a um elemento de prova tomado separadamente. Porque pode estar errado. Você se lembra da caçada ao Estripador de Yorkshire? A polícia procurou no lugar errado durante mais ou menos um ano, porque acreditou numa fita forjada.

— Você acredita que Darryl Pearce tem inteligência para forjar alguma coisa?

— Estive pensando nisso. Tentei imaginar se ele poderia ter cometido um erro ou fabricado a história para encobrir alguma coisa, mas não consegui pensar em nada.

— E então?

— Mary Gould.

— Refresque a minha memória.

— A mulher que encontrou o corpo.

Furth olhou com ar de menosprezo.

— Ela é a que estava com medo demais para dar parte e telefonou no dia seguinte. Não foi grande coisa. Não nos disse nada de muito importante.

— Ela viu o corpo, mas no depoimento não mencionou que Lianne ainda estava viva. O que acha disso?

— Ela pode ter esquecido. Ou pode não ter reparado.

— Ninguém deixa de reparar em alguém que está se esvaindo em sangue.

— Ela pode ter chegado ao local do crime logo depois de Lianne morrer.

Olhei para Furth. Sua expressão estava um pouco menos insolente. Ele parecia começar a ficar interessado, ainda que não quisesse.

— Então — continuei —, naquele cenário, imagine Darryl Pearce ouvindo um gemido. De acordo com seu relato, ele estava caminhando na trilha que fica bem junto ao canal. Depois, enquanto ele decide o que fazer, Lianne morre e Mary Gould chega pelo outro lado, vindo da direção dos prédios municipais, segundo ela disse. Ela fica apavorada e foge correndo antes que Darryl apareça e encontre o corpo, agora morto. É um bocado de coisa para acontecer em noventa segundos.

— Você tem uma sugestão melhor?

— Tenho uma alternativa. Mary Gould encontra o corpo, grita, foge. Darryl Pearce ouve o grito e acredita que é de Lianne. É só isso que estou dizendo. O depoimento de Darryl Pearce é a única razão que temos para supor que Lianne estava viva quando estava caída à margem do canal.

Furth inclinou o corpo para trás.

— Droga — ele disse, pensativo.

— Entende o que quero dizer?

— Vou ter que pensar sobre isso.

— Tem mais uma coisa.

— O quê? — perguntou Furth, olhando o vazio por cima de meu ombro.

— Se nós dois estivermos de acordo em que o assassinato não tem uma relação direta com o canal...

— Mas não estamos — interrompeu Furth.

— ...então o importante não é o local, mas os meios usados para matar. O que pode significar que se esse é um assassino ao acaso atrás de uma vítima vulnerável, muitos outros crimes podem não ter recebido a devida importância. Então valeria a pena verificar outros casos. O que acha?

— Vou pensar no assunto — disse Furth.

— Quer que eu fale com Oban sobre isso?

— Eu falo.

— Ótimo — falei, animada. E, tendo estragado a manhã de Furth, saí, sentindo-me estranhamente alegre.

Treze

Quando você tem um convidado difícil para jantar, todas as tias matreiras concordam quanto ao que deve ser feito. Você precisa reunir também seus melhores amigos. Fale com eles antes e explique a situação. Convide-os, mas com o firme compromisso de recompensar o sacrifício que farão, oferecendo-lhes em breve uma noite realmente agradável. Refleti muito sobre essa idéia e tive um momento de inspiração. Pensei: que nada! Por que imporia aos meus amigos uma noite como essa? Eu tinha uma idéia muito melhor. Em um canto do meu cérebro eu guardava um pequeno grupo de pessoas, como uma enxaqueca que estivesse sempre pronta para explodir. Como uma mancha em um casaco que não conseguia fazer sumir de jeito nenhum. Eram pessoas a quem eu precisava retribuir algum convite, mas que acabavam sendo sempre esquecidas.

Havia Francis, da Clínica Welbeck, por exemplo. Ele tinha me convidado para jantar no seu apartamento, em Maida Vale. A noite ficara marcada por uma discussão terrível — não conseguia lembrar-me a propósito do quê — e alguém havia saído cedo, o que deixou Francis muito chateado e muito bêbado. Contei o ocorrido para Poppy, na ocasião, e ela achou a história até divertida, já que não tinha nada a ver com ela, mas realmente não foi. Na verdade, Francis evitara olhar nos meus olhos durante um bom tempo e nunca mais se referira àquela noite. Ainda assim, eu suspeitava que devia retribuir de alguma forma, algum dia, e essa parecia uma excelente oportunidade, ainda mais que, sendo um convite em cima da hora, ele com certeza não teria condições de aceitar. Telefonei para a clínica e disse a ele que estava reunindo alguns amigos no dia seguinte e perguntei-lhe se gostaria de aparecer também. Perfeito, respondeu ele. Até amanhã, então.

Havia também Catey. Eu conhecera Catey na época da faculdade, porque seu namorado era o melhor amigo de alguém com quem eu tinha saído durante algum tempo. Era uma relação bastante distante, ainda mais que nunca tínhamos chegado a nos tornar grandes amigas. Havia dezenas de amigos mais próximos com os quais eu perdera o contato aos poucos ou subitamente, mas minha amizade morna com Catey havia sobrevivido à passagem dos anos graças aos convites regulares e persistentes que ela me fazia — um jantar num ano, uma festa no seguinte, e eu retribuía na proporção de um para cada quatro. Mais uma vez eu esperava que ela não pudesse comparecer, e eu estaria livre de qualquer obrigação durante um ou dois anos. Na verdade, quando telefonei, ela alegou que tinha um compromisso para aquela noite, mas depois disse:

— Não, não, tenho certeza de que posso adiá-lo. — Disse também que gostaria que eu conhecesse Alastair, seu novo namorado, na verdade quase noivo. Ela ligou três minutos mais tarde. Estava tudo combinado. — Nos vemos amanhã — disse.

— Ótimo — respondi.

Julie insistiu em cozinhar e concordei sem reclamar, uma vez que o desastre iminente tinha sido idéia unicamente dela. Quando cheguei em casa, pouco antes das sete horas, o apartamento estava tomado de ricos odores. A mesa estava posta e a sala impecável. Entrei na cozinha. De um lado vi um grande prato que eu nem lembrava mais que tinha. Ela deve ter fuçado no fundo dos meus armários. O prato estava cheio de legumes. Consegui ver tomates, berinjelas, abobrinhas, cebolas fatiadas.

— Você falou que era para fazer uma coisa simples — disse Julie. — Esta é a entrada. Legumes marinados. Depois vem um risoto. Já preparei o caldo em que ele vai ser cozido. Comprei também frutas e ricota aqui perto.

— E eu comprei vinho — falei, sem grande entusiasmo.

— Então estamos feitas.

— Como você preparou tudo isso?

— Tudo isso o quê?

— Tudo isso, ora. A comida, a mesa arrumada, esse lindo prato de legumes digno de aparecer em revista. Não estou vendo nenhum livro de receitas aberto, manchado de gordura.

Julie riu.

— Não sei cozinhar. Isso que fiz não é cozinhar. Apenas fritei ou cozinhei alguns legumes, despejei azeite e um pouco de vinagre por cima, salpiquei com ervas. Tudo muito rápido.

— Sim, mas onde você aprendeu a fazer isso sem planejar, sem se preocupar, sem se queixar, sem fazer a maior bagunça?

Ela parecia perplexa.

— Você está querendo o quê? — ela perguntou. — Comparar a minha capacidade de cozinhar um pouco de arroz com o seu talento para examinar cadáveres e imaginar como as pessoas morreram?

Fiz uma careta.

— Não foi exatamente isso que pensei — respondi, tentando encerrar o assunto.

— E quanto ao vestido? — Julie perguntou. — Você não mudou de idéia, espero.

Julie estava quase sensacional demais no meu vestido. Com os cabelos despenteados e rosto, braços e pernas ainda bronzeados, batom e apenas um leve toque de rímel, parecia preparada para cantar em algum bar exótico e não para jantar com alguns de meus amigos chatos.

— Você está um assombro — comentei, e ela respondeu com um leve sorriso, como se tudo aquilo fosse uma farsa, como se nós duas tivéssemos decidido vestir roupas de adultos para uma brincadeira. — Não tenho condições de competir com você. Vou vestir alguma coisa muito simples.

— Você está chateada? — perguntou Julie, um pouco alarmada. — Quer que eu devolva o vestido para você usá-lo hoje? Tenho certeza de que consigo descobrir alguma outra coisa.

Balancei a cabeça.

— O vestido é seu. Ele nunca mais vai querer ser usado por mim.

Experimentei cinco vestidos diferentes. Estava atrás de um efeito complexo e sutil. Não queria dar a impressão de ter feito uma tentativa muito elaborada de impressionar durante o que seria, afinal de contas, um jantar informal. Por outro lado, vestir-me com simplicidade exagerada poderia parecer um insulto aos convidados. Acabei me decidindo por um vestido preto básico, que não parecia ter custado uma fortuna, mas que também não me deixava com cara de quem ia a uma festa campestre. Quando saí do quarto, Julie deu um assobio, o que me fez rir.

— Fantástico — disse ela. — Você está incrível. É isso que você chama de roupa muito simples?

Aproximei-me e fiz com que ela se virasse para o grande espelho antigo pendurado na parede. Apoiei a cabeça no seu ombro e nos observamos com olhar crítico.

— É um desperdício ficarmos no meio dessa turma — sugeri. — Seria muito mais interessante irmos a algum lugar realmente chique, do qual eu nunca tivesse ouvido falar.

— Pensei que eram os seus melhores amigos — disse Julie.

— O convite foi mais por obrigação. Lembra-se daquele detetive, Oban?

— Claro que sim.

— Ele acha que somos homossexuais.

— O quê?

— Eu acho.

Julie riu, mas depois franziu a testa, concentrada.

— Foi alguma coisa que fizemos?

— Tenho a impressão de que é apenas porque somos duas mulheres que moram juntas, você faz a comida, essas coisas todas. Você sabe, uma vida a dois, íntima.

— E excitante para ele também, suponho.

— Talvez.

Ela virou-se de novo para o espelho.

— Entendo que possa haver essa atração — comentou, pensativa. — Mas sempre só tive homens ao meu lado. Não sei por quê.

A campainha tocou. Olhei o relógio. Faltava um minuto para as oito.

— Eles não sabem que oito significa nove? — pensei alto, dirigindo-me para a porta da rua. Era Catey, com Alastair, muito tímido, atrás dela. Catey estava muito bonita num vestido verde-claro e Alastair usava terno e gravata. Parecia ter vindo diretamente do trabalho. Deram-me dois beijinhos e me entregaram uma garrafa de champanhe e um grande buquê de flores.

— Já ouvi falar muito em você — disse Alastair.

E o que ouviu falar de mim?, tive vontade de perguntar. Mas apenas sorri.

— Temos muita conversa para botar em dia — disse Catey e subiu correndo as escadas.

Com um pouco de improvisação, conseguimos encontrar assunto para conversar até oito minutos depois das oito, quando Francis chegou. Ele estava de camisa branca, sem gravata e com um terno de aparência tão terrível — como se tivesse sido feito de algum substituto do tergal, deixado no jardim durante uma semana e depois usado sem passar —, que compreendi que devia ter custado mais do que meu carro. Ele trouxe champanhe. Percorrendo a sala com os olhos, falou:

— Este é um momento emocionante para mim. Estou no apartamento onde Kit não deixa ninguém entrar.

Catey e Alastair olharam ao seu redor com interesse renovado. Parecia um daqueles momentos em que estamos em um grande museu e concedemos a uma pintura meros cinco segundos de um olhar distraído, mas depois lemos no guia que aquele é o quadro mais importante do século XV alemão e refazemos nossos passos, dizendo para nós mesmos: "Pensando bem..." Dei uma piscada para Julie, o máximo que consegui fazer para explicar-lhe que, mais precisamente, ele estava no apartamento onde eu não deixava Catey e Francis entrar.

— Ninguém ainda se conhece aqui — eu disse. — Esta é Julie, que está morando comigo e que preparou a comida e... bem... tudo, na verdade. Este é Francis, que trabalha comigo na clínica. Esta é Catey, uma velha amiga. E este é Alastair.

— Alastair trabalha na City — interveio Catey. — Fazendo alguma coisa totalmente incompreensível, é claro. Sabem de uma coisa? Ouvi no rádio um dia desses que sessenta por cento das pessoas não têm idéia do que seu parceiro faz no trabalho. A propósito, Kit, o que aconteceu com o cara com quem você...?

Fiquei tentada a responder "Não sei", mas disse com voz dócil que há tempos não nos víamos, e houve então um silêncio na sala. Francis abriu o champanhe que tinha trazido e serviu uma taça para si mesmo, depois passeou pela sala olhando a mobília, os quadros, os livros, como se estivesse preparando uma análise psicológica minha, o que, com certeza, era o que estava fazendo. Ele me trazia à lembrança os dias de verão em que uma grande abelha entrava pela janela e zumbia no apartamento inteiro até eu conseguir enxotá-la com uma revista. Nesse meio tempo, Catey começou a falar sobre como aquela área era interessante e como eu tinha sido esperta em instalar-me logo.

— Essa é uma questão importante — eu disse.

— Você continua a trabalhar na mesma coisa? — perguntou Catey, animada.

— Bem...

— Eu estava contando para o Alastair, no táxi, o tipo de trabalho que você faz. Isso me veio à cabeça porque fiquei imaginando se você sabia alguma coisa sobre aquele assassinato horrível que aconteceu outro dia.

Eu estava intrigada. De que maneira Catey — que, pelo que eu sabia, ainda trabalhava numa galeria de arte — estava a par de minha ligação com o assassinato de Lianne?

— Qual?

— O de Hampstead Heath. A mãe que foi morta quando estava com a filha no parque. Philippa Burton.

— Não, não estou envolvida nesse caso.

— É como a Lady Di. As pessoas depositam flores nas ruas vizinhas, e elas se estendem por mais de cem metros. Alguém abriu um livro de condolências. Ali e eu caminhamos pelos arredores apenas para dar uma olhada, e é extraordinário. Há um grande congestionamento, muitos policiais, filas de pessoas. As mulheres choravam, os homens botavam os filhos nos ombros, para que conseguissem ver. Por que as pessoas fazem isso?

— O que você acha, Francis? Qual é a sua opinião como profissional?

Ele pareceu alarmado.

— Não é exatamente a minha área, é claro. Talvez as pessoas acreditem que, no lugar onde alguma coisa acontece, seja de bom ou de ruim, há uma energia especial. Como o calor. E elas vão até lá para se aproximar dessa energia.

— É interessante — acrescentei. — As pessoas querem estar próximas para sentir-se envolvidas no drama.

— E elas se preocupam — acrescentou Julie. — Ficaram desconcertadas quando ouviram a história e queriam demonstrá-lo. Não há nada de errado nisso, não é mesmo?

— Não — respondi e olhei para Catey. — Estou trabalhando em um assassinato ocorrido em local onde as pessoas não vão depositar flores.

— Por quê?

Encolhi os ombros.

— A vítima era uma jovem que não tinha onde morar. Seu corpo foi encontrado à margem do canal. Não acredito que alguém tenha se preocupado muito com o caso.

— É triste — disse Catey. Mas não comentou mais nada sobre o assunto.

Às nove e dez, como Will Pavic ainda não tinha aparecido, decidi que era hora de começarmos a jantar. Passamos à mesa e deixamos, por insistência de Julie, um lugar vago ao lado dela, para o caso de ele chegar. Os legumes regados com azeite e o exótico pão que Julie tinha conseguido só Deus sabe onde, estavam extraordinários. Era como se eu estivesse em um restaurante, mas com o benefício adicional de ter minha própria mobília. O risoto estava no ponto exato. Seu aroma e sabor vinham da azeda-miúda, que sempre considerei uma erva daninha, mas que entusiasmava Julie. Eu tinha a impressão de estar recebendo parte do crédito pela comida de Julie, como se eu tivesse empresado o jantar.

Já tínhamos quase acabado de comer o prato principal quando a campainha da porta soou. Lá estava Will, de *jeans*, camisa azul, tênis surrados e uma jaqueta pendurada no braço. Senti-me de repente arrumada demais para a ocasião, o que era ridículo. Ele é que devia estar chateado por estar vestido daquele jeito.

— Tive um dia terrível — disse. — Eu devia ter telefonado para dizer que não poderia vir, mas não encontrei o seu número.

— Está no catálogo — respondi secamente. — Bem, não sei se ainda está. Mas poderia certamente consegui-lo com alguém. Venha comer alguma coisa. Já começamos, infelizmente.

Ele subiu a escada atrás de mim. Dentro de casa, sob uma luz mais forte, parecia cansado e abatido. Apresentei-o aos outros convidados, que pareceram subitamente envergonhados, como se tivessem sido pegos comendo às escondidas. Julie aproximou-se dele, com um sorriso encantador, apertou sua mão e não a largou mais, conduzindo-o ao lugar que estava reservado para ele, ao seu lado. No caminho, ele jogou a jaqueta em cima do sofá.

— Você vai ter que correr para nos alcançar — disse Julie. — Você se incomoda se eu puser tudo ao mesmo tempo no seu prato?

Ele sorriu e sacudiu a cabeça.

— Tinto ou branco?

— Qualquer um.

Durante alguns minutos ele comeu com apetite, olhou uma vez ou outra ao redor da mesa, mas ficou basicamente concentrado na sua comida.

— Talvez fosse bom resumir para Will o que estávamos falando — disse Julie. — Como em uma novela. Falamos sobre esta região. Fiz o discurso de sempre sobre minhas viagens ao redor do mundo. Você nunca ouviu uma coisa igual, Will. Conto para você mais tarde. E Catey e Alastair foram a Hampstead Heath ver o lugar onde foi cometido um assassinato e assinaram um livro de condolências...

— Na verdade nós não...

— ... e Alastair estava começando a falar de seu trabalho na City.

Pavic levantou os olhos para Alastair.

— Onde você trabalha?

— Um pouco adiante de Cheapside.

— Em que empresa?

Alastair pareceu intrigado.

— Na Hamble's.

— Com Pierre Dyson.

— Bem, sim — disse Alastair. — Isto é, nunca o encontrei de fato, mas sim, ele é o chefe. Você o conhece?

— Conheço.

Seguiu-se um momento de silêncio.

— Queira me desculpar — disse Alastair. — Como é mesmo o seu nome?

— Ele se chama Will Pavic — eu disse.

— Espere, espere. Agora me lembro. Wahl Baker, certo?

De repente Will pareceu ficar constrangido.

— É isso mesmo.

— É um prazer conhecê-lo, Will. Ouvi falar muito de você.

— Sobre o abrigo, você quer dizer? — perguntei.

— Não, não — respondeu Alastair, com arrogância. — Não quero constranger seu convidado, mas ele foi o administrador do fundo Wahl Baker durante dez anos. Anos lendários. Um período fantástico.

— Não foi tão fantástico — disse Will de forma tranqüila.

— É a avaliação que faço — disse Alastair.

— Não sabia que você trabalhava na City — eu disse.

— Não trabalho — respondeu ele. — Não agora. — Depois ficou em silêncio e a conversa tomou outro rumo.

Durante o resto do jantar, olhei de relance várias vezes para Julie e Pavic, do outro lado da mesa. Ouvi fragmentos da conversa dela, contando uma coisa sobre o México, outra sobre a Tailândia. As respostas dele eram breves e eu não conseguia entendê-las.

Quando a refeição acabou, sentamo-nos na sala para um café, chá ou, para Catey, uma mistura que cheirava a remédio. Will estava tirando os pratos da mesa e nos encontramos na cozinha ao mesmo tempo.

— Acredito que este não seja exatamente o seu tipo de gente — comentei.

Ele não sorriu.

— O que sabe sobre o meu tipo de gente? Acho todos ótimos.

— Eu me incluí no grupo, também.

Ele deu então um sorriso que talvez contivesse uma ponta de sarcasmo.

— Mas Julie é muito legal — falei.

— Parece ser.

Ficamos em silêncio. Depois eu disse:

— Não consigo acreditar que você tenha trocado a City por um abrigo em Kersey Town.

— Você conhece a City? — perguntou ele.

— Conheço Kersey Town.

— Na época, pareceu-me uma boa idéia.

— E agora?

Ele abriu a boca, depois fechou-a, e pareceu refletir antes de falar.

— Desculpe-me — disse ele. — Acho que é um assunto vasto demais para ser discutido na sua cozinha, ao final de um jantar.

— Acredito então que *eu* deva pedir desculpas — argumentei. — A propósito, falei com alguém que o conhece.

Uma fagulha de interesse.

— Ah, é?

— Um detetive chamado Furth. Ele está trabalhando no caso Lianne. Sabe quem é?

— Sei, sim.

— Ele alertou-me sobre você.

— Isso é típico de Furth.

— Também não gosto dele.

Will empilhou os pratos ao lado da pia com cuidado e virou-se para mim.

— Não sei o que você quer, Kit, mas não dou a menor importância para a sua opinião sobre a polícia ou o que quer que seja.

Isso era demais. Joguei a toalha na mesa da cozinha e aproximei-me dele com passo combativo.

— Porra, Will, o que veio fazer aqui? Você chega atrasado, depois fica na sua, como um adolescente, fazendo comentários sarcásticos com cara mal-humorada. Você se acha melhor do que eu, não é mesmo?

Will enfiou as mãos nos bolsos e franziu a testa.

— Vim porque fui pego de surpresa pelo convite de sua amiga e não consegui pensar em nenhuma resposta convincente. E peço desculpas por ter chegado tarde. Como eu disse, tive um dia terrível.

— Eu também tive um dia terrível.

— Não estou querendo fazer uma competição sobre dias terríveis.

— O inimigo não sou eu — falei.

— Ah, não? — disse ele, e saiu da cozinha. Fui atrás dele e chegamos na sala quase juntos. Eu estava vermelha e furiosa. Não sei como ele se sentia.

— Estávamos comentando — disse Catey — como é extraordinário o que você fez, largar tudo, um emprego fabuloso, e ir trabalhar nesse abrigo.

Pensei que ele fosse ser tão agressivo com Catey como tinha sido comigo, na cozinha, mas sua expressão estava quase suave.

— Não foi tão extraordinário — ele disse e virou-se para Alastair. — Por que você, por exemplo, não larga seu fabuloso emprego?

Alastair pareceu ter ficado espantado.

— Bem... isto é... não sei realmente. Porque nunca quis, acho.

Will espalmou as mãos.

— *Eu* quis. Só isso.

Julie chegou — irrompeu, melhor dizendo — na sala, com uma xícara de café e estendeu-a a Will.

— Por que você está de má vontade com Kit? — perguntou ela.

Ele teve um sobressalto e olhou na minha direção, quase de soslaio.

— De má vontade? — repetiu. — Talvez eu seja sensível demais. Quando comecei a trabalhar no abrigo, esperava ajuda das pessoas, da polícia, dos serviços sociais. Mas não consegui. Agora só quero que nos deixem em paz. Por isso às vezes agrido as pessoas.

— Quero apenas ajudar — eu disse, percebendo, ao mesmo tempo, quão patéticas essas palavras soavam.

— Você chegou tarde demais — retrucou ele. — Ela está morta. Eu também cheguei tarde demais. — Ele deu um sorriso triste. — Aí está! Isso é uma coisa que temos em comum. — Tomou um gole de café, que engoliu rapidamente. — Com licença — ele disse. — Acho que é melhor eu ir embora.

— Não — eu disse. — Não por minha causa.

— Não é por sua causa. Neste momento, não estou em condições de ficar no meio de gente.

Ele despediu-se cordialmente de todos e foi amável com Julie ao cumprimentá-la pelo jantar. Ela acompanhou-o até a porta e, ao voltar, cochichou-me:

— A busca continua. — Consegui dar um leve sorriso, mas me sentia perturbada e, com a desculpa de fazer mais café fui para a cozinha e lavei toda a louça. Quando voltei com a cafeteira, constatei que meu plano de vingança contra essas pessoas não tinha dado muito certo. Francis falava de si mesmo, Julie falava do Taj Mahal ao crepúsculo, Catey falava de Alastair, e Alastair escutava com ar de modéstia. Eu só tinha condições de servir café, beber café e não dizer quase nada.

Depois de um tempo que me pareceu extremamente longo, eles foram embora com observações funestas sobre nosso próximo encontro, que precisaria acontecer em breve. Vi até Francis e Alastair trocarem seus números de telefone ao pé da escada, numa visão horripilante de meus fardos se unindo e tornando-se ainda maiores.

Julie e eu ficamos sozinhas. Fiz uma careta.

— Desculpe-me por envolvê-la nisso — eu disse.

— Que nada — respondeu ela. — Gostei deles. E eles gostam de você. Todos se preocupam com você. Você é uma felizarda por ter tantos amigos, sabe disso. — Por um breve momento, sua voz pareceu quase melancólica. — Sou eu que devo pedir desculpas. Meu plano Pavic não funcionou mesmo.

— Não importa. Não houve nada de errado com o plano. O problema foi o próprio Pavic.

Ela sorriu e esvaziou o copo. Colocou-o sobre a mesa e aproximou-se de mim. Passou a mão no meu rosto e beijou-me levemente nos lábios.

— Se um dia eu me tornar lésbica — disse —, você será a primeira a receber uma proposta minha. Boa noite, fofinha.

Quatorze

Eu estava certa sobre um ponto — o grito *tinha* vindo da testemunha, *um* grito, pelo menos. Um policial visitou Mary Gould e ela disse que não tinha certeza, isto é, sim, talvez tivesse gritado quando viu a pobre moça, e na verdade, agora que falava no assunto, sim, ela estava certa de ter gritado. Isso não lhe traria nenhum problema, não é mesmo?

Assim, fora um erro admitir que Lianne tivesse sido morta perto do canal.

— O que significa — eu disse para Furth — que não há motivo para acreditar que foi Doll e não qualquer outra pessoa. Certo?

— Minha cara — retrucou ele, aproximando o rosto do meu a ponto de eu conseguir ver as marcas amareladas nos seus dentes, a irritação causada pelo barbeador na pele de seu pescoço e as rugas de fadiga nos cantos da boca —, isso tudo é babaquice, você sabe. Ela foi assassinada perto do canal, por Doll.

— De qualquer forma, valeria a pena dar uma olhada em outros homicídios, não?

— Já fizemos isso. Gil e Sandra passaram quatro horas esta manhã examinando detalhadamente os casos de homicídios não esclarecidos em Londres nos últimos seis meses e não descobriram nenhuma relação. Sua teoria vai então por água abaixo. Sinto muito. Um único cadáver para você, não uma glamourosa penca deles.

— Que tipo de relação vocês estavam procurando? — perguntei.

— Somos policiais experientes, você sabe. Buscávamos semelhanças no modo de agir, na escolha da vítima, na escolha do local. Esse tipo de coisa. Não havia nada. Nenhuma jovem desabrigada, nenhum corpo mutilado, nenhuma analogia entre os locais. Zero. Nada.

— Posso examinar os casos, também?

Ele esfregou os olhos e suspirou.

— A idéia é você nos ajudar, não intrometer-se no nosso caminho. E depois, para que isso?

— Estou atrás de alguns detalhes — respondi com voz calma.

Ele deu de ombros, esgotado.

— Se quiser perder um dia inteiro, o problema é seu.

— Há muitos, então?

— Uns trinta, a não ser que você queira estender os parâmetros de sua busca até o Bronx.

— Como posso examiná-los?

— Mandamos um colega interromper a procura a criminosos e você fica com um terminal à disposição.

— Quando?

Ele consultou o relógio e murmurou alguma coisa que não entendi. Depois falou:

— Dentro de meia hora, mais ou menos.

— Obrigada.

— Posso perguntar uma coisa? — falou, com tom menos arrogante.

— O quê?

— Você está sempre certa de ter razão?

Pestanejei, sentindo um pequeno nó de pânico no estômago.

— Você não me entendeu — eu disse. — Nunca estou certa. Esse é o problema.

Treze dos casos não solucionados eram de homens jovens que tinham sido assassinados tarde da noite ou nas primeiras horas da madrugada, na saída de boates, *pubs*, partidas de futebol, festas. Examinei seus casos na tela do computador: espancado até a morte, apunhalado, agredido no rosto com uma garrafa quebrada. Em doze dos treze casos, as vítimas tinham ingerido grande quantidade de álcool; o décimo terceiro era um rapaz negro de 19 anos que havia sido encontrado embaixo de sua bicicleta, as luzes ainda acesas. Seu crânio estava fraturado. Atingido por um carro. Talvez um acidente. Talvez um ataque racista.

Duas prostitutas, uma encontrada morta no seu pequeno quarto em cima de um boteco turco, cujos proprietários começaram a se perguntar de onde viria aquele cheiro horrível; outra, espancada até a morte em algum lugar ermo de Summertown. Não muito longe de onde foi encontrado o corpo de Lianne. Hesitei um pouco diante dela: Jade Brett, 22 anos, HIV positivo, nenhum parente conhecido. Provavelmente não havia relação entre os casos, mas anotei seu nome. Seguiam-se vários nomes de pessoas sem domicílio fixo, bêbados com o fígado destruído encontrados mortos junto aos bancos dos parques ou nas portas das lojas onde costumavam dormir. Havia também sete crianças, e embora suas mortes não tivessem sido esclarecidas, em todos os casos, exceto um, a polícia estava concentrando as investigações nos membros da família, nos conhecidos. De qualquer forma, não eram relevantes.

E, é claro, havia o caso de Philippa Burton, 32 anos, classe média, boa reputação, famosa logo após a morte. Seu nome foi o único que reconheci. Com certeza nenhum dos outros tinha merecido mais do que um ou dois parágrafos na página cinco de um jornal qualquer. Examinei os detalhes do caso. Como eu já sabia, ela tinha sido levada da área de recreação do parque Hampstead Heath, onde sua filha pequena brincava, e encontrada algumas horas mais tarde no seu ponto mais afastado e deserto, de bruços, entre árvores e arbustos. Ela tinha sido golpeada na cabeça várias vezes com uma pedra encontrada depois a poucos metros do corpo. Havia um corte na sua face esquerda, e equimoses leves nos pulsos. Não tinha sido violentada. Nada levava a crer que se tratasse de um homicídio de caráter sexual.

Esfreguei os olhos e fixei-os na tela. Depois, peguei o telefone e disquei o ramal de Furth.

— Eu gostaria de ver o corpo de Philippa Burton. E seu dossiê.

— O quê?

Não foi um "O que você disse?" Foi um: "Que babaquice é essa, agora?"

— Posso?

— Por quê? — perguntou com voz penetrante. Eu podia ouvir sua respiração.

— Porque quero — respondi.

— Está querendo nos atrapalhar, doutora? Isso tem alguma coisa a ver com o seu trabalho?

— Percebo que...

— Quer saber o que penso?

— O quê?

— Você está com um grande problema. Desde o ataque de Doll. Outras pessoas já disseram isso.

— Então por que pediram a minha ajuda?

— É o que tenho me perguntado.

— O fato é que estou aqui. Posso ver o corpo?

— Unicamente porque seria interessante? Em hipótese alguma.

Ele desligou na minha cara. Olhei para a tela do computador durante alguns segundos mais, depois peguei de novo o telefone interno e pedi que me ligassem com Oban.

— Posso ir vê-lo?

— Pode, claro. Agora?

— Por favor.

— Tudo bem.

Oban botou a mão no queixo e olhou-me, pensativo. Seus olhos pareciam mais desbotados do que nunca. Vários segundos se passaram antes de ele responder.

— Não compreendo muito bem, Kit, o que você está procurando.

Não respondi — não havia muito a dizer, uma vez que eu também não sabia, e a consciência de que estava provavelmente fazendo papel de idiota, para deleite de toda a delegacia, tornava-se cada vez mais forte.

— Você nos disse para não fazer suposições. Agora está supondo que o assassino de Lianne matou alguém mais, também. Por quê? Acha que deve haver uma relação com o caso de Pippa Burton. Por quê? Ajude-me a entender, Kit.

Era muito mais difícil reagir ao seu tom suave e cortês do que à fúria de Furth.

— Não acho que eu esteja fazendo suposições — afirmei. — Estou apenas dizendo que se Lianne não tivesse sido morta perto do canal... e não há razão agora para supor que tenha sido... então há coisas que devemos considerar, que talvez tenhamos deixado escapar.

Oban estava sendo dolorosamente paciente comigo.

— Tudo bem. Vamos fazer de conta que você está certa. Vamos ignorar o fato de a equipe de Furth já ter examinado todos os dossiês. Por que Pippa Burton? Tudo o que consigo ver neste caso é a total falta de um elo. Ele começou a contar nos dedos: "As vítimas são diferentes, os ferimentos são diferentes, os locais são diferentes, os *tipos* de local são diferentes.

E não é apenas isso, é a diplomacia com o pessoal que trabalha aqui. Você está cercada de gente que tem boa vontade, que se culpa, até. Ficamos extremamente tristes com a sua agressão, você sabe. Não vai querer dilapidar tudo isso agora.

Mais uma vez, não respondi. Consegui encará-lo de frente e não baixei os olhos.

— Ok — ele disse, com um suspiro. — Pode prosseguir.

— Obrigada.

— Não é de nossa alçada, é claro, mas isso não deve ser problema. Vou conseguir que Furth faça o que for preciso. Ele não ficará satisfeito, no entanto. Sei que ele é um idiota, mas por outro lado tem intuições. E nem todas estão erradas. Ele avaliou-me com os olhos e não sorriu.

— Oh, bem... — consegui dar uma risada que mais pareceu um soluço.

— Por que esse caso é tão importante para você, Kit?

Dei de ombros.

— Estou tentando ser meticulosa.

— Ouvi dizer que você tem encontrado Will Pavic.

— Como sabe disso?

— Caráter ardiloso, o dele. Você sabia que ele já foi importante na City?

— Ouvi alguma coisa a esse respeito.

— Não conheço todos os detalhes, mas ele teve uma depressão e jogou tudo para o alto. Agora tenta tornar-se a Madre Teresa do norte de Londres.

— Parece uma idéia simpática.

— É mais complicado do que isso. Ele não domina essa área. — De novo seu olhar é indagador. — Além disso, não gosta muito da polícia.

— Parece que o sentimento é recíproco — repliquei secamente.

— Apenas tentamos convencê-lo a obedecer as mesmas leis de todo mundo. Não se deixe enganar pelo charme dele.

Enfim uma frase que me fez sorrir. Pensei em Pavic na outra noite, com seu cabelo eriçado e olhar de menosprezo.

— Não existe a menor chance.

Oban estava certo. Furth estava certo. Então por que eu não concordava com eles? De novo olhei para o cadáver de Philippa Burton na sua gaveta. Um corpo esbelto, delicado, com quadris arredondados, seios altos e algumas estrias na barriga, surgidas com o nascimento da filha, provavelmente. As mãos eram longas e graciosas, as unhas feitas e pintadas com esmalte cintilante cor-de-rosa, combinando com a cor das unhas dos pés. Um cadáver intacto, a não ser pelas marcas ao redor dos pulsos delicados. Ela estava deitada como uma bela estátua, envolta nas dobras de um lençol. Mas acima de seu torso acetinado, o lado esquerdo de sua cabeça apresentava um afundamento. Sua cabeleira loira estava endurecida pelo sangue coagulado.

Não tive o impulso de tocá-la nem de ficar mais tempo observando-a. Ela tinha um marido e uma filha para pranteá-la, dezenas de amigos chocados, uma multidão de desconhecidos que se apaixonaram pela idéia que faziam dela. Apareceram vários artigos nos jornais; os políticos fizeram fila para render homenagens a esse modelo de mãe, que teve a vida brutalmente ceifada por um monstro sádico, e não descansaremos até que ele seja apanhado etc. Milhares de pessoas vinham acumulado flores e animais de pelúcia no local onde seu corpo tinha sido encontrado. Centenas de pessoas compareceriam ao funeral. Desconhecidos mandariam coroas. Mas ali fiquei, observando-a, com uma sensação que não me abandonava, como uma coceira que eu não conseguia coçar. Ela tinha sido encontrada de bruços, o rosto contra o chão, exatamente como Lianne. Até eu sabia que isso não era suficiente para estabelecer uma relação entre os dois crimes. Contudo, eu tinha a intuição de que havia uma conexão esperando para ser feita, se ao menos conseguisse pensar nela de uma outra maneira.

Saí do necrotério e fui caminhar no parque Hampstead Heath. Não chovia, mas o céu estava escuro e carregado. A grama ainda estava molhada e pesadas gotas caíam das árvores. Não havia muita gente por ali, apenas um casal que fazia *jogging* e algumas pessoas que brincavam com seus cachorros, atirando-lhes gravetos na vegetação encharcada. Caminhei depressa, passei pela área dos brinquedos, pelos pequenos lagos, subi a colina onde, nos dias ensolarados, as pessoas empinam pipas. Na verdade, eu não estava indo a lugar nenhum, apenas andando em círculos, meu cérebro fervilhando inutilmente.

Quinze

Eu já tinha conquistado a desconfiança de um grupo de detetives. Agora precisava lidar com outro. Pelo menos, pertenciam todos à mesma delegacia — ou talvez, dada a consideração que tinham por mim, isso não fosse uma coisa tão boa assim. Oban mostrou-se gentil, apesar de todas as suas apreensões, falou com o encarregado do inquérito de Philippa Burton e disse coisas simpáticas a meu respeito. Foi assim que, no dia seguinte, vi-me diante do inspetor geral detetive-chefe Vic Renborn. Ele era corpulento e quase calvo, apenas com poucos fios ruivos acima das orelhas e sobre a nuca. Com seu rosto vermelho, era uma figura assustadora. Eu podia imaginar os médicos apostando no que lhe aconteceria primeiro, um ataque cardíaco ou um acidente vascular encefálico. Ele ofegou um pouco quando falou, como se o esforço de abrir a porta para mim tivesse sido grande demais.

— Oban disse que você está interessada em Philippa — comentou, como se estivesse se referindo informalmente a uma amiga que morasse ao lado.

— É isso mesmo.

— Todo mundo está interessado em Philippa.

— Eu sei.

— Tenho agentes uniformizados organizando o tráfego e controlando a multidão ao redor da área onde ela foi encontrada. Tivemos que instalar sinais luminosos e criar um estacionamento temporário. As pessoas estão vindo de todos os cantos do país, deixando bilhetes e flores. Acabei de falar pelo telefone com um especialista em psicologia criminal. Ele está em Londres promovendo um livro e ofereceu seus serviços. Tenho também um astrônomo. É assim que se diz?

Ele lançou um olhar interrogador a uma policial que estava sentada em um canto com um bloco de anotações na mão.

— Astrólogo, senhor.

— Astrólogo. E dois médiuns. No mês passado uma mulher teve um sonho no qual via que o crime iria acontecer. Tem gente que afirma poder identificar o assassino se eu lhes der um pedaço de roupa manchada com o sangue da vítima. A imprensa está farejando por perto. O local virou um verdadeiro circo. Sou um felizardo. Todos querem me ajudar. Mas não tenho nada. E ainda por cima estamos fazendo essa maldita mudança, o que significa que não tenho sequer um lugar onde me esconder. Você veio aqui para me ajudar?

— Não estou tratando especificamente desse caso.

— Acredito que eu deveria sentir-me aliviado. Oban diz que você está envolvida no caso de uma jovem sem lar encontrada morta à beira do canal.

— É isso mesmo — confirmei. — Mas não apareceu nenhum médium dessa vez. Ninguém está se importando.

— O que quer com Philippa Burton?

— Não sei ao certo.

— Seria porque é um caso que tem mais repercussão?

— O que está querendo dizer?

— Quero apenas informá-la de que já contratei um conselheiro psicológico. Seb Weller, conhece?

— Conheço.

— Boa pessoa?

Fiquei em silêncio por um instante.

— Não estou aqui para competir — respondi com diplomacia.

— Nosso problema é que temos apenas uma testemunha e ela tem três anos de idade.

— Ela disse alguma coisa?

— Muita coisa. Disse que gosta de sorvete de morango, do *Rei Leão* e de bichos de pelúcia. Não gosta de abacate nem de sons altos. Temos uma psicóloga pediatra que está o tempo todo com ela, fazendo tortas de barro, ou alguma outra coisa qualquer. Chama-se Westwood. Sabe quem é?

— Sim, conheço a dra. Westwood. — Meu coração começou a bater desconfortavelmente. Eu não queria contar a Renborn que na verdade Bella Westwood tinha sido minha professora. Todos nós a reverenciávamos — uma mulher jovem, brilhante, inteligente e irônica, que dava aula sentada sobre a mesa, balançando as longas pernas — e seria sempre difícil para mim pensar nela como colega. Uma vez professora, sempre professora. Quando eu tiver setenta anos e ela oitenta, Bella continuará a ser a pessoa que escreveu na margem de um trabalho meu: "Cuidado com a confusão entre instinto e hipótese, Katherine." Agora eu estava invadindo seu mundo, até mesmo questionando seus critérios.

— Então, o que quer? — perguntou Renborn.

— Gostaria de falar com o marido dela. Talvez ver a filha, se possível.

Ele franziu a testa.

— Pessoalmente, não tenho nada contra. Mas é melhor falar com a dra. Westwood sobre a menina. Não sei se ela deixará você se aproximar. Há regras complicadas sobre o que as pessoas têm ou não permissão para dizer a ela. Eu não as entendo, de qualquer forma.

— Perfeito. Pergunte à dra. Westwood e veja o que ela diz.

— De acordo — disse Renborn. — Eu lhe telefonarei.

— Prefiro esperar.

Renborn resmungou alguma coisa. Depois disse:

— Bem, nesse caso, se me der licença, irei chamá-la. Agora.

Eu mal tivera tempo de tomar um copo d'água da geladeira que ficava no corredor quando Renborn saiu de sua sala com ar perplexo e não especialmente satisfeito.

— Conhece a dra. Westwood?

— Já a encontrei — esquivei-me.

— Hmmm. Pensei que ela mandaria você tomar naquele lugar. É o que ela faz com todo mundo. Conhece algum podre dela, é isso? — A última frase foi dita com uma expressão esquisita, sugerindo um quase sorriso, o que já era melhor do que nada.

— Então, ela está de acordo?

— Ela a levará à casa deles hoje de tarde.

— Muito obrigada — eu disse, reorganizando mentalmente meu dia.

— Escute — avisou ele —, não tenho nem idéia do que você está procurando, mas se descobrir alguma coisa, conte para mim primeiro. Eu ficaria decepcionado se ficasse sabendo das novidades pelas manchetes do *Daily Mail*.

— Quero apenas ajudar — repliquei, o que, pensando bem, era exatamente o que eu tinha dito a Pavic. Minha nova frase de efeito. Soava um pouco melancólica.

— Lá vem você — disse Renborn com voz triste. — Está de novo falando como um astrônomo.

— Astrólogo — corrigiu a policial.

— Foi só para testá-la.

— Como vai, Kit? — disse Bella, olhando-me com uma expressão de solicitude. Ela tinha me enviado flores no hospital, eu me lembrava, e também um cartão desenhado a carvão e tinta, representando uma mulher inclinada que penteava os longos cabelos; a mensagem que ela escreveu foi rápida e direta. Guardei as flores ainda durante muito tempo depois que elas começaram a murchar. Eu sempre desejara que Bella tivesse estima por mim. Não é preciso ser um gênio para saber que ela e Rosa eram as minhas figuras maternas, que representavam para mim autoridade e consolo.

— Melhor, acho.

Estávamos no velho carro de Bella, paradas no meio do tráfego, e por isso ela conseguiu virar-se e olhar-me sem pôr nossas vidas em risco. Bella tinha rosto fino, pés-de-galinha no canto dos olhos, minúsculas rugas que começavam a se formar acima do lábio superior e mechas grisalhas nos cabelos castanhos encaracolados. Estava vestida de maneira ilusoriamente sutil. Com calças pretas e um suéter bege, estava elegante o suficiente para assegurar algum tipo de *status* profissional, para mostrar que não tinha simplesmente saído para a rua compondo um personagem sério, mas ao mesmo tempo informal o suficiente para infundir confiança.

— Obrigada por permitir que eu veja Emily.

— Eu recusaria se pensasse que você não teria tato para aproximar-se dela, mas devo confessar que não sei o que a traz aqui. — Ela levantou a mão para me interromper quando comecei a responder. — Não estou interessada em saber, também, contanto que não deixe a menina confusa nem angustiada, o que tenho certeza de que não acontecerá. — Uma advertência estava explícita na frase. Não havia necessidade de ela me explicar tudo tintim por tintim. — Minha tarefa é apenas conversar com Emily e, se necessário, oferecer-lhe ajuda. A investigação policial está fora da minha área de competência. — E da sua, ela não precisou acrescentar.

— O que tem feito com ela?

— Perguntei-lhe do que ela se lembrava.

— Assim, sem mais nem menos?

— Por que não? Sei o que você está pensando, que isso soa simples demais e muito vago. No ano passado precisei conversar com um menino de quatro anos que estava no apartamento no momento em que sua mãe foi violentada e morta. Ele passou oito horas sozinho com o cadáver. Ficou profundamente traumatizado, quase incapaz de falar. Está lembrada do caso? — Fiz que sim com a cabeça. — O problema ali era duplo: curar Damien e descobrir o que ele tinha visto. Foi um caso complexo, que envolveu uma série de estratégias indiretas. Jogos, desenhos, histórias que eu contava para ele. Você sabe como é esse tipo de coisa. Emily, no entanto, foi deixada pela mãe na área dos brinquedos de um parque. Não houve trauma, nenhuma angústia evidente. Ela não se incomodou que eu lhe fizesse perguntas e aparentemente não havia nada para ela lembrar. Ela estava brincando com outras meninas e de repente sua mãe não estava mais lá. Essa foi a parte angustiante, mas parece que ela não testemunhou o desaparecimento da mãe, seu seqüestro, ou o que quer que tenha sido.

— É difícil para uma criança de três anos responder a perguntas diretas.

Bella riu.

— Não se preocupe — disse. — Brinquei muito com ela. E observei como se relacionava com as amiguinhas, como brincava com as suas bonecas ou seus bichinhos de pelúcia. Às vezes, por mais penoso que seja, é preciso admitir que toda a sensibilidade e todas as táticas inteligentes nada significam se não há algo a descobrir.

Seguimos por dentro de Hampstead Heath até a parte mais alta da colina e depois descemos por opulentas ruas residenciais, inteiramente desconhecidas para mim. Bella dobrou numa rua tranqüila e parou.

— Eles estão na casa da mãe de Philippa, que mora perto. Seja como for, estamos tentando manter o caso em segredo.

— A polícia acredita que eles estão sendo ameaçados?

— Só pela imprensa, acho.

Bella ficou em silêncio por um momento, e não saiu do carro. Observei a enorme casa.

— A mãe de Philippa deve ser muito rica — eu disse, constatando o óbvio.

— Muito — disse Bella. Ela tamborilou com os dedos no volante. — Diga-me uma coisa, Kit, você tem alguma idéia em mente?

— Ainda não sei.

Ela olhou-me fixamente, com uma expressão que demonstrava uma certa ansiedade. Ela tentava descobrir alguma coisa. Será que eu tinha ficado maluca? Ela cerrou o queixo e abriu a porta.

Conversei com Jeremy Burton no belo jardim nos fundos da casa de sua sogra, onde a grama macia desenhava o contorno de bem cuidados canteiros. Bella tinha me apresentado rapidamente como sua colaboradora, sem maiores detalhes. Eu sabia que ele havia trabalhado em alguma empresa de *software*. Acho que era o dono do negócio, ou de quase todo. Tinha 38 anos, mas parecia mais velho. Seus cabelos começavam a ficar grisalhos, seu rosto parecia cansado e os olhos congestionados.

— Algum progresso? — perguntou.

— Sinto muito — respondi —, não tenho nenhuma informação sobre isso. É preciso perguntar à polícia.

— Os únicos representantes da polícia que vejo são agentes uniformizados. Em princípio, devia haver um à espreita por aí. Eles não sabem nada. Eu me sinto... eu me sinto no escuro. — Ele passou a mão no rosto.

— Não acredito que tenham avançado muito.

— Não conseguirão pegar ninguém — disse ele.

— Por que fala assim?

— Não é o que eles dizem? Que se não encontram o assassino imediatamente, não o encontram mais?

— Fica mais difícil — admiti.

— O que posso fazer pela senhora então? — perguntou.

— Estou profundamente triste com o que aconteceu com sua esposa.

— Obrigado. — Ele pestanejou, como se não conseguisse enxergar muito bem.

— Deve ter sido um choque terrível. Onde o senhor estava quando recebeu a notícia?

— Já respondi tudo isso antes. Já respondi tantas vezes a mesma coisa que não me parece mais que eu esteja dizendo a verdade. — Ele parou, depois conseguiu dar um sorriso triste. — Desculpe-me, por favor. Não estou no meu estado normal, em geral sou alegre. Eu estava em casa. Em geral trabalho em casa pelo menos um dia por semana.

— Philippa andava deprimida? Desculpe, o senhor se incomoda se eu chamá-la simplesmente Philippa? É estranho chamar assim pelo primeiro nome alguém que nunca encontrei. Mas se eu chamá-la de sra. Burton, vou me sentir como uma fiscal de impostos.

— Obrigado.

— Obrigado pelo quê?

— Por me pedir permissão. A senhora sabe, nos jornais eles a tratam de Pippa. Nunca na vida ela foi chamada de Pippa. Eu a chamava de Phil às vezes. Agora é a tragédia de Pippa, Pippa isso, Pippa aquilo. Acho que é mais fácil para caber nas manchetes. Philippa tem muitas letras. — Ele suspirou e passou a mão nos cabelos. — E a resposta é não, ela não andava deprimida. Estava feliz. Como sempre. Não havia nada de diferente. Nossa vida estava normal. Éramos felizes juntos... ainda que eu agora às vezes tenha a impressão de não me lembrar de mais nada com clareza.

— Sr. Burton...

— O que realmente não entendo é por que o estado de espírito de Phil poderia ter alguma relação com a sua morte.

— Estou interessada em padrões de comportamento. Talvez eu esteja fazendo a mesma pergunta que o senhor se faz, ou seja, por que ela?

— Estava tudo normal — disse, sem demonstrar ressentimento, apenas perplexidade. — Humor normal, estado de espírito normal, padrões de comportamento normais. Digo isso e a senhora me olha desse jeito, e tudo parece suspeito e estranho. Afinal de contas, o que quer dizer "normal"?

— Ela tinha uma vida rotineira?

— Acho que sim. Tomava conta de Emily, cuidava da casa, encontrava-se com amigas, visitava a mãe, saía para fazer compras. Organizava a nossa vida conjunta, suponho. Formávamos um casal bem tradicional.

— Ela encontrou amigos na sua última semana de vida?

— Já falei para a polícia, ela visitou a mãe e saiu com Tess Jarrett. — Fiz uma anotação mental do nome.

— Se alguma coisa estivesse perturbando sua esposa, ela teria lhe contado?

— Doutora...

— Quinn. Kit Quinn.

— Ok. Não havia nada que a estivesse perturbando. Ela saiu e foi morta por um maluco. Todo mundo diz isso. Escute, não sei o que a senhora quer de mim. Todos querem alguma coisa. A polícia quer que eu chore na televisão, ou que me entregue e confesse que sou o assassino. A imprensa quer sabe lá Deus o quê. Emily quer... bem, ela quer saber quando mamãe vai voltar para casa, acho. Não sei. — Ele suspirou e olhou-me com olhos injetados de sangue. — Não sei — repetiu.

— O que o senhor quer?

Ele esfregou os olhos. Parecia cansado e triste.

— Ir para casa com Emily, voltar para o trabalho, ser deixado em paz e deixar que a vida retome seu curso normal.

— Só que isso é impossível.

— Eu sei. O que eu realmente quero é acordar uma manhã e descobrir que foi tudo um sonho. Na verdade, todas as manhãs, agora, quando acordo, durante alguns instantes não me lembro de nada. Dali a pouco sim. Pode imaginar o que é sentir isso? Tomar consciência de tudo de novo a cada manhã?

Fiquei em silêncio por um momento, e ele baixou os olhos na direção da grama.

— Alguma vez a sua esposa envolveu-se em algum trabalho social? Adoção de crianças, ou alguma outra coisa desse tipo?

— Não. Ela trabalhava para uma casa de leilões quando nos conhecemos, mas parou quando Emily nasceu.

— Ela não tinha nenhuma ligação especial com a região de Kersey Town?

— Ela pode ter tomado um trem que saía de lá.

Andei em círculos muitas outras vezes, sempre voltando ao ponto de partida: de que adiantava perguntar a Jeremy Burton sobre o caráter e o estado de espírito de sua esposa quando ela tinha sido vítima de um ataque aleatório? Por fim levantei-me.

— Agradeço-lhe imensamente por ter conversado comigo — eu disse, estendendo a mão. Ele apertou-a. — Desculpe-me, minhas perguntas devem ter parecido um pouco estranhas.

— Não mais estranhas do que a maioria das outras que me fazem. Imagine a senhora que um jornal ofereceu-me cinqüenta mil libras para que eu descrevesse como me sinto depois que minha esposa foi assassinada.

— O que o senhor respondeu?

— Não consegui pensar em nada. Desliguei o telefone. A senhora quer falar com Emily. Ela não tem nenhuma ligação com a área de Kersey Town. Isso eu posso lhe garantir.

— Não levará mais do que um minuto.

— Pam a acompanhará. É minha sogra.

Uma bela senhora de cabelos grisalhos esperava junto da janela-francesa que se abria para a cozinha. Havia uma palidez acinzentada no seu rosto, a cor de uma mulher que passava por uma dor intensa. Jeremy Burton nos apresentou.

— Sinto muitíssimo pelo que aconteceu com sua filha — eu disse.

— Obrigada — respondeu ela, inclinando a cabeça.

— A dra. Quinn quer ver Emily — explicou Burton.

— Para quê?

— Será um instante apenas.

Pam Vere conduziu-me por um corredor.

— Emily está com uma amiga, no momento. Algum problema?

— Nenhum, é claro.

Pam abriu a porta e vi duas meninas agachadas no tapete colocando em círculo bichinhos de pelúcia. Duas meninas, uma com cabelos castanhos presos num rabo-de-cavalo, a outra com cachos dourados. Por um instante apenas, não consegui saber quem era Emily e senti um aperto no coração. Era como uma loteria. Qual das duas seria aquela cuja mãe tinha sido brutalmente assassinada? Pam adiantou-se e parou na frente da mais morena.

— Emily — disse —, tem alguém que quer conversar com você.

A menina ergueu os olhos e franziu as sobrancelhas, com ar assustado. Sentei-me ao lado dela.

— Olá, Emily. Meu nome é Kit. Qual é o nome de sua amiguinha?

— Becky — falou a amiga. — Eu me chamo Becky Jane Tomlinson.

Becky começou imediatamente a falar. Fui apresentada a todos os bichos, um por um. Os últimos foram os ursos bons e os ursos maus.

— Por que estes ursos são maus? — perguntei.

— Purque são maus.

— O que você faz com os brinquedos? — perguntei.

— Eu brinco — respondeu Emily.

— Você às vezes os leva para o parque? — perguntei. — Para os balanços ou para a caixa de areia?

— Eu já dizi — disse Emily. — Dizi tudo pra Bella.

— Disse — corrigiu Pam.

Eu ri. A garota tinha levado a melhor.

— Você é uma menina esperta, Emily — repliquei. — Lamento muito a morte de sua mamãe.

— Vovó diz que ela está com os anjos.

— O que você diz?

— Ah, não acho que ela foi tão longe. Ela vai voltar.

Levantei os olhos para Pam Vere e percebi no seu rosto uma angústia tão terrível que precisei desviar o olhar.

— Bem, posso voltar outro dia? Se eu tiver mais alguma coisa para lhe perguntar?

— Tudo bem — disse Emily, mas logo envolveu-se com outra coisa. Ela pegou um coala de olhos tristes e pressionou seus lábios contra o nariz preto de plástico, cantarolando suavemente. — Estou muito orgulhosa de você — ouvi-a sussurrar. — Muito orgulhosa.

Dezesseis

Eu estava cansada no caminho de volta para casa, dirigindo no meio da fumaça da hora do *rush*, mas fiquei contente ao ver que Julie tinha saído. Ela falara alguma coisa sobre uma entrevista com uma gravadora — mas o que ela, como professora de matemática e *globe-trotter* inveterada, sabia sobre a indústria fonográfica, eu realmente ignorava. Abri as janelas para deixar entrar o frescor da noite. Vozes de crianças subiam do jardim nos fundos do prédio. Fui para o banheiro, abri as torneiras, e despejei óleo perfumado na água. Tirei a roupa, que me dava a impressão de estar suja depois do dia que eu tivera, e deslizei para dentro da banheira. A água estava perfumada e estimulante. Recostei-me e fechei os olhos. Nesse momento o telefone tocou. Que droga, eu não tinha ligado a secretária eletrônica. Por que os telefones sempre tocam quando a gente está no banho? Esperei um pouco, mas ele continuou a tocar. Então saí da banheira, enrolei-me numa toalha e entrei pingando na sala, deixando um rastro de pegadas molhadas atrás de mim.

— Alô? — Pequenas bolhas de sabão explodiram nos meus braços.

— Gostaria de falar com Kit Quinn, por favor — disse a voz, entre chiados. Ele devia estar falando de um celular.

— Sou eu.

— Aqui é Will Pavic.

— Ah — eu disse, no silêncio que seguiu essa frase.

— Queria pedir desculpas por aquela noite.

— Peça então.

— O quê?

— Você disse que queria pedir desculpas.

O ruído que fez do outro lado da linha podia indicar que ele estava com raiva ou que estava se divertindo.

— Desculpe-me por ter sido tão pouco sociável. Pronto.

— Você estava obviamente cansado, e foi um convite maluco, de qualquer forma. Não pense mais nisso. Não tem nenhuma importância, mesmo.

— Talvez eu tenha alguma coisa para lhe contar a respeito de Lianne.

Tive um choque com a surpresa.

— Ah, é?

— Não é nada de muito importante, na verdade... bem, estou a pouco mais de um quilômetro de seu apartamento e pensei em dar uma passada por aí. Serão alguns minutos apenas. Se não estiver acompanhada.

— Ótimo. Estou sozinha. — Pensei na deliciosa água de meu banho. — Até daqui a pouco, então. A propósito, como descobriu meu número?

— Você tinha razão. Não foi tão difícil.

Esvaziei a banheira e vesti um *jeans* velho e um pulôver. Eu não faria nenhum esforço por Will Pavic. Enquanto esperava por ele, dei uma olhada no noticiário da televisão para ver se havia alguma novidade sobre Philippa Burton. Ela já deixara de ser a notícia mais importante; era agora apenas a terceira: detetives ainda vasculhavam a área em busca de pistas; flores e bichos de pelúcia ainda eram deixados no local onde o corpo foi encontrado. Uma nova foto de Philippa estava sendo mostrada, na qual ela estava no topo de uma colina, vestida com um *short* de lona e camiseta, rindo, os cabelos sedosos balançando na brisa, os braços envolvendo sua pequena filha de olhos escuros.

Pensei em Emily esfregando o rosto no seu coala e murmurando para ele palavras que sua mãe lhe dissera: "Estou tão orgulhosa de você." Talvez minha mãe tenha dito coisas como essas para mim antes de me deixar e morrer. Meu pai nunca havia sido muito bom em detalhes desse tipo — ele apenas dizia, franzindo a testa: "Bem, ela amava muito você, é claro." Como se isso bastasse. Eu sempre desejara saber tantas coisas mais: todos os diminutivos e termos carinhosos idiotas que ela usava, os jogos que jogava comigo, o modo como me pegava pela mão e me carregava nos braços, as coisas que ela quisera para mim, as esperanças que cultivara. Durante toda a minha vida eu inventara essas coisas para mim mesma. Cada vez que recebia boas notas na escola eu me dizia que minha mãe teria ficado muito satisfeita. Quando me tornei médica, perguntei-me se seria isso que ela havia desejado para mim. Mesmo hoje, quando me olho no espelho e vejo o rosto de minha mãe, os olhos acinzentados de minha mãe, finjo que não é para o meu reflexo que estou olhando, mas para ela, diante de mim, afinal, sorrindo para mim depois de tantos anos de espera...

A campainha tocou.

Dessa vez Will usava um terno escuro, sem gravata. Seus olhos estavam contornados por um círculo vermelho e sua pele muito pálida. Tive a impressão de que ele precisava de cem anos de sono.

— Aceita um drinque? — perguntei.

— Não, obrigado. Café, talvez. — Ele parou no meio da sala, inquieto.

Preparei café para ele e me servi de um copo de vinho.

— Leite? Açúcar?

— Não.

— Biscoito?

— Não, obrigado.

— Por que não senta? A não ser que queira me dar sua informação assim, de qualquer jeito, e depois ir embora como uma flecha.

Ele fez uma careta e sentou-se no sofá. Fiquei numa cadeira na sua frente e resisti à tentação de dizer qualquer bobagem que me viesse à cabeça, apenas para quebrar o silêncio que crescia entre nós. Ele olhou-me fixamente, a testa franzida.

— Eu disse que não conhecia Lianne muito bem.

— Sim, disse.

— E é verdade. Dezenas de adolescentes entram pela minha porta todas as semanas. Recebem abrigo, se precisam, e informações sobre as suas opções, se as desejarem. Nós os colocamos em contato com várias organizações, se o quiserem. Mas não fazemos perguntas. Esse é o ponto crucial. De um certo modo, foi esse o principal motivo de eu ter criado o Centro Tyndale. Não tentamos dizer-lhes o que é melhor para eles. Não fazemos julgamentos. Todos os outros o fazem, nós não. Estabelecemos algumas regras, mas fora isso não impomos nada a eles. O Centro é isso: um lugar onde eles são livres para pensar por si mesmos, ainda que isso signifique cometer erros terríveis dos quais se arrependerão mais tarde... — Ele parou de repente. — Mas tudo isso é irrelevante.

— Não, não é. Ao contrário,...

— Lianne tinha estado no centro três vezes nos últimos seis ou sete meses — ele me interrompeu. — Nas duas primeiras, estava muito otimista com relação ao futuro. Disse que queria ser cozinheira. Os dados mostram que a quinta parte das crianças que vão para abrigos parece querer dedicar-se à cozinha. Demos a ela alguns folhetos sobre cursos de culinária, esse tipo de coisa. Mas na terceira vez, que foi a última em que a vimos, ela estava deprimida. Destruída, mesmo. Afastada de todos, apática.

— Você tem uma idéia do motivo?

Ele acabou seu café e fixou os olhos no fundo da xícara.

— Sua melhor amiga tinha se matado poucas semanas antes.

— Que idade tinha?

— Quatorze ou quinze. Talvez dezesseis. Realmente não sei.

— Como elas se conheceram?

— Não faço a menor idéia. Elas vieram juntas uma vez ao centro, e obviamente já se conheciam. Provavelmente circulavam pelos mesmos lugares.

— Por que ela fez isso?

Ele levantou os ombros.

— Motivo é o que não falta. Seria melhor perguntar por que um número maior deles não faz a mesma coisa. Daisy.

— Era esse o seu nome?

— Daisy Gill. Um nome que tem um som alegre, não é mesmo? — E pela primeira vez desde que o conheci, ele me dirigiu um sorriso verdadeiro: melancólico, breve, mas autêntico enquanto durou. Sorri também e ele desviou o olhar, observando pela janela meu pequeno gramado.

— Aceita um cálice de vinho?

— Então agora você tem um fato novo — disse ele, ignorando minha sugestão. — Um fato para acrescentar ao que já sabia. Item um: Lianne estava deprimida. Item dois: Lianne foi assassinada.

— Talvez. Vinho?

— Não, não. Era só isso. Até logo.

Ele levantou-se num único movimento e estendeu a mão. Apertei-a.

— Obrigada — eu disse, e foi nesse momento que Julie irrompeu pela porta, o rosto brilhante e excitado; a boca aberta para dizer-me alguma coisa. Ela olhou-nos fixamente, espantada.

— Que surpresa! — ela conseguiu dizer, por fim.

Will acenou-lhe com a cabeça.

— Já estou de saída.

— Um cálice de vinho? — perguntou ela. — Cerveja?

— Não — ele disse. — Obrigado.

Na porta, ele virou-se.

— Eu gostaria de dizer... — Ele parou e olhou na minha direção. — Sinto muito pelo meu comportamento descortês no seu jantar. A comida estava deliciosa.

No instante seguinte, ele já tinha ido embora.

— Bem — disse Julie, virando-se para mim. — Você é muito esperta.

— Ele esteve aqui por cerca de dois minutos. Queria contar-me algo sobre a jovem que foi assassinada.

— Está certo, está certo. Bem, perdi o interesse por ele, de qualquer forma. Ele é cruel demais para mim. Quer ouvir minhas novidades?

— Vá em frente.

— Consegui o emprego.

— Não!

— Sim! Para começar dentro de um mês. — Eu lhes disse que tinha outro compromisso antes.

— E tem mesmo?

— Não, é claro que não, mas a gente não deve parece tão disponível, você não acha?

— Parabéns, Julie. Estou certa de que se sairá divinamente bem no trabalho, seja ele qual for.

— Eu não me conheço realmente. — Ela riu. Depois disse: — Preciso começar a procurar um lugar para morar.

— Não tenha pressa — falei, sem conseguir me controlar. Eu precisaria me acostumar a viver sozinha de novo. Fechei os olhos por um instante.

— Por que não tenta fazê-lo voltar? — perguntou Julie.

— Que bobagem é essa que está dizendo?

— Não grite desse jeito. Albie. Garanto que ele sente falta de você, também. Qualquer pessoa no seu juízo normal sentiria.

— Não o quero de volta.

Para minha surpresa, isso não era mais uma mentira. Ele tinha ido embora por vontade própria, e se agora estava sentindo minha falta, certamente estava sentindo minha falta nos braços de outra; sentindo minha falta enquanto segurava o rosto de outra entre as mãos. Por isso eu não o queria. Queria alguém que simplesmente pudesse me pertencer. Queria ser a mais amada. É isso que em geral queremos, não é mesmo?

Dezessete

Eu estava cansada, os gânglios do pescoço levemente inchados, e cada vez que engolia minha garganta doía como se estivesse engolindo vidro. Não tinha a mínima vontade de ir trabalhar, por isso tomei preguiçosamente meu café da manhã — torrada com mel e um chá forte. O sol batia exatamente onde estava colocada a mesa da cozinha. Eu adoraria ficar sentada ali o dia inteiro, as mãos em torno de uma caneca quente, os pés aquecidos dentro de meus chinelos, ouvindo os sons que vinham da rua, e talvez até assistindo aos programas diurnos da televisão. Mas o telefone tocou. Era Oban. Ele disse que queria falar comigo.

— Já estamos falando.

— Pessoalmente, quero dizer.

— Quando?

— Você pode estar aqui pelas dez horas?

Consultei o relógio.

— Acredito que sim. Terei que cancelar uma reunião.

— Perfeito.

— Alguma novidade?

— Não que eu saiba.

— O que houve então?

— A gente fala pessoalmente.

Durante todo o trajeto fiquei intrigada, construindo cenários bons e cenários ruins dentro da minha cabeça, mas a maioria era ruim. No entanto, não consegui imaginar nada tão terrível quanto o que encontrei ao entrar na sala de Oban às dez horas em ponto. Ele estava sentado à sua mesa, sem trabalhar, mas certamente numa grande expectativa. Vi que não estava sozinho. Uma mulher estava em pé, de costas para mim, olhando pela janela. Ela virou-se. Era Bella. Seus olhos encontraram os meus, mas ela logo os desviou. Sentada no sofá contra a parede estava Rosa, da Clínica Welbeck.

— O que está acontecendo? — perguntei.

Oban deu um sorriso constrangido.

— Sente-se, por favor, Kit — disse, indicando a cadeira na frente de sua mesa.

Incapaz de pensar com clareza, sentei-me e imediatamente me arrependi de tê-lo feito, porque passei a ser a pessoa mais baixa da sala. Oban fez um sinal para Rosa.

— Dra. Deitch?

Rosa mordeu o lábio superior. Era um modo de sinalizar que isso a machucaria mais do que a mim. Ela chegou o corpo para a frente e juntou as mãos quase como se estivesse rezando.

— Kit, quero deixar bem claro que me considero culpada por tudo isso.

— Tudo o quê? — perguntei, sabendo que era justamente isso que ela queria que eu perguntasse. Eu devia ter ficado calada, pensei comigo mesma. — Tudo o quê? — repeti, impotente.

— Nós achamos — disse Oban, olhando-me com gentileza, o que piorava ainda mais a situação —, ou melhor, *eu* acho, e acredito que Rosa concorde comigo, que fomos injustos ao jogá-la neste caso sem levar suficientemente em consideração o seu... hã... o seu nível de experiência e...

— Você se envolveu bastante, não é mesmo, Kit? — perguntou Rosa, cheia de amabilidade.

— Em primeiro lugar — disse Oban —, nosso pedido foi uma mera questão de rotina, queríamos uma breve avaliação de um suspeito. Sentimos que devíamos pedir a você e seu trabalho foi admirável. Não temos como lhe agradecer. Depois, e admito que a culpa aqui tenha sido toda minha, pedi que você se envolvesse ainda mais. No entanto, recentemente... bem, temos ouvido alguns comentários...

— Bella? — perguntei, girando a cadeira para olhar para ela.

Bella olhou-me bem dentro dos olhos.

— Não fiz nenhuma queixa, Kit. Mas, depois que você saiu, falei com Jeremy Burton e sua sogra e, sinto muito, mas tive que relatar ao inspetor Renborn que não vi sentido na sua conversa com eles. Eu descreveria seu ato como uma pescaria, embora não conseguisse sequer ver se você estava conseguindo pescar alguma coisa. É um caso delicado, que merece muita atenção.

— Eu sei — repliquei. — Eu só queria...

— Quero fazer minhas as palavras da dra. Deitch — cortou Oban. — Sinto-me culpado por tê-la empurrado para essa situação estressante.

— Então não querem mais que eu trabalhe para vocês?

Todos ficaram em silêncio por um instante.

— Achamos que foi cedo demais para você — disse Rosa. — E que esse caso específico deve ter tocado em algum ponto nervoso seu que talvez não estivesse particularmente saudável.

— O que está querendo dizer?

— Rosa contou-me alguma coisa do seu tempo de criança — disse Oban.

Olhei para Rosa.

— Kit, o que eu disse para Dan foi que certas circunstâncias pessoais, como a perda de sua mãe ainda muito jovem, podem, de alguma forma... — seu rosto foi ficando vermelho — bem, podem ter influenciado de algum modo o seu julgamento.

— Ah. — Fiquei imóvel por alguns minutos, minhas faces queimando também. Engoli com dificuldade e a garganta me doeu. — Talvez tenha razão. Posso estar envolvida demais. Realmente me preocupo, e não sei qual o nível certo de preocupação que deveria ter. Mas isso não significa que eu esteja errada. E não tirei a investigação dos trilhos. Não fico dizendo a outras pessoas o que fazer. Simplesmente tenho seguido linhas diferentes de investigação.

— Bem — disse Oban — isso não é uma de suas pesquisas universitárias. Você fala como se pudéssemos simplesmente deixar qualquer um vasculhar um inquérito policial, buscando seus próprios interesses. Não é assim. E, perdoe-me por ter que dizer isso, mas de certo modo você corre o risco de desviar o rumo da investigação. Você deixa meus homens exasperados, intromete-se no trabalho dos outros e, desculpe-me a franqueza, parece que faz tudo isso sem razão. Isto é, sem uma razão adequada. Entendo que tenha ficado transtornada com a morte dessas pessoas. Todos nós ficamos. Todos nós queremos pegar os assassinos. Você nos ajudou — acrescentou, com mais delicadeza —, mas agora achamos que é hora de começar uma nova etapa.

— Posso perguntar uma coisa antes? Antes de eu ir embora?

Oban reclinou-se na cadeira.

— É claro que sim.

— Antes de mais nada, resuma, por favor, numa frase, como descreveria o assassinato de Lianne.

— Típico assassinato de uma vítima acessível cometido por um psicopata — ele disse. — O crime foi praticado por um indivíduo portador de ódio e medo patológicos com relação às mulheres. Daí as punhaladas tão violentas.

— E o assassinato de Philippa Burton?

— Diferente em todos os aspectos. Não sei nem por onde começar. Ela foi brutalmente golpeada com um objeto contundente. Para o assassino, era uma vítima de alto risco. Ela foi seqüestrada em lugar público enquanto cuidava de uma criança. Diferentes tipos de pessoas, diferentes métodos, diferente região, diferente nível de violência. Mas você não concorda.

Levantei-me. Eu precisava pelo menos fingir segurança. Caminhei até a janela e olhei para fora. Nos fundos da delegacia havia um terreno que parecia servir de depósito de coisas inúteis. Havia três caçambas transbordando de lixo e algumas caixas de metal enormes, madeira empilhada, alguma coisa coberta com uma lona. De um lado, parecendo brotar do cimento, havia uma explosão de budléias lilases. Borboletas voavam ao redor das flores como minúsculos pedaços de papel jogados ao vento. Estava bonito de ver. Em seguida virei-me para a minha relutante platéia.

— Quando examinei o dossiê de Philippa Burton, alguma coisa fez tocar um sino bem no fundo de minha mente.

— O que foi, Kit? — perguntou Rosa.

Ao mesmo tempo, Oban disse:

— Não contratamos você para ouvir sinos tocarem. Há médiuns que nos telefonam todo santo dia para falar de Philippa Burton e dizer que ouvem sinos tocarem.

Pensei no meu grupo de pacientes em Market Hill; pensei nas coisas que eles tinham feito e na maneira distorcida como viam o mundo. Eu tinha aprendido com eles coisas que ninguém mais naquela sala sabia. Eu tinha pelo menos esse trunfo. — Os assassinos deixam suas assinaturas por onde andam — eu disse. — Sempre, mesmo quando tentam encobri-las, porque a assinatura de um assassino é um pouco como o significado de um poema. Há o significado que o poeta quis dar, mas pode também haver um sentido oculto, do qual o poeta não estava consciente. Às vezes eles pensam que sua assinatura é uma coisa, mas na verdade é outra. — Eu falava precipitadamente, ansiosa por concluir minhas últimas explicações antes de eles perderem inteiramente o interesse.

— O que me deixou intrigada quanto ao assassinato de Philippa Burton foi que ela estava caída de bruços. Como Lianne.

Calei-me e olhei para Oban. Sua expressão ainda era de cordialidade, quase de pena.

— É só isso? — ele perguntou amavelmente. — Já falamos sobre isso, Kit.

— Você já viu uma pessoa morta há pouco tempo e com o rosto para cima? — perguntei.

— Acho que sim — respondeu Oban, indeciso.

— Vi muitas em fotografia. Os olhos ficam abertos, elas parecem olhar para o alto. Você sabe que nos quadros os olhos são pintados de modo a nos acompanhar pela sala. Os olhos de uma pessoa morta são exatamente o contrário. Eles ficam horrivelmente estáticos, olhando apenas para o vazio, com ar acusador, talvez. Você pode imaginar que, se alguém mata uma pessoa, vai querer virar seu rosto para baixo, para que ela não o fique olhando.

— Pode ser, mas pelo amor de Deus, Kit, um cadáver é como um pedaço de pão. Ele só pode cair de duas maneiras, com a manteiga para cima ou com a manteiga para baixo. Não há muito a argumentar.

— Lembra-se dos ferimentos no corpo de Lianne? Onde eram?

— No abdômen. No estômago, no peito, nos ombros.

— Na frente. E ela estava caída de bruços. É como pintar uma aquarela e pendurá-la virada para a parede. — Olhei para Rosa, que estava com uma cara estranha.

— Acho complicado — disse ela — quando você fala dessas mulheres como se fossem obras de arte.

— Eu sei, mas elas são obras de arte — argumentei. — São desagradáveis, incompetentes, e não têm interesse estético, mas são obras de arte e precisamos lê-las. É isso que faço no hospital. Você sabe disso. Interpreto os crimes como se eles fossem sintomas e padrões. Procuro significados. E o que dizer dos ferimentos em si?

— Brutais — respondeu Oban. — Frenéticos.

— Não são as palavras que eu usaria. Tépidos, talvez. Precisos. Decorosos, até. Em alguns aspectos, parecia uma agressão sexual frenética, mas não convencia muito. — Percebi que Oban estremeceu de novo. — Não é que não houvesse sinal de agressão sexual ...esses criminosos psicopatas matam as mulheres como uma punição pela ameaça sexual que elas representam. Mas aí o que se vê é uma terrível agressão concentrada nos seios e nos órgãos sexuais. No caso de Lianne, no entanto, não foi assim. As punhaladas foram todas acima da cintura e os seios permaneceram intactos. Essa posição é muito rara e essa forma de mutilação, chamada "piquerismo", é mais rara ainda. E mesmo assim ela estava de bruços.

— Isso não basta, Kit — replicou Oban. Ele estava aos poucos perdendo a paciência. — Onde está a relação? Dois corpos encontrados de bruços?

— Já estudei muitas agressões a mulheres semelhantes à de Philippa Burton. Eram todas de uma violência extrema. Além disso, parecia que a presença da criança era uma atração à parte, porque havia alguém assistindo ou uma outra vítima. Mas nesse caso específico, o assassino não quis a presença da criança. O que senti ao olhar o cadáver de Philippa Burton foi uma relativa moderação. Pense bem: você odeia mulheres, você acaba de matar uma mulher, e tem nas mãos algo como um martelo. Por que não ir realmente em frente?

Oban aproximou o corpo e pôs a mão no meu ombro.

— Kit, você não está nos provando nada. Tudo bem, você tem uma intuição. Para falar a verdade, não sei o que essa porra significa. Desculpem-me, madames. — As senhoras levantaram os olhos, mas principalmente porque estavam sendo chamadas de madames. — Mas não tenho nada a apresentar para as pessoas que julgam que você está nos fazendo perder tempo.

Esfreguei os olhos. Eu tinha dito tudo o que queria e minha cabeça parecia vazia. Ele tinha razão. De que servia o que eu tinha dito? O que podia ser feito? Eu não queria pensar, eu queria escapar dali, mas num último esforço consegui recuperar um pequeno detalhe escondido num canto de minha mente.

— Tudo bem — falei, com a voz fraca. — Já acabei. Mas direi uma última coisa. Sabemos que o cadáver de Lianne foi trazido até a margem do canal na parte de trás de um carro.

— Não temos certeza disso — disse Oban, irritado.

— E o corpo de Philippa Burton foi encontrado a pouco mais de dois quilômetros de onde ela foi vista pela última vez. Assim, com toda a probabilidade, ela também foi levada de carro. Foi feito algum exame comparativo de fibras ou outros vestígios nos dois casos?

— Não, e você sabe muito bem — respondeu Oban, com truculência. Também não fizemos exames comparativos nas vítimas de Jack, o Estripador. Não temos tempo.

— É a minha última sugestão. Você fará esses exames?

— Por que...

— Por favor — insisti. Minha vontade era de chorar. — Por favor.

Dezoito

Havia fogos de artifício dentro da minha cabeça, assobiando e rodopiando em uma escuridão vermelha e purpúrea. Não sei como consegui sair da delegacia com o queixo erguido e sem que minhas pernas desabassem. Inclusive cumprimentei com um aceno amável a jovem policial de serviço na portaria. Cheguei até o carro, mas minhas mãos tremiam tanto que deixei a chave cair e precisei ficar de quatro para conseguir encontrá-la. Meus olhos ardiam, como se estivessem cheios de areia. Eu precisava sair dali, ir para onde ninguém conseguisse me ver. Não queria o olhar das pessoas, cheio de uma detestável compaixão. Eu mesma já olhara para outras pessoas dessa maneira. Em tempos passados, em uma vida diferente. Tudo parecia absurdamente longínquo, como se eu observasse o meu passado pelo lado errado de um telescópio.

Consegui entrar no carro. Durante um minuto, recostei a cabeça no apoio do banco e fechei os olhos. Uma dor de cabeça cruel perfurava minha têmpora esquerda. Enfiei a chave na ignição e saí do estacionamento com o máximo cuidado, olhando bem para a frente. Imaginei os três na janela, trocando olhares preocupados enquanto eu me afastava. Onde arranjaria coragem para encará-los de novo?

Dirigi até o pequeno e antigo cemitério triangular localizado entre a *delicatessen* e o relojoeiro, não muito distante do meu apartamento. Saí do carro e sentei-me na grama, as costas apoiadas contra uma linda faia cor de cobre. Albie e eu costumávamos ir ali às vezes e nos sentávamos embaixo dessa mesma árvore. Ela ainda estava molhada da chuva do dia anterior, e senti a friagem infiltrar-se nos meus ossos. Levantei o rosto na direção do sol, que nesse instante acabava de surgir por trás de uma nuvem cinzenta.

Um melro cantava muito alto logo acima de mim. Respirei fundo, inspirando e expirando, para livrar-me de todos os resquícios de pânico.

Levantei-me exausta e voltei para o carro. Minhas pernas não estavam mais tremendo, mas eu as sentia pesadas. A cabeça latejava. Antes de arrancar, baixei o protetor de sol e contemplei meu rosto no espelho por alguns segundos. Olhei a cicatriz sinuosa e branca descendo pela minha face, e aproximei-me mais, até que restassem apenas meus olhos olhando dentro dos meus olhos.

Torci para que Julie não estivesse. Mas no momento em que introduzi a chave na fechadura, ela abriu a porta para mim. Suas faces estavam coradas. Ela lançou-me um olhar ansioso e disse em tom animado:

— Kit! Que bom! Você tem visita. Eu disse que não sabia a que horas você voltaria, mas ele quis esperar. Disse que é seu amigo.

Tirei a jaqueta e entrei. Percebi a nuca acima do sofá. Ele levantou-se.

— Você disse que voltaria para me ver — ele disse, com sua voz macia e alta. Michael Doll, com as mesmas calças cor de laranja imundas que estava usando da última vez que o vi, e um velho colete acinzentado com manchas de suor embaixo dos braços.

— Michael! — Eu não sabia o que dizer. Ele era como o

meu pesadelo recorrente que vinha instalar-se em um canto do meu apartamento.

— Eu esperei — ele disse, como que se lamentando.

— Como descobriu onde eu morava?

— Eu a segui na volta da delegacia, uma vez — respondeu, como se isso fosse a coisa mais natural do mundo. — Você nem percebeu.

— Vou sair agora — disse Julie. — Está tudo bem, Kit? Ou prefere que eu fique.

— Há quanto tempo ele está esperando? — perguntei-lhe baixinho, voltando as costas para Michael, que se instalara de novo no sofá.

— Há pelo menos uma hora.

— Meu Deus. Meu Deus, me desculpe. Você devia ter me telefonado.

— Foi o que fiz. Deixei três mensagens na secretária do seu celular.

— Meu Deus — repeti.

— Você está bem?

— Estou. Não. Não sei. Você não devia ter deixado ele entrar.

— Kit! — disse Michael, do sofá.

— Ele parece inofensivo. Só que não parou de olhar para meus seios.

— Não é verdade — disse Michael, como se isso não tivesse muita importância, de qualquer forma. — Por que não voltou para me ver, como prometeu?

— Tenho andado ocupada.

— Você disse que iria.

— Eu sei, mas...

— As pessoas deviam cumprir as promessas.

— É.

— Se não cumprem, não é justo.

— Você tem razão.

Falar o menos possível. Não permitir que ele exija alguma coisa de mim. Acima de tudo, conseguir que ele vá embora, mas sem ficar ressentido. Ele balançou a cabeça para demonstrar sua satisfação e pôs as mãos nos joelhos. Havia uma cicatriz recente descendo pelo antebraço esquerdo, e uma crosta repugnante no pulso.

— Posso tomar café? Já servi para você.

— Você já tomou três xícaras — interpôs Julie.

— Quatro torrões de açúcar, por favor.

— Preciso sair de novo, Michael. Sinto muito, mas você não pode ficar aqui.

— E aqueles biscoitos que comi com sua amiga, mais cedo — ele disse, e passou a língua pelos lábios.

Eu estava nauseada.

— Ouça, Michael...

— Posso usar o banheiro? — Havia pequenas gotas de suor na sua testa e sobre o lábio superior.

— É por ali.

Assim que ele fechou a porta, virei-me para Julie.

— Escute, você pode me fazer um favor? Pode pegar meu celular e ligar da rua para a polícia? Anote o número. — A idéia de telefonar para as pessoas que achavam que eu tinha ficado maluca e pedir-lhes que viessem me proteger do homem que eu os impedira de prender, encheu-me de horror. Enfiei o rosto nas mãos.

— Kit?

— Sim. Desculpe. É que... ah, merda. Não sei o que fazer. Ele provavelmente não vai me fazer mal, mas não quero correr nenhum risco besta.

— Passe-me o telefone, então. — Ela estendeu a mão. — Vamos lá, temos que acabar logo com isso.

— Eu talvez esteja prestes a fazer algo terrível para ele. Ou para mim.

— Kit, não tenho a mínima idéia do que você está me

contando, mas se ele é perigoso, precisamos tirá-lo daqui. Vamos, me dê o telefone.

— Não. Espere. Espere um momento. — Ouvi o ruído da descarga. — Eu sei. Telefone para Will Pavic. Ele saberá o que fazer.

— Ele?

— Por favor. Não consigo pensar em ninguém mais no momento. Ligue da rua.

— Qual é o número dele?

— Está na memória do telefone. Pavic.

— Tudo bem, tudo bem. Isso é uma loucura.

— Eu sei. Obrigada.

— E se ele não estiver, ou se...

Doll saiu do banheiro e Julie desapareceu pela porta da frente. Reparei com alívio que ela fechou-a apenas com o trinco.

— Vou botar a chaleira para esquentar, certo? — falei, um pouco alegre demais.

— Você mora sozinha aqui?

— Não.

— Você é casada?

— Por que pergunta?

— Sua amiga disse que você não era casada.

— Então você já sabe. — Evitar o conflito. Não deixá-lo encurralado. Não surpreendê-lo. — Quatro torrões de açúcar, você falou?

— E biscoito.

— Veio para me dizer alguma coisa, Michael?

— Por que não tem nenhum tapete?

— Michael, será que...

— É engraçado, não ter carpete, não ter nenhum tapete. É mais ou menos como não estar em uma casa de verdade. Na minha casa, tínhamos carpete em todas as peças. O do meu quarto era marrom. Carpete marrom e paredes brancas, com aquelas pontinhas soltas no papel.

— As aparas?

— É. Eu costumava deitar-me na cama e arrancar as pontinhas com as unhas. E apanhava por causa disso, de manhã, quando descobriam. Mas não conseguia me conter. Era como arrancar a casca de uma ferida. Às vezes fazia isso durante horas a fio. A cama ficava forrada de pedacinhos de papel, embaixo dos lençóis. Parecia que ela estava cheia de migalhas e, ainda que eu não pudesse vê-las, podia senti-las contra a pele. Sabe do que estou falando?

— Sim — respondi, desanimada. Despejei a água fervente sobre seu café e acrescentei leite. — Aqui está. E sirva-se de biscoito.

— Tem um cigarrinho?

Fui até onde estava minha bolsa e peguei um maço que ali deixara desde o dia da minha visita. Ainda havia um.

— Pegue.

— Tem fogo?

Entreguei-lhe uma caixa de fósforos; ele riscou um palito e guardou a caixa no bolso.

— Teria sido melhor fazer de conta que não me importava de apanhar. Mas eu sempre chorava. Mesmo com quatorze, quinze anos, eu chorava. Não conseguia me controlar. Parecia um bebê-chorão. Então todos zombavam de mim e eu chorava mais ainda. De noite, quando me deitava e arrancava as pontinhas do papel de parede, chorava também. Porque sabia que seria pego e apanharia de novo, e sabia que choraria na frente de todos e que os outros garotos zombariam mais ainda de mim.

Ele pegou sua caneca e tomou ruidosamente um gole de café. A cinza do cigarro caiu e ele espanou-a com a mão da roupa para o sofá.

— Você não sabe o que é isso.

— Não sei mesmo — admiti.

— Eu ainda choro. Chorei na delegacia de polícia. Eles lhe contaram?

— Não.

— Eles riram de mim quando chorei.

— Não foi uma atitude muito simpática.

— Pensei que você gostasse de mim.

Mostrar firmeza.

— Michael, já lhe falei, tenho andado ocupada.

— Eu esperei. Não fui para o canal. Esperei que você voltasse para falar comigo.

— Eu estava trabalhando.

— Você é exatamente como os outros. Pensei que fosse diferente.

Uma chaminé de cinza caiu de novo sobre seus joelhos. Ele jogou a ponta do cigarro dentro da xícara e ouvi o chiado da brasa ao mergulhar no café. Talvez ele tenha matado Lianne, pensei. Era bem possível. Se ela tivesse rido dele no momento da abordagem, ou rido quando ele chorou.

— Posso filar mais um cigarro?

— Não tenho mais. Podemos dar uma saída e comprar outro maço.

— Não, tudo bem — disse ele, e tirou um maço do bolso. Estava quase cheio. Ofereceu-me um, mas recusei.

— Preciso sair, Michael — avisei.

Will não viria.

Ele franziu a testa.

— Ainda não. Quero falar.

— Sobre o quê?

— Falar apenas. Você sabe. Como você disse. Disse que eu podia falar qualquer coisa.

— Aquilo foi um encontro profissional, Michael — expliquei, com voz tranqüila. Percebi no seu rosto um ar de total incompreensão. — Fazia parte do meu trabalho.

— Você quer dizer que não estava me falando a verdade?

— Não, não é isso que quero dizer.

— Ainda penso nela.

— Em Lianne?

— Sim. Ninguém quer me ouvir, mas eu estava lá, não estava? Eu estava lá.

— Talvez.

— Não. Não. Não talvez. Por que você diz talvez? Eu estava lá e...

A porta abriu-se bruscamente. Eu não ouvira os passos. Doll saltou do sofá e derrubou a xícara no chão, espalhando uma mistura de pó de café e cinza molhada.

— Olá, Michael — disse Will. Ele aproximou-se com a mão estendida e Doll apertou-a com força.

— Eu não estava fazendo nada de errado.

— É claro que não.

— Por que veio aqui, então?

— Porque a dra. Quinn é minha amiga. — Ele ainda não tinha olhado na minha direção.

— Vocês se conhecem?

— Sim.

— Então, eu conheço Kit, você conhece Kit, eu conheço você e você me conhece. Todo mundo conhece todo mundo. — De repente, ele pareceu-me pequeno e magro, parado na minha frente, enfiado em suas horríveis calças cor de laranja. E eu me sentia uma tola e fiquei envergonhada desses meus medos.

— Vocês se conhecem? — perguntei, fazendo eco a Doll.

Will virou-se para mim, perplexo.

— Imaginei que você soubesse. Não é uma coincidência muito grande, se a gente pensar bem. Como vai a pesca, Michael?

— Não tenho pescado — murmurou Doll.

— Que pena, agora que o tempo está melhorando. Michael é um excelente pescador, não sei se você sabe — ele disse para mim.

— Sim, sei.

— Estou indo na sua direção, Michael. Quer uma carona? — Ele olhou o relógio. — Você ainda pode passar algumas horas no canal antes que escureça.

— O escuro não me incomoda.

— Bem, mas eu lhe dou uma carona, mesmo assim. Tenho certeza de que a dra. Quinn tem muita coisa a fazer.

— Tenho mesmo — murmurei. — Obrigada.

— Você está bem?

— Estou.

— Não é o que parece. Talvez fosse melhor se cuidar um pouco mais. — Ele olhou-me com ar sério. — E instalar uma corrente pelo lado de dentro da porta.

— Já tenho uma. Só que Julie... bem, você sabe.

— Ela está esperando lá fora, de chinelos. Pronto, Michael?

Saíram juntos. Observei-os pela janela e vi quando Will fez Doll sentar-se no banco do passageiro. Doll disse alguma coisa para ele e Will riu e deu-lhe um tapinha nas costas. A seguir, fechou a porta. Levantou os olhos na direção da janela. Articulei um silencioso "muito obrigada" através do vidro, mas ele não reagiu. Apenas fixou os olhos, como se não conseguisse distinguir meu rosto muito bem. Depois, virou as costas e partiu.

Julie irrompeu porta adentro.

— Conte-me tudo.

— Não posso — eu disse. — Acho que vou vomitar.

Dezenove

A entrevista coletiva foi organizada no último minuto, mas a notícia espalhou-se de tal modo que não houve como as instalações da delegacia de polícia de Stretton Green abrigarem tanta gente, ainda que metade das salas estivesse agora inteiramente vazia. Uma sala de imprensa foi alugada às pressas no vizinho Hotel Shackleton, e ficou logo apinhada de homens e mulheres com roupas sóbrias que se acotovelavam e berravam em seus celulares. O local estava insuportavelmente quente e vi um homem uniformizado tentando em vão abrir uma janela. Fiquei bem no fundo, perto da porta, por onde entrava uma leve e bem-vinda brisa que tornava o ar morno um pouquinho menos desagradável.

Quatro homens de terno cinza entraram no recinto com ar de superioridade. Oban, Furth, Renborn e seu assistente, Paul Crosby. Eles passaram bem perto de mim, mas não notaram minha presença, protegidos que estavam por três policiais uniformizados e pela certeza da sua importância. Abriram caminho no meio da multidão e foram até o estrado armado na extremidade oposta da sala. Sentaram-se à mesa e foram instantaneamente bombardeados pelas luzes das redes de televisão, que de repente fizeram com que eles parecessem mais reais do que qualquer outra coisa na sala. Uma policial aproximou-se com uma jarra de água e quatro copos. Todos tomaram alguns goles com ar compenetrado. Havia um microfone sobre a mesa, no qual Oban deu leves pancadinhas com o dedo. O som resultante parecia o de alguém que batesse na parede com um cabo de vassoura. O ruído diminuiu lentamente, como se Oban girasse um botão.

— Minhas senhoras e meus senhores — ele começou —, a maioria de vocês não me conhece. Sou o detetive-chefe Daniel Oban, da delegacia de Stretton Green. Não farei rodeios e irei diretamente ao assunto. Estamos aqui para anunciar um passo importante no inquérito que investiga a morte de Philippa Burton. — Houve um leve burburinho e Oban, matreiro como ele só, fez uma pausa, saboreando o momento. — Dez dias antes do assassinato da sra. Burton, uma jovem, conhecida entre seus amigos como Lianne, foi encontrada morta junto ao canal que passa na região de Kersey Town. Acreditamos que os dois crimes tenham sido cometidos pela mesma pessoa.

Após dizer isso, Oban tomou um gole de água e cerrou o maxilar. Desconfio de que tenha sido para evitar que desse um inadequado sorriso de satisfação diante do entusiasmo provocado por suas palavras.

— Permitam-me terminar — ele disse. — Um dos resultados dessa descoberta é que dois inquéritos distintos serão combinados num só. Por questões de hierarquia, assumirei oficialmente o caso. No entanto, não é necessário dizer que Vic Renborn e sua equipe têm feito até agora um trabalho exemplar e que continuaremos a trabalhar em estreita colaboração.

Ele fez um respeitoso movimento com a cabeça para Renborn, que o retribuiu, em sinal de agradecimento. Imediatamente, uma floresta de mãos ergueu-se na platéia. Oban apontou para alguém que eu não conseguia ver.

— Sim, Ken?

— Qual o fundamento para estabelecer essa relação?

— Como a maioria de vocês deve saber, a análise de fibras costuma ser usada para estabelecer a relação entre um corpo e um suspeito. No presente caso, no entanto, encontramos fibras similares nas roupas das duas mulheres.

— Que tipo de fibra?

— Inicialmente, pensamos que as duas mulheres tivessem sido assassinadas onde foram encontradas. Agora, suspeitamos de que tenham sido mortas em outro lugar e transportadas então em um veículo para o local relativamente isolado, onde os corpos foram deixados. Acreditamos que essas fibras possam ter vindo do veículo em que as vítimas foram levadas. O que descobrimos foi uma forma de... — Oban baixou os olhos e fixou-os num pedaço de papel que estava sobre a mesa —... de polímero sintético que é comum aos dois corpos.

Alguém mais levantou-se. Era uma mulher com um microfone.

— Mas como chegaram a estabelecer a relação?

Dessa vez Oban permitiu-se um leve sorriso.

— Um aspecto crucial em qualquer investigação sobre um assassinato é o controle das informações e seu compartilhamento pelos diferentes setores da Polícia Metropolitana e outros. Gostaria de dizer que isso se deve a um modelo perfeito de cooperação e quero homenagear mais uma vez Vic Renborn e sua equipe.

— Mas por que comparar esses dois assassinatos? Eles são muito semelhantes?

— Não, à primeira vista, não — respondeu Oban. — Mas há um ou dois fatores que permitem estabelecer uma relação.

— Quais, por exemplo?

Ele olhou a platéia com ar misterioso.

— Espero que compreendam que não podemos discutir esse aspecto no momento.

— O senhor poderia nos dizer alguma coisa sobre o tipo de pessoa que estão procurando? — Oban olhou para o lado. — Vic? Gostaria de responder?

— Obrigado — disse Renborn, com um sorriso modesto. — O que acreditamos estar acontecendo aqui é uma progressão. A primeira vítima, Lianne, era o que chamamos de um alvo fácil. Tratava-se de uma jovem sem domicílio fixo, que vivia em abrigos e freqüentava um mundo de drogas e prostituição. Era vulnerável e fácil de ser apanhada. Com Philippa Burton, o criminoso mostrou-se mais ousado. Não quero afirmar nada contra Lianne, que foi tragicamente assassinada, é claro, mas a sra. Burton era uma dama respeitável, com uma filha pequena. Era um alvo mais difícil. Temos aqui o caso de uma pessoa que cometeu primeiro o que podemos chamar de um assassinato fácil e que em seguida cometeu outro, muito mais difícil.

Uma outra mão se ergueu.

— O senhor tem detalhes mais específicos?

— O assassino utiliza um carro. Além disso, contamos com o aconselhamento de um psiquiatra especializado nesse tipo de crime e que goza de excelente reputação.

Eu sabia a quem ele se referia. Seb Weller.

— Ele nos forneceu um perfil básico do assassino, do qual estou autorizado a dar apenas alguns detalhes. Ele é branco. Tem entre vinte e cinco e trinta e cinco anos de idade, com probabilidade de estar mais próximo da faixa mais alta dessa variação. Suspeitamos que tenha visto Philippa Burton e que o crime tenha sido cometido em parte porque o assassino não apenas a desejava, como também invejava o que ela tinha. Era evidente que ela desfrutava de uma boa situação financeira e que tinha uma filha.

— Está querendo dizer então que se trata de um assassino em série?

— Não — respondeu Oban apressadamente. — Sejamos

sensatos. Estou apenas dizendo que um indivíduo perigoso anda rondando por aí, provavelmente num veículo, por isso pedimos às pessoas que nos dêem todo tipo de cooperação.

— Então o senhor acha que ele atacará de novo — gritou uma voz do fundo da sala.

— É claro que não quero alarmar ninguém — disse Oban. — Ele será apanhado. Mas, enquanto isso, todas as pessoas, sobretudo as mulheres em lugares públicos, devem manter-se especialmente atentas. Não vamos facilitar as coisas para ele, combinado? — Ele olhou ao redor. — Mais alguma pergunta?

Uma mulher de meia-idade levantou-se.

— O senhor não explicou o que o fez comparar os dois casos.

Oban decidiu ele mesmo abordar a questão.

— Não é uma pergunta fácil de responder — ele disse. — Como todos já ouviram, uma investigação como esta depende em grande parte de análises técnicas especializadas, mas também da velha e antiquada sola de sapato. Já interrogamos centenas de testemunhas potenciais, vasculhamos o canal, investigamos casa por casa, conduzimos pesquisas intensivas nas duas áreas onde os cadáveres foram encontrados. Mesmo assim, grande parte do que se conseguiu foi resultado de experiência e instinto. — Ele abriu um largo sorriso. — Chamamos isso de instinto dos tiras, na falta de um termo melhor. Tivemos a intuição de que havia um elo, ainda que não soubéssemos exatamente qual era. Foi isso que nos fez comparar os dois casos. Uma coisa puxou a outra.

— Por que ele escolheu essas vítimas?

— Acreditamos que tenha sido uma questão de oportunidade. Ele percebeu a ocasião e agiu. É isso que faz com que os assassinos psicopatas sejam especialmente difíceis de ser capturados.

— O senhor tem algum suspeito?

— Não quero fazer comentários sobre isso no momento. Direi apenas que estamos interrogando algumas pessoas.

— É verdade que está contratando um médium para descobrir o assassino? E será essa uma utilização adequada do dinheiro do contribuinte?

— Em primeiro lugar, não estou contratando nenhum médium. Em segundo, se alguém pode nos ajudar a descobrir o assassino, não me importo com o método empregado. E, para concluir, sugiro darmos a entrevista por encerrada. Estejam todos certos de que os manteremos informados sobre quaisquer novos acontecimentos. Agora, no entanto, é hora de voltarmos ao trabalho. Temos muita coisa a fazer.

Vinte minutos mais tarde, estávamos sentados ao redor de uma mesa no Lamb and Flag, um *pub* vizinho, decorado com grande variedade de arreios para cavalos, e muito freqüentado por policiais. Oban tomou um gole de cerveja e ergueu seu copo com ar sonhador na direção da luz.

— Quando falei sobre "o instinto dos tiras", é claro que você estava incluída, Kit. Sei que o ideal teria sido eu dar-lhe um crédito isolado...

Tomei um gole da minha água gasosa e senti-me envaidecida. Não estava querendo parecer uma abstêmia obstinada, mas eram apenas onze da manhã de um dia de trabalho.

— Não tenho nenhum interesse em crédito... — comecei.

— A verdade é — continuou Oban — que faz bem para o moral do meu pessoal ter o seu trabalho elogiado. Merecendo ou não. Mas pode ter certeza de que, se tudo der errado, você é que será lançada à expiação pública.

— É isso mesmo — disse Furth, do outro lado da mesa. Ele acabara de colocar um segundo copo de cerveja ao lado do primeiro, perigosamente quase vazio. — Tomaremos conta de você, Kit, pode ficar tranqüila. Contanto que não desapareça de novo. Jamais consigo saber se você continua no caso do nosso lado ou não. Você disse adeus mais vezes do que Frank Sinatra. De qualquer modo, façamos um brinde!

O que restava do copo número um desapareceu. Era esse o modo de os rapazes demonstrarem sua gentileza para comigo. Muitas vezes era difícil descobrir se não estavam demonstrando exatamente o contrário. Eu nem sempre conseguia saber se estava levando um tapinha nas costas ou um soco nas costelas. Se eu fosse homem talvez conseguisse distinguir a diferença.

— Não fiquei muito certa sobre o perfil que você fez do assassino, Vic — arrisquei, com cautela.

— Não ponha a culpa em mim, meu bem. Apenas repeti o que disse Seb. Está querendo insinuar que ele está errado?

— Não. Mas esse é um jogo um pouco arriscado. Estamos dizendo que o criminoso é branco porque a maioria dos assassinos em série não ultrapassa a barreira racial. Estou ciente de tudo isso. Mas o perigo desse tipo de perfil é que ele limita a linha de investigação.

— Pensei que fosse exatamente essa a sua vantagem.

— Isso não tem muito valor se desviar a linha *correta* de investigação.

— Conheço sua teoria — disse Furth, um pouco alto demais. — Um assassino psicopata que é boa gente. A propósito, aceita uma batatinha?

Ele estava me oferecendo suas batatas fritas. Eu certamente tinha embarcado na deles de novo. Peguei uma e mastiguei-a ruidosamente.

— Eu não disse que ele era boa gente. Mas há assassinos que são boa gente, ao seu modo, é claro. — Alguém deu uma gargalhada. — Estou falando sério! Já me deparei com o caso de uma criança que foi morta e enterrada pela própria mãe, que a tinha vestido e agasalhado como se a estivesse colocando para dormir. Apenas acho que precisamos ter cuidado ao fazer suposições — concluí. — Só isso.

— O que fazemos, então? — perguntou Oban. — Esse é o nosso problema e você insiste em dizer que não é. Mas o que devemos fazer? Por onde começamos?

— Não sei — respondi, e tomei o resto da minha água. — Precisamos estar abertos a todas as possibilidades, nada mais do que isso.

— Vá com calma — disse Furth. — Você está dificultando as coisas, minha querida. No começo, ele foi muito prudente, mas depois raptou alguém em plena luz do dia. Ele está ficando cada vez mais ousado. É isso que o excita. Aposto qualquer coisa com você que ele vai ter cada vez menos cuidado e que o pegaremos na próxima vez ou na seguinte. E sabe de uma coisa? Seu nome é Mickey Doll.

Fiz de conta que não entendi a menção a Doll.

— Você fala como se isso fosse um jogo.

— Não — disse Oban. — Você não está sendo justa. — Ele tomou um grande gole e enxugou a boca com as costas da mão. — Talvez nos comportemos como um bando de bêbados, mas isso não quer dizer que sejamos.

— Bem, na verdade acho que sim, chefe — disse Furth, provocando uma risada geral. Era como estar fazendo uma reunião durante o jantar de um clube de rúgbi.

Vinte

Eu tinha uma tarde livre depois do expediente na clínica. Comprei um *croissant* quente recheado com queijo e espinafre, que comi à guisa de almoço, seguido de uma tigela cheia de framboesas graúdas, escuras, frescas, recém-saídas da geladeira, e doces, já com um leve sabor de fermentação. Comi-as lentamente, uma a uma, deliciando-me com esse oásis de tempo livre. As framboesas sujaram meus dedos. Do lado de fora, o sol brilhava depois da chuva da noite anterior. As folhas das árvores reluziam, como se tivessem sido polidas. Pensei em Lianne e Philippa e deixei que seus rostos invadissem minha mente. Eu sabia como tinha sido Philippa em vida, graças às muitas fotografias que mostravam um corpo esguio e harmonioso, cabelos sedosos, como se cada pedacinho do seu ser tivesse sido cuidadosamente amaciado e polido. De Lianne eu só conhecia a aparência do seu cadáver, as unhas roídas e os cabelos malcuidados. Não sabia qual a cor dos seus olhos ou o desenho do seu sorriso. Precisava conhecer melhor essas duas mulheres, porque até mesmo a violência gratuita obedece a algum tipo de razão. E eu queria começar com Lianne, que havia morrido primeiro, mas ela parecia não ter deixado nenhuma pista.

Comi a última framboesa e lavei a tigela. A polícia parecia não poder ajudar muito. Eles não sabiam quem era Lianne;

não sabiam de onde ela vinha; não tinham encontrado alguém que a conhecesse. Não conseguiam me dizer nada além do que eu já sabia: que ela não tinha domicílio fixo, que era uma das milhares de pessoas que circulam pelas ruas das grandes cidades. A polícia se deparava com pessoas como Lianne o tempo inteiro. Porque elas se drogavam. Porque roubavam. Porque se prostituíam.

— São vítimas que depois se transformam em criminosos — dissera Furth.

Eu tinha começado a abrir a boca para retrucar, mas desistira. Voltávamos a ser inimigos que fingiam ser amigos.

Eu não sabia mais o que fazer, por isso recorri de novo a Pavic. Precisei de coragem para telefonar-lhe. Em todos os nossos encontros eu ficara em posição de desvantagem, mas o último tinha sido o pior. Respirei fundo e disquei seu número. Uma mulher atendeu e disse que ele não estava, mas que devia chegar a qualquer momento. Deixei meu telefone, com uma sensação quase que de alívio. Depois esperei, andando a esmo pelo apartamento, olhando pela janela, folheando revistas e deixando-as logo de lado, mas na verdade apenas esperando.

O telefone tocou quinze minutos mais tarde. Atendi-o no terceiro toque para não dar a impressão de que estava ansiosa.

— Aqui é Will Pavic.

— Sinto muito incomodá-lo de novo — eu disse. Fiz uma pausa, que ele não preencheu. — Preciso da sua ajuda.

— Foi o que entendi — respondeu ele secamente.

— Preciso falar com alguém que tenha conhecido Lianne. Só para ter uma pista da direção certa.

— Kit...

— Por favor.

— Tudo bem.

— Meu Deus, foi mais fácil do que eu esperava. — Ele não riu. Talvez já tivesse esquecido de como fazê-lo. — Posso ir até o seu Centro?

— Deixe-me ver. Você está livre, digamos, pelas seis?

— Estou.

— Encontre-se comigo no lava-jato da Sheffield Street. Fica logo depois da delegacia.

— Em um lava-jato?

— Isso mesmo. É um lugar grande. Não tem como errar. Nos encontramos lá, então.

— Sobre aquele dia... — comecei a dizer, mas ele já tinha desligado.

Repassei minhas anotações, depois telefonei para a clínica para saber se havia algum recado. A seguir fui ao cabeleireiro da esquina, que recentemente passara a ser chamado de salão de beleza, depois de redecorado em prata e branco e iluminado por fortes fachos de luz. Um homem jovem, com a cabeça raspada, vestido com calças pretas largas e uma camiseta preta sem mangas enfiou-me em um roupão branco de náilon e fez-me sentar diante de um enorme e impiedoso espelho. Ele colocou-se atrás de mim, segurou meu crânio com suas mãos experientes e perguntou-me o que eu queria.

— Cortar — respondi.

Ele levantou algumas mechas de meus cabelos castanhos e observou-me durante alguns segundos.

— Um pouco mais picotado, talvez? Não tão certinho?

— Basta cortar, por favor.

— Alguns reflexos? Um leve tom de cobre iria bem. Está muito na moda.

— Da próxima vez, quem sabe.

— Lindo cabelo, mesmo assim — disse baixinho, fazendo-o deslizar por entre seus dedos antes de colocar uma toalha ao redor dos meus ombros e de conduzir-me até uma bacia. Joguei a cabeça para trás e deixei que uma jovem franzina, com cabelos que pareciam podados por um jardineiro, fizesse escorrer água morna sobre minha cabeça e massageasse meu couro cabeludo com xampu de coco. A sensação era deliciosa. Fechei os olhos para fugir da luz intensa. A seguir, o jovem cabeleireiro instalou-se de novo atrás de mim, munido de uma tesoura com longas lâminas e vários clipes que ele tirava do cinto para separar as mechas. Com um som seco e metálico, ele cortou grossos tufos de cabelo, que caíam suavemente no chão. Quando alguns fios caíam no meu rosto, ele se inclinava e soprava minha face com cuidado. Depois do corte senti-me muito melhor. Meus cabelos balançavam quando eu sacudia a cabeça, como em um anúncio de algum condicionador miraculoso. Corri para casa, tomei um banho rápido, vesti uma calça *jeans* branca, camiseta bege, sapatos baixos e uma velha jaqueta de camurça. Eu me sentia limpa, refrescada, com o espírito leve.

O lava-jato ficava em uma seqüência de antigos galpões em péssimo estado próximo ao canal. Cheguei lá pouco antes das seis, mas ao me aproximar vi que Will já estava à minha espera na calçada. Estacionei e ele sentou-se no banco do carona. Na nossa frente, um outro carro reduziu a velocidade e entrou no galpão.

— Onde está seu carro?

— Está sendo lavado, é claro.

— Por isso você marcou de encontrar comigo aqui? Porque seu carro precisava ser lavado?

— Lianne trabalhou aqui durante algumas semanas, no início do ano. Imaginei que fosse um bom lugar para você começar. Embora não saiba ao certo quantas das pessoas que trabalharam com ela ainda continuam aqui. É um pessoal muito rotativo.

— Aqui? Na lavagem de carros?

— Não. Esse serviço é restrito aos homens. Ela recebia o dinheiro e dava os tíquetes. A gerente estava hospitalizada na época, colocando uma prótese no quadril. Ela é amiga minha.

Enquanto ele falava, uma mulher saiu do galpão e veio na nossa direção. Ela era enorme, tinha pêlos no queixo e cabelos ralos. Will abriu sua porta e ela inclinou-se com dificuldade.

— Diana, esta é Kit. Kit, Diana.

Inclinei-me pela frente de Will e estendi a mão. Ela apertou-a com força e olhou-me com olhos espertos.

— Está interessada em Lianne?

Ela pronunciou bem o *e* e fiquei me perguntando de que lugar seria.

— Sim. Obrigada por tentar me ajudar.

— Não quer entrar? Podemos conversar dentro de alguns minutos.

— Acho que é melhor lavar o carro primeiro, não?

Ela sorriu para mim.

— Qual você prefere?

Li os dois tipos de lavagem escritos com giz em um grande painel por cima do galpão.

— A superior.

Pela primeira vez, Will olhou para mim com um vislumbre de aprovação.

— Doze e cinqüenta, então.

Entreguei-lhe o dinheiro, que ela enfiou com destreza no bolso da saia. Depois endireitou-se e fez um sinal para que eu entrasse pela gigantesca porta.

— Feche as janelas — ordenou ela.

— Vamos ficar aqui dentro? — perguntei a Will.

— Parece que sim.

Cruzei a primeira porta e tive a imediata sensação de estar em outro mundo, escuro, molhado e pleno de atividade. Potentes jatos de água atingiam a carroceria, vindos de todas as direções, e uma meia dúzia de homens com botas e luvas de borracha rodearam o carro, esfregando-o de cima a baixo com longas escovas. Eu os observava através das janelas ensaboadas. O que estava debruçado sobre o meu lado do capô tinha um bigode de morsa e rugas tristes no rosto flácido e de pômulos eslavos. O que estava no lado de Will parecia ter dezessete anos, era negro retinto, muito alto e magro, surpreendentemente bonito e com olhos cor de ameixa. Parecia um astro de cinema. Havia um homem mais velho, talvez chinês, que esfregava minha janela sem parar. Seus olhos cruzaram os meus e ele sorriu para mim através da água que escorria entre nós.

— Que lugar é esse?

— Um lava-jato.

— Obrigada — repliquei com sarcasmo. — O que quero saber é de onde vem toda essa gente.

Will olhou-me de lado.

— São refugiados, em grande parte. Trabalham aqui durante algum tempo, ninguém lhes faz perguntas. Dinheiro na mão.

— E gente como Lianne.

— Às vezes mando alguns garotos para cá. É um trabalho seguro e o salário é razoável. Eles ficam fora das ruas e ganham algum dinheiro até conseguirem alguma outra coisa, talvez.

Um homem com macacão amarelo fez sinal para que eu fosse um pouco à frente. Avancei lentamente até uma nova série de jatos: água limpa para tirar o sabão. Mais homens se aproximaram, dessa vez com panos nas mãos. Atrás de nós, um outro carro avançou, preparando-se para a sua vez.

— Isto é incrível!

Will parecia orgulhoso, como se tivesse organizado tudo para meu próprio benefício.

— Quanto a Doll — falei por fim — sinto muito pelo que aconteceu.

— Por quê?

— Sinto muito por ter lhe dado tanto trabalho. Afinal de contas, você mal me conhece — mas eu não vi outra saída.

— Por que não chamou a polícia?

— Eu não queria envolvê-lo em complicações e, para ser honesta, eu mesma estava em uma situação embaraçosa. É um longa história. Longa demais.

Ele balançou a cabeça, como se não estivesse curioso.

— Você fez bem em me telefonar.

— Ele é perigoso, então?

— Não sei. Ele está... — Ele hesitou por alguns instantes. — Ele está péssimo.

De novo fizeram um sinal para eu avançar, desta vez para um pequeno espaço aberto.

— Aqui precisamos sair do carro — disse Will. — Agora eles limpam por dentro. Mas ele vai voltar.

— Doll?

— Ele está caído por você. Acha que você o compreende.

— Oh. — Eu não sabia o que dizer.

— E acha você bonita — continuou, parecendo divertir-se com isso.

Saí do carro e esperei por Will. Imediatamente outros quatro homens invadiram o interior do veículo, dois com panos de limpeza e baldes, um com um pincel para ter acesso a todas as fendas e cantos, outro com um aspirador de pó industrial. Diana apareceu, com duas xícaras de café.

— Este é Gonzalo — disse ela, indicando-o com a mão. — Ele conheceu Lianne quando ela trabalhou aqui.

Gonzalo tinha cabelos pretos fartos, pele cor de azeitona, sorriso muito tímido. Cumprimentou-me com a mão mole, sem energia.

— Olá — eu disse e ele abaixou a cabeça. Estava com uma camiseta cor-de-rosa de Bart Simpson. — Então você conheceu Lianne?

— Lianne. Sim. Lianne.

— Era amigo dela?

— Amigo? — Ele tinha um forte sotaque. Eu não conseguia saber se ele entendia uma palavra que fosse do que eu estava dizendo.

— Você era amigo de Lianne? — repeti. Ele franziu a testa para mim. — De onde você é, Lorenzo?

Seu rosto iluminou-se. Ele bateu no próprio peito. — Colômbia. Muito bonito.

— Não falo espanhol — eu disse para Will. — Você fala?

— Nada. Mas aposto que Lianne também não falava. Gonzalo, Lianne era feliz?

— Feliz? — Ele sacudiu a cabeça. — Não feliz.

— Triste?

— Triste, sim, e também isso. — Ele levou a mão à boca com um gesto teatral.

— Ela estava com medo? — perguntei.

— Com raiva? — sugeriu Will.

— Perdida — disse Diana. Ela empurrou uma xícara de café na minha direção e tomei um gole. Estava amargo e morno. — Podemos ver nos olhos das pessoas quando elas estão perdidas. Há muitas delas por aqui. — Com seu imponente queixo peludo ela indicou os homens que pareciam um enxame de abelhas no seu afã de limpar os carros.

— E você via isso nos olhos de Lianne?

Ela ergueu os ombros.

— Quase nunca nos encontrávamos. Ela estava aqui quando eu não estava. Parecia um tanto reservada, talvez. Não se relacionava muito com os outros. Você também achava isso? — A pergunta foi feita para Will.

— Talvez — ele respondeu, cauteloso. Eu nunca tinha conhecido um homem com tanto cuidado para não se comprometer.

— Bem, quem pode culpá-la? Mas ela era honesta, isso eu posso garantir. Pelo que sei, nunca embolsou dinheiro alheio.

Observei os dois, a mulher gorda e o homem de cara fechada. Gonzalo passava de um pé para o outro o tempo todo.

— Obrigada — eu disse.

Ele deu-me um sorriso tímido e saiu. Meu carro estava brilhando, por dentro e por fora. O homem com o bigode de morsa dava uma última verificada geral.

— Obrigada — eu disse a Diana. — Obrigada mesmo.

Ela deu de ombros.

— Você é amiga de Will.

Eu não estava tão certa disso. Olhei para Will.

— Posso oferecer-lhe uma bebida?

Ele pareceu um pouco confuso.

— Tudo bem — disse, como se não tivesse tido tempo de pensar em uma desculpa. — Por que não vem atrás de mim? Conheço um lugar aqui perto.

Deixei cair algumas moedas na caixa de gorjeta e depois seguimos em comboio em nossos carros reluzentes, percorrendo pequenas ruas ao lado dos velhos galpões. Eu nunca tinha estado ali. Essa era uma Londres que eu nunca visitara.

Fomos a um *pub* nas margens do canal. Visto pela frente, parecia um lugar lúgubre e desmantelado, mas nos fundos havia um deque sobre a água, onde nos sentamos com nossos sucos de tomate. O céu tornou-se estranhamente escuro, leves lufadas de vento encresparam a água escura e oleosa e algumas grossas gotas de chuva começaram a cair.

— Você gosta dele? — perguntou Will, com ar sonhador.

— Do quê? Do meu drinque?

— Do canal.

— Parece um pouco sujo.

Ele tomou um gole da sua bebida.

— Vão limpá-lo. Já ouviu falar sobre o projeto de desenvolvimento?

Olhei a água escura. O armazém do outro lado estava sem teto; todas as janelas tinham sido quebradas e dentro dele havia uma montanha de máquinas retorcidas e enferrujadas.

Por todo lado havia entulho e um lixo estranho, sobre o qual eu preferia não pensar muito.

— Quem vai se interessar em desenvolver um projeto aqui?

— Você está brincando? Uns bons duzentos acres de terreno de primeira bem no meio de Londres? Em poucos anos isso estará cheio de bares, academias de ginástica e edifícios de apartamentos com garagem privativa.

— Isso é bom?

Ele esvaziou seu copo.

— Será um lugar decente — respondeu.

— Você fala como se essa palavra fosse obscena. Não será uma coisa boa para seus jovens? Haverá trabalho para eles.

— Não acho que a maioria seria bem-vinda aqui. Eles seriam empurrados para algum outro lugar, onde passariam a ser um problema dos outros. — Tive um arrepio e ele olhou para mim. — Está com frio?

Sacudi a cabeça.

— Não. A morte passou por aqui.

Mas ele tirou o casaco e colocou-o sobre os meus ombros. Por um instante fiquei surpresa com a emoção que tomou conta de mim quando senti suas mãos tocarem meus ombros. Há muito tempo ninguém me tocava.

Vinte e um

— Ainda não consigo acreditar.

— Não — eu disse, na falta de uma observação que fizesse sentido.

— O que quero dizer é que esse tipo de coisa não acontece, não é mesmo? Não com as pessoas que a gente conhece. Não posso entender. — Ela sacudiu a cabeça para um lado e para o outro, como se tentasse desanuviá-la. — Pobre Philippa — ela disse.

— É.

— E Jeremy. E pobrezinha da Emily. O que vai acontecer com Emily? Que horror! Como é que alguém pôde fazer uma coisa dessas?

Como não se tratava de uma pergunta de fato, não respondi. Tomei um gole do café que ela fizera para mim e esperei. Tess Jarrett parecia uma castanha pequena e reluzente. Ela estava aninhada em uma grande espreguiçadeira na varanda da sua elegante casa, pequena e rechonchuda, sem ser realmente gorda. Tinha cabelos castanhos encaracolados e brilhantes, olhos também castanhos, uma pele de mel que irradiava saúde e riqueza, belos braços roliços e bronzeados, boca pequena, dentes brancos e perfeitos, as unhas das pequeninas mãos cuidadosamente pintadas e os pés bem tratados calçados em sandálias. Ela era, segundo afirmou, a melhor amiga de Philippa. Realmente sua melhor amiga. E transbordava de horror e excitação.

— Éramos inseparáveis — disse. — Mais ainda depois do nascimento de Emily e Lara. Elas tinham praticamente a mesma idade, e como nós duas deixamos de trabalhar, passávamos muito tempo juntas. Foi um período ótimo. — Era difícil imaginar Tess como mãe. Embora tivesse 32 anos, ela parecia muito jovem e tinha um ar tão de menina, que dava a impressão de que logo estaria chupando o dedo de novo.

— Desde quando vocês se conheciam?

— Fizemos faculdade juntas — Seus olhos se arregalaram. — Isso significa que a conheço há pelo menos metade da minha vida. Isto é, conheci. Não consigo me acostumar a falar assim.

— É difícil — concordei.

— E depois, é claro, quando nos casamos fomos morar perto. Hampstead e Belsize Park ficam a dez minutos de distância a pé um do outro. Nos encontrávamos muitas vezes por semana. Costumávamos ir às compras juntas. — Ela passou a mão nas pregas do vestido de algodão em tom pastel. — Compramos este juntas há duas semanas, para quando Rick, as crianças e eu formos à Grécia. E Rick e Jeremy se dão muito bem, também. Pobre Jeremy. — Ela deu um suspiro profundo.

— Tess — falei, aproveitando o silêncio que se seguiu —, às vezes conseguimos conhecer o assassino conhecendo a sua vítima. Por isso estou aqui.

Ela concordou com a cabeça. Seu semblante ficou triste.

— Sim — murmurou. — Sei disso.

— Portanto, não preciso saber quais foram os seus últimos passos, esse tipo de coisa. Isso eu deixo para a polícia. Estou mais interessada no seu estado de espírito, no que estava acontecendo na vida dela. E às vezes os amigos sabem mais sobre isso do que a própria família.

— Eu sabia tudo sobre Philippa — disse ela em tom enfático. — Não havia segredo entre nós. Por exemplo — ela baixou a voz e inclinou-se à frente — contei para ela quando tive problemas com Rick, pouco depois que Lara nasceu. Acho que os homens muitas vezes têm dificuldade em aceitar que as esposas tenham filhos, não é mesmo? A gente não consegue mais dedicar-lhes toda a atenção de antes. Ficamos cansadas, é claro, porque precisamos levantar à noite, amamentar, e tudo o mais. Creio na verdade que eles ficam com ciúme. Os homens são verdadeiras crianças, você não acha? O que eu estava mesmo dizendo? Ah, sim, então Rick começou a ficar muito irritado e exigente demais, você entende, e eu não queria... bem, contei para Philippa. Foi muito bom falar sobre isso. Ela sabia ouvir muito bem. Philippa escutava. Não era tagarela, não como eu. — Ela riu como criança e acompanhei sua risada por alguns segundos. — Às vezes — continuou, acho que esse era o motivo de sermos tão boas amigas. Eu era a extrovertida que falava pelos cotovelos, enquanto ela era mais... — interrompeu a frase e franziu o cenho.

— Sim? — Eu não queria que Tess parasse agora que ela tinha finalmente voltado a falar de Philippa.

— Era mais uma pessoa que ficava um pouco afastada das coisas, não sei se você entende o que quero dizer. Ao passo que fico bem no centro.

— Foi assim que ela escolheu viver, você acha? Afastada das coisas?

— Ah, sim, e era bastante feliz. Nunca a vi chorar. Não é estranho? Eu choro o tempo todo. Chorei quando vi *Dumbo* e *Bambi* com Lara, e em qualquer filme, na verdade, me debulho em lágrimas. E também quando os noticiários de televisão mostram crianças morrendo de fome. E quando Lara chora eu às vezes também choro, ainda que ela esteja chorando apenas porque ralhei com ela, e então ficamos as duas gritando a plenos pulmões, e quando ela consegue fazer alguma coisa pela primeira vez eu choro também. Debulhei-me em lágrimas na primeira vez que ela disse "mamãe". Não consigo me controlar. Que besteira, não? Choro quando estou feliz e choro quando estou triste. Mas Philippa não era assim. Nem quando a conheci ela era assim.

— O que não quer dizer que ela fosse feliz — falei com voz neutra.

— Não. — Ela descruzou as pernas e mexeu os dedos. — Claro que não. Mas sempre me pareceu muito equilibrada. Não tinha altos e baixos, como eu. Sou um verdadeiro pêndulo. Um dia estou na lua e outro no fundo do poço. É assim que sou. No entanto ela, mesmo quando era mais jovem e tinha namorados, não se apaixonava perdidamente. Ela fazia tudo, mas com paciência, suponho. Esperava para ver como as coisas evoluiriam. De todo modo, ela não teve muitos namorados. Era muito calma. Nunca perdia a paciência com Emily, como é o meu caso com Lara, a minha macaquinha. Ela era muito enérgica com a filha, mas não explodia sem mais nem menos. "Como você pode ser assim?", eu costumava perguntar a ela. Costumava. Não consigo mais me acostumar com isso. — Olhou para mim, piscou, e dos seus olhos castanhos rolou uma lágrima que escorreu pelo rosto, depois outra. Dei-lhe um lenço de papel. — Obrigada. Desculpe.

— Como era o relacionamento dela com Jeremy?

— Bem, como posso descrevê-lo? Rick e eu brigamos de vez em quando, e em seguida nos reconciliamos... as brigas quase valem a pena quando a gente faz as pazes no final, você não acha? Mas ela e Jeremy não brigavam. Eles eram muito amáveis um com o outro. Ele comprava flores para ela todas as sextas-feiras, sem falhar uma. Não é simpático? Eu gostaria que Rick fizesse o mesmo. As rosas amarelas eram as suas favoritas e também as ervilhas-de-cheiro, embora essas a gente nem sempre encontre nos floristas. Ela sabia cuidar de um jardim como ninguém. Você chegou a conhecer o jardim dela? Jeremy e Emily já voltaram para casa, acho, depois de passarem algum tempo com a mãe dela. Preciso visitá-los logo. Por outro lado, nunca os vi tratarem um ao outro como dois pombinhos, mas talvez simplesmente fosse esse o jeito deles. Isto é, a gente nunca sabe o que se passa na vida dos outros, concorda comigo? E quando Emily nasceu, eles ficaram muito emocionados. Sabe de uma coisa? Menti para você, porque já vi Philippa chorar. Fui visitá-la logo depois do nascimento de Emily, acho que foi no dia seguinte, no hospital. Eu estava enorme, já no fim da gravidez de Lara, e parecia um daqueles brinquedos de plástico que têm o fundo arredondado e que por mais que a gente tente derrubá-los eles sempre voltam a ficar em pé, sabe quais são? Com uma única diferença: se alguém tivesse me derrubado eu teria ficado no chão para sempre. Detesto hospitais, e você? Eles sempre me fazem pensar que estou para morrer. E todas aquelas paredes verdes deprimentes. Philippa estava sentada na cama com um pequeno embrulho nos braços, olhando para ele, e quando entrei ela levantou os olhos para mim e percebi lágrimas correndo pelo seu rosto. Cascatas de lágrimas. Ela disse: "Minha filha é linda. Veja como ela é linda. E ela é minha, é a minha filhinha." Então é claro que chorei também, e depois Emily acordou e começou a berrar. Ela adorava Emily. Foi por isso que... — Ela parou de repente.

— Por isso o quê?

— Nada, provavelmente não é nada.

Esperei. Ela estava louca para me contar o resto.

— Às vezes penso que ela estava tendo um caso.

— Mmmm? — murmurei.

— Não sei por que, e talvez não devesse falar nisso, mas eu sentia alguma coisa no seu comportamento, e também ela não ficava muito em casa durante o dia. Acho que as mulheres têm um instinto para esse tipo de coisa. Eu jamais sonharia em contar isso para alguma outra pessoa, e talvez não seja verdade, mas estou certa de que alguma coisa parecida estava acontecendo.

— Você sabe com quem ela poderia estar tendo um caso?

— Não. Poderia ter sido com um monte de gente. Em primeiro lugar, ela é muito bonita. Era. Magra e loira, a sortuda. Milhões de homens teriam aproveitado a oportunidade, se tivessem. Inclusive Rick. Não quero dizer que fosse com ele, é claro, mas você sabe como são os homens: depois que acaba a paixão dos primeiros tempos pelas suas esposas, eles se acomodam e a vida começa a parecer um pouco monótona. Todos passam por isso, acho, e de qualquer forma Rick sempre teve uma queda por Philippa. Mas não me interprete mal, de modo algum estou dizendo que era ele, pelo amor de Deus, tenho certeza de que eu saberia se fosse. Afinal, tenho o instinto feminino e mataria Rick se ele fizesse uma coisa dessas, e é claro que Philippa foi sempre minha melhor amiga... — Ela interrompeu a frase e olhou para mim com expressão desorientada, como se tivesse se enrolado com suas próprias palavras. — Estou apenas dizendo que ela conhecia uma infinidade de homens, maridos de amigas, conhecidos, gente que fazia parte do seu círculo social. Mas não suspeito de ninguém em particular, só acho que nas últimas semanas havia alguma coisa na sua vida.

— Alguma coisa?

— Bem, talvez fosse melhor eu dizer *alguém*. Sua atenção estava sempre dispersa. Ela andava com um olhar estranho, misterioso. Ela me deu o bolo nas duas vezes em que marcamos de nos encontrar, nos últimos tempos, coisa que ela nunca fazia, e depois arrumou uma desculpa esfarrapada. Ela andava agitada, de certa forma. Distante, também. Estava interessada em outro homem. Tenho certeza.

Saí da casa de Tess meia hora mais tarde, ao meio-dia. Estava exausta. Antes de ir vê-la, eu havia visitado de novo o marido e a mãe de Philippa. Jeremy voltara a viver na sua casa, que era um pouco menor e um pouco mais nova do que a de Pam Vere. O longo e estreito jardim terminava em um pomar, e havia um balanço pendurado em um galho de uma das macieiras. Eles tinham falado muito menos sobre Philippa do que Tess. Não me pareceu que estivessem querendo esconder alguma coisa, apenas que eram reticentes por natureza. Ele estava atônito e desesperadamente infeliz. Ela parecia desnorteada e entorpecida.

Havia duas mensagens no meu celular. Uma era de Poppy, querendo saber por que eu não me comunicava com ela há tanto tempo. A outra era de Will. "Por favor me telefone", foi o recado que deixou.

— Alô? — gritou no telefone.

— É Kit.

— Espere um minuto. — Ouvi-o dar algum tipo de instrução a quem estava com ele. — Kit? Você pode aparecer no Centro hoje, lá pelas seis e meia?

— Por quê?

— Alguns jovens virão aqui para encontrá-la.

— Que conheciam Lianne?

— Por que outro motivo eles iriam querer encontrá-la?

Abri a boca para retrucar, mas decidi não fazê-lo.

— Acho que consigo chegar na hora.

— Até logo, então — ele disse, e desligou. Ele parecia um homem com um enxame de abelhas dentro da cabeça.

Vinte e dois

Toquei a campainha e quem abriu a porta foi um jovem com cabelo rastafári e a tatuagem de uma joaninha no antebraço. Primeiro, imaginei que fosse um dos residentes, mas ele apresentou-se como Greg, da equipe voluntária. Ao contrário da outra vez em que eu ali estivera, o Centro fervilhava de atividade. Um grupo de adolescentes conversava e fumava no *hall*. Por uma porta aberta, pude ver uma sala de jogos, onde estava acontecendo uma ruidosa partida de sinuca. Do andar de cima chegava o som de diferentes vozes. Greg acompanhou-me até a ante-sala do escritório de Will e empurrou a porta sem bater.

— Olá — cumprimentei Will. — Foi ótimo você ter conseguido esse encontro. Obrigada.

— Agradeça a eles, não a mim. Eles estão à sua espera em uma sala lá em cima. Quer que lhe mostre o caminho?

— Quantos são?

— Cinco, acho, a não ser que algum já tenha ido embora. O que é possível.

A sala estava quente e enfumaçada. Havia um fliperama no canto e dois garotos estavam em pé, sem fazer nada, envoltos em uma nuvem de fumaça de cigarro. Um deles tinha a cabeça raspada e marcada por uma longa cicatriz branca; o outro era atarracado e cabeludo. Eles levantaram os olhos quando entrei, mas pareceram não tomar conhecimento da minha presença. O grupo era completado por três garotas. Elas estavam sentadas em espreguiçadeiras ou no chão. Entre elas estava a linda garota que eu vira na minha primeira visita a Will Pavic. Ela olhou para mim e franziu ligeiramente a testa. Tinha espessas sobrancelhas escuras e olhos verdes perturbadores.

— Olá — eu disse, ao aproximar-me do grupo. — Eu me chamo Kit.

Ninguém respondeu. Cumprimentei um a um com um aperto de mão, percebendo quase no mesmo instante que isso talvez fosse um erro, mas não tinha condições de interromper o que já começara. Quase todos pareciam acanhados; senti suas mãos flácidas e suadas na sala escaldante.

— Muito obrigada por concordarem em me receber.

Sentei-me no chão, tirei da bolsa um maço de cigarros que acabara de comprar e o ofereci a todos. Isso pareceu deixá-los interessados. Todos aceitaram, inclusive os que ainda tinham um aceso entre os dedos.

— Que tal me dizerem seus nomes?

— Spike — disse o jovem de cabeça raspada, sem se afastar do fliperama. Todos os outros caíram na risada. Sem dúvida era alguma brincadeira que não entendi.

— Laurie. — Dessa vez foi o cabeludo.

— Carla — disse em um sussurro a garota negra sentada à minha direita.

— Catrina. — Ela tinha a pior acne que eu já vira na vida, e uma linda cabeleira ruiva.

— Sylvia. — Essa foi a garota de olhos verdes. Ela sorriu astuciosamente. — Bem, esse foi o nome que escolhi para mim.

— Tentarei lembrar-me de todos. Will provavelmente disse a vocês por que estou aqui. Quero saber tudo o que for possível sobre Lianne, porque quanto mais soubermos, maiores as chances de descobrirmos quem a matou. Por exemplo, se conseguirmos descobrir de onde ela veio, qual o seu nome verdadeiro, qual a sua origem, teremos dado um grande passo. — Silêncio profundo. — Mas além disso — continuei — eu gostaria de saber como era Lianne. Que tipo de pessoa ela era.

— Will disse que você era gente boa — revelou Spike. Ele fez a frase soar como uma pergunta.

— Ele quis dizer que você não vai sair correndo para dizer aos tiras o que a gente lhe contar — acrescentou Sylvia. — Nem adiantaria, porque a gente não vai contar nada. Já não contamos para o outro.

— Que outro?

— Você não é a primeira.

— A polícia já conversou com vocês?

Sylvia apenas deu de ombros e um embaraçoso silêncio caiu sobre a sala, quebrado apenas pelo riscar do fósforo que Spike usou para acender mais um cigarro.

— De qualquer forma — falei por fim —, não direi a eles nada que não esteja relacionado a Lianne. Combinado? — Houve um murmúrio geral de concordância. — Há quanto tempo ela estava por aqui, vocês sabem? Por esta região, é o que quero dizer.

— Will falou em cinco meses, mais ou menos — respondeu Spike. Eu gostaria que Will tivesse dito isso para mim também.

— Quem a viu pela última vez, alguém sabe?

— Acho que fui eu. — Carla não levantou os olhos para mim. Ela falava para as suas mãos cruzadas sobre o colo.

— O que vocês fizeram?

— Demos uma caminhada apenas, olhamos vitrines. Falamos sobre as coisas que compraríamos se tivéssemos dinheiro. Roupas, comida boa, um monte de coisas. CDs. Só que a gente não tinha nenhuma grana. A não ser quando Lianne... — ela parou.

— Quando Lianne o quê?

— Ela batia carteiras como ninguém — interrompeu Laurie com admiração. — Ela conseguia enfiar a mão na bolsa de qualquer um. Ela e Daisy andavam sempre juntas pelas estações de metrô. Formavam uma dupla infernal. Uma dava um encontrão na pessoa e a outra afanava a carteira.

— Genial — disse Spike.

— Daisy Gill? — perguntei.

— É, a que se enforcou.

— Como vocês duas se conheceram? — perguntei a Sylvia.

— Foi aqui. Ela era muito tímida, na verdade. Ou melhor... — ela empinou seu pequeno nariz e botou o cabelo cuidadosamente atrás das orelhas. — Ela não falava muito. Não sobre ela mesma, se é isso que você está querendo saber. Ela nunca disse de onde tinha vindo. Mas aposto que era de algum lugar em Londres. Ela conhecia Londres realmente muito bem.

— Garanto que ela ficava em abrigos há séculos — observou Catrina.

— Por que você pensa assim?

— Dava para perceber. Só a encontrei uma vez. Conheci ela aqui, como Sylvia, há uns dois meses. Tínhamos organizado uma partida de pingue-pongue e como ela não jogava nada, explodiu quando os outros riram dela. Mas se alguém já esteve em um abrigo, consegue perceber.

— É como um cheiro ruim — disse Spike, rindo.

— Que horror dizer uma coisa dessas — Sylvia o repreendeu.

Ele piscou para ela.

— Não se preocupe, Sylvia, você não tem cheiro ruim. Você é perfumada.

— De qualquer modo, sei que ela esteve abrigada porque uma vez me falou sobre uma casa onde tinha morado — disse Sylvia, ignorando-o. — Ela tentou dormir com sua amiga no Natal. Elas dormiam em quartos vizinhos, de qualquer modo, por isso não fazia muita diferença, mas o pessoal da casa não deixou que dormissem juntas. É sempre assim. Pura burocracia. Disseram que ninguém podia dividir o quarto. Era contra o regulamento. Então Lianne disse que as duas se trancaram no quarto dela e não saíram de jeito nenhum, e então, no dia seguinte, como castigo, não puderam participar da ceia de Natal. Não comeram um biscoito sequer. Mas ela ficou contente com o que fez, pois foi uma forma de protesto. Ela não disse onde era a casa. Ela era muito reservada, mesmo.

— Você não perguntou?

— A gente respeita a privacidade das pessoas.

— Sei que ela dormia no parque, às vezes. Dizia que era melhor do que a maioria dos abrigos horrorosos que existem por aí.

— Ela esteve em muitos abrigos? — perguntei.

— Provavelmente — respondeu Sylvia. — Como quase todos nós, na nossa idade. — Ela parecia quase orgulhosa ao dizer isso, compenetrada e com um ar sério em seu belo rosto. — Se ela não tinha um lugar fixo para morar, significa que andava de abrigo em abrigo.

— Veja o meu caso. — Virei-me para Catrina ao ouvir sua voz doce e monótona. — Fui acolhida por doze famílias e morei ainda em oito abrigos.

— Morei com uma família uma vez durante quase dois anos — disse Laurie. Seu rosto era rechonchudo e infantil por trás da grande cabeleira. Ele não parecia ter mais de quatorze anos.

— É mesmo? O que você fez de errado, então? — perguntou Catrina.

— Eles se mudaram para o norte. Disseram que não haveria espaço para mim na casa nova. Parecia um lugar muito legal lá, com jardim e tudo. Perto do mar. — Não havia autopiedade na sua voz. Ele parecia muito realista.

— Alguém pode me contar sobre os relacionamentos sexuais de Lianne? — perguntei com cautela. Seguiu-se de novo um profundo silêncio. Spike amassou seu cigarro com raiva. — Só estou perguntando porque isso pode ser útil. Ela havia sido violentada, por exemplo?

— Provavelmente — respondeu Sylvia, como se esse fosse um detalhe banal.

Spike movimentou ruidosamente os controles do fliperama. Percebi um terrível ar de desprezo em seu rosto e tive a impressão de que tentava se controlar para não chorar.

— Por que diz isso?

— Se ela ficou muito tempo em abrigo...

— Você quer dizer então que se deve esperar que as pessoas que ficam um longo tempo em abrigos sofram abuso sexual?

— Para mim chega — disse Spike. — Eu caio fora. — Mas ele não se mexeu.

Olhei para ele. Seu rosto pálido tinha se ruborizado; havia manchas vermelhas nas suas faces.

— Então você admite que ela tenha sofrido abusado sexual.

— Eu não diria obrigatoriamente abuso sexual — disse Catrina —, mas ninguém sai de um lugar desses ileso, se é que você me entende. A gente deixa de ser criança muito depressa.

— Não se pode confiar em ninguém — concordou Laurie. Ele aproximou-se e sentou-se por fim no meio das meninas, enquanto Spike hesitava junto da porta. Peguei de novo meu maço de cigarros e ele veio apanhar um, mas continuou em pé.

— Ela teve namorados?

Eles se entreolharam.

— Nunca vi nada — disse Sylvia. — E ela também não falava sobre isso. Porque muita gente fala, não é mesmo? As pessoas gostam de se gabar dessas coisas. Mas Lianne não era assim. Além disso, nenhum de nós conhecia ela tão bem, não é pessoal? — De novo ela percorreu o grupo com os olhos e eles balançaram a cabeça. — Ela aparecia pouco por aqui.

— Ela era muito amiga de Daisy — disse Carla. — Lembro-me de que uma vez uma pintou as unhas dos pés da outra. Entrei no quarto de Lianne e lá estavam elas rindo e pintando as unhas uma da outra. Uma unha de cada cor. Foi muito legal — ela disse, um pouco melancólica. — Lianne não ria muito. Elas me disseram que queriam economizar o dinheiro que Lianne roubava para abrir um restaurante juntas.

Um silêncio caiu sobre o grupo quando eles lembraram das duas garotas, ambas mortas agora. De repente, todos me pareceram extremamente jovens e indefesos. Até mesmo Spike, ainda em pé, um cigarro pendurado no lábio superior e as mãos nos bolsos, parecia ter sido apanhado desprevenido. Continuei sentada, imóvel, não querendo interromper aquele momento.

— Ela uma vez me beijou — disse Laurie, com o rosto vermelho. — Eu disse para ela que eu nunca... você sabe. — Ele interrompeu a frase. Carla pegou sua mão e colocou-a no seu colo, com um gesto inesperado e comovente, quase maternal. — De qualquer modo, eu disse a ela, não sei por que, talvez porque tivesse tido uma avaliação naquela semana, com as assistentes sociais, você entende. E tinha ouvido dizer que nenhuma família queria me acolher. Me senti péssimo naquele dia, sozinho ou sei lá o quê, como às vezes acontece, e ela estava sentada lá, no térreo, onde fica a mesa de sinuca, apenas sentada, sem fazer nada, e não havia mais ninguém por perto. E de repente ela me beijou. Segurou meu rosto e me beijou. — Seus olhos encheram-se de lágrimas. Carla acariciou sua mão.

— Ouvi o choro dela — disse Spike de repente, com voz rouca. Enquanto falava, ele chegou mais perto da porta, como se fosse sair correndo. Ninguém disse uma palavra. — Tínhamos nos conhecido no dia anterior, apenas. Tivemos uma briga feia porque ela havia afanado meu rádio e dizia que era dela. Que ladrazinha danada. Bem, foi durante o dia e não havia ninguém por perto, e eu estava voltando de não sei onde. — Ele olhou rapidamente para mim, depois continuou. — Bem, ouvi um barulho vindo do andar de cima. No início não percebi o que era. Um som muito estranho. Como um gato sendo torturado ou algo parecido. Subi com cuidado as escadas e vi que o barulho vinha do quarto dela. Ela estava chorando, se lamentando, exatamente como um gato. Fiquei séculos ali e ela não parava. Continuava a chorar, a chorar, a chorar, como se seu coração estivesse despedaçado.

— Você entrou? — perguntei.

Ele franziu a testa.

— Eu não queria que ela ficasse constrangida — disse.

Enfiei a cabeça pela porta entreaberta da sala de Will. Ele tinha os olhos fixos na tela do computador, mas estava com as mãos em cima da mesa.

— Vai trabalhar até tarde? — perguntei, e apoiei-me na parede. Minhas pernas estavam fracas e eu sentia um zumbido na cabeça por causa do cansaço.

— Como? Ah, sim, acho que vou.

— Posso fazer-lhe uma pergunta?

— Mmm?

— Há alguém esperando por você em casa?

— Não.

— Foi o que pensei. — Olhei para ele. Seu rosto parecia de pedra. Inclinei-me, segurei-o entre as mãos e beijei-o nos lábios. Depois dei as costas e saí, e ele continuou sentado, imóvel.

Vinte e três

As pessoas deveriam gostar do trabalho que fazem. Um dos grandes prazeres da vida é a atividade e o trabalho é a principal atividade para quase todos. Seja qual for, o trabalho deve ser uma coisa agradável e as pessoas de alguma forma deveriam ter a capacidade de fazer com que as coisas mais estranhas se tornem prazerosas, e isso é o certo. Eu estaria até disposta a receitar essa capacidade de encontrar prazer no trabalho como um remédio contra a depressão, contra o tédio e o medo que minam a maioria das vidas. Sei de tudo isso, e sinto também, ainda que às vezes seja difícil suportar.

Quando eu tinha doze anos, participei do funeral da minha avó. Saímos do crematório e fomos levados até o Jardim das Recordações, uma área com cerca viva baixa cortada em formatos definidos e um pequeno gramado que parecia preparado para receber um campo de minigolfe. Os adultos circulavam por ali, constrangidos, lendo as mensagens das coroas. Depois de alguns minutos, afastei-me. Lembro-me de ter ficado impressionada com duas coisas. A primeira foi a fumaça que saía da chaminé enquanto eu me perguntava se minha avó estaria nela. Depois, contornando a parede do prédio, entrei na área onde ficavam estacionados os carros fúnebres. Era um dia quente de primavera e os agentes funerários estavam sentados no capô dos carros. Vários deles tinham tirado os paletós e arregaçado as mangas. Fumavam e conversavam. Dois deles riam de uma piada que eu estava longe demais para ouvir.

É ridículo, eu sei, mesmo para uma garota de doze anos, mas foi nesse momento que percebi que os agentes funerários não estavam realmente tristes com a morte da minha avó. Na verdade, eles não davam a mínima importância para isso. No caminho de volta, cheia de raiva, contei para meu pai o que tinha visto e disse-lhe que não pagasse os homens porque eles tinham sido descorteses. Meu pai explicou-me pacientemente que os agentes funerários participam de dois ou três enterros por dia e que não podem ficar tristes por todo mundo. Por que não?, perguntei. O trabalho deles era ficar triste.

Meu pai não conseguiu convencer-me. Na verdade, decidi que apenas pessoas insensíveis podiam tornar-se agentes funerários. Se você fosse uma pessoa boa e sensível, todas aquelas mortes, toda aquela dor, o deixariam maluco. Assim, por definição, as pessoas que faziam esse trabalho precisavam ser psicopatas capazes de parecerem sérios enquanto carregavam um esquife, depois correr para casa para assistir televisão e brincar com os filhos e dizer-lhes que tinham tido um ótimo dia de trabalho.

É claro que cresci e aprendi que o cirurgião que escolheu para operar uma válvula defeituosa no coração do seu bebê não era alguém que estava tão preocupado quanto você, mas sim a pessoa mais competente para isso, ainda que fosse uma celebridade no campo da medicina, que só pensasse em aumentar sua reputação e em ir jogar sua partida de golfe o mais depressa possível.

Então, o que eu esperava de Oban, de Furth, dos seus homens e das poucas mulheres do grupo? Eles assumiam o necessário ar soturno e o correspondente linguajar quando as câmeras estavam por perto. Pareciam angustiados, terrivelmente angustiados. Esse era um caso estarrecedor, todos os envolvidos se encontravam profundamente chocados. Mas na verdade eles estavam se divertindo muito. Veja Oban, por exemplo. Dizer que ele estava exultante seria um exagero, mas havia um novo estímulo para o seu trabalho. Isso era compreensível. Ele tinha ficado preso a um caso obscuro e frustrante de um assassinato que nenhum dos seus colegas queria. Ninguém dava a mínima atenção ao caso, a não ser quando alguma coisa saía errada. Agora o caso se tornara o assassinato do ano e todos queriam ser amigo dele.

Quando fui procurá-lo na manhã seguinte à minha visita a Kersey Town, foi como tentar uma audiência com o primeiro-ministro. Ele cumprimentou-me com um simpático aceno de cabeça.

— Está com pressa? — perguntou.

— Não exatamente.

— Ótimo — replicou. — Você vai falando e escuto como puder.

Não foi uma tarefa fácil. Ele vivia atendendo o celular, sempre entre uma reunião e outra. Estava sempre alguns minutos atrasado para provar que era a pessoa mais importante do encontro. Era como estar na plataforma de embarque e falar com alguém dentro de um trem que já deixava a estação. Comecei a falar-lhe sobre minha conversa com os jovens que tinham conhecido Lianne, mas ele logo interrompeu-me. — Preciso saber de tudo isso, Kit?

— Olhe, Oban...

— Dan — insistiu.

— O passado das vítimas é tudo o que temos.

Ele parou por um instante e resmungou alguma coisa.

— Não estou convencido, Kit. Até que eu tenha alguma coisa específica, precisamos nos ater ao que falei aos jornalistas. A idéia precisa ser a de que temos um assassino oportunista. Você falou com Seb? Ele tem a mesma opinião.

— Não, não falei com ele. — Na verdade, eu estava adiando essa conversa. Foi um dos motivos para não ter retornado as ligações de Poppy nos últimos dias. Eu não tinha nenhuma vontade de falar com Seb caso fosse ele a atender o telefone.

— Encontraremos com ele em um minuto. Você pode discutir o que quiser.

— Não será necessário.

— E não quero nenhuma rivalidade entre vocês.

— Não existe rivalidade.

— A propósito, Kit, você comentou com alguém sobre o nosso camarada Doll?

— Não — respondi. — Com quem eu comentaria sobre ele? — Uma idéia me veio à cabeça. — Ele apareceu no meu apartamento.

Oban encolheu os ombros.

— Se eu fosse você, tomaria cuidado.

— Então obviamente Julie sabe sobre ele.

— É claro que sabe — disse Oban, pestanejando.

— Ah, e falei com Will Pavic sobre ele. Will já o conhecia, de qualquer forma.

— Pavic de novo? — Oban resmungou mais uma vez. — Você tem andado com um pessoal estranho. Esse aí está literalmente no fio da navalha.

— É o que as pessoas sempre dizem.

O rosto de Oban assumiu um ar sério.

— Bem, mas estou falando sério, Kit. Pavic ofendeu muita gente nesta área. O pessoal do serviço social tem pavor dele. E acho que alguns jornalistas estão a fim de pegá-lo.

— Mas por quê? — perguntei. — Sei que não é fácil conviver com Pavic, mas ele só está tentando ajudar.

— É mesmo? — disse Oban sem muita convicção. — Nem todo mundo concordaria com isso. Há boatos, e até mais do que boatos, sobre tráfico de drogas no abrigo que ele coordena. Algumas pessoas dizem que ele finge não ver, mas outras afirmam que Pavic até recebe uma porcentagem. O que posso lhe garantir é que se ele der um passo em falso, vai se dar mal. Bem, mas não era isso que eu estava dizendo. Dois ou três jornalistas me telefonaram para falar sobre Mickey Doll.

— Falar o quê?

— Fazer perguntas, apenas. É verdade que ele foi interrogado a respeito dos assassinatos? Existe a possibilidade de ele ser incriminado? Por que o liberamos?

— Como esses jornalistas ficaram sabendo sobre ele?

— Esta delegacia está parecendo uma maldita agência de notícias. Se alguém peidar aqui dentro, haverá logo um que vai pegar o telefone para informar o fato ao *Mail*.

— O que você respondeu?

— Nada de especial. Se alguém lhe telefonar sobre o assunto, diga para falar comigo. Ah, lá vem ele.

Fiquei meio na expectativa de ver Michael Doll, mas ele se referia a Seb, o psiquiatra preferido pela mídia. O marido de Poppy, quase um amigo meu. Hoje ele parecia estar preparado para participar do noticiário da uma da tarde. Vestia calças pretas bem passadas, botas e um espetacular paletó de couro preto sobre uma camisa branca impecável. Seus cabelos estavam habilmente despenteados, combinando com uma barba de dois dias. Ele aproximou-se, deu-me dois beijinhos no rosto e depois me abraçou.

— Kit — exclamou. — Não é fantástico? Nós dois trabalhando no mesmo caso!

— É maravilhoso — eu disse, presa entre seus braços e sentindo-me extremamente desconfortável com isso. — Como vai Poppy?

— O quê? Ah, vai bem, está ótima. Você conhece Poppy. — Ele riu de leve e piscou para Oban. — Kit e eu somos velhos conhecidos.

— Dá para perceber.

— Ela e minha mulher se entendem como duas aliadas. Formamos quase uma família.

— Então você conhece Julie? — perguntou Oban.

— Julie? — Seb franziu a testa. — Eu conheço Julie, Kit?

— Espero não ter cometido uma gafe — disse Oban, com malícia.

— Não — neguei apressadamente, sentindo meu rosto queimar. — Escute, há tempos estou querendo dizer...

— Não se preocupe. Temos algumas coisas a discutir. Aguarde um instante. — Seu celular tocou de novo.

— Oban estava me falando sobre o que você pensa do caso — disse a Seb enquanto esperávamos. — Eu já conhecia mais ou menos a sua opinião. Acho que ouvi você falar sobre isso na rádio, mas não estou certa de ter ouvido sua conclusão. Acho que tiveram que colocar uma música.

— Ah, aquele dia — disse, distraído.

Oban guardou o telefone no bolso e juntou-se de novo a nós.

— Precisamos garantir uma integração perfeita — ele disse.

— Bem, é claro que estou achando uma maravilha ter Kit no nosso barco. — Seb abriu seu grande sorriso mais uma vez e tocou meu ombro. — Eu sempre quis que ela fosse um pouco mais ambiciosa com relação ao seu trabalho. Mas suponho que precisamos apenas acertar algumas formalidades. Dois inquéritos separados foram reunidos em um só e sou o consultor do crime número um.

— Mas o assassinato de Lianne aconteceu primeiro, Seb. Você quer dizer que a morte de Philippa Burton é mais importante?

— Quero dizer que era um inquérito em escala mais ampla. A verdade é que temos dois psicólogos consultores e quero que as coisas estejam bem claras. Por mera formalidade.

— Não estou entendendo — retruquei.

— Bem, por exemplo, apenas como ilustração, é preciso haver consistência na apresentação pública da perícia psicológica.

— Você quer então aparecer na televisão e nas entrevistas coletivas — disse Oban secamente.

— Para mim está ótimo — falei apressadamente.

— Foi apenas um exemplo hipotético — disse Seb —, mas tudo bem. Se é isso que vocês querem, aceito a responsabilidade.

— No entanto, Kit continua a desempenhar um papel fundamental — retrucou Oban com energia. — Afinal de contas, ela é responsável pelos dois inquéritos que estão sendo fundidos em um só.

— Sim, ouvi a respeito — disse Seb. — Que golpe de sorte.

Respirei fundo. Eu não aceitaria a provocação.

— Como está indo o exame das fibras? — perguntei. — Chegaram a uma conclusão sobre o tipo de carro?

Oban sacudiu a cabeça.

— Você pode examinar o relatório técnico, se quiser. Trata-se de um tipo muito específico de fibra sintética colorida. É certo que vem da mesma fonte, mas isso não significa que seja realmente do tapete do carro. Poderia ser de um cobertor, de um pedaço de tecido ou de uma centena de outras coisas. O resultado não nos ajuda em nada. — Ele enfiou as mãos nos bolsos da calça e assumiu um ar indiferente.

— Preciso ir agora. Tenho uma reunião com alguém do Ministério do Interior. Depois, devo receber um grupo de pessoas que dizem que vão encontrar o assassino por radioestesia. Ou pelo menos foi o que entendi. Um grupo de malucos andando de um lado para o outro com uma vara bifurcada.

Ele afastou-se, deixando Seb e eu constrangidos, sem saber para onde ir.

— Como vai Poppy? — perguntei, lembrando-me em seguida de já ter feito essa pergunta.

— Oh, você sabe — disse, olhando por sobre meu ombro. — A propósito, estava querendo ligar para você. Poppy lhe falou? Durante várias noites Megan e Amy quase não conseguiram dormir depois da história que você lhes contou. Acordavam gritando.

— Meu Deus, peço mil desculpas — eu disse. — Realmente não tinha a intenção...

— Não, eu estava brincando. A idéia foi até interessante. Pensei muito nela. Você tirou-a de algum lugar?

— Acho que lhe falei que era um sonho que tenho tido com freqüência desde meu acidente.

— Um quarto vermelho. Uma idéia interessante. Um quarto ensangüentado. Você acha que seria uma espécie de útero? Sua mãe morreu, não é? Acha que pode ser a expressão de um desejo de retornar ao útero da sua mãe morta?

Tive um forte impulso de bater na cabeça de Seb com algum objeto pesado.

— Não, é claro que não — respondi. — É um sonho que se relaciona a um grande medo, porque ser atacada e golpeada no rosto me fez sentir muito medo.

— É possível — disse Seb, pensativo. — Você escreveu sobre isso? Está pensando em preparar algum artigo?

— Não — respondi. — Quando escrevo, é em geral sobre os sonhos de outras pessoas.

— Ótimo — ele falou. — Ótimo.

Na manhã seguinte, muito cedo, o telefone tocou. Era Oban.

— Compre um jornal.

— Como? Que jornal?

— Um desses sensacionalistas. Qualquer um, porra. — E desligou.

Cinco minutos mais tarde, depois de uma corrida até a banca ao lado da estação de metrô, uma coleção de jornais do dia estava espalhada em cima da minha mesa. O rosto familiar, um pouco ansioso e um pouco atordoado de Michael Doll olhava para Julie e para mim, em meio a uma profusão de manchetes: PRISÃO NO CASO DO ASSASSINATO DE PIPPA. "SOU INOCENTE", DIZ SUSPEITO DE TER ASSASSINADO PIPPA. O "ESTRANHO" PASSADO DO PRINCIPAL SUSPEITO DA MORTE DE PIPPA.

Pippa. Esse nome de novo. Do tamanho ideal para uma manchete. E onde estava Lianne? Quem se preocupava com ela? Folheei os jornais. Estava tudo lá. O interrogatório, um relato suspeito e detalhado do que havia sido obtido com o microfone de Colette, a libertação com base em razões descritas como "técnicas". Havia um relatório sucinto da sua vida e do seu passado: abrigos infantis, reformatório para menores infratores, pequenos delitos sexuais. Uma jovem jornalista do *Daily News* conseguira uma entrevista "exclusiva", como se houvesse algum problema em fazer com que esse homem pateticamente solitário falasse a uma mulher jovem. Aqui, pelo menos, Lianne foi mencionada. Doll vangloriava-se de ter estado a poucos passos do local do crime. Para piorar as coisas, ele tentou negar que tivesse sido considerado suspeito. Não, de modo algum, disse, ele era apenas uma testemunha importante, na verdade a única pessoa que tinha realmente visto alguma coisa. Havia uma foto dele no seu quarto, parecendo orgulhoso de si mesmo.

Aquele quarto. Havia uma descrição do quarto feita pela jornalista — uma jovem rica e inteligente que estivera cara a cara com um homem desesperado, pobre e arrasado —, o que era por si só uma forma de acusação. O artigo terminava com uma nota de advertência que parecia ter sido redigida sob a orientação de um advogado: "Não queremos insinuar que Mickey Doll esteja envolvido no crime. Ele não é suspeito. Não foi encontrada nenhuma prova que o vincule aos trágicos assassinatos de Lianne e da jovem mãe Philippa Burton. Contudo, homens como Mickey Doll, com fantasias alimentadas pela pornografia e com a sua ficha criminal, são uma evidente ameaça à comunidade, às nossas famílias, aos nossos filhos. Ao divulgar a identidade de um homem como Doll, ao publicar sua foto, ao revelar seu endereço, não estamos, é claro, incentivando que a população pratique contra ele quaisquer atos. Isso seria ilegal, ainda que compreensível, e por mais legítimas que sejam as preocupações dos cidadãos. É hora de os políticos começarem a agir."

Julie tirou-me o jornal das mãos e leu a entrevista enquanto tomava uma xícara de café e comia a sua habitual tigela matinal de frutas.

— Hmmm — fez ela ao terminar. — Esta entrevista não dá a medida exata do seu charme.

Mas, no dia seguinte, Oban contou-me, como quem não quer nada, que Doll estava hospitalizado. Um "cidadão de bem" o tinha atacado em um *pub*, ferindo-o com uma garrafa quebrada.

— Assim ele terá as suas cicatrizes também — acrescentou, com ar satisfeito. — Parece que ele perguntou por você, mas no seu lugar eu não o visitaria.

— É, talvez não seja uma boa idéia — concordei, com uma pontinha de culpa, e tirei Doll da minha cabeça.

Vinte e quatro

Dois dias depois de Doll ser atacado, voltei à casa dos Burton, não porque achasse a idéia particularmente proveitosa, mas por insistência de Oban.

— Esse cara tem alguma coisa de estranho — disse ele.

— A maioria das pessoas tem alguma coisa de estranho — retruquei.

— Ele não sofreu o bastante.

Perguntei-me o que ele queria dizer com aquilo. Jeremy Burton me parecia ter sofrido muito, tinha o rosto cansado e infeliz e fazia caretas de frustração e tormento. Havia então uma quantidade certa de sofrimento? E como medi-lo? Pensei nos milhares de pessoas que depositaram flores no local onde o corpo de Philippa tinha sido encontrado, e chorei copiosamente pela bela jovem mãe e pela filha que ela deixou. Isso era sofrimento? Não falei nada para Oban, é claro, pois ele teria apenas erguido ironicamente as sobrancelhas e mandado Seb no meu lugar.

Cheguei na casa em uma manhã de domingo, como Jeremy Burton havia pedido. A mãe de Philippa abriu a porta e conduziu-me pelo *hall* até chegarmos à ampla cozinha. Havia flores por todo lado — íris murchas, margaridas secas e numerosos vasos com lírios, cujo perfume forte e opressivo enchia a casa. Ao passar pela porta da sala, vi uma infinidade de mensagens de condolências sobre a cornija da lareira e a mesa.

Olhei pela janela da cozinha. Pai e filha estavam no jardim, sentados lado a lado em um banco de ferro batido, as costas voltadas para mim. Ele fazia palavras cruzadas e ela, inquieta, balançava as pernas para a frente e para trás. Alguma coisa fez com que ele se virasse. Cumprimentei-o com a mão, saí para o jardim e atravessei o gramado. Ele saudou-me de longe, com um movimento de cabeça. Eu receava perturbá-lo, mas ele não pareceu aborrecido por me rever.

Trocamos um aperto de mão e ele dobrou o jornal com um jeito embaraçado, mas não antes de eu perceber que ele não completara uma casa sequer. Vestia camiseta sem gola e bermuda cáqui, e ainda assim tinha uma aparência caprichada e elegante. Algumas pessoas parecem sempre respeitáveis, pensei, e outras nunca. De nada adiantaria fazer Doll tomar um banho, cortar o cabelo, fazer a barba, ir à manicure, vestir-se com uma roupa de mil libras. Ainda assim, ele continuaria com um aspecto de sujo e um tanto insípido. Seria impossível limpar o seu passado.

— Olhe — disse Emily.

Agachei-me. Ela havia colocado seus tesouros no banco, a seu lado. Havia uma pedra cinzenta redonda e uma outra branca, com arestas afiadas, um galho em forma de forquilha, uma pena, uma placa de musgo, uma pequena bola cor-de-rosa salpicada de lama, uma velha coleira para gatos, uma pazinha para sorvete, um tubo de plástico.

— Olhe — repetiu, estendendo o braço rechonchudo. Havia uma pequena concha na palma de sua mão.

— Onde encontrou isso? — perguntei.

Ela apontou para a área coberta de seixos perto da cozinha.

— É linda — comentei, e ela fechou de novo a mão. Usava um vestido leve de bolinhas e seus cabelos estavam presos atrás das orelhas por um pregador, fazendo seu rosto parecer mais fino do que na minha memória.

— É para minha mamãe — disse ela, dando importância às suas palavras. Olhei para o seu pai.

— Ela quer dizer que vai colocá-la na sepultura de Phil depois que ela for enterrada — explicou ele, estremecendo. — Foi minha sogra quem sugeriu que ela juntasse coisas para dar à mãe. Não sei se é uma boa idéia. Ela parece estar levando isso um pouco ao pé da letra demais. — Ele franziu o cenho e duas pequenas rugas apareceram acima do seu nariz.

— O que mais encontrou? — perguntei a Emily.

Ela desceu com cuidado do banco, a concha numa das mãos, e começou a reunir os tesouros com a outra.

— Venha ver — convidou.

— Você pode esperar um minuto? Preciso falar com seu pai antes.

Ela fez que sim com a cabeça. As pedras, o musgo e o tubo plástico caíram no gramado. Ela ajoelhou-se para apanhá-los. Seu pai fez um movimento para ajudá-la. Suas mãos estavam enfiadas nos bolsos da bermuda, o jornal preso embaixo do braço. Observei-o sem ser notada. Seu rosto parecia marcado pelo cansaço.

— Diga-me uma coisa, Emily, o que você acha de eu ajudá-la a levar tudo isso quando for ver o que mais você descobriu para dar à sua mãe?

— Você promete?

— Prometo.

— Não se esqueça deste. — Ela apontou o tubo plástico caído aos meus pés.

— Não vou esquecer.

Nós a observamos enquanto ela se distanciava com passinhos vacilantes.

— Ela acha que Philippa vai voltar.

— É mesmo? — Observei suas pequenas costas eretas e pernas finas desaparecerem pela porta da cozinha.

— Não quer sentar? — Ele apontou o banco.

— Obrigada.

— Café?

— Não, obrigada.

Ele também sentou-se, na outra extremidade do banco.

— Já me falaram sobre sua contribuição para o inquérito — disse.

— Bem...

— Eu a subestimei, acho.

— Como tem passado? — perguntei.

— Tudo bem.

— Tem dormido direito?

— Tenho. Bem, na verdade não. Sabe como é. Eu acordo e... — interrompeu-se.

— E a alimentação?

Ele sacudiu a cabeça.

— Falei com Tess Jarrett há alguns dias. Ela disse que Philippa parecia distraída nas últimas semanas antes da sua morte. Será verdade?

— Não, acho que não. — Esperei. — Sinto muito, é só o que posso dizer.

— Ela não parecia preocupada?

Ele baixou os olhos, como se tentasse esquecer que eu estava ali.

— Ela parecia a mesma de sempre.

— Fale-me sobre a noite anterior à sua morte. Como vocês a passaram?

Ele suspirou e começou a falar com voz monocórdia:

— Voltei do trabalho às sete. Emily já estava na cama e Philippa lia uma história para ela. Em seguida, lhe desejamos boa-noite.

— O que Philippa disse quando desejou boa-noite à filha?

— O que ela disse? — Ele olhou para mim, piscando os olhos. — Bem, não consigo lembrar. Nós descemos, servi dois cálices de vinho e caminhamos juntos pelo jardim. Fazia uma noite linda. — Sua voz estava um pouco mais firme. — Jantamos ao ar livre, ali. — Ele apontou a mesa no terraço.

— O que comeram?

— *Moussaka*. Salada verde.

— Sobre o que conversaram?

— Não me lembro. — Ele parecia aflito. — Não me lembro de nada, a não ser que em determinado momento ela me perguntou se eu achava que ela estava parecendo mais velha.

— O que respondeu?

Com um movimento rápido, ele tirou da bermuda algo que não consegui ver.

— Devo ter dito alguma coisa como o quanto ela era bonita aos meus olhos, mas não me lembro das palavras exatas.

— Então não notou nada de diferente nela, nem no relacionamento de vocês?

Ele respondeu como se estivesse acordando de um sono profundo.

— Diferente? Não sei o que está querendo descobrir. Acha que isso tem alguma coisa a ver comigo? Ou com ela? Ela não estava deprimida. Não bebia. Não usava drogas. Não andava por Kersey Town, como aquela garota...

— Lianne.

— Sim. Ela se levantava de manhã e preparava meu café. Tomava conta da casa. Cuidava de Emily. Reunia-se com as amigas. Estava feliz. Falava em voltar a trabalhar. Falava em ter mais filhos algum dia. Logo. — Sua voz falhou levemente, mas ele prosseguiu: — Então, certa manhã, depois de preparar o café e arrumar a casa, ela saiu com a filha e de repente foi assassinada. Fim da história. Isso é o que a polícia pensa, pelo menos, e também aquele outro médico que esteve aqui fazendo perguntas. Se você tiver razões para pensar de modo diferente, por favor, diga-me quais são. Preciso saber.

Levantei-me.

— Peço desculpas por perturbá-lo. — Abaixei-me e peguei a placa de musgo, as duas pedras e o tubo de plástico. — Algum problema se eu levar isso para Emily?

— Ela deve estar no seu quarto. Logo depois do primeiro lance de escada.

— Obrigada.

Ela estava organizando bichinhos de plástico em uma prateleira. Acocorei-me ao seu lado com as mãos em concha.

— Aqui estão as suas coisas.

— Os elefantes ficam com leões ou com cavalos?

— Se fosse eu, colocaria com os leões. Você quer me mostrar o que juntou para sua mãe?

Ela levantou-se e foi até a cama, de onde trouxe uma grande caixa de papelão. Um a um, colocou os objetos no chão: um vidro pequeno de geléia, uma flor de cardo, várias cartas ilustradas oferecidas como brinde por uma marca de cereais, três botões, um colar de contas de plástico, uma bola de gude, um pedaço pequeno de seda cor de laranja, papel de presente cintilante, um cachorro de porcelana lascada, uma maçã. Observei seu rosto. Ela estava completamente concentrada na sua tarefa.

— Qual é o seu preferido?

Ela apontou para a bola de gude.

— E a sua mãe teria gostado de qual?

Ela hesitou, depois indicou a seda cor de laranja.

A porta abriu-se e a mãe de Philippa espiou.

— Desculpe — ela disse, com voz firme e agradável —, mas uma amiga de Emily deve chegar a qualquer momento.

— Fiquei com a sensação de que tinha invadido a casa sob pretextos falsos.

— É claro — respondi, e coloquei com cuidado na caixa de papelão os objetos que estava segurando. — Tchau, Emily.

— E da concha — ela disse, sem levantar os olhos. — A concha é bonita. Ela gostava de coisas bonitas.

Albie telefonou. Só para dar um alô, segundo ele. Só para saber como eu estava indo. Segurei o fone com cuidado, como se ele pudesse me machucar, e esperei. Um esperou que o outro dissesse alguma coisa. Em seguida, nos despedimos educadamente.

Telefonei para meu pai, mas ele não estava. Eu queria que alguém me dissesse: "A vida pode ser dura, mas não se preocupe, minha querida, tudo vai acabar bem." Queria que alguém me abraçasse forte e afagasse meus cabelos. Queria a minha mãe. Ridículo, mas era verdade. Será que esse sentimento não me abandonaria nunca? Será que eu sentiria saudade da minha mãe pelo resto da vida, não passando um único dia sem sofrer com a sua ausência? Peguei o telefone para ligar para Will. Meu apartamento estava tão silencioso que eu podia ouvir o tique-taque do relógio, as batidas do meu coração e o ruído ocasional das folhas secas que se agitavam nas árvores do lado de fora. Mas não telefonei para ele. O que eu lhe diria? "Estou sozinha, venha até aqui e me tome nos seus braços, por favor?"

Enchi um cálice de vinho e acendi duas velas. Depois, apaguei a luz e sentei-me no sofá. Em algum lugar, um mosquito zumbiu na semi-escuridão. Começou a chover de novo e o vento suspirou nas árvores. O que eu sabia sobre ele? Nada, a não ser que abandonara um excelente emprego na City para tomar conta de um abrigo para jovens sem moradia fixa e sem nenhum tipo de proteção; que a polícia desconfiava dele e suspeitava que permitia o tráfico de drogas entre os internos; que era amargo, mal-humorado e sombrio. Eu o queria agora porque ele era tão diferente do exuberante Albie, e porque parecia um corvo, um pássaro solitário. Queria envolver-me nos farrapos da sua infelicidade e dar novo alento a nós dois.

Mas acabei não precisando procurar Will, porque ele foi me visitar. Na noite seguinte, quando já estava deitada após um dia atribulado, a campainha tocou. Enfiei rapidamente meu penhoar e olhei o relógio. Passava da meia-noite: provavelmente Julie esquecera da chave de novo. Cambaleei até a porta, ainda confusa com meus sonhos estranhos. Ele estava parado do lado de fora da porta e, ao me ver, encolheu vagamente os ombros.

— Não estava conseguindo dormir — disse ele.

Recuei para deixá-lo entrar e ele subiu as escadas na minha frente. Sentou-se no sofá e servi-lhe uma generosa dose de uísque e uma menor para mim. Eu tinha plena consciência dos meus cabelos desgrenhados e do meu penhoar vagabundo. Não conseguia pensar em uma única coisa para dizer. Ele parecia tão grande, tão estranho no meu apartamento. Como é que eu ousara beijá-lo ou sonhar com ele? Sentamo-nos e bebericamos nossos uísques. Ele não tinha sequer tirado o casaco, e contemplava o interior do seu copo como se contivesse alguma resposta.

Por fim, dei o primeiro passo, porque não conseguia continuar assim, sentada na penumbra e em profundo silêncio. Aproximei-me dele e inclinei o corpo. Não o beijei: isso teria parecido intimidade excessiva. Desabotoei o seu casaco, depois a sua camisa e ele apoiou as costas, o torso claro visível na penumbra, os olhos fechados, enquanto eu o tocava com mãos hesitantes e o observava. Ele segurou meu rosto cegamente entre as mãos e eu sentei-me na sua frente, sobre seus joelhos. Abri meu penhoar e apertei sua cabeça contra meu peito, para que ele ouvisse o martelar do meu coração.

— Você devia tomar cuidado — murmurou.

Não entendi o que ele quis dizer, mas não importava. Éramos apenas estranhos em busca de consolo. Do lado de fora, o vento jogava a chuva em ondas contra a janela.

Vinte e cinco

Assim que o telefone tocou, senti que era a hora errada. Estava escuro do lado de fora. Minhas pálpebras pareciam coladas. Por quanto tempo eu dormira? Estava na minha própria cama, mas a sensação era estranha. Eu não estava deitada no centro, na minha posição habitual, estava no lado, no lado de Albie. Ao estender o braço, percebi como um aperto no estômago que estava sozinha. Will tinha ido embora.

— Alô! — foi tudo o que consegui dizer.

— Kit?

— Quem está falando?

— Furth. Você está bem?

— O quê? — perguntei tolamente. — Desculpe-me, é que você me acordou.

— Um carro vai passar aí para pegá-la. Já está a caminho. Você consegue aprontar-se a tempo?

— Para quê?

— O chefe disse que espera por você no hospital.

— Que hospital?

Silêncio.

— O que importa que hospital?

— Não sei. O que aconteceu?

— Não tenho tempo agora. Ficará sabendo quando chegar lá. Consegue se aprontar? Ou devo dizer que não pode ir?

Meu cérebro estava começando a reviver, agora, ainda que lentamente, como um lagarto deitado sobre uma pedra no sol da manhã. Eu já tinha condições de raciocinar. Por exemplo, sentia que Furth esperava que eu resmungasse que estava cansada demais e batesse o telefone.

— Nenhum problema — respondi. — Onde nos encontramos?

— O motorista sabe — respondeu Furth, antes de desligar.

O carro estava a caminho. Só me restavam alguns minutos. Corri para o chuveiro, abri a água fria e me permiti pensar em Will, no modo como tínhamos abraçado um ao outro como dois nadadores prestes a se afogar. Qual deles estava levando o outro para o fundo? Que droga tudo aquilo tinha representado? Por que ele tinha ido embora daquele jeito, como um ladrão? Abri a torneira quente do chuveiro até a água quase queimar minha pele. Pensei no seu rosto no momento em que gozou dentro de mim, quase como um soluço, e na intimidade da qual por tanto tempo me privara. Em seguida eu também tinha gozado, só de ver sua expressão, tinha certeza. Ele havia me abraçado tão forte que cheguei a ter medo, e agora ele se fora. Por quê? Tudo bem, pensei. Tudo bem o quê?

Sequei-me rapidamente e comecei a me vestir. Eu acabava de abotoar minha blusa quando Julie entrou, nua. Ela parecia nunca ter assistido àqueles filmes em que a atriz salta da cama e no mesmo instante se enrola em uma toalha. Eu me perguntava se ela fazia isso para mostrar que tinha seios irritantemente opulentos para um corpo tão magro, mas na verdade eu sabia que ela não era esse tipo de pessoa. Ela nem se dava conta do que estava fazendo, o que para mim era ainda mais surpreendente.

— O que está acontecendo? — perguntou ela. — A casa está pegando fogo?

— Trabalho — eu disse. — Parece que aconteceu alguma coisa. Não sei o quê.

— Meu Deus! — exclamou. — Deve ser mesmo importante.

— Não sei. Alguém telefonou, só isso. — Eu ainda não me sentia acordada o suficiente para formular frases complexas.

— Quer café?

— Acho que não dá tempo. Mandaram um carro me apanhar.

Julie sorriu.

— Ouvi que você teve companhia.

— Quem lhe contou?

— Eu *ouvi*, já lhe disse. Pela parede.

— Oh, Julie, pelo amor de Deus.

— Não, não — ela disse. — Eu não podia fazer nada. São essas paredes. Parecem de papel.

Senti meu rosto ficar vermelho.

— Que vergonha! Sinto muito se não a deixei dormir. Pensei que você tivesse saído.

— Bem, saí mas voltei. Mas não precisa se desculpar, fiquei contente. Você merecia se divertir um pouco.

— Eu não estava exatamente me divertindo — repliquei, sentindo-me, de uma certa maneira, como uma parente pudica e idosa de Julie.

— É verdade? — ela perguntou, agora com ar de preocupação. — Bem, parecia que você estava se divertindo. Quem era o cara?

Respirei fundo.

— Era Will. Você conhece, Will Pavic.

— Meu Deus — exclamou. — É incrível. É fantástico, quero dizer. Meu Deus. Ele está acordado?

— Não. Não sei. Na verdade, ele foi embora.

— Embora? Tudo bem. Will Pavic. É incrível. Quando você voltar, quero que me conte tudo em detalhes.

— Julie! Em primeiro lugar, não vou contar nada em detalhes. Em segundo, tenho a impressão de que você já sabe tudo. — A campainha da porta tocou. No silêncio das duas e meia da madrugada, o ruído soava como um alarme de incêndio. — E em terceiro, preciso ir.

Enquanto eu saía, Julie ainda disse:

— Will Pavic. É fantástico. Mas ele não é um pouco estranho?

Apenas sacudi a cabeça e fui embora. O carro parado na rua parecia um pequeno táxi. Um homem de terno mantinha a porta da frente aberta.

— Dra. Quinn? — perguntou.

— Sim. Vamos encontrar o detetive Oban?

— Não sei de nada. Vou apenas levá-la até o St. Edmund's.

— Tudo bem.

Quando partimos, perguntei-lhe se sabia o que estava acontecendo. Quando ele respondeu que não, fiquei em silêncio, apenas olhando pela janela. Estávamos no meio da noite, mas Londres realmente parecia não sossegar jamais. Havia furgões descarregando jornais, alguns carros, pessoas andando com passo decidido, os retardatários de ontem misturados aos madrugadores de amanhã. Senti que meu pulso começava a acelerar. Passei e repassei várias alternativas na minha cabeça. Mais um assassinato. Uma prisão. O que mais poderia ser tão importante para justificar tudo isso?

— A senhora é médica mesmo? — o motorista perguntou.

— Mais ou menos.

— Conhece alguém nesse hospital?

— Não a esta hora da noite.

O carro parou na frente da entrada de emergência do St. Edmund's. Um oficial uniformizado estava na porta, servindo de porteiro. Quando saí do carro ele murmurou alguma coisa com a boca colada ao rádio preso na sua lapela. A resposta soou rouca e ininteligível.

— Sou Kit Quinn — apresentei-me.

— Eu sei. Vou acompanhá-la.

Minha impressão era de ter vivido grande parte de minha vida em lugares que jamais fecham completamente — aeroportos, delegacias de polícia, hospitais — e gosto deles por causa do seu tumulto um pouco triste que continua mesmo quando a noite cai e os cidadãos decentes dormem. Havia ambulâncias do lado de fora, um médico e uma enfermeira passaram correndo por mim, gritos vinham de todas as direções. Uma jovem pálida de casaco branco estava sentada em um canto bebendo café e comendo um sanduíche de péssima aparência enquanto alguém tentava preencher um formulário. Muita gente trabalhava. O oficial acompanhou-me por todo o trajeto, subimos uma escada e seguimos por um corredor. De uma distância de uns cinqüenta metros pude ver Oban sentado em um banco. Ele me viu também, cedo demais, por isso tivemos que enfrentar um constrangedor hiato em que estávamos longe demais para nos falar, e ele então me fez um aceno com a cabeça, depois fingiu examinar as unhas como se tivesse descoberto algo fascinante nelas, e por fim levantou de novo os olhos para mim.

Eu estava extremamente curiosa pela sua expressão. Estava triste? Triunfante? Eu não conseguia decifrar. Ele parecia um parente inquieto à espera de notícias, um futuro papai ansioso e preocupado. E estava em estado deplorável. A roupa amarrotada, a barba por fazer, o rosto descorado pela fadiga.

— Obrigado por ter vindo, Kit.

— E então? O que houve? Mais um assassinato?

— Não — respondeu e, com evidente esforço, tentou sorrir. — Acho que ganhei nossa aposta. Se é que fizemos uma aposta. Eu gostaria de me sentir melhor com isso.

— Que aposta?

— Acho que falei alguma coisa sobre nosso assassino estar percorrendo Londres de carro e que ele atacaria de novo quando tivesse oportunidade. Você não ficou muito convencida. Agora ele atacou de novo. Pelo menos, tentou.

— Do que está falando? Quem está aqui?

— A sra. ou srta. Bryony Teale. Trinta e quatro anos.

— Ela está muito machucada?

— Não fisicamente. Pedi que um médico viesse falar com você.

— O que aconteceu?

— Bryony Teale estava caminhando ao longo do canal ontem de noite, essa maluca. As pessoas agem como se estivessem na margem de um rio de interior. Ela foi abordada e atacada por um homem. Mas de repente apareceram duas pessoas na frente deles. O homem correu. Ouviu-se o barulho de um carro que fugia em disparada.

Eu estava calada, pensando freneticamente.

— Tem certeza de que há uma relação?

— Estamos trabalhando nesse sentido. Foi no mesmo local, a menos de um metro de onde foi encontrado o corpo de Lianne. É quase impossível duvidar que haja uma ligação.

— Que inferno! E havia testemunhas?

— Duas.

— Fizeram uma descrição do carro?

Oban sacudiu a cabeça, desanimado.

— Isso teria sido fácil demais, não acha? Eles estavam ajudando Bryony. A coitada estava em estado lamentável.

— Ela disse alguma coisa?

— Ainda não. Está em estado de choque. Quase não consegue falar.

— Então o que estou fazendo aqui?

— Quero que fale com ela. Agora, mais tarde, quando ela puder falar. Quero ver o que você consegue tirar dela. Hipnotize-a, ponha uma luz bem forte nos olhos dela, balance um objeto na sua frente, qualquer coisa, mas descubra o que ela sabe.

— É claro. Mas e Seb?

— Não é o tipo de trabalho para ele. Não se preocupe. Eu tomo conta de Seb. E, de todo modo, é melhor que seja uma mulher.

— Dra. Quinn?

Olhei para o lado. Havia um médico perto de mim. Tinha mais ou menos a minha idade, uma calvície incipiente, estava muito pálido e sua expressão era levemente hostil. Aqui estávamos nós, tomando seu espaço, seu tempo. Ele tinha o aspecto de alguém que precisava estar em outros dois lugares ao mesmo tempo.

— Sim?

— Sou o dr. Steen. Aparentemente a senhora quer saber sobre Bryony Teale. — Ele olhou para a sua prancheta. — Ela não é paciente minha, mas examinei a sua ficha. Nenhum ferimento, exceto algumas equimoses superficiais. Está em estado de choque, o que é compreensível. O dr. Lander acaba de ministrar os procedimentos habituais: reidratação, aquecimento, etc. E deixou-a em observação. Ela deverá estar bem de manhã.

— Ela tem família? Alguém foi avisado?

Steen encolheu os ombros.

— Ela não é paciente minha — disse. — Sinto muito.

— Posso falar com ela?

Ele examinou de novo a prancheta, com ar de impotência, como se esperasse que ela lhe dissesse alguma coisa. Mas a prancheta permaneceu estática.

— Não sei — respondeu. — Talvez não seja uma boa idéia.

— Tudo bem. — Estou acostumada a pacientes desse tipo. Não vou insistir.

— Ok. Tem uma enfermeira lá, acho. Preciso correr.

E saiu apressadamente.

— Então? — perguntei. — Devo entrar e vê-la?

— Não sei se vale a pena — disse Oban.

Minha mão já estava no trinco da porta, mas parei.

— Não estou entendendo — eu disse. — Pelo menos podemos ter um avanço positivo na investigação. Temos testemunhas. Ninguém morreu. Por que está tão desanimado?

— Não estou desanimado — respondeu Oban. — Apenas confuso. E não gosto disso.

— O que está querendo dizer?

— Tem uma coisa que não mencionei.

— O que?

— As duas testemunhas, as que salvaram Bryony.

— Sim?

— Uma delas era Mickey Doll.

Vinte e seis

Eu gostaria de ter visto a minha cara.

— Doll? — perguntei tolamente. — Doll? — Oban olhou-me com ar lúgubre e balançou a cabeça. — Ele foi testemunha *de novo*?

— É isso mesmo.

— Mas é... — Parei. Não sabia o que dizer nem o que pensar.

— É.

— Mas por quê?

— É o que estou tentando descobrir.

Seguiu-se um longo silêncio. Eu não tinha condições de me mover, de falar, de pensar.

— Bem — consegui articular por fim —, é melhor eu falar com essa mulher.

A primeira coisa que me chocou foram os seus cabelos, longos e da cor de damasco maduro. A segunda foram as mãos, com os punhos cerrados sobre o lençol que a cobria. Aproximei-me da cama, escoltada pela enfermeira de plantão, uma mulher enorme que balançava o corpo ao caminhar como se estivesse em um navio sacudido pelas ondas, os sapatos rangendo sobre o linóleo gasto.

— Não vá deixá-la angustiada agora — ela disse, ao mesmo tempo em que erguia um dos finos pulsos da mulher e o segurava entre seus enormes dedos por um minuto, a cabeça inclinada para o lado, como se o auscultasse. Depois afastou-se, os sapatos ainda rangendo, e a porta fechou-se atrás dela com um clique.

— Olá, Bryony — eu disse. Ela levantou os olhos para mim, como se não conseguisse distinguir meu rosto. Suas pupilas estavam dilatadas. Puxei uma cadeira de metal e sentei-me, percebendo então que eu estava usando meias diferentes. — Meu nome é Kit.

— Olá — murmurou ela, tentando com enorme esforço levantar o corpo, o que fez os seus cabelos claros caírem sobre as suas faces. Ela tinha um rosto marcante, levemente achatado, com maçãs do rosto proeminentes e queixo firme. Seus olhos eram de um castanho-escuro quase dourado.

— Você passou por um choque muito grande — continuei —, mas está em total segurança agora. Não precisa mais ter medo. Estamos combinadas?

Ela balançou a cabeça e deu um leve sorriso.

— Peço desculpas por estar tão fraca.

Sorri para ela também.

— Não precisa se desculpar. Precisa de alguma coisa? Quer um chá? Algo para comer?

— Não.

— Olhe, está começando a clarear. — Apontei para a pequena janela. Do lado de fora, a escuridão se dissipava. — A noite está quase acabando.

— Quero ir para a minha casa.

— Tenho certeza de que poderá sair em breve. Onde é a sua casa?

— A minha casa — ela repetiu vagamente e levou uma das mãos à cabeça. — Por que me sinto tão estranha?

— Você passou por uma experiência traumática. É normal que se sinta estranha.

— Como as pessoas depois de um terremoto?

— Isso mesmo.

— Mas não sou de ficar impressionada. — Ela passeou os dedos pelo rosto, como se acompanhasse os seus traços para lembrar-se de quem era. — O que aconteceu?

— Não se lembra? — Oban ficaria com um ar ainda mais soturno quando eu lhe contasse isso.

— Lembro-me de alguma coisa, mas está tudo muito nebuloso. Diga-me o que aconteceu. Por favor. — Ela inclinou-se à frente e tocou delicadamente as costas de minha mão.

Pensei nos confusos e vagos segundos passados na delegacia de Stretton Green, a sensação quente do sangue no meu rosto.

— Você foi atacada perto do canal ontem, tarde da noite. Mas teve sorte. Dois homens vieram em sua ajuda. O atacante fugiu. É claro que tudo o que conseguir lembrar será útil, mas não force nada. Deixe as suas lembranças voltarem ao natural, não tente bloqueá-las.

Ela fez um sinal positivo com a cabeça e sentou-se melhor, esticando o lençol ao seu redor.

— Minha cabeça está doendo — disse —, e estou com sede. Pode me dar um copo d'água?

Enchi um copo plástico com a água do jarro que estava em cima do armário metálico ao lado da cama e entreguei-o a Bryony. Quando pegou o copo, a sua mão tremeu violentamente; algumas gotas respingaram no lençol e ela precisou usar a outra mão para ajudar a segurá-lo.

— Obrigada — disse. — Meu Deus, como estou cansada. Estou tão cansada. Gabriel vai chegar logo?

— Gabriel?

— Meu marido.

— Tenho certeza de que a polícia o avisou.

— Que bom. — Ela recostou-se e os seus cabelos se espalharam no travesseiro.

— Antes de descansar, Bryony, poderia falar-me sobre o que consegue lembrar?

— Eu me lembro... eu me lembro de um vulto na escuridão. Saindo da escuridão. — Ela fechou os olhos. — E de alguém gritando. — Abriu de novo os olhos de repente. — Não posso — disse. — Por favor. Pelo menos não agora. Está tudo muito confuso. Quando tento lembrar de alguma coisa, a imagem logo me escapa. É como se eu tentasse lembrar de um sonho. Um sonho terrível, terrível.

— Não se preocupe. Vá com calma. Reconheceu a pessoa que a atacou?

— Não! Não, tenho certeza de que me lembraria, certo? Ou não?

— E o que me diz dos homens que tentaram socorrê-la? — perguntei com a voz mais neutra que consegui.

— O quê? — ela piscou e passou a mão no rosto de novo.

— Já tinha visto esses dois homens antes?

— Visto? Não sei. Não sei. Quem eram eles? Espere um minuto, espere um minuto.

Levantei-me e fui até a pequena janela, através da qual o dia raiava. Olhei para o quarto situado bem à minha frente. Vi uma cama vazia, um armário metálico, um telefone sobre uma mesa com rodinhas, tudo exatamente igual ao quarto de Bryony. Minha cabeça fervilhava. Que diabo de coisa Doll andava fazendo naquele lugar? Eu teria que falar com ele, também. Porém mais tarde. Minha boca estava seca por causa do uísque da noite anterior, meus olhos doíam. Eu precisava de cafeína.

— Não sei — disse ela por fim. — Sinto muito.

Virei-me para ela. Seus olhos fixaram-se em mim, esperando que eu falasse.

— Bryony — eu disse. — É muito importante, caso se lembre de alguma coisa, de qualquer coisa, de qualquer detalhe, por mais irrelevante que possa parecer, que conte para alguém. Para a polícia. Para mim. Para alguém. Estamos entendidas?

Ela balançou a cabeça. Naquele momento, a porta se abriu e Oban enfiou a cabeça pela fresta.

— Sra. Teale — ele disse —, a senhora tem visita. Seu marido está subindo.

— Vou deixá-la agora, Bryony, mas voltarei para vê-la mais tarde, se me permitir — eu disse, encaminhando-me para a porta onde Oban esperava por mim, com as espessas sobrancelhas franzidas pela ansiedade. Ela fez um sinal com a cabeça para demonstrar sua concordância e semicerrou os olhos.

— E então? — Oban sussurrou no meu ouvido, tão logo saímos para o corredor.

— Ela não se lembra de muita coisa.

— Que merda — disse ele. E depois: — Merda, merda, merda.

— Mas vai se lembrar — repliquei. — Ela acaba de passar por um grande choque. É preciso que você lhe dê algum tempo.

— Tempo, você diz. Tempo é o que não quero lhe dar. E se ele atacar de novo?

Um homem alto cruzou nossa frente com passadas largas. O marido, imaginei. Ele tinha nariz reto, cabelos escuros e sobrancelhas grossas, e fez-me lembrar do retrato de um imperador romano em um dos livros de minha infância.

— Quer que eu fale com ela mais tarde? — perguntei a Oban.

— Faria isso?

— É claro. E, como você mesmo disse, é melhor que seja uma mulher a falar com ela, tendo em vista o que acaba de acontecer.

— Está certo — concordou.

— E Doll? Devo vê-lo?

— Merda — disse ele mais uma vez. — Não sei. Ele está na delegacia, agora, prestando depoimento.

— Então ele definitivamente não foi o agressor? — perguntei, com cautela.

— Por amor de Deus, Kit, espere algumas horas para me fazer suas perguntas. A outra testemunha também está lá. Um cara de bom senso, finalmente.

— Um homem de terno com um telefone celular, você quer dizer.

— Sim, tudo isso. De qualquer forma, estou voltando para lá agora e talvez descubra mais alguma coisa — ele resmungou, contrariado. — Talvez, entenda bem.

— Certo. Telefone, por favor. Para o meu celular. Pode ser que eu saia.

— Combinado. Obrigado. — Sua voz demonstrava preocupação. Eu quase podia ouvir os seus pensamentos girarem e girarem dentro de seu cérebro, como uma roda que patina na lama. A seguir ele disse: — Sabe o que realmente me deixa irritado?

— O quê?

— Temos três testemunhas, se incluirmos o maldito Mickey Doll. A primeira é uma menina que acaba de perder a mãe. A segunda está em estado de choque. A terceira é esse cara devasso e esquisito que não consegue concatenar três idéias e que é suspeito, de qualquer forma, ou seria, se isso fosse possível. Preciso de um descanso.

— Tenha calma. Talvez você só precisa de um descanso agora.

— Talvez.

— Nos falamos mais tarde, então.

Um carro da polícia levou-me de volta para casa, de manhãzinha. O tráfego já estava intenso. As calçadas molhadas brilhavam com o sol fraco do amanhecer. As portas metálicas das bancas de jornal começavam a ser levantadas. Quitandeiros asiáticos organizavam pirâmides de laranjas e cestinhas de ameixas do lado de fora de suas lojas. Um caminhão de lixo avançava lentamente, recolhendo os sacos que tinham sido deixados na beira da calçada. Recostei-me no banco do carro e observei Londres desfilar diante de mim. Pensei em Will, no seu rosto crispado sob a luz das velas, e em Bryony Teale com seus cabelos cor de damasco, seu sorriso e suas mãos trêmulas. Imaginei Bryony ao lado de Lianne e Philippa. Toquei minha cicatriz. Bem-vinda ao clube, pensei comigo mesma. Depois, tentei simplesmente não pensar em nada.

Vinte e sete

Julie ainda estava deitada. Eu podia ouvi-la virar-se no divã, no cômodo que muito tempo atrás tinha sido o meu escritório. Liguei a chaleira elétrica e botei várias colheres de grãos de café no moedor. Cobri-o com um guardanapo antes de fazê-lo funcionar, embora continuasse a ouvir Julie ressonar do outro lado da parede. Botei o nariz perto do café e inalei profundamente. Na geladeira, descobri uma nectarina, que cortei em quatro pedaços e arrumei em um prato, e um potinho de iogurte. Bebi devagar o café forte e cheiroso, entre pequenas bocadas de minha doce e suculenta nectarina e colheradas do iogurte cremoso. Sete horas.

Eu precisava organizar um encontro com Doll e talvez com a outra testemunha também. Precisava visitar Bryony Teale. E queria ver Will. Levantei a mão e toquei meu pescoço, minha face. Senti minha pele suave e macia. Fechei os olhos e deixei que o seu rosto invadisse a minha mente. No entanto, ele talvez não quisesse me ver de novo. Talvez tudo não passasse disso: algumas horas no meio de uma noite insone.

Julie entrou cambaleando, vestida com uma camisa de homem estranhamente parecida com uma de Albie. Onde ela a teria encontrado?

— Oi — disse ela com ar vago e encaminhou-se para a geladeira. Encheu um copo de leite e tomou-o de um gole só. Depois virou-se para mim, com um bigode branco no lábio superior.

— Está tudo bem?

— Sim. Acho que sim.

— Acabou a emergência?

— Por enquanto.

— Ótimo. Quer uma torrada?

— Não, obrigada.

Aproximei-me da janela e olhei a rua, como se ele fosse aparecer.

— Eu gostaria... — Parei.

— Sim? Fale.

Eu tinha o número do seu telefone de casa. Por que não? Liguei para ele. Vários toques soaram antes de ele atender. O telefone foi tirado do gancho e ouvi depois um cumprimento abafado, que soou como "Unngh".

— Sou eu — falei. — Kit.

Mais um ruído ininteligível, seguido de silêncio. Organizando os pensamentos, sem dúvida.

— Acordou agora? — perguntou ele.

— Acabo de chegar — respondi.

— Como assim?

— Mandaram me chamar.

— Ah é? — Mais um silêncio. — Quer tomar café?

— Agora?

— Que horas são? — Ouvi-o remexer nas suas coisas e resmungar: — Às oito?

— Na sua casa?

— Para falar a verdade, não como muito em casa.

Eu estava desapontada. Queria conhecer o lugar onde ele vivia. As pessoas dizem que ficamos mais fortes no nosso próprio território. Isso não é verdade. Nosso próprio território é o lugar onde ficamos mais vulneráveis. Podemos bancar o turista em qualquer outro lugar, mas o lugar onde dormimos sempre fará revelações sobre nós. Às vezes tenho dificuldade em imaginar Will Pavic morando em algum lugar. Ele me disse como chegar ao local que descreveu como "um café básico", onde costumava parar a caminho do trabalho. Desliguei o telefone. Quantas horas eu teria dormido? Uma. Talvez duas. Eu tinha a sensação de que uma pequena criatura dentro de minha cabeça espetava o fundo de meu globo ocular com a ponta de agulhas levemente aquecidas. Fui para o banheiro, enchi a pia com água fria, enfiei nela o rosto e deixei-o submerso o tempo que consegui agüentar. Olhei-me no espelho, o rosto escorrendo. A noite anterior realmente acontecera? Minha mente estava confusa, e eu só conseguia lembrar-me de trechos de diferentes cenas simultâneas, como em um sonho. Aquele rosto, o meu rosto, era a maior prova de que algo tinha ocorrido. Pálido, olhos fundos — que imagem!

O Andy's Café estava cheio de fumaça e de gente com pesadas japonas de trabalho e botas com ferragem na sola. Will acenou para mim de uma mesa bem no fundo. Sentei-me na frente dele e não nos tocamos.

— Pedi um prato básico de fritura — ele disse. — Peço o que para você?

— Um café, apenas.

— Não recomendo o café daqui.

— Chá, então.

— E para comer?

— Comi alguma coisa quando cheguei em casa.

A comida de Will chegou, amontoada em um grande prato oval, acompanhada de duas canecas de chá extremamente escuro. Ele encheu o garfo com pedaços de ovo frito, *bacon* e tomate.

— Preciso me desculpar — ele disse, antes de encher a boca.

— Pelo quê?

Ele precisou mastigar e engolir durante um longo tempo antes de ter condições de falar. Depois tomou um gole de chá.

— Por ter ido embora daquele jeito — disse. — Eu não durmo. Fico agitado. Foi melhor ir embora.

Não falei nada e Will continuou a comer. Ele não olhava para mim.

— Não precisa se desculpar — eu disse. — Prefiro que seja franco comigo. Estou cansada de ser enganada pelas pessoas. Ou talvez seja só cansaço mesmo.

Will estava limpando o resto de gema do prato com um pedaço de pão. Era quase mais do que eu conseguia suportar a essa hora da manhã. Ele enfiou o pão na boca e mastigou-o vigorosamente. A seguir, limpou os lábios com um guardanapo de papel. Levantou os olhos e fixou-os em mim. De repente, percebi como isso era raro. Ele estava sempre olhando para algum outro lado, por cima dos meus ombros. Eu o vira nu, tinha ido para a cama com ele e, contudo, quase não o olhara nos olhos. Ele era alguns anos mais velho do que eu, estava com uns quarenta, talvez, porém parecia mais velho. Seus cabelos começavam a ficar grisalhos e o rosto não era tanto enrugado quanto vincado acima dos ossos da face muito salientes. Mas seus olhos eram cor de cinza e muito límpidos, como os de uma criança.

— Não foi só isso — ele falou, levemente ruborizado. — Observei você enquanto dormia. Tirei o cabelo do seu rosto. Você tem o sono pesado. — Ele sorriu de leve. — Achei você muito bonita.

— Veja bem, você não precisa... sei que eu não...

— Fique calada e ouça. O que eu estava tentando dizer é que você parecia diferente. Foi a primeira vez que vi você sem um ar triste, ansioso, ou... — Ele hesitou e depois concluiu: — Ou esperançoso demais.

— Esperançoso? — repeti. — Bem... — Isso fez com que eu me sentisse péssima, como um cachorro que espera receber um pontapé.

— Achei você um pouco triste, mesmo quando aproximou-se de mim e me beijou. Mas depois, enquanto dormia e não sabia que havia alguém ao seu lado, você me pareceu muito jovem e tranqüila.

Tomei o último gole de chá. Pareceu-me ainda mais escuro e mais amargo do que no início.

— Além disso — continuou Will —, tive a súbita sensação de que a melhor coisa que eu podia fazer era não ficar à sua volta.

— Não preciso que me protejam — repliquei. — Posso decidir por conta própria o que é bom para mim. E, de qualquer forma, acho que você talvez seja uma pessoa feliz, à sua maneira. Sobretudo levando em conta o número de pessoas que o odeiam. É assombroso. Eu diria que parte de seu trabalho consiste em estabelecer um bom relacionamento com a polícia e com o serviço social.

— Não tenho um trabalho — Will disse, franzindo o cenho. — E quanto aos jovens, apenas tento proteger muitos deles da polícia e do serviço social.

— Você fala como se esse pessoal quisesse pegar você.

— E quer mesmo.

— Ouvi algumas pessoas falarem sobre compra e venda de drogas nas instalações de seu Centro. Dizem que vão acusálo de conspiração. Você pode pegar dez anos de cana.

— Que se fodam — disse, em tom de desdém.

— Bem, você realmente permite isso?

Ele apenas resmungou.

— Não estou conectado, você sabe.

Ele levantou os ombros.

— Você viu o local. É claro que mantemos os traficantes do lado de fora, ou pelo menos tentamos. Mas é uma questão de cultura. Estamos tentando ajudar essas pessoas. É tudo muito complicado e confuso. Não é como ler um trabalho em um seminário.

— Sabe o que acho?

De repente, suas feições relaxaram e ele pareceu até estar de bom humor.

— Não, Kit. Não sei o que você acha.

— Acho que um pedaço de você gostaria de ser preso e mandado para a prisão, apenas para confirmar a sua opinião sobre o mundo.

— Não estou interessado em gestos.

— Depende de se você considera o martírio um gesto.

Olhei para ele, sem saber se teria um acesso de raiva ou se daria sua risada sarcástica. Ele próprio parecia inseguro.

— Talvez seja lisonjeiro ser odiado — disse por fim.

— Acho que essa pode ser uma das definições de paranóia — respondi. — Talvez a idéia de que todo mundo esteja atrás de você seja melhor do que o medo de ser apenas ignorado.

— Mas você acabou de dizer que todo mundo *estava* atrás de mim.

— É mesmo. Eu tinha esquecido. Você algum dia vai me convidar para ir à sua casa?

— Por que esta pergunta?

— Você falou que não consegue dormir em ambientes que não lhe sejam familiares. Estou curiosa para ver como você se sai na sua própria cama.

Ele consultou o relógio.

— Eu convidaria você agora, mas já são vinte para as nove. Tem gente me esperando.

— Eu não disse que precisava ser agora.

Nunca o vi tão constrangido como naquele momento.

— É claro — disse. — Quando você quiser.

— Que tal hoje de noite?

— É uma possibilidade — respondeu. — Preciso apenas preveni-la, entre tantas outras coisas, de que é um lugar muito austero. Falta um toque feminino, acho.

— Fico contente de ouvir isso.

De repente, sua expressão ficou mais sombria.

— Não espere muito de mim, Kit — disse, voltando ao seu habitual tom frio.

Soltei um suspiro.

— Não acho que espero nada muito especial — repliquei, e dei um enorme bocejo.

— Cansada?

— Acho que o dia hoje vai ser muito puxado.

— O que aconteceu ontem de noite?

Recostei-me na cadeira e olhei para ele.

— Você quer realmente saber? Não foi nada de muito interessante.

— Quero saber, sim.

Pedi então mais dois chás para nós e fiz um resumo da minha noite no hospital.

— E o que vai fazer agora? — perguntou quando acabei.

— Ela estava profundamente abalada quando a vi. Voltarei a conversar com ela nos próximos dias para ver se consigo descobrir alguma coisa.

— Passear à margem do canal depois da meia-noite — disse Will com ar de espanto. — Francamente!

— Você quer dizer que ela estava pedindo que tudo aquilo acontecesse.

— Quero dizer que ela é uma perfeita idiota. — Ele tomou um gole de seu chá. — Como se chama o marido?

Pensei por um momento, tentando dissipar o emaranhado de idéias dentro de meu cérebro.

— Gabriel — respondi. Aquele sorriso sarcástico de novo. — Você o conhece?

— Sei quem ele é.

— E quem ele é?

— Você não ouviu falar de um teatro que abriu em um dos armazéns ao lado da via férrea? The Sugarhouse ou algo parecido. Você sabe, artistas húngaros que representam usando pernas de pau, e coisas do gênero. É dele.

— Acho que já ouvi falar.

— Subvenções do governo. Revitalização da comunidade. Teria sido melhor ele dedicar-se a Islington*, que fica a dois passos dali, e sua mulher não teria sido atacada.

— Revitalização da comunidade faz parte do seu trabalho, não é mesmo?

Will não respondeu, mas percorreu com o dedo a borda da xícara. Depois olhou para mim.

— Você está fazendo o quê? — perguntou.

— Não entendi a pergunta.

— Perguntei o que está fazendo. Está tentando melhorar o nível do pessoal ou acha que consegue pegar o assassino por conta própria?

— Sou conselheira, só isso — respondi, constrangida.

— Não precisa me convencer — disse ele. — O que você sabe? Pelo que vejo, alguém anda por aí, de carro, atacando mulheres. É gente perigosa, que precisa ser apanhada. Tudo isso está muito claro. Não entendo o que você está fazendo. Ou por quê. Por que se envolve tanto. Não entendo o que está procurando. — Com o dedo, ele acompanhou a cicatriz no meu rosto. Senti um arrepio. — Você já foi atacada uma vez. Não basta?

Segurei sua mão.

— Pare com isso — falei. — Eu deveria apresentá-lo a alguns detetives. Todos vocês parecem ter a mesma idéia sobre as minhas intenções. Enquanto isso, preciso fazer uma parte desse trabalho inútil.

---

*Bairro "descolado" de Londres, freqüentado por amantes de teatros e galerias de arte alternativos. (*N. da T.*)

— Eu não disse que era inútil. Disse que não entendo.

Inclinei-me por sobre a mesa e beijei-o.

— O problema — eu disse — é que só no fim, quando é tarde demais, a gente fica sabendo se o que fez valeu a pena. A gente se vê.

— Esta noite?

— Você está realmente a fim?

— Quer que eu me ponha de joelhos?

Passei os olhos pelo café.

— Não aqui. Veja bem, estou cheia de esperança, como você mesmo falou. Estou dizendo que quero encontrá-lo de novo, hoje à noite, na sua casa. Mas você quer isso também?

— Quero — respondeu, com voz tão baixa que pareceu-me quase um sussurro. — Quero sim.

Olhamos nos olhos um do outro.

Quando saí, ele continuava na mesa do café, com seu prato engordurado, seu chá frio e o rosto inflexível. Dentro de doze horas estaria de novo nos meus braços.

Vinte e oito

Enfim, pensei, uma testemunha franca, que dizia o que pen sava, que se interessava pelos fatos e por nada mais, que viu o que havia para ser visto e que jamais deixou que a fantasia confundisse a sua opinião. Ele apertou a minha mão com força e limpou a garganta como uma introdução ao que tinha a dizer. Meus olhos queimavam dentro das órbitas. A grande quantidade de café e de chá forte que eu bebera naquela manhã tinha intoxicado o meu organismo.

— Dra. Quinn — apresentei-me.

— Sou Terence Mack. Mas todos me chamam de Terry.

— O senhor tem o hábito de passear ao longo do canal depois da meia-noite? — perguntei.

Ele olhou-me com descaso.

— Não vejo por que alguém como eu deveria se preocupar com isso.

Eu não tinha como discordar. Ele era forte, compacto, cheio de vitalidade, tinha pulsos e nós dos dedos peludos e orelhas com lóbulos longos. Seu terno cinza-escuro estava um pouco apertado na cintura, e sobre a camisa branca usava uma gravata listrada de vermelho e preto, que fazia minha cabeça doer ainda mais. Ele também devia ter ficado acordado grande parte da noite, mas não parecia nem um pouco cansado. Mantinha-se ereto, o olhar vivo e alerta.

Mas foi um peso morto para a investigação. Como a maioria das testemunhas, só percebera que havia alguma coisa estranha acontecendo depois do fato consumado. Ele prestou depoimento na minha frente. Depoimento curto e preciso; ele tinha inclusive anotado a hora exata do ataque — 1h19 da madrugada — segundo seu relógio, que estava certo, não havia dúvida. Segundo contou, estava caminhando à margem do canal porque tinha saído de uma reunião com clientes de Cingapura no Hotel Perham, perto dali, e não havia conseguido táxi. Aquele era o caminho mais curto até um cruzamento movimentado perto da estação de metrô de Kersey Town, onde ele sabia que havia um ponto de táxi.

— Eu estava saindo do túnel — contou. — Tem luz lá dentro, e por isso, quando saí para a escuridão, por um momento não consegui ver nada. A senhora sabe como é. — Concordei balançando a cabeça. — Nesse momento, ouvi um barulho. Consegui ver alguns vultos em grande agitação à margem do canal. A próxima coisa que percebi foi que a mulher estava nos meus braços, gritando.

— E ela lhe pediu... — baixei os olhos para o depoimento — Socorro, socorro, me ajude, por favor.

— Talvez ela tenha pedido socorro mais vezes. Não me lembro exatamente. Ela estava gritando bem junto de mim. Seus cabelos estavam nos meus olhos, por isso eu não conseguia ver quase nada, mas a sua voz era muito clara.

— E depois disso o senhor não viu mais nada.

— Só o outro cara que estava de pé ali perto.

— A outra testemunha?

Ele ergueu as espessas sobrancelhas.

— É. Um sujeito com aparência estranha.

— O que foi que ele fez?

— Quem?

— O sujeito com aparência estranha.

— Ele ajudou.

— E havia com certeza um outro homem?

— O que está querendo dizer? Está pensando o quê?

Olhei mais uma vez o depoimento.

— Não há uma descrição muito precisa desse momento.

Ele pareceu um pouco envergonhado.

— Tudo aconteceu muito depressa. Vi apenas vultos na escuridão e a mulher voando em cima de mim. Eu não sabia ao certo o que estava acontecendo. Pelo menos prestei atenção no horário.

— Isso é uma coisa importante. E como estava Bryony, isto é, a mulher?

— Muito abalada — disse Terence. — Um pouco histérica. Ela dizia que tudo estava bem, que não era preciso fazer nada, ainda que se encontrasse em um estado lamentável. Pobre moça. Ela está bem?

— Está traumatizada. Mas vai ficar bem, acho. E o que é que Doll, o outro cara, estava fazendo enquanto o senhor telefonava?

— Fazendo? Não muita coisa. Segurava a mulher, vendo se ela estava bem. Ele não é o tipo de pessoa que pode ajudar em uma emergência. Ela estava chorando nessa hora, porém mais baixo. Ela agarrou-se no meu braço, se lamentando, pedindo que eu ficasse ao seu lado. Estava em estado de choque, dava para perceber. Suas mãos tremiam. A respiração saía entrecortada. Espero que tenham lhe dado um chá com muito açúcar, que é sempre a melhor coisa depois de um choque. Posso perguntar uma coisa?

— Pergunte.

— A pessoa para quem dei meu depoimento, de nome Gil, acho, disse que o agressor era provavelmente o mesmo que matou Philippa Burton.

— Ele disse? — perguntei secamente.

— É ele?

— Não sei.

— Devia ter agarrado o sujeito. Eu teria conseguido. Mas não sabia o que estava acontecendo.

— Tem certeza de que não se lembra de nada do quarto vulto, como altura, cabelos, roupa?

Ele sacudiu a cabeça, desapontado.

— Foi tudo muito rápido.

— Viu para onde ele foi?

— Não. Creio que subiu os degraus que vão dar na estrada, mas não o vi. Eu devia ter corrido atrás dele, não acha?

— O senhor telefonou pedindo ajuda. Isso é o mais importante. Cabe à polícia correr atrás dos criminosos.

— Ela estava tremendo. Botei meu casaco nos seus ombros até a polícia e a ambulância chegarem.

— Fez muito bem.

— Mas o assassino de Philippa Burton. Eu devia ter tentado agarrá-lo...

— Uma senhora tão linda — disse ele, com voz trêmula. — Tão linda.

— Michael — eu disse, tentando capturar o seu olhar, que vagava por toda a sala sem fixar-se em nada a não ser na janela, de onde era possível ver o estacionamento.

— Duas vezes — ele disse, com uma voz estranha e alta. — Duas vezes a mesma coisa acontece comigo. Eu estava lá nas duas vezes, Kit.

Seu aspecto era horrível. Havia um corte feio e supurado que vinha da narina esquerda, passava pelo canto da boca e continuava até o queixo, dando ao rosto uma aparência distorcida e obrigando a boca a um vago sorriso espasmódico. O ferimento estava inchado e vermelho, e tive a impressão de que ele havia tentado rebentar a sutura: pontas de linha de náilon saíam da sua pele. Mesmo durante a nossa conversa ele não conseguia manter as mãos afastadas do corte. Seu lábio estava inchado, e ele o umedecia o tempo todo com a ponta da língua. Havia um machucado grande na sua testa. Um olho errante estava injetado de sangue. Seus cabelos estavam gordurosos. Suas roupas dançavam no corpo, como se em dois dias ele tivesse perdido vários quilos. E cheirava mal também — um odor denso, ácido, que invadia a pequena peça.

— Por que eu, Kit? — perguntou, com voz impaciente. — Por que sempre eu?

— Não sei — respondi, o que era a pura verdade. — Mas você está contente, não? É o herói do dia.

— Uma senhora linda — repetiu. Seus olhos piscaram várias vezes e depois se detiveram em mim. — Não tão linda quanto você. Você é sempre a mais linda, não se preocupe. Mas ela tinha cabelos macios. — Ele emitiu um som semelhante a um miado, que me fez estremecer.

Seu depoimento foi uma confusão de afirmações contraditórias. Disse que tinha visto um homem enorme, um gigante, tentando estrangular Bryony, que ela havia fugido do agressor e corrido diretamente para seus braços abertos, que ele a salvara sozinho, que tinha visto o homem escapar em um furgão azul, mas talvez não fosse azul, talvez fosse vermelho, talvez não fosse um furgão, e que talvez, pensando bem, ele tivesse visto o homem escapar correndo ao longo do canal, e que Bryony tenha desmaiado.

— Fale apenas sobre as coisas das quais você tem certeza, Michael. O que estava fazendo no canal tão tarde da noite?

— Pescando. É uma hora boa para pescar. Lua cheia. Ninguém por perto, nenhum barulho.

— Onde você estava? Bem junto à margem?

— Onde fico sempre. Protegido da luz, bem perto do túnel, onde ninguém consegue me ver, mas eu vejo todo mundo.

— O que você viu?

— Você sabe — ele disse. — A senhora. O homem atrás dela. E o outro homem. Terry. Você encontrou Terry? Nós dois a salvamos. Afugentamos o cara, salvamos a coitada.

— É capaz de descrevê-lo?

— Um homem. Um homem grande.

— Algum outro detalhe?

— Nada de especial. Só vi vultos e depois me levantei, acho que me levantei, não sei exatamente, estava confuso e qualquer um teria ficado confuso, Kit, e segurei-a para que ele não pudesse agarrá-la.

— Tem certeza? Tem certeza absoluta de que foi isso o que aconteceu? Você puxou-a para que ele não pudesse agarrá-la?

— Isso mesmo. — Ele sorriu com sua boca disforme. — Salvei a vida dela. Tenho certeza. Ela consegue entender isso? Os jornais dizem coisas horríveis sobre mim, mas fui eu que a salvei dele. Diga-lhes isso, por favor. Conte a todo mundo o que fiz, Kit, assim eles vão saber. Vão se arrepender de todo o mal que me fizeram. Todos vão se arrepender. — Mais uma vez, tocou o rosto e lambeu o lábio partido.

— O que aconteceu depois?

— Depois?

— Depois que você a puxou.

— Aí o outro homem saiu do túnel e ela correu para ele e o outro escapou. E ela gritava, gritava, gritava. Eu não imaginava que alguém pudesse gritar tão alto.

— Michael, escute. Você precisa pensar bem. Há alguma coisa de que se lembre, alguma coisa que tenha visto, ou ouvido, seja lá o que for, e que não tenha contado para a polícia ou para mim?

— Afaguei os cabelos dela para acalmá-la.

— Sim.

— E o outro homem, o que saiu do túnel, me desculpe Kit, mas ele disse bem alto: "Porra! Que merda!" Me desculpe. — Doll assumiu um ar pudico.

— Onde você vai agora, Michael?

— Onde? — Ele não olhou diretamente para mim. — Não creio que eu poderia ir...

— Você deve ir para casa, Michael. Comer alguma coisa sólida. Vestir uma roupa limpa. Descansar.

— Descansar — repetiu. — Sim. As coisas ficaram um pouco fora de controle, realmente. Deram-me uns comprimidos, mas não sei onde os guardei.

— Vá para casa, Michael.

— Posso ir em segurança?

— A polícia o está protegendo?

— Disseram que iam ficar de olho.

— Ótimo. — Sorri para ele. No meio da minha confusão sobre o que tinha acontecido, do meu profundo cansaço, da minha antipatia por Doll, senti um surpreendente e indesejável impulso de ternura por ele, pelo seu rosto cortado, pelos seus olhos vermelhos e pelo seu ar de total impotência e desesperança.

— Para falar a verdade, acho que você pode ir em segurança. Isso não vai acontecer de novo. Apenas tome cuidado.

— Kit. Kit.

— Sim?

Mas ele não tinha nada a dizer. Apenas olhou-me fixamente durante alguns segundos. Seus olhos encheram-se de lágrimas. Elas correram pelas faces, umedeceram o ferimento e chegaram ao pescoço encardido.

Eram onze horas. Eu tinha ainda duas horas antes do meu encontro com Oban e Furth, três antes da minha visita a Bryony Teale. Pensei em ir para casa e tomar um banho, talvez deitar-me um pouco. Mas de repente meu cansaço desapareceu. Com a falta de sono, eu me sentia leve, como se estivesse no topo de uma alta montanha, respirando ar rarefeito. Pensei em preparar alguma coisa para comer, mas a idéia de comida deixou-me um pouco nauseada. Tudo o que eu queria era um copo de água gelada para lavar o interior de meu corpo, diluir um pouco do café forte que havia engolido.

Saí da delegacia, comprei em uma mercearia uma garrafa grande de água mineral gasosa e levei-a para uma área verde da redondeza, onde havia bancos e roseiras com flores murchas. Sentei-me em um banco ao sol, bebi aos poucos minha água e observei as pessoas que por ali passavam. Deliciei-me com o calor na minha pele, suave e relaxante. Respirei fundo, fechei os olhos e senti os raios do sol acariciarem meu pescoço. Minha cabeça zumbia levemente com fragmentos das últimas 24 horas: ouvi os gemidos de Will na noite anterior, senti a sua mão no meu peito. Vi seu rosto naquela manhã, tomando cuidado para não me prometer nada. Retratei o rosto de Bryony no travesseiro do hospital; seus cabelos alaranjados, os olhos cor de caramelo e as mãos trêmulas. Deixei que a imagem de Doll invadisse a minha mente, com sua melancólica incoerência e seu rosto intumecido e purulento. A outra testemunha — Terence Mack, com as mãos quadradas e peludas — havia ficado momentaneamente cega pela luz do túnel. Ninguém vira nada que interessasse. Todos tinham olhado sempre para a direção errada. Tudo acontecera no meio de sombras enigmáticas.

Permaneci por um longo tempo naquele banco, pensando e não pensando, deixando que as imagens flutuassem pelo meu cérebro como uma espécie de nevoeiro, sem substância, mas sugestivo. O sol aparecia e desaparecia atrás das nuvens. As pessoas saíam dos escritórios e sentavam-se na grama para comer seus sanduíches. Pensei em Albie, mas ele parecia muito distante agora — um homem que ria na distância, a cabeça jogada para trás, os dentes brancos e brilhantes; um estranho. Era difícil acreditar que durante meses e meses eu tinha ido dormir desejando que ele estivesse ao meu lado e acordado a cada manhã lembrando-me de que ele tinha me magoado e de que não voltaria para tomar-me nos braços e pedir perdão. Nunca mais. Ele nunca mais me abraçaria e me tocaria. Uma palavra dura e penetrante: nunca. Definitiva, como uma faca, como uma linha traçada embaixo de alguma coisa.

E esta noite eu encontraria Will. Iria à sua casa e faria com que ele me olhasse e me visse, e me sentiria feliz durante alguns momentos. Levantei-me e fiz força para concentrar de novo o meu pensamento em Bryony Teale.

Vinte e nove

— Que bonito — comentei, olhando pela janela.

— Mas a região é ruim — disse Oban, com ar de desprezo.

Oban me dissera que Bryony Teale queria falar comigo. Especificamente comigo. Um compreensivo ouvido feminino, Oban dissera ao telefone. Não como um elogio. Eu tinha ido a pé até a sua casa e, quando estava chegando perto, o vidro da janela de um carro baixou e a mão emergiu dela, fazendo sinal para eu me aproximar. Oban pôs a cara para fora, depois abriu a porta e convidou-me para sentar ao seu lado no banco de trás. Ele disse que queria falar comigo primeiro. Teria sido mais agradável ficar do lado de fora, mesmo com o dia cinzento, mas obviamente Oban sentia-se mais confortável dentro do carro. Talvez o veículo lhe parecesse um escritório móvel.

A casa fazia parte de um conjunto de moradias em um formato que lembrava uma lua crescente, não tão arredondada quanto uma letra C, e mais como um parêntese. As casas eram altas e estreitas, do final da era vitoriana. Algumas estavam em mau estado, uma estava com tapumes de madeira, mas outras tinham sinais evidentes de ser propriedade de gente bem-nascida: portas de entrada com pintura brilhante, maçanetas e aldravas de bronze, tijolos aparentes bem conservados, persianas de metal nas janelas inferiores. Oban apontou para o final da rua.

— Há dez anos havia um monte de flores lá adiante.

— Por quê?

— Dois meninos caminhavam na direção de Euston Road quando se depararam com uma gangue de outros garotos. O grupo perseguiu os dois meninos e encurralou um deles contra aquelas grades. Eles o espancaram para valer, e quando ele já não se mexia mais alguém deu-lhe uma facada. — Olhou de novo para a casa. — Não entendo como pessoas como essas podem querer se mudar para cá.

— Pelo que ouvi dizer, estão tentando melhorar a região, mostrar que confiam nas pessoas locais.

Oban fez uma careta.

— Certo — disse. — E esse é o agradecimento que recebem. Essa gente é muito ingênua. Já vi isso antes. Aquela mulher caminhando na margem do canal como se estivesse em uma estrada campestre. Não que eu seja um admirador de estradas campestres, mas isso é ridículo. Você ouviu falar da mulher que se hospedava em hotéis nesta região, poucos anos atrás?

— Não sei — respondi. — Ouço histórias sobre muitas mulheres.

— Essa estava parada na estrada, e alguns garotos arrastaram-na até a margem. Ela foi estuprada. Eles perguntaram se ela sabia nadar. Inteligentemente, ela disse que não e por isso eles a jogaram no canal. Ela nadou até o outro lado e conseguiu escapar.

— Qual é o seu conselho? — perguntei. — Ficar dentro de casa, trancar a porta e ligar a TV?

— Seria mais seguro.

— A melhor idéia seria todo mundo passear pelas margens do canal.

— Quem vai querer passear pelas margens de um canal fedorento?

O melhor que eu tinha a fazer era dar um basta.

— Não acha que devemos entrar e falar com Bryony Teale? — perguntei.

Oban refletiu por um instante.

— Talvez fosse melhor você falar com ela sozinha — respondeu ele. — Pelo menos no início.

— Não sei ao certo se ela me dirá alguma coisa — declarei. — Ela parecia estar em péssimo estado ontem à noite.

— Faça o que puder. Consiga alguma informação para nós, seja lá qual for.

Depois disso, a voz de Oban transformou-se em um murmúrio que não consegui decifrar.

— O que foi?

Oban recomeçou a falar, mas eu continuava sem entender o que ele dizia.

— É aquele maldito Doll — conseguiu articular por fim. — Ele está metido nisso de alguma forma. Não sei como, só sei que está.

— Você disse que ele é apenas testemunha.

— Testemunha uma ova — disse Oban, com o rosto completamente vermelho. O policial que dirigia o carro virou para trás e olhou para mim. — Quero matar aquele desgraçado. Pergunte a ela sobre Doll. Pergunte o que ele estava fazendo lá.

— Me desculpe — eu disse. — Pelo que entendi, o elo era o local, a mesma área do canal e o mesmo método de ataque. É ali que Doll passa a maior parte do seu tempo, com sua vara de pescar e suas minhocas. E tem a jovem e a testemunha. Ele a ajudou.

Oban deu uma risada sarcástica, que era um misto de grunhido e tosse.

— Não tenho a menor idéia do que está acontecendo — disse. — Mas Doll está metido nisso desde o início, como um cheiro ruim. Ele está envolvido de algum modo. Tenho certeza. Você o viu, viu onde ele mora.

Estremeci.

— Eu sei. Tudo bem, vou perguntar. Bato na porta, simplesmente?

— Isso mesmo. Mantemos uma oficial de plantão o dia inteiro, provavelmente só para servir chá. Ela atenderá.

— O que você vai fazer?

— Fico de fora. Se ela tiver condições de dar um depoimento, mandarei um dos meus homens. — Quando abri a porta do carro, Oban segurou-me pelo pulso. — Descubra alguma coisa para mim, Kit. Estou desesperado.

A jovem policial abriu a porta.

— Dra. Quinn?

— Sim, sou eu. Como ela está?

— Não sei. Ela não disse muita coisa.

Olhei ao redor. O chão e as escadas eram de madeira nua e polida, mas havia no interior da casa um ar informal, quase vulgar. Uma bicicleta estava pendurada em um grande gancho na parede. Havia no *hall* prateleiras com filas e mais filas de livros velhos e vi no patamar da escada mais prateleiras com mais livros. O *hall* levava à cozinha, ao fundo da qual percebi que havia um jardim. Uma porta abriu-se perto de mim e por ela saiu um homem, o homem que eu vira no hospital. Ele estava agora com a barba por fazer e os cabelos castanhos crespos despenteados. Vestia um blusão de moletom azul-marinho e *jeans*, e usava tênis sem meias. Minha impressão foi de que ele se sentia como eu. Talvez tivesse dormido menos ainda do que eu. Ele era alto, 1,80m pelo menos. Cumprimentou-me com um aperto de mão.

— Sou Gabe — disse.

— Já nos encontramos — respondi. Ele pareceu surpreso. — No hospital. Ontem à noite. Hoje de manhã. Tanto faz.

— Ah, é verdade, queira me desculpar. Eu não estava na minha melhor forma. Posso oferecer-lhe alguma coisa?

— Vou preparar um pouco de chá — disse a policial Delvin, intrometida, tomando em seguida o rumo da cozinha com passos curtos e rápidos, como uma criada da época vitoriana.

— Como está sua esposa?

Gabe parecia agora preocupado.

— Não sei. Melhor do que ontem à noite.

— Isso é muito bom. Posso trocar uma palavra com ela?

Gabe parecia pouco à vontade. Enfiou as mãos nos bolsos das calças, mas em seguida tirou-as.

— Posso fazer uma pergunta antes?

— Sim, é claro.

— Bry foi atacada pela mesma pessoa que cometeu os outros crimes terríveis?

— Parece possível, pelo menos. A agressão aconteceu exatamente no mesmo lugar em que um dos corpos foi encontrado.

— Mas parece uma coisa tão improvável — disse ele. — Por que cargas d'água alguém voltaria ao local onde já tinha cometido um crime? Seria um risco muito grande.

— Sim, mas os assassinos fazem esse tipo de coisa. Não é teoria, isso acontece de fato. Os assassinos voltam ao local do crime.

— Está certo. Está certo — disse Gabe, como se falando para si mesmo. Tive um impulso de colocar minha mão sobre a dele, para oferecer-lhe conforto, mas era melhor deixá-lo falar. — O que eu queria perguntar pode parecer burrice ou paranóia, mas eu queria saber se Bry poderia ainda correr perigo. Ele poderia querer atacá-la de novo?

Pensei por um momento. Queria dar uma resposta precisa.

— A opinião dos investigadores é de que o autor desses crimes é um oportunista. Tarde da noite, perto do canal, sua esposa era obviamente um alvo vulnerável.

Os olhos de Gabe se estreitaram e ele olhou para mim.

— Mas e qual é a sua opinião?

— Eu diria que sou contratada pela polícia para sugerir idéias possíveis. Considero direções variadas. Sempre suspeitei de que há um elo entre as duas primeiras vítimas.

— O quê? Por quê? — Gabe Teale parecia estar no meio de um pesadelo.

— Não sei. É apenas uma intuição. Que pode estar errada. Que provavelmente está errada. A polícia não concorda comigo, não há dúvida. Quero apenas ser franca com o senhor.

— Mas se a senhora não estiver errada. — ele falava devagar, em um misto de cansaço e estresse —, isto significa que Bry ainda corre perigo.

— Não se preocupe com isso — eu disse. — Não há dúvida de que a polícia vai oferecer uma proteção básica. Tudo bem?

— Tudo bem — respondeu, sem parecer muito tranqüilo. — Muito obrigado.

— Posso ver sua esposa agora? — perguntei, da maneira mais gentil possível.

— Vou acompanhá-la. Prefere falar com ela sozinha?

— Como queira. — Mas tenho certeza de que ela preferiria que o senhor estivesse ao lado.

— Ela está aqui — disse, empurrando a porta para abri-la. — Ele olhou ao redor. — Bry? A dra. Quinn está aqui.

Entrei atrás dele. Dois cômodos tinham sido transformados em um, criando um excelente espaço. Era possível ver a rua através da enorme janela de um lado e o jardim através da porta envidraçada na direção oposta. Era nesse lado que Bryony Teale estava sentada, em um grande sofá cor de ferrugem. Ela vestia um suéter cor de laranja vivo e calças azuis até a canela. Seus pés descalços estavam em cima do sofá. Aproximei-me e seu marido puxou uma poltrona para mim. Em seguida ele também sentou-se no sofá e segurou-a pelos ombros para que ela se apoiasse nele. Os dois trocaram olhares e Gabe deu-lhe um sorriso tranqüilizador.

Acima dela, na parede, havia um pôster com a ampliação de uma foto que mostrava uma menina de pé em uma rua deserta. Ela usava uma roupa vistosa e muitos enfeites, que a deixava quase parecida com uma dessas ciganas que lêem a sorte, porém o que mais me chamou a atenção foram os olhos pretos, enérgicos, que olhavam bem dentro da lente. Era como se naquele momento preciso a menina, depois de observar ao redor, tivesse fixado seu olhar extraordinariamente intenso no fotógrafo. Dava para imaginar que, no minuto seguinte, ela tivesse de novo desviado os olhos, mas aquilo bastava. Era o suficiente para qualquer um querer saber sobre a menina, o que acontecera com ela, onde estava agora.

— É impressionante — comentei.

Bryony olhou na direção da foto e forçou um sorriso.

— Obrigada — disse. — Fui eu que a tirei.

— Você é fotógrafa, então.

— Não sei se ainda posso dizer isso — falou com voz triste. — Tenho dificuldade em encontrar gente que queira publicar o tipo de foto que gosto de tirar.

— Não consigo acreditar — eu disse.

— Tirei essa no ano passado, a trezentos metros daqui — explicou Bryony. — Eu estava andando e encontrei essa menina e sua família. Eram refugiados da Romênia. Ela não é linda?

Olhei de novo a foto.

— Ela tem um olhar selvagem — opinei.

— Talvez eu a tenha assustado.

— Como está se sentindo? — perguntei.

— Desculpe-me por estar tão apática.

— Não diga bobagem. Você não precisa provar nada. Não precisa nem mesmo falar comigo, se não quiser.

— Não, não, eu quero. Em geral não sou assim.

Observei-a com atenção. Ela certamente estava melhor do que quando eu a vira no hospital, mas ainda estava pálida e com grandes olheiras.

— Qualquer um ficaria em estado de choque se passasse pelo que você passou — comentei. — Suponho que seu trabalho a obrigue a andar por lugares estranhos.

— Um pouco.

— Mas precisa ficar atenta. Acabo de falar com o responsável pelo inquérito. Ele acha que andar perto do canal à noite não é uma idéia muito boa.

— Estou sempre dizendo isso a ela — interrompeu Gabe. — Mas ela é destemida. Teimosa. Sempre adorou caminhar.

— Já não adoro tanto, agora — ela disse.

— Bem, talvez pelo menos não sozinha, à noite — eu disse, com voz animada, ao perceber os primeiros indícios de uma discussão. — Sente-se em condições de falar sobre isso?

— Quero ajudar.

— Se achar muito penoso, basta me dizer que interrompemos.

— Estou bem.

— Pode contar-me o que aconteceu?

— Desde hoje cedo só penso nisso, mas não sei se poderei ajudar muito. Foi tudo tão rápido. Eu caminhava pela margem do canal quando de repente senti a mão me puxando para trás. Me puxava de todos os lados. Dei um grito. Imediatamente vieram outras pessoas e me seguraram. Parece tão ridículo, mas no início não percebi que elas estavam tentando me ajudar. Antes que eu soubesse o que estava acontecendo, o homem tinha fugido.

— Foi só?

— Só?

— Veja bem, Bryony, depois do ataque você ficou em estado de choque. Traumatizada. Não precisa minimizar o que lhe aconteceu.

— Oh. — Ela deu uma risada nervosa. — Bem, para falar a verdade, eu estava em pânico. É verdade que o tipo de trabalho que faço me obriga a andar por lugares muito estranhos, mas se a gente se deixar dominar pelo medo, jamais fará algo que valha a pena. Eu passaria o dia inteiro fazendo auto-retratos no meu jardim. — Ela riu de novo, sem grande entusiasmo. — Mas, para ser honesta, acho que andar pelo canal era uma espécie de desafio a mim mesma. Isso lhe parece uma coisa muito maluca?

— Não. Afoita sim, maluca não.

— Bem, eu já estava um pouco assustada, de qualquer forma, por andar sozinha no escuro — ela olhou para Gabe, que fez um pequeno gesto tranqüilizador com a cabeça — e então o vulto apareceu perto de mim e senti suas mãos no meu corpo inteiro. Pensei que fosse morrer, ou ser afogada. Ou violentada. — Ela estremeceu. — Quando penso nisso, tento dizer a mim mesma que não foi nada, mas pensei sim que seria morta, que sou uma idiota por andar nas redondezas do canal no meio da noite. Sonhei com isso ontem de noite e acordei chorando.

— Você poderia identificar alguma coisa específica nesse homem?

Ela sacudiu a cabeça, desesperançada.

— Estava escuro. Não vai adiantar nada. Acho que ele era bem baixo. Tinha o cabelo cortado rente. Tenho essa imagem na cabeça. Nada mais.

— Branco?

— Sim. Acho que sim.

— Lembra do que ele estava vestindo?

— Não.

— Ou o que ele não estava vestindo? Um terno? Um casaco comprido? Um *short*?

Ela deu um leve sorriso.

— Não. Não, nada disso.

— Uma última pergunta — insisti. — Você teria condições de dizer alguma coisa sobre as duas testemunhas?

— O quê, por exemplo?

— O que elas fizeram?

Bryony pareceu confusa.

— Não estou entendendo. Já disse o que elas fizeram. Botaram o homem para correr.

Eu não conseguia pensar no que dizer. Fiz mais uma tentativa.

— Pelo que você diz, foi uma situação terrivelmente confusa. Poderia dar a impressão de que você foi atacada por três homens. Ou por dois, que foram afugentados pelo terceiro.

— Por quê?

— Eu estava apenas conjeturando.

Bryony ficou pensativa.

— Estou tentando repassar aqueles momentos na minha cabeça. Tudo o que posso dizer é o que tenho dito o tempo todo. Fui atacada por um homem e ele fugiu. Só isso.

— Então havia apenas um agressor e duas testemunhas que o afugentaram.

— Sim. — Ela parecia mais confusa do que nunca.

— Tem certeza?

— Tenho. Não. Bem, tanta certeza quanto posso ter de qualquer coisa.

— Se der um depoimento para a polícia, eles farão muitas outras perguntas como essas. É impressionante o que a gente consegue lembrar quando o enfoque está na direção certa.

— Farei o que puder, dra. Quinn. Pode estar certa.

— Por favor, me chame de Kit. Quando as pessoas me chamam de dra. Quinn eu olho ao redor para ver se há mais alguém na sala.

— Tudo bem, Kit. Posso dizer mais uma coisa?

— O que quiser.

Ela engoliu com dificuldade.

— Estou muito grata por tudo o que tem sido feito por mim, mas... mas...

— O quê?

— Eu me pergunto se não teria sido apenas uma tentativa de roubo. E se ele quisesse apenas a minha bolsa?

— É possível. — Uma das testemunhas fez alusão a isso. Disse que você afirmou que não era nada, que não quis sequer telefonar para a polícia. Mas ele insistiu e fez a ligação do seu celular.

Ela abraçou ainda mais forte as suas pernas, até que os seus joelhos ficaram embaixo de seu queixo. Ela olhou com os seus olhos cansados dentro dos meus olhos cansados.

— Isso lhe parece estranho?

Dei-lhe o melhor sorriso que pude para tranqüilizá-la.

— De jeito nenhum. Você alguma vez já viu alguém tropeçar e cair na rua? Às vezes as pessoas se machucam feio, mas assim mesmo não querem sequer esperar um pouco para se recuperar. Tentam seguir em frente como se nada tivesse acontecido. É um impulso humano muito forte que faz com que insistam em aparentar que tudo está normal. Vemos isso até em acidentes graves. Pessoas feridas, até mesmo sangrando, tentam seguir seu caminho para o trabalho. É perfeitamente natural tentar convencer os outros de que nada de sério aconteceu. Talvez seja o cérebro tentando proteger-se do estresse.

— Mas pode ser verdade. — Havia um tom de apelo na sua voz. — Podia ser apenas uma tentativa de roubo, não podia? Uma terrível coincidência.

— Você talvez tenha razão. Com certeza vamos considerar essa possibilidade. Mas já andei falando com seu marido a respeito. Não vamos mais correr riscos.

— Isso é muito bom — disse ela com ar triste.

Inclinei-me na sua direção.

— Talvez alguém já tenha lhe dito isso, mas não custa repetir. É muito comum as pessoas que viveram experiências como a sua passarem por uma fase de depressão. A pessoa se sente confusa, pode até se culpar, ou ser acusada de culpada.

Olhei para Gabe.

— Sei o que está querendo dizer — declarou. — Sei que às vezes somos um pouco maldosos com os outros. Mas eu não poderia acusar Bryony de nada.

— Não quis dizer isso. Estava apenas tentando dizer que esses traumas podem trazer conseqüências inesperadas. E é uma situação difícil para os parceiros, também.

Bryony apoiou as costas no sofá e fechou os olhos.

— Gostaria apenas que tudo isso acabasse — suspirou.

— Acho que já acabou — eu disse. — Acredito que sim. O que realmente queremos é que isso acabe para todos.

Ela apoiou-se em Gabe e ele acariciou seus cabelos. De repente, senti uma ponta de inveja, tive a impressão de que estava sendo inteiramente inútil e me despedi, constrangida.

Trinta

Quando virei à esquerda e deixei a estrada barulhenta para entrar na rua sem saída onde morava Will, fiquei um pouco desorientada. Segundo sua descrição pelo telefone, ele morava em uma pequena casa vitoriana, a de porta verde-garrafa e portão de ferro preto, não a que tinha a cerca viva crescida demais e sem nenhum feitio, e tapume de madeira nas janelas do primeiro andar. O que ele não me dissera era que essas eram as duas únicas casas antigas em um grande conjunto de prédios de apartamentos novos, com um emaranhado de calçadas e estacionamentos, além de um pequeno *playground* cuja entrada estava fechada com uma corrente. Dois adolescentes divertiam-se nos balanços destinados a crianças, fumavam e arrastavam os saltos dos sapatos no asfalto. A casa de Will, com um belo jardim na frente e uma cerca viva caprichada, tinha um aspecto quase surrealista, como se tivesse sido retirada de alguma rua residencial de classe média e colocada aqui por engano.

Acho que na minha imaginação eu esperava que ele abrisse a porta, me conduzisse para dentro, que nos olhássemos nos olhos e caíssemos nos braços um do outro. É claro que nada disso aconteceu. Will abriu a porta com um telefone sem fio enfiado embaixo do queixo e me fez sinal para entrar, sem uma palavra. Depois, desapareceu na cozinha com o telefone, deixando-me de pé, sozinha na sala, com o sorriso desaparecendo aos poucos dos meus lábios.

Mas pelo menos ele deu-me a chance de olhar um pouco para o que me rodeava. A sala estava quase vazia. Se eu gritasse, ouviria com certeza o eco da minha voz. Reparei que havia precisamente quatro itens: um esplêndido sofá, grande e profundo, amarelo-mostarda; um elegante equipamento de som em um canto; um porta-CDs giratório repleto de discos; e um desses lindos armários antigos dos boticários, com dezenas de minúsculas gavetas que custam muitas mil libras nos antiquários chiques do norte de Londres. Mais nada. Não havia mesa, TV, vídeo. Nenhuma estante de livros. Nem cabides para pendurar casacos ou capas. Nenhum quadro ou fotografia nas paredes brancas. Nenhum objeto desses que as pessoas compram ao acaso, ou ganham, e que espalham pela casa. Pensei no meu próprio apartamento: por mais bem-arrumado e nu que esteja, há sempre uma infinidade de coisas por todo lado — canetas e blocos, livros, jornais e revistas, tigelas decorativas com dados, chaves ou um par de brincos dentro, castiçais, espelhos, copos, flores. Aqui, porém, não havia absolutamente nada das coisas banais do dia-a-dia.

Tirei minha jaqueta de camurça, joguei-a no braço do sofá e dei uma espiada nos CDs. Não consegui reconhecer um único nome. Fui até o móvel com as muitas gavetas e abri uma delas. Estava vazia. As três seguintes também. Descobri um punhado de clipes na quinta e uma peça de jogo de xadrez quebrada várias gavetas abaixo. Nada mais.

— Desculpe-me.

Levei um susto. Ele tinha entrado em silêncio, como um gato, e me surpreendera remexendo nas suas coisas, só que não parecia ter coisa alguma.

— Você realmente mora aqui?

— Que pergunta é essa?

— Bem... aqui. — Apontei com o dedo a sala toda. — O que faz quando está em casa? Não há nada aqui. Nenhum sinal de que viva nesta casa. É até angustiante. Não é apenas minimalista, é absolutamente mínimo.

— Essa é a idéia geral.

— Há quanto tempo mora aqui?

— Uns dois anos.

— Dois anos! E não acumulou nada em dois anos? Onde morava antes?

— Em uma casa cheia de coisas.

— Com uma esposa?

— Ela era uma das coisas que enchiam a casa, sim.

— E jogou tudo para o alto?

— Você não se interessa muito por fofoca, não é mesmo? Aceita algo para beber?

— Aceito. O que me oferece?

Fui atrás dele até a cozinha, que guardava apenas uma vaga semelhança com qualquer cozinha em que eu já estivera antes. Havia uma pia perto da janela dos fundos, uma grande lixeira de aço inoxidável, uma geladeira no canto. Mas não havia nenhuma das bancadas e equipamentos habituais de cozinha, nem sequer um fogão. Havia apenas uma velha mesa de pinho encostada a uma parede, sobre a qual repousavam uma chaleira, uma torradeira, um moedor de café e duas facas afiadas.

— Meu Deus, Will, acho tudo meio estranho aqui.

— Uísque, gim, conhaque, vodca, Campari, um aperitivo islandês diferente que nunca abri. — Ele examinava o interior de um armário alto. — Tenho também cerveja e vinho na geladeira. Ou suco de tomate.

Eu não tinha a menor vontade de tomar cerveja ou vinho, e com certeza suco de tomate também não. Queria alguma coisa que eu pudesse sentir queimar a garganta e percorrer minhas veias.

— Vou experimentar o aperitivo islandês.

— Você é corajosa! Bem, acho que vou acompanhá-la.

Aproximei-me da porta dos fundos o olhei o jardim. A noite estava caindo, mas pude ver na penumbra que ele consistia de um pequeno gramado e um grande pé de louro plantado no centro. Will colocou várias pedras de gelo em dois copos de uísque e serviu duas generosas doses de um líquido transparente.

— Obrigada. — Levantei meu copo cerimoniosamente, depois despejei metade de seu conteúdo goela abaixo. — Caramba! — Meus olhos encheram-se de água quando a bebida atingiu o fundo da minha garganta.

— Tudo bem?

— Você ainda não experimentou.

Ele bebeu sem vacilar, depois colocou o copo sobre a mesa. Vários metros de soalho nos separavam. Ele parecia a quilômetros de distância e completamente inacessível.

— Na verdade, não sei por que você quis vir aqui — disse ele, do outro lado do grande espaço entre nós.

Não me preocupei em responder. Tomei o resto da minha bebida de um gole só. A sala pareceu girar, mas depois voltou à posição normal. Que importância tinha o que fosse acontecer? Pelo menos eu estava ali, e alguma coisa aconteceria.

— Quer que eu vá embora, então?

— Não.

— Ótimo. Já ultrapassei meu limite, de qualquer forma. E então, o que fazemos agora?

— Quer comer alguma coisa?

— Não, obrigada.

— Você chegou a dormir?

— Não.

— Não dormiu, não comeu.

— Não vou dar o primeiro passo, Will. — A bebida tinha me deixado valente.

— Tudo bem.

— Porque agora é a sua vez.

— Respondendo à sua pergunta, fui embora porque um dia acordei de ressaca e senti uma repugnância incrível de tudo.

— Do seu trabalho?

— Do meu trabalho, da minha competência, da minha fantástica capacidade de respeitar a lei ao pé da letra e nunca o espírito, dos meus insignificantes triunfos e sucessos, da minha bebida em excesso, da minha crescente dependência da cocaína, da minha casa com seu belo mobiliário de época, do meu saldo bancário, da minha maleta, do meu *laptop* e do meu celular, que eu levava para o escritório todo dia de manhã cedo, espremido no metrô contra outros homens exatamente iguais a mim. Irremediavelmente enojado de todas as minhas coisas. Quanto mais temos, mais necessidades inventamos. O menor e mais moderno celular, ridículas bugigangas eletrônicas, um relógio que é um computador. Enojado da minha maldita máquina de passar calças, dos meus ternos, das minhas gravatas, das reuniões sociais, dos encontros com outros homens com ternos iguais aos meus, que possuíam máquinas de passar calças e mobília de época, das férias em Cape Cod sobre as quais todos falavam, das conversas sobre golfe, das mensalidades escolares e dos bons vinhos. Quando acordei, vi que não podia continuar daquele jeito por nem mais um dia. Foi mais ou menos como uma intoxicação por excesso de bebida. Eu me sentia enojado de mim mesmo, alérgico ao mundo no qual vivia. Sentia repugnância pela minha indiferença a tudo que me rodeava. Você não imagina como é. Todas as manhãs e todas as noites eu cruzava com garotos desabrigados, como esses com os quais divido meus dias agora, e cruzava com bêbados e prostitutas, e literalmente não os via, a não ser que estivessem no meu caminho. Estava cego para a presença deles.

— Então de repente você os viu?

— Não foi exatamente o caminho para Damasco.

— Mas foi a sua consciência que fez com que você abandonasse tudo e criasse o abrigo?

Eu queria que ele dissesse alguma coisa boa sobre si mesmo.

— Não uso essa palavra a não ser que esteja tentando arrancar um donativo de um empresário que queira parecer virtuoso. Os políticos a degradaram. Consciência. Integridade. Honra. Verdade. Sinceridade. Amor. — Sua voz era de menosprezo. — Foi acima de tudo uma reação compulsiva. Não me tome por um grande combatente. Fiz tudo por mim mesmo, por meu próprio resgate. Sou a única pessoa que tento salvar. Aceita mais um drinque?

— Por que não? E a sua mulher?

— Ela ficou.

— Na casa cheia.

— Sim.

— Filhos?

— Não.

— Você a vê de vez em quando?

— Não.

— Sente falta dela?

— Não.

— Sente solidão, às vezes?

— Não. Não até agora, pelo menos.

— Por que até agora?

— O que você acha, Kit?

— Você faz isso com freqüência?

— Isso o quê?

— O que estamos a ponto de fazer.

— Não. E você?

— Não. Não dá para perceber?

— As pessoas às vezes parecem uma coisa e na verdade são outra bem diferente.

— Eu pareço o quê?

— Parece alguém que está com medo e que se obriga a ir adiante assim mesmo.

— Estou com medo de quê?

— Não sei. De mim?

— Por que teria medo de você? — Mas eu tinha. O pavor e a excitação tomavam conta de mim.

— Do mundo, então. Tem medo de ser machucada?

— Eu é que devia usar esse palavreado terapêutico.

— Acabe sua bebida.

— Já acabei. E agora?

— Se eu lhe pedisse para subir para o meu quarto, o que você diria?

— Peça e saberá.

— Vamos subir para o meu quarto?

— Vamos.

Ele pegou a garrafa pelo pescoço e o segui por uma escada estreita e sem tapete até o seu quarto: um estrado, um guarda-roupa, um abajur de pé, e cortinas de um amarelo surpreendentemente vivo, semicerradas e agitadas pela brisa que entrava pela janela aberta.

— Desabotoe sua blusa.

— Dê-me a garrafa primeiro. Preciso de coragem nórdica. Pronto. Assim?

— Isso mesmo. Você é realmente linda.

— Então por que está com essa cara de sofredor?

— Porque você é linda.

— Está tudo bem.

— Você não deve confiar em mim, Kit.

— Não confio em você. Nem um pouco. Isso é que é importante.

— Não tenho nada de bom para lhe dar.

— Isso não tem a menor importância.

Mais tarde, fiquei estendida no seu estrado e olhei pela janela a lua quase cheia no céu escuro. Will estava ao meu lado, em silêncio, os olhos semicerrados fixos no teto. Finalmente ele disse:

— Estou com fome.

— E eu com sede.

— Quer comer alguma coisa?

— Não me pareceu que a casa tivesse muita comida.

— Não tem mesmo. Mas posso buscar alguma coisa. Comida italiana, indiana, chinesa, tailandesa, grega. Tem até um restaurante japonês não muito longe daqui.

— Não tenho preferência. Qualquer coisa.

— Não demoro. — Ele vestiu seu velho *jeans* e uma camisa cinza. — Não vá embora.

Continuei na cama e ouvi seus passos descerem a escada de madeira. Ouvi quando a porta da frente se abriu e se fechou. Eu estava completamente sozinha na casa de Will. Alguns minutos depois, entrei no banheiro. Tudo muito limpo e funcional. Lavei-me, vesti um felpudo roupão azul que encontrei pendurado atrás da porta e aventurei-me pela continuação do andar de cima, uma peça quadrada que dava para o jardim dos fundos. Tudo o que havia ali era um piano de cauda e sua banqueta. Pressionei uma das teclas de marfim e uma única nota ecoou no ar. Pareceu-me um pouco desafinada. Levantei a tampa da banqueta e descobri algumas partituras com as bordas dobradas e anotações feitas a lápis no alto, além de uma lata de cerveja.

Desci para procurar alguma coisa para beber, pois estava com a boca seca depois de consumir tanto álcool. No vestíbulo, o telefone tocou e a secretária eletrônica se pôs em funcionamento.

— Will — disse uma voz de homem, em um sussurro teatral. — Will, sou eu, meu chapa. Preciso falar com você. Will, você está aí? Responda, por favor, é urgente. — Seguiu-se um momento de silêncio, durante o qual ouvi sua pesada respiração do outro lado da linha. Tolamente, prendi a respiração, como se ele pudesse de alguma forma ouvir-me também. Em seguida, a secretária desligou com um clique.

Bebi dois copos de água mineral gasosa de uma garrafa que encontrei na geladeira. Eram quase onze horas. Nos últimos dois dias eu tinha dormido apenas duas horas, no máximo. Mas não me sentia cansada, não exatamente; apenas com uma estranha sensação de estar desfocada. Minha pele formigava; meu coração batia forte; meu cérebro estava acelerado; todos os objetos na cozinha me pareciam ter contornos muito definidos, como se estivessem iluminados por trás. Entrei na sala de estar e sentei-me no macio e profundo sofá, com as pernas dobradas sob meu corpo. Foi assim que Will encontrou-me quando voltou, quinze minutos mais tarde. Ele entrou na sala com um enorme saco de papel nas mãos, ar preocupado e abatido — o aspecto que devia ter quando estava sozinho. Depois ele me viu. Não sorriu, mas foi como se uma sombra desaparecesse do seu rosto. Graças a mim, pensei, ao me afastar para dar-lhe espaço. Ele não disse nada, mas passou o braço pelos meus ombros e puxou-me contra seu corpo. Seu rosto estava frio pelo ar da noite. Depois suspirou e inclinou o corpo para tirar do saco duas bandejas pretas.

— Estão lindas, parecem obras de arte. É uma pena destruí-las.

— Devíamos tomar saquê para acompanhar.

— Não quero beber mais nada.

— Tome, coma isto.

Ele enfiou na minha boca um pedaço de atum cru que tinha lambuzado com uma pasta verde picante e mergulhado em molho de soja, e mastiguei-o obedientemente. Não senti gosto de peixe nem de água salgada. Apenas um delicioso frescor.

— Muito bom.

— Mais um.

— Mmm...

— Não feche os olhos.

— Não, é claro que não.

— Coma este. Kit, Kit.

Tentei manter os olhos abertos, mas tudo estava delicioso demais para que eu resistisse — o calor da sala, o sofá macio, o roupão impregnado do seu cheiro que envolvia meu corpo nu, a comida exótica, a leve pontada de medo na barriga, o contato de sua mão acariciando meus cabelos, o som de sua voz no meu ouvido, repetindo meu nome. Sua respiração contra o meu rosto. Senti-me deslizar para dentro de uma bem-aventurada escuridão.

Trinta e um

Observei Michael Doll por um minuto antes de aproximar-me dele. Havia uma fila de homens à margem do canal. Era uma manhã de quarta-feira. Essas pessoas não tinham um trabalho? Uns poucos rádios estavam ligados em estações diferentes e com o volume muito alto. As varas de pescar telescópicas dos pescadores eram incrivelmente longas: algumas chegavam à outra margem. Enquanto eu observava a cena, um jovem ciclista aproximou-se e forçou passagem em meio a muita reclamação e movimentação de caniços.

Havia um ou dois grupos de pescadores com xícaras nas mãos, tomando um líquido quente que tiravam de uma garrafa térmica, mas em sua grande maioria estavam sozinhos. Por algum motivo, Michael Doll estava ainda mais isolado e afastado dos outros. Teriam ouvido alguma coisa a seu respeito? Seu cachorro estava ao lado, como uma estátua, exceto pela saliva que escorria por entre seus dentes amarelos. Caminhei na direção de Doll, passando por cima de varas de pescar e desviando de caixas plásticas contendo anzóis, molinetes, iscas. Embora não fosse um dia frio, Doll vestia um casaco quadriculado vermelho e preto, no estilo lenhador canadense e usava um vistoso boné azul-marinho. Tinha o olhar fixo à frente e, ao me aproximar, ouvi que cantarolava baixinho. Depois, como se tivesse sentido meu olhar em sua nuca, ou um vento soprando, ele se virou. Sorriu para mim, mas sem demonstrar surpresa. Tinha até um certo ar de expectativa, que me deixou gelada.

— Olá, Kit — disse ele. — Como vai?

— Bem — respondi, enfiando as mãos nos bolsos e olhando ao meu redor. — Nunca o tinha visto pescar antes.

Ele deu uma leve risada gutural.

— É ótimo ficar por aqui — ele disse. — Gente boa. — Levantou o caniço. Não havia nada no anzol. — Eles só arrancam a isca, esses espertalhões. — Outro riso baixinho. Ele movimentou o caniço de modo que o anzol veio na sua direção e ele segurou-o com destreza. Estava sentado em um banco de campanha dobrável. No chão, perto do seu pé esquerdo, havia uma lata de fumo cheia de minhocas. Remexeu nelas com os dedos até aparentemente encontrar uma que o deixou satisfeito.

— Os outros parecem estar usando larvas — comentei.

— Larva é um desperdício de dinheiro — respondeu. — Para conseguir minhoca, basta cavar aqui atrás. A gente pega quantas quiser. Além do mais, as minhocas são mais carnudas. — Ele quase fechou um olho e franziu o outro enquanto desenrolava a infeliz minhoca para que pudesse ser empalada pelo anzol. — É uma coisa engraçada. As pessoas se preocupam com raposas e com filhotes de focas, mas não se importam com peixes ou minhocas. Olhe esta, por exemplo. As pessoas dizem que verme não sente dor, mas veja isto. — Ele enfiou a ponta do anzol no meio da minhoca. Um líquido acinzentado escorreu dela. Os vermes tinham sangue? Eu devia ter estudado isso em biologia quando tinha meus treze anos, mas não conseguia me lembrar. — Olhe — prosseguiu sem necessidade —, ela está se contorcendo mais ainda. Você juraria por tudo no mundo que ela está sentindo dor e tentando escapar, não é mesmo? Fique tranqüila. — Esta última frase foi endereçada à minhoca. Longe de escapar, ela estava agora espetada pela segunda vez no anzol pontudo. — Quem pode dizer que um verme não sente dor, como você ou eu?

— Então por que fazer isso?

Doll balançou de novo a vara de pescar e a minhoca desapareceu na água escura do canal. A pequena bóia inclinou-se um pouco, depois permaneceu imóvel.

— Não penso no que estou fazendo — respondeu.

— Pensa, sim. Você acaba de falar no assunto.

Ele franziu a testa, concentrado.

— Bem, isso até me passa pela cabeça, se é o que quer saber. Mas não me incomoda. É apenas uma minhoca, não é mesmo?

— Acho que sim. Você pega muitos peixes?

— Às vezes pego dez. Às vezes fico sentado o dia inteiro na chuva e não consigo nada.

— O que faz com eles?

— Devolvo para a água. A não ser quando o anzol está muito fundo. A gente puxa e ele rasga a boca dos peixes e traz junto suas tripas. Então corto a cabeça deles e jogo-os para um gato que vive perto do meu apartamento. Ele adora peixe.

Enfiei as mãos mais profundamente nos bolsos e tentei manter uma expressão de educado interesse. Pensei estar ouvindo Doll falar consigo mesmo, mas depois escutei com mais atenção e percebi que falava com os peixes, os invisíveis peixes na água escura e oleosa, na tentativa de atraí-los para a sua isca.

— Vamos lá, vamos lá, meus amores — sussurrava. — Sei que vocês estão por perto. — Ele tirou o anzol da água. Não havia peixe, mas metade da isca estava comida. Ele deu um riso rouco. — Que malandros!

— Michael, na verdade estou aqui para falar sobre o que aconteceu junto ao canal. — Ele murmurou algo ininteligível. — Você não acha estranho que estivesse aqui no exato momento em que tudo aconteceu?

Ele olhou ao redor.

— Não vejo nada de estranho. Estou sempre por aqui. É o meu canto preferido. Se o cara resolve matar mulheres no meu canto preferido, é claro que vou estar por perto.

— Tudo bem. — Este é o seu canto preferido. Você o conhece bem. Conseguiu reconhecer o homem? Acha que já o tinha visto?

— Não — respondeu Doll. — Tudo veio em cima de mim muito depressa. Estava escuro. Não vi nada.

— Você está bem, Michael? Não foi atacado de novo?

— Não — repetiu ele, sorrindo para mim. — Isso já está esquecido. Esquecido e perdoado.

Olhei para a bóia do seu anzol. A essa altura a minhoca já devia estar quase toda comida. Não me sentia em condições de suportar o sofrimento de um segundo verme a essa hora da manhã.

— Tente pensar, Michael — insisti. — Se você se lembrar de alguma coisa, qualquer coisa, entre logo em contato comigo. Pode entrar em contato comigo através da polícia.

— Não, tenho o seu número.

— Tudo bem — falei, sem muito entusiasmo.

— Sei onde você mora.

— Ou pode informar a polícia.

— Olhe, um peixe, um danado de um peixe.

Lá estava ele, prateado, agitando-se na ponta da linha de Doll. Afastei-me apressadamente, antes de qualquer possibilidade de ver seus intestinos saírem pela boca.

No caminho para casa, passei por um café e avistei uma mesa tentadoramente vazia do lado de fora, sob o sol. Sentei-me, pedi um expresso duplo e tentei colocar um pouco de ordem na minha confusão mental.

Quando a segunda xícara chegou, telefonei para Oban. Sim, Bryony tinha prestado depoimento e ele estava de baixo astral.

— Como você sabe, nada do que Doll disse fez sentido, foi tudo uma merda, com o perdão da má palavra, e pelas descrições o que temos é o sujeito bem alto de Terence Mack e o bem baixo visto por Bryony. Talvez a gente pudesse reunir os dois para que chegassem a um acordo.

— Foi uma luta danada, no meio da noite — argumentei. — O que você esperava?

— Não consigo acreditar que esse infeliz tenha mostrado a cara, que as pessoas o tenham visto e que ainda assim a gente tenha ficado de mãos abanando. O que você está fazendo?

— Estou no terraço de um café tomando um café.

— Eu bem que gostaria de estar aí também. A propósito, quando você vai nos entregar um relatório sobre o incidente? A sua conclusão?

— Bryony disse que acha que talvez tenha sido apenas uma tentativa de roubo que não deu certo, sem nada a ver com o caso.

— Ela disse a mesma coisa para nós também. O que há com ela? Não quer ficar famosa?

— Devemos considerar o que ela diz.

— Quer que ela se encarregue da investigação? Eu adoraria cair fora. — Não consegui deixar de rir. — Você ainda está na linha, Kit?

— Não queremos tomar o rumo errado — repliquei. — Não é apenas Bryony. Há muitas divergências.

— Como assim, há muitas divergências? Há muitas convergências, isso sim. O mesmo lugar no canal, a presença de Doll. Isso deveria bastar, até mesmo para você.

— Eu estava pensando na agressão em si. Os outros dois crimes foram cometidos como muita habilidade, em certo sentido. Mas desta vez foi muito malfeito.

— Não diga bobagem, Kit. Esses criminosos vão cada vez mais longe, mostram-se cada vez mais afoitos. Eles precisam correr cada vez mais riscos para conseguir a mesma emoção. Se as testemunhas não tivessem sido uma fracota e um maluco, teríamos pegado o cara. E quanto àquele maluco infame...

— Não sei, Dan. Fui agora mesmo ter uma conversa com Doll, no canal.

— Nem precisa me contar. Você acha que ele é um sujeito legal demais para ter feito isso.

— Ao contrário. Se Doll fosse um assassino, ele seria muito pior do que isso. Eu saberia. Ainda há pouco fiquei observando-o colocar uma minhoca em um anzol.

— É nisso que você baseia a sua opinião?

— Em parte.

— Bem, nesse caso não devo apresentá-la ao meu filho de treze anos. Você precisava ver o que ele faz com besouros e uma lupa.

Minha xícara estava vazia. Eu não agüentaria tomar mais café. Minha cabeça já estava zumbindo de novo. O sol se escondera atrás de uma nuvem. Estava surpreendentemente frio.

— Quais são os seus planos, então? — perguntei.

Houve um silêncio de alguns segundos e comecei a imaginar que a linha tivesse sido cortada.

— Tenho uma sensação horrível de que o que realmente estamos fazendo é sentar e esperar que ele cometa alguma loucura maior ainda e que o peguemos. Enquanto isso, tentamos um pouco mais de publicidade. Falei para alguns jornalistas sobre a nova agressão. Eu estava tentando convencer a sra. Teale a ir à televisão, mas ela não parece muito entusiasmada. Talvez você pudesse insistir.

— Tudo bem.

— Alguma outra idéia? O que está fazendo?

Foi a minha vez de ficar em silêncio. O que eu estava fazendo?

— Acho que estou tentando repassar tudo de novo na minha cabeça. Tenho a impressão de que deixamos escapar alguma coisa.

— Está procurando algum elo entre todas as vítimas?

— Não sei.

— Escute, Kit — disse Oban, com apenas um leve toque de exasperação —, já temos todos os elos. Você estabeleceu um dos mais importantes. Por que procurar outros?

— Não sei — repeti, sentindo de repente que estava sem nenhuma energia. — Talvez esteja apenas tateando na escuridão.

— Você é quem está dizendo isso, não eu — retrucou. — Não deixe de me informar se descobrir o interruptor.

E dessa vez ele tinha realmente desligado.

Fui à clínica e tive um dia cheio. Atendi telefonemas, botei a correspondência em dia, presidi a uma reunião de estudo do caso de um menino que pusera fogo na casa que o tinha abrigado, entrevistei dois candidatos desesperados por um emprego. Fiz comentários que considerei importantes, discuti, argumentei, mas o tempo todo minha cabeça estava bem distante dali. Não consegui chegar em casa antes das oito e encontrei um recado sobre a mesa: "Saí. Volto muito tarde. O maluco telefonou. Um beijo. J." Será que ele tinha se lembrado de alguma coisa?

Tomei um longo banho, durante o qual cheguei a adormecer por um instante. Sabia que uma pessoa pode pegar no sono ao volante, bater com o carro e morrer. Seria possível adormecer na banheira e se afogar? Preferi não correr o risco. Saí da água e vesti um roupão. Telefonei para Will. Ninguém atendeu. Examinei a geladeira e encontrei um pote com arroz, que comi em pé mesmo. Teria ficado melhor quente, com um pouco de azeite e queijo parmesão. Depois comi dois pepinos em conserva e um tomate. Havia uma garrafa de vinho aberta na geladeira e tomei um cálice.

Liguei o rádio e, não sem surpresa, percebi que a voz que ouvia era de Seb Weller e que ele estava falando sobre Lianne e Philippa. Meu Deus, ele era um profissional. As palavras saíam de sua boca com fantástica fluência, sem nenhuma hesitação, e ele ainda incluía de vez em quando uma pequena pausa para marcar sua espontaneidade.

— É óbvio que este caso atinge um ponto vital para muitas mulheres que residem naquela área — disse. — Muitas vezes penso que os homens não compreendem isso adequadamente.

— A não ser você, é claro — murmurei e logo senti vergonha de mim mesma.

— Os homens não sabem o que representa para as mulheres caminhar por uma rua escura, pegar uma passagem subterrânea e ouvir passos vindo na sua direção, deitar de noite e escutar sons estranhos do lado de fora. Todas as mulheres, ousadas ou cautelosas, têm sempre essa espécie de porão secreto onde escondem seus temores. Costumo dizer que esse é... — ele fez uma nova pausa — ...costumo dizer que esse é o seu quarto vermelho...

— Oh, meu Deus! — exclamei em voz alta.

— Um quarto vermelho onde todas as coisas que elas mais temem...

O telefone tocou e apertei com raiva o botão DESLIGA do rádio.

— Sou eu.

— Quem?

— Mike.

Levei um segundo para associar esse nome a Michael Doll. Então ele era Mike, agora.

— Olá.

— O que está fazendo?

Senti uma leve náusea. Sua próxima pergunta seria sobre o que eu estava vestindo? Apertei o roupão contra o corpo.

— Por que me ligou, Michael? Lembrou-se de alguma coisa?

— Liguei por ligar — respondeu. — Você foi me procurar no canal, hoje. Agora sou eu que a procuro. — Uma pausa. — Gostei de vê-la.

— Preciso desligar agora.

— Tudo bem.

— Boa noite.

— Durma bem.

Dormi mal. Depois daquele telefonema, levei horas para adormecer. Acordei com a sensação de que não dormira. Minha língua parecia colada ao céu da boca. E não tinha bebido muito. Eram oito e meia quando me levantei. Julie estava sentada na cozinha com uma xícara de café, folheando um jornal. Havia outros espalhados pela mesa. Dava a impressão de ser uma manhã de domingo, mas era quinta-feira. Ela tinha ido dormir quatro horas depois de mim e agora parecia a garota-propaganda de um anúncio de produtos para manter a juventude e a pele fresca.

— O que há de novo? — perguntei.

— Saí para comprar um jornal, e como vi que todos falavam sobre o seu crime, comprei mais alguns.

— Na verdade não é *meu* crime.

— É incrível. Há uma mulher que diz que consegue descobrir o assassino usando cristais. Outra pessoa afirma que toda essa história tem a ver com a lua. Há uma psicóloga, também. E um retrato falado. — Ela ergueu o jornal. — Ele realmente me faz lembrar de alguém, mas não consigo saber quem é. Isso está me deixando maluca.

— Buster Keaton — eu disse.

— Isso mesmo. Mas ele está morto, não?

— Acho que sim. Além disso, essa é a cara que ele tinha em 1925.

Então era isso que tinham conseguido com as descrições de Terence e Bryony. Meu Deus, eles deviam estar desesperados.

— Mas não fala em você — disse Julie, a voz um pouco desapontada. Talvez ela suspeitasse de que eu tinha inventado tudo aquilo, que eu não estava de fato envolvida, ou apenas em um nível muito, muito insignificante. Que era responsável pelo chá, ou algo parecido.

— Quer ler?

— Não, obrigada.

Bebi um pouco de café e vesti-me apressadamente. Queria fazer algumas coisas. Se eu fizesse uma pausa, poderia pôr um ponto final no assunto, fazer uma tentativa de voltar à normalidade, de parar de ver modelos de comportamento por todo lado, formatos nas nuvens.

— Precisamos conversar — disse Julie, no momento em que eu saía apressadamente.

— Mais tarde — respondi, correndo escada abaixo.

No momento em que pus o pé fora da porta, senti alguém muito perto de mim. Podia sentir o cheiro de sua presença. Virei-me.

— Bom dia, Kit.

Era Doll, acompanhado de seu cachorro. Ele vestia a mesma jaqueta do dia anterior e o mesmo boné. Acrescentara agora um cachecol, que estava preso ao redor do pescoço com dois nós extremamente apertados. Como ele conseguiria desfazê-los? E por quanto tempo esperara por mim?

— Michael — eu disse. — O que está acontecendo?

— Preciso falar com você.

— Conseguiu alguma prova?

— Preciso apenas falar com você.

— Estou com pressa.

— Eu não.

A estranheza da resposta fez-me parar de repente.

— Preciso ir — insisti.

Comecei a caminhar, mas ele seguiu ao meu lado.

— Tive vontade de vir até aqui — ele continuou. — Queria ver você.

— Para quê?

— Você sabe. Preciso falar sobre algumas coisas.

Parei de novo.

— Sobre os crimes, você quer dizer?

Ele sacudiu a cabeça violentamente. Isso devia doer, pensei.

— Sobre coisas. Você me entende.

Tentei refletir com clareza. O que eu de fato queria era manter-me afastada e nunca mais tornar a vê-lo. Mas talvez ele tivesse algo importante a me dizer.

— Michael, estou trabalhando nesses crimes. Você sabe disso. Se tiver algo a dizer sobre eles, estou pronta a ouvir. Mas não tenho tempo para outra coisa.

— Por quê?

— Porque estou ocupada.

— É só o que lhe interessa, não é mesmo? Você só se interessa por mim porque acha que eu poderia lhe dizer alguma coisa. Você é como todos os outros.

— Que outros?

— Falo com você mais tarde — disse ele, com o rosto muito vermelho. — Falo com você mais tarde, quando estiver disposto. Estou de olho em você agora, Kit. Mas estou indo. Também estou ocupado, você sabe. Não é só você.

Ele afastou-se, resmungando e tremendo. Um jovem que vinha na sua direção atravessou a rua.

Trinta e dois

— Não sei como posso ajudá-la — disse Pam Vere. Ela havia sentado em uma poltrona na minha frente, mas mantinha o corpo ereto, as mãos tensas agarradas nos apoios para os braços, como se pronta para levantar-se de novo e indicar-me a direção da porta.

Eu estava sentada na sala em que Philippa costumava passar grande parte dos seus dias, onde a luz do sol entrava em abundância pelas grandes portas envidraçadas. As flores que ocupavam todos os espaços da casa na minha última visita tinham desaparecido; as pessoas perdem o interesse depressa. Apenas um grande vaso de ervilhas-de-cheiro rosa e vermelho-escuro repousava na mesa entre nós. Lembrei-me de que Tess, sua amiga tagarela, dissera que eram as flores favoritas de Philippa. Havia uma enorme foto em preto-e-branco da falecida em cima da cornija da lareira atrás da sra. Vere, de modo que, ao olhar para a mãe, eu olhava também para a sua filha morta, cujos sorriso contido e olhar triste davam a impressão de contemplar atentamente a sala onde ela nunca mais voltaria a pisar.

Pam Vere parecia ter envelhecido dez anos desde que eu a vira pela última vez. Provavelmente ainda não chegara aos sessenta anos, mas seu rosto estava pálido e abatido, e as rugas eram tão profundas que lembravam sulcos feitos na pedra.

Sua boca não era mais do que um fino traço. Havia nódoas escuras sob os seus olhos. Quando estive ali da outra vez, fiquei emocionada com Emily, e tinha imaginado o que representaria para ela perder a mãe tão jovem, mas não havia realmente imaginado o que seria para Pam perder a filha, sua adorada filha única — não até agora, quando observei seu rosto triste e vi como suas mãos tremiam no colo, quando ela soltou os braços da poltrona.

— Não sei como posso ajudá-la — ela repetiu.

— Sinto muito perturbá-la de novo. Eu estava apenas pensando se seria possível dar uma olhada nas coisas de Philippa.

— Por quê?

— A polícia já examinou seus pertences?

— Não. É claro que não. Por que o faria? Ela foi morta por uma pessoa maluca, lá fora... — Sua mão fez um gesto na direção da janela.

— Eu gostaria de dar uma olhada.

— Você não quer falar de novo com Emily, não é?

— Não agora. Ela está em casa?

— Está lá em cima, no seu quarto. Sou eu que estou cuidando dela no momento, a maior parte do tempo, pelo menos. Chego de manhã e fico até seu pai chegar. Até que as coisas fiquem equilibradas. Ela passa metade do tempo no quarto. Mas irá para a escola maternal, de qualquer forma.

— Como vai ela?

— Encontrou um cardigã que Philippa vestia com freqüência, e o está usando como cobertor. Enrola-se nele e fica quietinha, chupando o dedão. O médico aconselhou-me a deixá-la fazer isso. Ele disse que essa era a sua maneira de superar a morte da mãe.

— Parece a coisa certa — comentei, com os olhos fixos nela. Será que estava zangada comigo? Eu a estaria importunando?

— Jeremy faz suas intermináveis palavras cruzadas e chora quando acha que ninguém pode ouvi-lo. Emily deita no seu tapete... — Ela esfregou os olhos. — Não sei. Não sei o que é melhor.

— E a senhora faz o quê? — perguntei.

— Eu? — Ela ergueu de leve os ombros. — Vejo o dia passar — prosseguiu e levantou-se bruscamente. — O que está querendo?

— Havia um lugar específico onde ela guardava suas coisas, suas cartas, diários, coisas desse tipo?

Ela respirou fundo, encolhendo-se como se sentisse uma profunda dor no peito. Eu sabia que estava seduzida pela idéia de me mandar embora para nunca mais voltar.

— Tem uma escrivaninha no quarto dela, lá em cima — disse por fim. — Não tenho certeza se há muita coisa dentro, a não ser contas e cartas. Não examinamos todas as suas coisas ainda. Ela levantou os olhos para a fotografia da filha por um instante, depois virou para o lado. — Jeremy deu a maior parte de suas roupas para uma instituição de caridade. É uma sensação estranha imaginar que pessoas desconhecidas circularão por aí usando seus belos vestidos. Ela tinha algumas roupas lindas, você deve saber. A polícia levou seu diário.

— Sim, eu sei.

— Não há nada que possa interessar nas suas coisas. Ela simplesmente foi ao parque um dia e não voltou para casa.

— Posso ver sua escrivaninha, de qualquer forma?

— Tudo bem. Que importância tem isso agora?

Parecia ilícito estar dentro do enorme quarto, que havia sido visivelmente decorado por uma mulher, e que ainda dava a impressão de ser partilhado por um casal, com uma penteadeira cheia de coisas encostada em uma parede e dois travesseiros cuidadosamente colocados na cabeceira da cama. Mas um lado do guarda-roupa aberto estava vazio, contendo somente dezenas de cabides nus enfileirados, e apenas roupas masculinas estavam sobre a cadeira perto da porta.

A escrivaninha ficava junto da janela que dava para o jardim dos fundos. Sobre ela, um pequeno jarro com flores secas, um telefone sem fio e várias fotos. Sentei-me e olhei mais uma vez o rosto de Philippa Burton, dessa vez segurando uma Emily ainda bebê, as pernas envolvendo a cintura da mãe, o rostinho redondo e rosado contra a face acetinada e pálida de Philippa.

Levantei a tampa do móvel. Seu interior limpo e vazio pouco prometia. Examinei os pequenos compartimentos, forrados com feltro verde. Havia canetas, lápis apontados, cola de papel, fita adesiva, dois blocos de selos, um de primeira e outro de segunda classe. Também um punhado de papel timbrado, envelopes brancos, envelopes pardos, cartuchos de tinta dentro de um pequeno saco plástico, cartões-postais em branco, várias contas com um grande "PAGO" escrito à mão em cada uma delas. Examinei-as, mas não vi nada de estranho: 80 libras para desentupir o encanamento; 109 libras por uma caixa de vinho; 750 libras por um conjunto de oito cadeiras, duas das quais com braços; esse tipo de coisa. Havia também vários desenhos de Emily — pessoas com cabeças e pernas, mas sem corpo, arco-íris borrados, flores malfeitas, casas tortas. Philippa escrevera no verso as datas dos desenhos. Ela tinha sido com certeza uma mulher metódica.

Descobri também uma série de reproduções de monumentos nacionais com nomes estranhos, como sépia, linho antigo, amarelo-açafrão e vermelho-sala de estar. Havia também circulares de instituições de caridade solicitando doações; três convites no nome de Philippa e Jeremy para festas às quais ela agora jamais iria; um bom número de cartões-postais contendo mensagens quase ilegíveis de Pam e Luke, Bill e Carrie, Rachel e John, Donald e Pascal, enviados da Grécia, de Dorset, da Sardenha, da Escócia. Além de duas cartas escritas à mão. Uma era de uma mulher chamada Laura, que agradecia a Philippa e Jeremy pelo adorável jantar. A outra era de uma tal Roberta Bishop, que se apresentava como vizinha e propunha que Philippa comparecesse à próxima reunião de moradores para discutir problemas de estacionamento na rua e a instalação de redutores de velocidade. Ela usou vários pontos de exclamação.

Fechei a tampa da escrivaninha e abri a primeira gaveta. Uma resma de papel A4, uma pilha de folhetos sobre locais de veraneio, extratos bancários antigos, organizados em ordem cronológica e cuidadosamente presos com clipes. Olhei cada um deles, procurando algo que pudesse despertar minha atenção. Nada de especial. Philippa não tinha sido extravagante. Ela gastava mais ou menos a mesma coisa todos os meses. Retirava a mesma importância todas as semanas no caixa eletrônico. Eu estava a ponto de fechar a gaveta quando senti algo bem no fundo, atrás da resma de papel: uma fina brochura de capa cor-de-rosa com o título *O sonho de Lucy*. Tratava-se, segundo informava a capa, de "um romance erótico para mulheres". Ao fundo, a imagem mal focada de uma mulher com seios nus indefinidos, a sombra negra de um mamilo, a cabeça jogada para trás, os cabelos caindo em cascata pelos ombros. Fui invadida pela idéia de levar comigo o livro antes que Jeremy começasse a limpar a escrivaninha da esposa, mas resolvi não fazê-lo. Philippa não se importaria agora com o que ele descobrisse.

Na gaveta bem de baixo havia uma grande boneca dentro de uma caixa ainda fechada. Seu nome, aparentemente, era Sally; tinha cabelos castanhos cacheados, longos cílios e grandes olhos azuis que tudo observavam através do celofane. Ela me provocou calafrios. Havia também uma chupeta e uma mamadeira amarradas no papelão da caixa, além da explicação de que quando Sally bebia água ela chorava e fazia xixi. Provavelmente, pensei, Philippa comprara a boneca para Emily; talvez para um aniversário que estivesse se aproximando. Encontrei também um pequeno bloco de anotações, que abri. Na primeira página havia uma lista de compras com itens já ticados. A segunda página continha a lista de coisas a fazer: telefonar bombeiro, comprar cordões de sapato, descongelar geladeira, levar carro para revisão.

A página seguinte estava coberta de desenhos muito bem-feitos de vários tipos de frutas. A quarta página estava quase toda em branco, mas continha vários números de telefones de Londres anotados na margem. A quinta página continha algumas palavras escritas de través com letra quase incompreensível, que olhei por acaso enquanto lambia o dedo, pronta para seguir adiante. Parei de repente, o dedo ainda no ar.

"Lianne" estava escrito com um garrancho. Fixei os olhos nessas poucas letras, quase não ousando movimentar-me, receando que elas desaparecessem e se transformassem em alguma outra coisa. De repente, senti a boca seca. A palavra não se modificava, por mais que eu a contemplasse. Ela ainda dizia "Lianne".

Percorri com os olhos o resto da página, aturdida como se sonhasse acordada. Bem embaixo, seguido de pontos de interrogação e em letra miúda, inquestionavelmente de Philippa, estava escrito "Bryony Teal". Lianne e Bryony Teale, escrito errado. Philippa escrevera o nome das duas outras vítimas. Havia também um outro nome, com uma pequenina margarida desenhada ao lado, identificando a palavra. "Daisy".

Com muito cuidado, como se fosse uma bomba que pudesse explodir na minha mão, peguei o bloco e enfiei-o na minha bolsa. Fechei a gaveta.

Durante um minuto permaneci sentada diante da escrivaninha, olhando pela janela e deixando que a descoberta que acabara de fazer penetrasse na minha mente e ali criasse raízes. Uma pequena nuvem escura encobriu o sol e deixou o jardim na sombra. Enquanto eu observava, Emily, de *short* de zuarte e camiseta listrada, correu para a grama e ali ficou, gritando alguma coisa para a avó, que continuava dentro de casa. De repente, ela olhou para cima e me viu sentada junto à janela de sua mãe e, por um terrível momento, seu pequeno rosto iluminou-se com uma insuportável alegria e ela estendeu os braços para mim; sua boca abriu-se para gritar um nome, uma palavra. Então seu corpo pareceu perder a energia e seus braços caíram molemente ao lado do corpo. Senti lágrimas umedecerem meus olhos.

Levantei-me e deixei o quarto, a bolsa com sua preciosa carga pendurada no meu ombro. E tudo em que conseguia pensar era naqueles nomes anotados no bloco. E que eu dissera a Bryony que ela não corria perigo.

Trinta e três

Telefonei para desculpar-me por não comparecer à reunião gerencial da Clínica Welbeck. Cancelei meu almoço com Poppy. Sentei-me ao lado de Oban no carro enquanto ele praguejava, transpirava e me dizia pela centésima vez que nada daquela porra fazia sentido. Sua voz era um zumbido incessante, como o do tráfego. Pressionei os dedos contra as têmporas. Devia haver alguma explicação. Estávamos apenas examinando os fatos de maneira errada. Se os examinássemos sob um ângulo diferente, poderíamos vê-los de modo diferente. Todas as coisas que não faziam sentido agora, passariam então a fazer. Fechei os olhos e tentei relaxar a mente, para que o nó da incompreensão se desfizesse. Esperei que a clareza me invadisse. Nada aconteceu. Dei um longo suspiro e esfreguei os olhos. Ao meu lado, Oban tinha o rosto sombrio. Ele também não parecia ansioso por essa visita.

Seu celular tocou e ele o atendeu.

— Sim — gritou. — Sim. Continue. — Sua expressão mudou e ele chegou o corpo um pouco à frente, segurando com força o volante com a mão livre. — Repita, por favor. Ok, ok. Estaremos de volta em, digamos, meia hora. Não mais do que isso. Fique onde está.

Ele guardou o telefone.

— Porra — vociferou.

— O quê?

— Porra.

— Sim, mas o que mais, Daniel?

Ele estacionou na frente da casa dos Teale com um guinchar de freios.

— Você não vai acreditar no que acabo de ouvir.

— Conte logo! O que foi?

— Não tenho tempo agora. Deixo para depois — disse e saltou do carro.

— Não — ela disse, num sussurro. Seu rosto perdeu a cor quando nos viu. Seus olhos pareciam imensos e sombrios. — Não! — Ela falou mais alto dessa vez, desesperada, e levou as mãos à boca como se estivesse rezando. — Não compreendo. Não pode ser verdade. O que significa isso?

— Não sabemos — respondi. Lancei um olhar rápido para Oban para ver se ele queria acrescentar algo à minha seca resposta, mas ele estava sentado, impassível, olhando para as mãos sobre a mesa da cozinha, como se tentasse lembrar do fragmento de um sonho.

Ela abriu a boca para dizer alguma coisa, mas logo mergulhou a cabeça entre as mãos. Sua bela cabeleira caiu sobre seu rosto como uma cortina.

— Isso não pode estar acontecendo — ouvi-a dizer baixinho. E depois repetiu: — Isso não pode estar acontecendo.

No fogão atrás de nós alguma coisa assobiou e logo transbordou. Um cheiro de açúcar queimado encheu a cozinha, mas Bryony não se mexeu. Oban levantou-se pesadamente, afastou a panela do queimador e logo voltou para onde estava Bryony, sempre impassível.

— Uma das vítimas escreveu seu nome — declarei. — Ainda assim você afirma que nunca a encontrou?

— Nunca — disse ela lentamente. — Garanto que não.

Oban afundou o enorme rosto nas mãos.

— Tem certeza, Bryony? Conhecemos sempre tanta gente, talvez você não soubesse o nome dela. Talvez ela conhecesse você.

— Não a conheço. Nunca a encontrei. Não acha que eu teria me lembrado, com tudo que tem aparecido nos jornais? Nunca a vi. Nunca tinha ouvido esse nome antes de ela ser morta.

— Nem Lianne?

— Pelo amor de Deus. Nunca me encontrei com ela. O que mais posso dizer? — Sua voz não era mais do que um gemido.

— E o nome Daisy? Daisy Gill? — A pergunta veio de Oban, que tinha de repente levantado a cabeça.

— Não! Não! Quem é ela? Outra vítima?

Em silêncio, Oban entregou-lhe uma fotografia que eu nunca vira antes. A polícia consegue trabalhar depressa quando precisa. Era uma daquelas tiras com quatro fotos feitas em cabine, de uma garota com um rosto fino e triangular e cabelos pretos espigados. Na primeira, ela estava séria, os lábios ligeiramente abertos deixando à mostra um dente lascado. Na segunda, começava a rir e olhava de lado, sem dúvida para alguma amiga invisível. Na terceira, Daisy estava rindo de verdade; tinha se mexido um pouco e uma fatia do lado esquerdo do seu rosto estava cortada. Na quarta, havia ido embora e apenas uma mão se agitava no ar.

Bryony observou as fotos durante um minuto, depois deixou-as de lado e sacudiu violentamente a cabeça.

— Não — gritou ela. E começou a chorar. Inclinei-me sobre a mesa e segurei sua mão. Ela agarrou-se na minha como se estivesse se afogando e só eu pudesse salvá-la.

— No entanto, Philippa Burton escreveu seu nome antes de morrer — disse Oban em voz baixa, quase como se estivesse falando para si mesmo.

— Porra, eu sei que ela escreveu! — gritou Bryony através das lágrimas. — Não sou surda! Me desculpe. Me desculpe.

Mas essa história foi um choque para mim, para não dizer outra coisa. — Ela enxugou as lágrimas com as costas da mão e fez um visível esforço para se recompor, ajeitando-se melhor na cadeira e empurrando os cabelos para trás das orelhas. — Preciso acostumar-me com isso. Aceitam um café?

— Nunca recuso um café — respondi, no mesmo momento em que Oban dizia "Não para mim, obrigado."

Ela levantou-se com um movimento gracioso. Vestia uma saia longa preta de algodão e uma camiseta também preta. Estava descalça e usava uma corrente de prata ao redor do tornozelo.

— Preciso de alguns segundos para assimilar essa história — disse, enquanto pegava a chaleira. — Por favor.

Oban sorriu para mim com ar cansado e desabotoou o colarinho. Seus olhos azuis pareciam ainda menores e mais claros do que o habitual, e ele piscava sem parar, como se isso pudesse de algum modo clarear suas idéias. Seus cabelos despenteados estavam oleosos e a barba estava por fazer. No trajeto até a casa, entre frenéticos telefonemas para seu celular, ele tinha olhado para mim e dito: "Quero você comigo nisso de hoje em diante." Não com um tom peremptório, mas humilde, como se ele em um instante tivesse passado de chefe a suplicante. Não havia dúvida de que eu era a heroína do dia: a mulher que tinha visto o que permanecera invisível para todos os outros. No entanto isso não me deixava particularmente feliz. Eu descobrira um elo, está certo, mas era um elo que não fazia sentido. Ao contrário, ele na verdade destruía qualquer sentido que ainda houvesse para nós. Enquanto isso, havia um assassino solto lá fora.

Peguei as fotos de Daisy Gill e olhei-as com atenção. Havia um *piercing* na sobrancelha e outro na língua. Havia uma medalha pendurada na corrente que rodeava seu pescoço. Na terceira foto, aquela em que ela saía um pouco do campo de visão, consegui ver a medalha mais claramente. Era um pequeno coração, como o que Lianne usava quando foi morta, com a palavra "Melhor...". Fiquei imaginando se a medalha de Daisy diria "... amiga."

Observei Bryony botar café instantâneo em duas canecas. Ela estava mordendo o lábio inferior e franzindo um pouco a testa, mas quando sentiu meu olhar sobre si, virou a cabeça e olhou-me com ar melancólico.

— Seu marido está em casa? — perguntei.

— Gabe? Não, ele acabou de sair para o correio, aqui perto. Estará de volta em um minuto. Ele em geral não começa a trabalhar antes do meio da tarde. Aqui está. Sem leite, não é?

— Sem leite e sem açúcar. Obrigada.

Ela sentou-se novamente à mesa da cozinha, abraçando com as mãos a caneca, como se ela lhe servisse de conforto. Ela pareceu-me de repente terrivelmente jovem e vulnerável.

— Tudo bem — falou. — O que vai acontecer agora?

Oban limpou a garganta e disse, com pretensiosa vacuidade:

— Procederemos a amplas investigações.

Bryony olhou firme para ele, com ar desorientado.

— Veja bem — intervim —, obviamente não faz sentido uma vítima conhecer a identidade de duas outras vítimas, sejam elas reais ou potenciais. Não sabemos quando ela escreveu os nomes, é claro, portanto também não sabemos se Lianne já estava morta ou não. — Hesitei por um instante, mas tratava-se de uma mulher inteligente: ela já sabia o que eu estava por dizer. — Uma das conclusões que podemos tirar é que não se tratava de um simples ladrão circulando por perto do canal.

Ela concordou com a cabeça. Seus lábios estavam brancos.

— E que o assassino não escolhe suas vítimas aleatoriamente — acrescentei com voz tranqüila.

— Não — murmurou ela. — É evidente que não.

— Por isso a polícia passará mais algum tempo com você agora, para tentar descobrir...

Enquanto eu falava, ouvi o ruído de uma chave na fechadura da porta da frente, e em seguida alguém assobiou no *hall* de entrada.

— Gabe — gritou Bryony. — Gabe, estou na cozinha. Com a polícia.

O assobio parou de repente. Ele entrou desvencilhando-se de uma velha jaqueta de couro. Seu rosto estava tenso.

— O que aconteceu? — perguntou. — Bry? Você está bem?

— Por favor, não há motivo para alarme, sr. Teale — disse Oban, mas Bryony cortou-lhe a palavra.

— Philippa Burton escreveu meu nome antes de ser assassinada.

Gabriel abriu a boca, mas pareceu não conseguir falar: apenas olhou fixamente para ela, depois para nós. Estava visivelmente atônito.

— O meu e o daquela garota, Lianne, e o de uma tal Daisy — continuou Bryony devagar, como se para ter certeza de que ele compreendia bem. O horror dele parecia dar a ela calma e coragem renovadas. — Daisy Gill, é esse o nome?

— Isso mesmo, sra. Teale.

— Então parece que não foi mesmo só uma tentativa de roubo. E parece também que ele queria atacar a mim, não simplesmente qualquer mulher que passasse.

Gabriel aproximou-se e ajoelhou-se ao lado da cadeira da esposa. Pegou as duas mãos dela nas suas e beijou-as, depois afundou a cabeça no seu colo. Ela acariciou seus cabelos escuros despenteados, segurou sua cabeça e ergueu-a para que ele olhasse para ela.

— Está tudo bem, você sabe — disse ela. Imaginei que ela provavelmente estivesse querendo tranqüilizar-se ao mesmo tempo em que tranqüilizava o marido. — Tudo vai acabar bem, prometo. Não vai acontecer nada. Está me ouvindo, meu amor?

— Podemos fazer mais algumas perguntas antes de deixá-los nas eficientes mãos dos meus detetives? — perguntou Oban.

Gabriel levantou-se e parou atrás de Bryony, colocando as duas mãos nos seus ombros.

— Conhecem um homem chamado Will Pavic? — perguntou Oban.

Olhei com ar sério para ele. Por que fazer essa pergunta?

— Acho que não. Conhecemos, Gabe?

— Bem, é claro que sei quem ele é — respondeu Gabriel. — Isto é, a maioria das pessoas desta área o conhece.

— Por quê? — perguntou Oban. — Eu, por exemplo, nem sequer conheço meu vizinho de lado, imagine então o casal que mora no outro lado da rua.

Gabriel levantou as mãos.

— Quis apenas dizer que estamos envolvidos no mesmo mundo. Eu dirijo uma comunidade teatral e uma de nossas preocupações é tentar fazer com que as pessoas que se sentem isoladas e abandonadas se reintegrem novamente nas suas comunidades. Ele coordena um abrigo para jovens. E é muito conhecido, não? Está sempre... bem... como posso dizer? Sempre arranjando encrenca. Já nos cruzamos, com certeza. Nada mais do que isso. Por quê? Por que me pergunta sobre ele?

— É só isso por enquanto — disse Oban. — Mas o detetive Furth irá procurá-lo para conversarem.

Saímos e deixamos o casal na cozinha, Gabriel com as mãos ainda nos ombros da esposa; ela com a cabeça virada para conseguir enxergá-lo. Parecia aterrorizada, e eu estava invadida por uma imensa apreensão.

— O que acha disso, Kit? — perguntou Oban, no caminho de volta para a delegacia. — Adivinhe o que me disseram quando estávamos chegando: três telefonemas foram feitos entre a casa dos Burton e o centro dirigido por Pavic durante o mês que precedeu a morte da sra. Burton.

— Oh — falei. Eu me sentia gelada até os ossos, embora o dia estivesse abafado.

— Oh? Só isso? Meu Deus, Kit, você ouviu bem? Os dois primeiros telefonemas foram de um ou dois minutos apenas. O último durou oitenta e sete minutos. O que acha disso, me diga?

— Não sei.

— Pavic, hein? Essa história vai ser interessante.

— Muito interessante — respondi com voz arrastada. E depois, com dificuldade: — Acho que preciso contar-lhe uma coisa.

— Espere um pouco. — Ele teclou um número no seu celular. — Você me conta mais tarde.

— Tudo bem.

Apoiei a testa contra a janela e fechei os olhos por um instante. Que grande confusão.

Trinta e quatro

Estacionamos na frente da delegacia. Oban saltou do carro apressadamente e seguiu em passo tão rápido que precisei correr para acompanhá-lo.

— Aonde vamos com essa pressa toda? — perguntei, quase sem fôlego, ainda atrás dele.

— Falar com algumas pessoas.

Um policial uniformizado juntou-se a nós em um dos corredores e caminhou lado a lado com Oban.

— Ele já chegou? — perguntou Oban.

— Está no Dois — respondeu o policial. — Quer que eu fale com ele?

— Faremos isso agora. Não leva um minuto sequer.

Segui Oban quando ele virou à esquerda e depois à direita no corredor. Chegamos a uma porta e Oban bateu forte. Uma policial abriu-a e cumprimentou-nos respeitosamente.

— Ele está bem?

— Não sei, não senhor — respondeu. — Na verdade, nem abriu a boca. A não ser para bocejar.

— Fique aqui — ele disse para ela, não para mim. — Não levará mais do que cinco minutos.

Ele segurou a porta para deixar-me entrar. Não sei o que eu esperava. Na verdade não tivera tempo para pensar. Por isso, quando vi Pavic senti como se, de improviso, recebesse uma bofetada no rosto. Ele estava apoiado na extremidade oposta da mesa, as mãos nos bolsos. Virou o rosto e seu olhar cruzou com o meu. Senti que minhas pernas tremiam. Ele não demonstrou quase nenhuma reação, apenas esboçou um sorriso sarcástico. Vestia terno cinza e camisa branca e estava sem gravata. Fiquei imaginando se ele teria sido realmente preso. A polícia ainda confiscava as gravatas dos homens para impedir que eles se enforcassem?

Olhei na direção de Oban.

— Eu não... não sabia... — foi tudo o que consegui dizer.

— O sr. Pavic veio gentilmente para uma rápida conversa. É óbvio que precisamos esclarecer um ou dois pontos. Sente-se, por favor.

Oban indicou-lhe uma das cadeiras junto da mesa. Will sentou-se, ainda sem dizer uma única palavra. Encostei-me na parede ao lado da porta, o mais longe possível dele. Olhei para ele, mas seu olhar de enfado estava fixo na mesa. Era uma expressão que já conhecia, inflexível, opaca. Embora eu estivesse com os nervos à flor da pele, Oban mostrava-se afável e parecia à vontade, diante de Will como se estivessem tomando um drinque juntos.

— Descobrimos alguns fatos novos nos casos de assassinato que envolvem Lianne e Philippa Burton. — Nenhuma reação por parte de Will. Oban tossiu. — Talvez o senhor saiba que mais uma mulher foi atacada junto ao canal. Seu nome é Bryony Teale, e acho que o senhor conhece seu marido, Gabriel.

— Já ouvir falar nele — disse Will, em tom neutro. — Mas não o conheço.

— Ele também já ouviu falar no senhor. Mas isso não é de estranhar, pois o senhor é muito conhecido, não é mesmo, sr. Pavic? E teve contato com Lianne também, é claro. Devo admitir que até hoje de manhã eu duvidava que houvesse algum elo entre as mulheres envolvidas nesse caso.

Os olhos de Will se estreitaram e o sorriso amargo tornou-se mais evidente, porém ele continuou calado.

— Nunca encontrou Bryony Teale? — continuou Oban. — É uma fotógrafa. Aparentemente passa muito tempo naquela área, nas ruas e perto do canal.

— Não — respondeu Will.

— E Philippa Burton? Conhece? Encontrou alguma vez com ela? Ouviu falar nela?

Cerrei os punhos com força às minhas costas, as unhas cravadas na palma das mãos.

Will sacudiu a cabeça.

— Não — repetiu.

— Por que a teria conhecido? — disse Oban. — Ela mora em Hampstead. É casada com um homem de negócios. Mas suponho que o senhor conheça todo tipo de gente.

Nenhuma resposta. Dessa vez ele olhou na minha direção. Não desviei o olhar. Tentei fazer com que minha expressão lhe transmitisse que, embora participasse da investigação, eu estava ciente do absurdo da situação e também do quanto era desnecessário interrogá-lo dessa maneira. Era coisa demais para transmitir ao mesmo tempo, e provavelmente a única expressão que consegui foi a de pânico. Mas isso não pareceu ter importância para Will. Ele olhava para mim como se eu fosse um casaco que Oban tivesse pendurado em um cabide ao entrar na sala.

— Como estava dizendo — continuou Oban —, eu não estava convencido de que houvesse algum tipo de ligação. Imaginava simplesmente que as mulheres estivessem sendo atacadas aleatoriamente. A dra. Quinn, no entanto, não desistia da idéia de que havia uma relação entre elas. Agora encontrou um bloco de anotações no meio das coisas de Philippa Burton. Estava tudo lá: o nome de Lianne, o de Bryony Teale. É espantoso, não acha? Os nomes de duas das vítimas anotados pela terceira.

Will ergueu os ombros com ar aborrecido.

— O que eu tenho a ver com isso?

— Eu chego lá. Examinamos os telefonemas dados pela sra. Burton no último mês. A maioria deles tinha o destino que se podia esperar: sua mãe, o escritório do marido, uma ou duas amigas, uma agência de viagens, coisas desse tipo, mas deparamos também com um fato curioso. No dia nove de julho foi feito um telefonema para o seu abrigo de jovens. Sei o que o senhor vai dizer, mas a chamada não foi para o telefone público existente na recepção, que o pessoal usa para negociar drogas.

— Eles não usam aquele telefone para negociar drogas — replicou Will. — O senhor deve saber muito bem que os traficantes preferem usar seus próprios celulares.

— O que eu queria ressaltar é que esse telefonema foi dado para a sua sala. Gostaríamos de saber que comentários o senhor tem a fazer sobre o assunto.

Se isso fosse um teste de impassibilidade, Will teria tirado nota dez. Mas não era um teste, e eu sabia que qualquer pessoa normal na situação de Will teria se surpreendido com a existência de um elo entre as mulheres, e depois se sentiria inteiramente perturbada com a revelação de uma chamada para o seu próprio telefone. Uma pessoa normal e inocente teria começado a se comportar como se fosse culpada. Will demonstrou apenas estar entediado.

— Não tenho comentários a fazer — disse ele.

— Está se recusando a responder? É um direito seu.

— Não. Não é isso. Não sei que tipo de comentário está esperando. Faça perguntas e responderei.

— O senhor falou ao telefone com Philippa Burton?

— Não.

— Outras pessoas têm acesso a esse telefone?

Ele deu de ombros de novo.

— Provavelmente.

— Não quero "provavelmente". Sim ou não?

Will cerrou os maxilares.

— Sim — respondeu.

— Acesso supervisionado?

— Passo muito tempo fora. Fran, meu assistente, fica lá a maior parte do tempo. Temos muitos voluntários e ajudantes ocasionais. Mas tenho certeza de que às vezes o telefone não é controlado.

— Lianne estava morando no abrigo nessa época?

— Ela nunca morou no abrigo. Ela pode ter andado por lá.

— Isso é importante porque o telefonema foi dado antes de os dois crimes terem sido cometidos.

— É óbvio — disse Will.

— Desculpe-me. Talvez eu não esteja entendendo alguma coisa. O que é tão óbvio?

Will tamborilou levemente na mesa com os dedos.

— Não tem importância — respondeu.

— Mas o senhor estava querendo dizer o quê?

Will suspirou.

— Se essas pessoas se telefonaram, só pode ter sido antes que fossem assassinadas. Foi só isso que eu quis dizer.

— Quem disse que elas se telefonaram?

— O senhor.

— Não. Eu disse que havia sido feita uma chamada do telefone de Philippa para o seu. Ela poderia ter falado com o senhor, por exemplo. No entanto, o senhor nos garantiu agora que ela não falou. Mas pode ter sido com outra pessoa. Ou alguém ligou do telefone dela. As possibilidades são infinitas. Por isso, mais do que nunca, seria importante saber quando Lianne esteve no abrigo. O senhor mantém algum tipo de registro?

— Eles não são muito precisos.

— É uma pena — disse Oban, cujo tom cortês começava a mostrar algumas arestas. — Seria extremamente útil ter algum registro detalhado.

Will afastou-se da mesa empurrando a cadeira para trás, como costumavam fazer os convidados ao final de um grande banquete vitoriano. Os pés de metal fizeram um ruído estridente no chão de linóleo. Pela primeira vez ele parecia interessado no que se passava — o que, tratando-se de Will Pavic, equivalia a dizer que ele estava furioso.

— Fique sabendo — ele disse — que, depois de alguns anos de experiência, descobri que a única maneira de impedir que pessoas como o senhor examinem meus registros é não tê-los.

Por um momento, Oban pareceu estar extremamente concentrado em remover uma sujeira invisível das unhas.

— Sr. Pavic, não tenho grande interesse no aspecto político que o senhor está querendo dar à questão. Uma jovem que passou algum tempo no seu abrigo foi assassinada. Uma outra vítima telefonou para o abrigo. Lamento que ache isso maçante.

Houve então um longo silêncio. Quando Will falou, sua voz estava muito baixa, mas também clara e cortante como uma navalha, de modo que consegui ouvi-la do outro lado da sala.

— Trabalho com esse tipo de jovens o tempo todo. Eles são invisíveis. Alguma coisa acontece e pessoas como vocês ficam logo extremamente interessadas. Depois vão embora. Portanto, o senhor vai me desculpar por não ficar grato pela sua atenção. — Ele ficou de pé. — O senhor parece não entender como minha casa funciona. As pessoas não precisam bater ponto. Não anotam em um caderninho os telefonemas que dão. — Pela primeira vez ele olhou para mim com cara de que me reconhecia. — Não é um pensionato para filhinhas-de-papai. É mais como um pequeno rochedo no meio do oceano. As pessoas são jogadas contra ele. Agarram-se nele por um momento. Depois o mar as leva de novo. Se estiverem um pouco mais fortes do que quando chegaram, já nos damos por satisfeitos.

— Lianne estava mais forte quando foi embora?

Nesse momento, apesar de tudo, Will não conseguiu esconder a tristeza no seu olhar.

— Não sei — respondeu.

Quando saiu, ele nem sequer olhou para mim. Não estendi a mão para cumprimentá-lo nem falei nada. Mas quando ele se afastou, mordi o lábio e revelei a Oban em frases hesitantes e entrecortadas que há uma semana mais ou menos eu estava encontrando Will Pavic. Mais ou menos. Oban pareceu aturdido e espantado, como se eu o tivesse acordado de um sono muito profundo apenas para dizer-lhe algo incompreensível.

— Pavic? — perguntou, confuso. — Mas eu pensei... Mas e... você e o outro? Ah, bom. Ele franziu a testa intrigado. — Pavic? Você tem certeza? Você e ele, um casal?

— Não somos exatamente um casal.

— Como minha mulher e eu. Entendo o que quer dizer.

Trinta e cinco

"Quero que fique grudada em mim agora", Oban tinha dito. Por isso eu estava de novo ao seu lado no gramado encharcado da casa de Jeremy Burton e ciente o tempo todo de Emily, que nos observava da janela do seu quarto, com o polegar enfiado na boca. Jeremy insistira que saíssemos para conversar, como se ficasse oprimido dentro de casa. Ele vestia uma camisa de mangas curtas, sem paletó, mas não parecia sentir o vento frio que soprava no jardim. Eu estava com um cardigã, e ainda assim sentia frio. A água entrava pelos meus sapatos.

— Não entendo — repetiu. Ele praticamente não dissera outra coisa desde a nossa chegada. Tinha olhado as fotografias de Daisy, Lianne e Bryony, examinando cada uma delas com atenção e afastando-as dos olhos como se estivesse míope, antes de devolvê-las a Oban. — Não, ele dissera a cada vez. — Não. Nunca vi este rosto. Nunca ouvi este nome. Não, não, não. Não entendo por que me mostram as fotos dessas mulheres.

— Sua esposa escreveu os nomes de outras vítimas antes de morrer — disse Oban com paciência. — Lianne. E o nome da mulher que foi atacada recentemente perto do canal, a sra. Teale... Bryony Teale. E Daisy Gill era uma garota que se suicidou alguns meses atrás, e que aparentemente era amiga de Lianne. Sua esposa também escreveu o nome dela.

— Por quê? — Ele sacudiu a cabeça vigorosamente e franziu a testa como se tivesse dificuldade em nos reconhecer. — Por quê? Seu rosto estava abatido. Ele parecia cansado. Sua pele tinha uma palidez acinzentada. Seus olhos estavam vermelhos e pareciam doloridos.

— Não sabemos por que, sr. Burton — disse Oban. — Apenas encontramos essa nova evidência e obviamente ela muda o nosso modo de ver o caso.

— Philippa não as conhecia — insistiu ele. — Não conhecia mesmo.

— Ela escreveu os nomes delas.

— É tudo um grande engano — disse ele, exaltado. — Não sei explicar, mas é tudo um grande engano. Ela não as conhecia.

— O que o deixa tão seguro disso? — perguntei, com a voz mais suave possível.

— Ela teria me contado.

— Contado o quê?

— Qualquer coisa. Tudo o que tivesse a dizer. Ela sempre contou-me tudo da vida dela. — Por um momento tive a impressão de que ele se debulharia em lágrimas, mas depois olhou para nós e começou a caminhar pelo jardim.

— Sr. Burton — tornou Oban com voz firme —, sei que isso é um choque para o senhor, mas...

— Não é um choque, é... é um pesadelo.

— Ela poderia estar sendo ameaçada ou...?

— Não sei por que ela escreveu esses nomes. Por que alguém a ameaçaria? — Ele parou de repente e virou-se para nós, de modo que ficamos todos muito próximos. — Sei o que vocês estão pensando.

— O que estamos pensando?

— Que ela estava aprontando alguma coisa nas minhas costas. Tendo um caso, ou fazendo alguma outra besteira desse tipo. Ou talvez eu estivesse. Talvez eu estivesse tendo um caso com todas essas mulheres e ela ficara sabendo. É isso que vocês querem que eu negue? Tudo bem, eu nego.

Ele afastou-se de novo.

— Jeremy... — Aproximei-me dele e segurei-o pelo braço para que andasse mais devagar. — Por favor, ouça com atenção. Não estamos sugerindo nada nem deduzindo nada. Por favor, ouça bem. Sei...

— Sabe o quê? Não sabe nada. Não sou de deixar transparecer minhas emoções. Não é do meu feitio. Mas isso não significa que não tenho sentimentos. Phil sabia disso. Ela conseguia dizer quando eu estava deprimido, preocupado com alguma coisa, ou se tinha me incomodado no trabalho. Bastava eu aparecer na porta e ela olhar meu rosto para saber se eu estava bem ou não. Eu não precisava dizer nada. Não éramos de ficar grudados um no outro, ninguém diria que formávamos um casal apaixonado. Mas há maneiras e maneiras de amar alguém. E eu a amava, e ela me amava, e agora ela está morta e vocês ficam aí insinuando coisas sobre nós e a nossa vida em comum. Tínhamos uma vida boa. A vida que ambos queríamos. Não era romântica nem nada disso. Mas tínhamos um ao outro e depois tivemos Emily. E estávamos querendo outro filho. Então formaríamos uma família completa. É o que ela dizia. Agora ela está morta e nunca mais formaremos uma família completa.

— Sr. Burton...

Nesse momento nós dois percebemos que ele estava chorando. Ele estava de pé embaixo de uma macieira curvada pelo peso das frutas quase maduras e soluçava como um menino, a tal ponto que em pouco tempo seu rosto ficou vermelho e reluzente pelas lágrimas.

— Não — disse Pam Vere, sentada ereta em uma cadeira. Seus brincos de âmbar balançaram quando ela sacudiu a cabeça com força. Ela não reconhecia nenhum dos rostos. Sim, ela tinha certeza. Certeza absoluta.

— Quanto tempo Daisy ficou aqui com vocês, sra. Winston?

A sra. Winston era rechonchuda, tinha cabelos encaracolados e teria transmitido um ar maternal se não usasse tanta maquiagem e não tivesse olhos maléficos e calculistas atrás das grossas lentes dos seus óculos. Estávamos sentadas na sua cozinha abafada, com três gatos que se enroscavam nas minhas pernas enquanto comíamos biscoitos de chocolate. Oban tinha voltado para a delegacia e reprovado minha idéia de descobrir mais coisas a respeito de Daisy. "Precisamos nos concentrar nos personagens principais, Kit", ele tinha dito. "E, de qualquer forma, meus homens já estiveram lá, já fizeram o que podia ser feito."

— Quanto tempo? — a sra. Winston franziu a testa e tomou um ruidoso gole de chá. — Um instante, deixe-me pensar. O que foi mesmo que eu disse para aqueles simpáticos agentes que estavam aqui? Bem, na verdade não faz muito tempo. Em geral, gostamos que nossos jovens fiquem uma temporada longa, para podermos construir um relacionamento adequado, você sabe como é, oferecer-lhes uma verdadeira vida em família. Tivemos uma menina que ficou conosco por quase dois anos. Não foi, Ken?

Ken, que tinha a metade do tamanho dela, balançou a cabeça.

— Isso mesmo.

— Georgina era o nome dela. Uma garota muito simpática.

— Muito simpática — disse Ken em eco.

— Mas Daisy não ficou muito tempo. Três meses, talvez um pouco mais.

— Por que uma permanência tão curta?

— Ela nunca se adaptou. Tentamos de tudo. Tinha um

quarto só para ela, com cortinas novas que fiz especialmente para recebê-la, e móveis bonitos. Nós a acolhemos de braços abertos, não foi, Ken?

— Foi sim.

— Eu disse para ela, no dia de sua chegada: "Daisy, trate esta casa como se fosse sua. E se tiver algum problema, seja ele grande ou pequeno, venha falar comigo."

— E ela falou? Isto é, contou-lhe seus problemas?

— Oh, não. Nunca. Ela era fechada como uma ostra. Eu sabia, já na primeira semana eu sabia que não ia dar certo, não sabia, Ken?

— Sabia sim.

— Ela ficava na dela. Comia no quarto, deixava farelo por todo lado. Não se misturava com ninguém, não fazia o menor esforço. E dizia coisas horríveis sobre meu filho Bernie. — Eu tinha conhecido Bernie... um brutamontes de uns dezessete anos que usava uma camiseta com uma caveira na frente e que tinha vindo abrir a porta para mim. — E ele estava apenas querendo ser gentil.

— Então quer dizer que Daisy nunca lhe contou muita coisa sobre a sua vida?

— Não. Quase nada. Ela era muito reservada.

— Conheceu alguns de seus amigos?

— Não. Ela saía, mas nunca trouxe ninguém para cá. Às vezes passava a noite fora. Eu dizia para ela: "Daisy, não me importo que você saia, e aqui está uma chave, mas precisa me dizer a que horas vai voltar." Coisa que ela nunca fez, é claro.

Espalhei as fotos na frente dela.

— Não — ela disse, olhando-as rapidamente. — Eu já disse. É claro que reconheço esta aqui, mas só da TV.

— Philippa Burton.

— O que uma pessoa como ela tem a ver com Daisy?

— Então a senhora tem certeza de nunca ter encontrado nenhuma delas?

— Já disse aos policiais. Não.

— Obrigada — falei, com voz cansada. — Só queria confirmar.

— Não é fácil pegar alguém para criar, sabia? Você provavelmente pensa que eu não me preocupava com Daisy, mas fiz o melhor que pude. Lamentei muito quando me contaram o que havia acontecido com ela. "Pobre menina", eu disse, não disse, Ken? Mas não me surpreendi.

— Por que não?

Ela encolheu os ombros.

— Era realmente uma garota zangada, infeliz. Chata e grosseira, irritava-se por qualquer coisa, chorava no seu quarto, atirava coisas contra a parede. Às vezes dava pontapés nos meus gatos. Surpreendi-a fazendo isso. Foi a gota d'água. Ela pensava que o mundo inteiro estava contra ela. Foi tudo tarde demais.

— O que é que foi tarde demais?

— Nós. Tudo, suponho.

— Obrigada — eu disse, levantando-me para ir embora, querendo abandonar logo aquela cozinha superaquecida e os gatos que se esfregavam nas minhas pernas.

— Fizemos o que podíamos.

— Estou certa disso.

— Mas algumas pessoas a gente não consegue ajudar.

— Não se incomode. Conheço o caminho.

— Sua pior inimiga era ela mesma...

— De um certo modo, sinto-me culpada — disse Carol Harman.

— Quem a encontrou?

— Eu. Meu pessoal telefonou porque sua porta estava fechada e ela não respondia às batidas. Então abri pelo lado de fora com a chave mestra e encontrei-a lá. Ela tinha se enforcado — mas você sabia disso, não?

— Sim, sabia.

— Sabíamos que havia risco porque se machucava de propósito, não se alimentava. Havíamos tomado medidas especiais com relação a ela: conversas individuais com o pessoal de apoio, coisas desse tipo. Isso não podia ter acontecido.

— Ela devia estar determinada — repliquei. Eu gostava dessa mulher, que não tentava justificar-se para mim. — Não era um pedido de socorro.

— Se ela não tivesse conseguido daquela vez, talvez nunca mais tentasse. A gente nunca sabe. Ela era uma garota difícil, muito teimosa, muito carente. Uma vida terrível. Certa vez ela me disse: "Nunca alguém disse que me amava."

— O que a senhora respondeu?

— Que a amava, é claro... mas isso não podia parecer verdade, vindo de uma mulher que a conhecia há poucas semanas apenas e que era paga para cuidar dela.

— Pelo menos a senhora disse.

— Hmmm. De qualquer forma, você quer saber se eu alguma vez vi essas mulheres. Encontrei esta aqui uma vez. — Ela indicou com a ponta do dedo o rosto de Lianne. — Ela veio ver Daisy. Subiram para o quarto de Daisy juntas. Só isso.

— Nenhuma das outras?

— Não.

— Por que acha que ela fez isso?

— Que ela se matou? Não sei. Ela levava uma vida triste, já lhe disse. Não conheço nenhuma circunstância específica, mas isso não significa que não houvesse alguma. Provavelmente foi porque, no final das contas, isso era mais fácil do que continuar viva.

Trinta e seis

No dia seguinte fui à clínica, participei de uma reunião sobre a nova estrutura da equipe e fiz de conta que botava minha papelada em dia. Meu cérebro fervilhava com os acontecimentos das últimas 24 horas. Pensei na lista de nomes; no rosto branco e transtornado de Bryony quando soube da minha descoberta; nos soluços de Jeremy sob a macieira.

E eu não sabia o que fazer com Will. Ele estaria zangado comigo a ponto de não me dirigir mais a palavra? Eu queria vê-lo de novo? Às seis e quinze telefonei para ele. Às dez para as nove olhei as horas no meu relógio, no exato momento em que Will tirou-o do meu pulso e colocou-o no chão, ao lado da sua cama. Quando coloquei-o de novo eu tinha acabado de sair do chuveiro. Passava um pouco das dez. Ele estava deitado. Deitei-me ao seu lado. Minha pele ainda estava úmida do banho e a dele ainda úmida de suor, de sexo e de mim. Eu sentia em mim o cheiro do seu sabonete e sentia meu cheiro no seu corpo inteiro.

— Foi maravilhoso — eu disse e comecei a me desculpar. — Sempre sinto-me idiota ao dizer isso. Parece que estou agradecendo alguma coisa. — Sentei-me com as costas contra a parede, apoiada no travesseiro, e observei o quarto. Havia sobras de comida chinesa nas embalagens. Uma garrafa de vinho estava vazia e outra quase pela metade. Nossas roupas estavam espalhadas. — Sinto muito por ontem à tarde. — Eu não sabia o que fazer.

— Não tem importância — respondeu ele. Ele percorria meu corpo com os dedos, mas sem olhar para mim.

— Foi isso que me surpreendeu — expliquei. — Realmente parecia que você não estava dando a menor importância. Tenho medo da polícia, e no entanto trabalho com ela. Mas você não parecia perturbado.

— Isso é um problema?

— Talvez eu fique mais assustada do que você.

— É compreensível.

— Você diz por causa disto? — Levantei a mão e toquei meu rosto, minha cicatriz.

— O que estava esperando? — ele perguntou. — Que eu me ajoelhasse e começasse a apregoar minha inocência?

— O que quer dizer com sua "inocência"?

— É o que você quer também, não é mesmo? Quer que eu olhe bem dentro de seus olhos e diga: "Kit, sou inocente. Que Deus me ajude."

— Não — protestei. — Mas...

— Ah! Então no final das contas tem um "mas". — Ele levantou-se. — Vou tomar uma ducha.

Continuei estendida na cama, coberta parcialmente pelo fino lençol, pensando. Assim que ele voltou para o quarto, enrolado em uma grande toalha branca, perguntei:

— Sabe qual é o problema?

— Qual problema? O meu ou o seu?

— É que você não perdeu a calma por um segundo sequer. Conseguiu controlar-se perfeitamente.

— E a pergunta é: um homem inocente se comportaria assim?

— Você não se incomoda, então?

— O quê? — Ele ergueu as sobrancelhas. — Sobre o que as pessoas pensam de mim? Por que me incomodaria?

— Não. Não, não estou falando do que as pessoas pensam de você. Estou falando de... bem, de tudo. De Lianne, Philippa, Daisy, e agora Bryony. Você está envolvido de uma certa maneira. Ainda que não tenha absolutamente nada a ver com a história, está envolvido. E você conhecia algumas delas, Will. Conhecia Lianne. Ela era jovem, solitária, precisava de ajuda, e agora está morta. Elas estão mortas, e mesmo assim você continuou sentado, impassível, com um sorriso irônico, tentando marcar pontos. O que quero dizer é que sei que, no seu íntimo, de alguma forma você se preocupa, porque, do contrário, não faria o trabalho que faz. Por isso sei que você se preocupa, é claro...

— Não, não sabe. Uma coisa não tem nada a ver com a outra.

— Está certo, talvez você não dê a mínima importância e eu tenha calafrios com isso.

Will deu um sorriso desagradável.

— Mais calafrios do que teria diante da possibilidade de eu ser capaz de cometer um assassinato? Talvez. — Ele deixou sua toalha cair, formando uma mancha branca no chão, depois enfiou um roupão. — Ou quem sabe essa possibilidade a deixa até excitada? A idéia de que sou capaz de matar alguém lhe agrada? Conheço você. Você gosta de enfrentar seus medos, não é verdade? Sentir medo e ir em frente assim mesmo? — Seu tom era debochado e cruel.

Sentei-me na cama.

— Escute, Will, vamos parar com essa brincadeira. Por favor. Não sei se valeu a pena, mas já conheci algumas dezenas de assassinos, acho. Talvez mais. Para todos eles há longos relatórios que explicam por que mataram. Não sei de um único exemplo em que alguém tenha detectado antecipadamente que eles eram assassinos potenciais. Na verdade, vários deles foram liberados por supostos peritos, como eu, e mataram alguma outra pessoa. Por isso, não vou ficar plantada aqui afirmando que você não poderia ter matado uma mulher.

— Sentada.

— Como?

— Você não está plantada aqui, você está sentada.

— Oh, pelo amor de Deus. Você está confirmando o que acabo de dizer. Veja bem, o que estou tentando dizer é que observei você esta tarde e de repente imaginei que seria capaz de gostar que as pessoas pensem que você cometeu os crimes. Seria ótimo em todos os aspectos. Você seria a vítima mais uma vez. O grande incompreendido Will Pavic. E isso mostraria como a polícia é burra. Seria a situação ideal: você estaria certo e todos os outros errados. O que é basicamente a sua visão do mundo.

O sorriso de Will não se apagou.

— Quer dizer que não consegui enganá-la? — perguntou.

Estendi o braço, segurei sua mão e puxei-o para a cama, ao meu lado. Acariciei seus cabelos curtos e eriçados. Beijei sua testa. Coloquei a palma de minha mão contra seu rosto e por um milésimo de segundo ele apoiou-se nela.

— Tive um ano muito ruim — revelei. — Ainda tenho pesadelos.

— Kit...

— Minha vida sexual simplesmente não existiu durante um bom tempo e neste momento é a melhor possível. É espetacular. Espetacular não é a palavra certa. Mas você sabe o que quero dizer. E às vezes me pergunto se estou ficando apaixonada por você.

— Kit... — repetiu. Ele não estava mais brincando e seu sorriso debochado havia sumido. Já era alguma coisa. Ainda que nossa aventura estivesse chegando ao fim, isso era melhor do que seu desprezo.

— Talvez você tenha razão — continuei. — E eu esteja atraída por você por causa do seu mau humor, porque me intimida e porque, de certa forma, me mete medo. Ou talvez eu o queira porque você parece infeliz e finjo para mim mesma que posso devolver-lhe a felicidade... você sabe, essa fantasia feminina idiota sobre a qual você provavelmente já leu alguma coisa. Tanto faz. Fiquei feliz por me sentir desejada assim de novo. Fiquei feliz quando fui trabalhar e de repente me surpreendi pensando em você. Senti que estava voltando a viver. No entanto, não quero estar com uma pessoa que não se importa com nada, e que não cede a ninguém. Não sou dada a paixões sem ternura. Não sou dura o suficiente. E só gosto de jogo limpo. Agora, por exemplo, estou pondo todas as minhas cartas na mesa. Nenhum ás, como você pode ver. — Forcei um sorriso, mas ele continuou sério. — Por isso, talvez eu precise de alguém com arestas mais suaves.

Will ergueu a mão e empurrou uma mecha de cabelo molhado para trás da minha orelha.

— Acho que vai ser mais difícil para mim do que para você se pararmos de nos ver — continuei. — Não sei lidar com separações. Sempre fui péssima nisso. Você talvez se saia melhor — aposto que não perde muito tempo olhando para trás.

— Quero continuar a vê-la, Kit.

— Quer me ver segundo os seus termos.

— Quais são os seus termos, então?

— Não sei. — Deixei escapar um pequeno soluço. — Mas o certo é que tenho alguns.

Ele sorriu.

— Você sabe que isso é totalmente incompreensível.

— Sei, sim. — Ele deu-me um lenço de papel e assoei o nariz. — Em todo o caso, pelo menos por esta noite devemos nos afastar. E talvez fosse melhor nos afastarmos para sempre. — Coloquei um dedo sobre seus lábios. — Shhh, não diga mais nada. Não agora.

Levantei-me e vesti minhas calças e a camiseta.

— Não gosto da idéia de você andar por aí a esta hora da noite — disse Will.

— Acho que não tem problema — respondi. — Meu nome não estava na lista.

Saí da casa e afastei-me sem olhar para trás. A lua cheia brilhava tanto que seu halo iluminava as nuvens que se moviam no céu. Meu corpo tremia de tensão. Senti as lágrimas correrem pelo meu rosto, quentes, ásperas, mas respirei fundo várias vezes para me acalmar. Enxuguei o rosto. Assim era melhor. Eu tinha feito a coisa certa e não havia motivo para me atormentar. Provavelmente tudo estava acabado agora, mas eu não conseguia parar de pensar nisso. Siga em frente, falei para mim mesma. Siga em frente. Eu tinha outras coisas nas quais pensar.

Nunca tive problema em caminhar sozinha pela cidade tarde da noite. Minha teoria é que se a pessoa anda com passo firme e dá a impressão de saber exatamente para onde vai, ela está a salvo. Ao longo de boa parte de minha carreira conversei com homens perigosos e muitas vezes perguntei-lhes como escolhiam as suas vítimas. Acho que a resposta é que eles escolhem pessoas, sobretudo mulheres, que, pela fraqueza, falta de decisão ou insegurança, parecem atrair a sua atenção. Isso convenceu-me então de que, se a pessoa não parece uma vítima, não corre o risco de vir a ser. Talvez eu esteja apenas enganando a mim mesma. Não suporto a idéia de que o sofrimento é aleatório. É melhor acreditar que as pessoas são responsáveis pelo que atraem para si.

Percorri ruas desertas e escuras até chegar às luzes e ao ruído da rua principal e à estação de Kersey Town. Os táxis buzinavam, a banca vendia os jornais do dia seguinte, como se no dia seguinte não houvesse tempo suficiente para isso. Em épocas normais eu teria ficado fascinada pela correria noturna da cidade. Adoro observar as pessoas que parecem estar no lugar errado na hora errada. Tento imaginar que incumbências estranhas e que erros de percurso as trouxeram até ali e invento histórias sobre elas. Mas agora havia outras histórias na minha cabeça, e uma interrompia a outra, todas gritando para ser ouvidas. Atravessei a rua movimentada e cortei caminho pela praça, deixando o alvoroço para trás. Pensei em Bryony, caminhando tarde da noite à margem do canal. Tinha sido uma burrice, como dissera Oban, mas eu entendia o impulso. A escuridão, o silêncio, a água escura que mal se movia, um estranho e secreto mundo bem no meio da cidade. Pensei em Philippa, na luz matinal de Hampstead Heath, um parque cheio de crianças.

Minha mente trabalhava tão intensamente que meus passos de volta para casa tinham se tornado quase inconscientes, embora eu tivesse tomado um caminho complicado que passava por ruas estreitas e silenciosas e pequenas aléias. Eu estava a apenas cem metros da porta de casa quando alguma coisa tirou-me bruscamente do meu devaneio; olhei ao meu redor, sobressaltada. Eu ouvira um ruído? Eu estava em uma rua tranqüila, com uma fileira de casas de um lado e o cemitério de uma igreja do outro. Não vi uma única pessoa, mas de repente, com o canto do olho, percebi um movimento. Olhei atentamente na direção da qual eu viera, mas não vi nada. Alguém teria se refugiado em um lugar mais sombrio? Eu estaria em casa dentro de um minuto. Apressei o passo, minha mão segurando com força a chave dentro do bolso do casaco. Um minuto, menos, trinta segundos. Comecei a correr e cheguei à minha porta. No momento em que enfiei a chave na fechadura, senti uma mão no meu ombro e soltei um ridículo gritinho de pânico. Meu peito apertou-se e olhei em torno. Era Michael Doll. Senti seu hálito agridoce no meu rosto.

— Consegui alcançá-la — disse, com um sorriso.

Tentei raciocinar. Manter a calma. Não demonstrar tensão. Fazê-lo ir embora. Mas precisava demonstrar surpresa. Não devia dar a impressão de que considerava a sua presença natural.

— O que está fazendo aqui numa hora dessas?

— Senti sua falta — disse. — Você não foi me ver.

— Por que eu deveria ir vê-lo?

— Tenho pensado muito em você.

— Estava me seguindo? — perguntei.

— Não, por que a seguiria? — Ele recuou um passo e desviou o olhar.

Ele estava me seguindo. Há quanto tempo? Teria ficado à minha espera na frente da casa de Will Pavic?

— Você estava com outra pessoa?

Outra pessoa? O que estava acontecendo?

— Preciso entrar agora, Michael.

— Posso entrar também?

— Não, não pode.

— Por alguns minutos, apenas.

— É muito tarde. Minha amiga me espera.

Ele ergueu os olhos na direção do apartamento.

— Não há luz lá em cima.

— Ela já está deitada.

— Quero falar com você.

Eu não conseguia acreditar que estivesse em pé diante da minha porta à meia-noite e meia negociando com Michael Doll a possibilidade de ele subir comigo até o meu apartamento.

— Preciso entrar.

— Você deixou outras pessoas entrarem.

— Michael, já é tarde. Você precisa voltar para casa.

— Odeio minha casa.

— Boa noite, Michael. — Falei com um sorriso gentil, mas não de acolhida, e toquei de leve no seu braço, o que indicava compreensão, mas não um calor verdadeiro.

— Preciso ver você — ele disse, com a voz mais branda.

— É tarde demais. Vou entrar.

Sem muita pressa, entrei no prédio e empurrei a porta atrás de mim, mas ela não se fechou. Era o pé de Doll que a escorava. Ele inclinou-se à frente e enfiou o rosto pelo vão aberto.

— Você me odeia? — perguntou, numa quase afirmação. — Quer que eu vá embora. Que não apareça mais na sua frente.

Oh, como eu gostaria que ele fosse embora. Que desaparecesse da minha vida, e se era para ele se apegar a alguém, que fosse a uma outra pessoa.

— Não foi isso que eu quis dizer — respondi. — Estou cansada. Tive um dia difícil. Por favor.

Seu rosto estava bem próximo do meu agora. Eu ouvia a sua respiração sibilante. Ele enfiou o braço pela porta entreaberta e senti a sua mão no meu rosto.

— Boa noite, Kit — ele disse.

Não respondi. A mão afastou-se. Senti que a pressão contra a porta diminuía e consegui fechá-la. Apoiei-me nela e senti uma súbita náusea. Ainda sentia o contato da mão de Michael Doll no meu rosto. Eu ainda sentia Will Pavic dentro de mim. Tinha a impressão de estar impregnada do cheiro desses dois homens. Subi as escadas correndo e, embora já tivesse tomado uma ducha na casa de Will, entrei de novo embaixo do chuveiro e ali fiquei por um longo tempo, até a água quente acabar. Depois, vasculhei um armário e encontrei uma garrafa de uísque. Levei a garrafa comigo para a cama, sentei-me no escuro e bebi pequenos goles que me queimaram por dentro e amorteceram minha mente.

Trinta e sete

Na manhã seguinte, telefonei para Oban e contei-lhe sobre Michael Doll. Tive a impressão de que ele achou a aventura até divertida.

— Então você tem um admirador — ele disse. — Mais um admirador, melhor dizendo.

— Isso não tem nada de engraçado — rebati. — Acho que ele andou me seguindo.

— Por quê?

Hesitei um pouco. Eu não queria contar que Doll tinha me seguido desde a casa de Will.

— A situação está ficando cada vez mais séria. Ele ronda meu prédio, me observa. Não me sinto segura.

Ouvi uma tosse que talvez tenha sido um riso abafado.

— Não acredito nisso — ele falou. — Passamos as últimas semanas tentando convencê-la de que Doll é perigoso e você tentando nos convencer de que ele é um rapaz doce, porém incompreendido.

— Eu jamais disse isso.

— Eu sei, meu amor. Não vê que estou brincando? Mas o que você quer que eu faça?

— Não tenho certeza. No entanto, estou começando a me sentir ameaçada por ele.

— Deus do céu! — disse Oban. — E pensar que eu estava quase achando o outro admirador mais interessante.

— O quê?

— É difícil evitar. Tenho pensado no assunto e todos os caminhos parecem levar a Will Pavic e seu maldito centro de traficantes de drogas.

— Isso é ridículo.

— Talvez. Mas precisamos pensar no assunto. Se quiser, posso mandar alguém sussurrar alguma coisa no ouvido de Mickey Doll.

Dei um suspiro de alívio.

— Pode ser uma boa idéia — eu disse. — O problema é que tudo o que digo para ele, seja em tom amigável ou zangado, parece encorajá-lo ainda mais. Não quero intimidá-lo, mas a situação está fugindo do nosso controle.

— Não se preocupe. Vamos pressioná-lo. De um modo simpático, é claro. Você vem à delegacia hoje?

— Talvez mais tarde — respondi. — Estarei na clínica a maior parte do dia.

De manhã, eu estava sentada em uma das salas de seminários da Clínica Welbeck na companhia de uma garota de quinze anos chamada Anita, sua pálida e atordoada mãe, uma assistente social e um advogado. Eu examinava seu dossiê. Era o desastre de sempre. Pior que o desastre de sempre. As visitas dos supervisores tinham sido omitidas, os medicamentos esquecidos, papéis extraviados. Nada disso era novidade. Mas um prédio da escola tinha sido incendiado. O que com certeza mudara totalmente a situação. Anita tentara o suicídio duas vezes, tinha se mutilado repetidas vezes e seu caso havia estacionado na bandeja de entrada. Mas se uma pessoa bota fogo em prédios públicos, merece atenção.

Alguém bateu na porta e em seguida abriu-a. Era a recepcionista da clínica.

— Telefone para a senhora — ela me disse.

Olhei à minha volta, incrédula.

— Diga que telefonarei mais tarde.

— É da polícia. O sujeito disse que tentou seu celular.

— Está desligado. Diga-lhe que volte a chamar dentro de um minuto.

— Ele disse para tirá-la de onde a senhora estivesse. E está esperando.

Pedi milhões de desculpas, corri pelo corredor e peguei o telefone.

— Seria melhor...

— Doll está morto.

— O quê?!

— No apartamento dele. Vá para lá imediatamente.

Na minha primeira visita a Michael Doll eu achara seu apartamento um lugar sórdido e desolado, a moradia de um homem estranho e solitário. Doll me parecera o tipo de pessoa que teria levado uma vida obscura e cuja morte teria sido ignorada. Não mais. Ele se tornara uma celebridade. Havia três carros da polícia, uma ambulância e outros carros não-identificados estacionados em fila dupla. A área perto da porta do prédio estava interditada por uma fita. Dois policiais montavam guarda do lado de fora, e havia uma pequena multidão que aparentemente não tinha nada melhor a fazer naquela tarde de um dia de semana em Hackney.

Abri caminho murmurando pedidos de desculpas a torto e a direito e, à medida que me aproximava dos policiais, vi velhinhas com carrinhos de feira olhando para mim com visível interesse. Quem eu seria? Detetive? Agente funerária? Um dos policiais entrou e ouvi um grito abafado. Alguns momentos depois, surgiu Oban. Ele parecia muito chocado e o seu rosto tinha uma cor verde-acinzentada que me impressionou. A única coisa que consegui perguntar foi se ele estava passando bem.

— Meu Deus — disse ele em voz baixa. — É inacreditável o que fizeram aí dentro. Que merda! Porra! Me desculpem, por favor. — Ele olhou com ar de culpado para as senhoras idosas.

— O que aconteceu? — perguntei.

— O pessoal da perícia está começando só agora — respondeu. — Eu gostaria que você desse uma olhada. Apenas para ter uma idéia do que aconteceu, antes que o levem daqui. Está preparada?

— Acho que sim — respondi, engolindo em seco.

— Não é uma cena agradável — completou.

Precisei cobrir meus sapatos com uma espécie de touca para ducha. Oban recomendou-me que não tocasse em nada. Subir as escadas exigiu um cuidado especial porque elas estavam cobertas por um lençol. Chegando ao topo, Oban disse-me para respirar fundo. Ele empurrou a porta e deu um passo para trás, deixando-me entrar primeiro.

O corpo estava estendido no chão, o rosto para baixo, só que não havia mais rosto. Parecia uma efígie, mas com a cabeça ainda por terminar. Reconheci as roupas da noite anterior. As solas dos seus sapatos apontavam para mim. O laço do pé direito estava desfeito. Calças de veludo cotelê marrom. Jaqueta com capuz. Acima disso, apenas uma gosma escura. Tentei falar, mas minha boca estava seca demais. Precisei engolir várias vezes. Senti a mão nas minhas costas.

— Seja forte, minha querida — disse Oban.

— Onde está a cabeça dele? — perguntei, com uma voz que não parecia minha.

— Espalhada por todo lado — respondeu Oban. — Rebentada por sucessivos e violentos golpes desferidos por um objeto muito, muito contundente, a maioria depois de ele já estar morto. Foi um frenesi de destruição. O resultado está aí.

Olhei ao redor da sala. Era o quarto vermelho. O quarto vermelho de meus pesadelos. Eu pensara nele como uma idéia, um símbolo, mas eu agora estava dentro dele. A impressão era que o recinto tinha sido borrifado de sangue com o auxílio de uma mangueira. As paredes e até o teto, de onde grandes bolhas suspensas pareciam prestes a cair sobre nós, só que já estavam coaguladas.

— Ferimento na cabeça você sabe como é — disse Oban, olhando em volta. — Sempre sangra muito, não é?

Percorri o ambiente com os olhos. Tentei ser objetiva, mas não conseguia parar de pensar na sua irritante presença na soleira da minha porta na noite anterior, na sua irritante urgência, tudo reduzido agora àquele repugnante fardo estendido no chão. De uma certa maneira eu o havia amaldiçoado. Tinha desejado que desaparecesse para sempre da minha vida. Eu teria desejado a sua morte?

— Dê uma olhada nisto — disse Oban.

Ele pegou um envelope plástico transparente, que continha uma folha de papel. Nela, com letras maiúsculas e erros grosseiros, as palavras: OMICIDA MAUDITO.

— Deixaram sobre o cadáver. Está vendo? Esses facínoras não sabem nem escrever direito.

— Então conseguiram pegá-lo — eu disse.

Oban concordou com a cabeça.

— Que chiqueiro — ele disse. — Você já esteve aqui antes?

— Estive — respondi.

— Imaginei que você poderia achar útil ver o que aconteceu. Fique o tempo que quiser. Muito ou pouco.

Minhas pernas tremiam e fiz menção de sentar-me no braço de uma poltrona, mas um homem aproximou-se e impediu-me de fazê-lo. Pedi desculpas.

— Que bagunça — disse Oban. — Parece um matadouro dentro de um museu.

— Michael Doll era colecionador — expliquei. Eu não podia vomitar. Engoli com força e respirei fundo pela boca.

Oban fez uma careta.

— É mesmo? O que ele colecionava?

— O que aparecesse. Coisas que encontrava no canal. Tudo que pudesse carregar. Era uma espécie de doença.

— Não invejo as pessoas que terão que limpar isso... — Oban continuava a falar, mas eu não conseguia ouvir mais nada. Porque de repente percebi algo. Atravessei a sala, contornando o corpo com cuidado. Ergui o braço e ameacei pegar um objeto em uma prateleira, entre um pote de geléia e um rolo de arame enferrujado. Alguém gritou atrás de mim e senti uma mão puxar meu braço com força.

— Não toque — disse uma voz.

— Ali — eu disse, indicando com o dedo. — Ali.

O homem usava luvas e aproximou-se para pegar o objeto, com muito cuidado.

— O que é isso? — perguntou Oban.

— Você me diz o que é — respondi.

— É uma caneca com bico, dessas que as crianças pequenas usam. O que está escrito nela?

— Emily — eu disse.

Ele ficou perplexo.

— Você não vai me dizer que Mickey Doll tinha uma filha chamada Emily?

— Não — respondi. — Mas Philippa Burton tinha.

Trinta e oito

— Tudo bem? — perguntou Oban enquanto nos afastávamos da calçada onde o grupo de pessoas já se transformara em uma pequena multidão.

— Estou ótima. — Mantive a voz firme e sorri para ele. Eu não tremia. Minha voz também não. Minha respiração estava regular. Baixei o vidro da janela do carro e deixei que o vento quente soprasse no meu rosto.

— Inacreditável, não? — A expressão de Oban voltara ao normal, e a sua voz soava jovial, alegre, até. Ele parecia mais animado e mais relaxado do que nas últimas semanas. Eu não estranharia se ele começasse a assobiar baixinho.

— É.

— Tarefa dura para o pessoal da perícia. Um pesadelo. Mas muita gente apoiará quem fez isso, ainda que tenha sido daquele jeito. Justiça com as próprias mãos, coisas desse tipo. Precisamos ter muita cautela na entrevista coletiva.

Fechei os olhos por um minuto e revi o que restara de Doll naquele mar de sangue. O sangue escuro que cobria tudo. O quarto vermelho banhado de sangue. O quarto vermelho.

— Em suma, Kit, voltamos ao ponto de partida.

— Como assim?

— Foi Doll o tempo todo. Desde o início.

Emiti um som que não queria dizer nada e olhei para fora da janela aberta. O céu estava azul e sem nuvens, o sol dourado; as pessoas nas ruas vestiam cores vivas. Era um dia quente e luminoso, como um último presente de verão.

— Vamos lá, Kit. Tente esquecer tudo isso, agora. Acabou, convença-se disso.

— Bem...

— Deixe que eu adivinho. Você ainda não está convencida. Você encontrou a caneca de Emily no quarto de Doll, pelo amor de Deus, com o nome dela escrito com todas as letras. É claro que precisamos confirmar isso com o sr. Burton, mas acho que as coisas estão se encaixando, não? Mas você não está convencida. O que falta ainda? — Ele estava olhando para mim enquanto dizia isso. Seu rosto demonstrava mais afeto do que exasperação.

— É que simplesmente não consigo entender.

— E daí? Quem é que entende? Nem é preciso entender mais nada. Você não foi convidada a presidir um seminário sobre esse assunto para seus colegas, ou seja lá o que for. Precisávamos apenas encontrar a pessoa que matou as mulheres, e agora encontramos, graças a Deus.

— Não. O que quero dizer é que essa história não faz sentido.

— Muita coisa não faz sentido. — Ele deu uma guinada para evitar um ciclista com roupa de Lycra néon e tocou de leve a buzina. — Mas era Doll o assassino, Kit.

Não respondi.

— Kit? Deixe de bobagem, admita isso de uma vez por todas. Não custa nada.

— Não estou dizendo que você está errado...

— Mas também não dirá que estou certo.

— Não.

Ele riu. Depois colocou a mão quente sobre a minha.

— Você fez um bom trabalho, Kit. Ainda que no final sua

intuição estivesse errada, você fez um excelente trabalho. Não pense que não entendo como deve ter sido difícil para você, depois de tudo o que aconteceu. Mas sem a sua ajuda nos teríamos perdido, andando em todas as direções. Você nos manteve no caminho certo.

— Não — repliquei, e fiquei surpresa com o tom decidido da minha voz. — Não. Impedi que você acusasse Doll há várias semanas. Se o tivesse acusado naquela época, com ou sem culpa, ele estaria vivo agora. Em um ano talvez fosse parar no meu hospital. Eu disse a ele que não havia perigo.

— Não adianta pensar nisso agora. Todos nós cometemos erros nesse caso, mas você viu conexões que nós não vimos. Impediu que cometêssemos erros que estávamos prestes a cometer. Impediu uma confusão dos diabos.

— Mas...

— Pelo amor de Deus, Kit, fique calma. Chega de tanto "mas". Você é a mulher mais teimosa com quem já tive o prazer e o privilégio de trabalhar.

— Vou colocar isso no meu currículo — respondi secamente.

— E a mais respeitável — acrescentou ele.

Olhei para ele, mas seus olhos estavam fixos na estrada à nossa frente.

Toquei de leve no seu braço.

— Obrigada, Daniel.

Meu apartamento estava descuidado, como se ninguém mais o habitasse. Todas as janelas estavam fechadas, as cortinas ambiguamente entreabertas, como se eu tivesse saído de férias, e os móveis empoeirados. Não havia flores frescas como de costume, apenas algumas murchas dentro de um vaso no peitoril da janela da cozinha; nenhuma fruta na fruteira sobre a mesa; nenhum livro aberto no braço do sofá; nenhum bilhete de Julie preso na porta da geladeira. Abri a geladeira.

Estava limpa e quase vazia: uma caixa de leite semidesnatado, um resto de manteiga, um vidro pequeno de molho *pesto* pela metade, um pacote de café em grão.

E qual tinha sido a última vez em que eu conversara de verdade com Julie? Com uma sensação de vergonha, percebi que não conseguia me lembrar. No frenesi dos últimos dias ela tinha sido apenas uma forma indefinida na fronteira do meu campo de visão, presente mas ignorada, piscando ao longe. Eu tinha a vaga lembrança de que ela me dissera que precisávamos conversar, em um dia em que eu saía de casa apressada para ir não sei aonde. Quando teria sido?

A porta do que eu tinha me acostumado a chamar de seu quarto estava entreaberta, por isso espiei pela fresta. Tudo parecia arrumado demais. Julie sempre deixava roupas espalhadas pelo chão, a cama por fazer, batons e potes de creme abertos em cima do arquivo de aço que ela transformara em penteadeira. Por um momento, imaginei que tivesse ido embora de vez, mas sua mala continuava no chão, e o armário estava cheio de roupas.

Voltei para a sala e abri algumas janelas. Tirei o pó dos móveis. Depois corri até a lojinha da esquina, onde comprei queijo de cabra e um pedaço de parmesão, massa fresca, creme, salame e presunto italianos, azeitonas recheadas de anchova, biscoitos de amêndoas, um vasinho de manjericão, corações de alcachofra, quatro figos grandes. Não que eu tivesse vontade de comer alguma dessas coisas; eu queria apenas tê-las em casa, para poder oferecer a alguém que batesse à minha porta.

Depois fui até a quitanda, um pouco mais adiante: pimentões vermelhos, pimentões amarelos, maçãs verdes, um melão amarelo-claro, nectarinas, ameixas vermelhas e um cacho de uvas pretas. No florista, comprei um enorme e vistoso buquê de dálias amarelas e cor de laranja. Voltei para casa cambaleando, os sacos plásticos machucando meus dedos e as flores pinicando meu nariz. Botei a chaleira para ferver, moí os grãos de café, enfiei as flores em um vaso de vidro, guardei o queijo na geladeira, empilhei as frutas e os legumes em uma grande fruteira. Tudo pronto. Se Julie chegasse, ela saberia que eu tinha voltado para casa.

Estava me preparando para tomar um banho quando o telefone tocou.

— Alô?

— Kit, passo para pegá-la em cinco minutos, certo? Estou quase chegando aí.

— Pensei que você tivesse dito que o caso estava encerrado, Daniel.

— E está. Só falta o arremate. Você vai gostar, prometo.

— Não gosto de surpresas... — comecei a dizer, mas ele já tinha desligado.

— Você está nisto desde o início. Parece justo que esteja no final, também.

— Ainda não sei aonde estamos indo.

Oban riu.

— Pare de reclamar.

Poucos minutos depois, estávamos na frente da porta dos Teale.

— Tem certeza de que ela está em casa?

— Telefonei antes.

Quando Bryony abriu a porta, levei um choque com a sua aparência. Ela prendera para trás os cabelos alaranjados e estava muito pálida. Tinha olheiras profundas, como se não dormisse há dias. Parecia mais magra dentro da velha calça *jeans* e da camiseta branca exageradamente grande que estava usando, e o sorriso com que nos recebeu não chegou aos seus olhos.

— Entrem.

— Não vamos nos demorar, sra. Teale — disse Oban, assim que chegamos à sala. — Gostaria apenas de saber se a senhora alguma vez viu isto. — Ele então enfiou uma fina luva na sua mão direita, introduziu-a na sacola que trouxera e, como um prestidigitador em uma grande apresentação, tirou dela uma pequena bolsa de couro.

Bryony olhou uma vez para ela e levou imediatamente as mãos à boca.

— Sim — ela murmurou.

— Foi encontrada na casa de Michael Doll. — Ele dirigiu-me um olhar de puro triunfo.

— Oh! — Ela respirava com dificuldade, como se alguém a tivesse golpeado no estômago e ela ficasse sem ar. De repente, começou a chorar, afundou o rosto nas mãos e soluçou baixinho. As lágrimas corriam entre seus dedos.

Olhei com raiva para Oban, que aproximou-se dela e colocou a mão desajeitadamente no seu ombro.

— Calma, calma. Já terminou tudo, sra. Teale. Ele está morto, entenda. A senhora está em segurança agora.

— Em segurança? — Ela levantou o rosto encharcado, parecendo confusa. — Em segurança?

— Sim. Não posso dar-lhe detalhes, mas posso afirmar que estamos confiantes que o assassino era Doll, o homem que se fazia passar por testemunha do seu ataque. Ele sempre foi considerado suspeito, e foi encontrado morto no seu apartamento hoje de manhã. Ele tinha em seu poder objetos que pertenciam a Philippa Burton e à senhora. Sabíamos que isto era seu. — Ele levantou a bolsinha e sacudiu-a no ar. — Porque ela contém, entre outras coisas, as chaves da sua casa, com o seu nome no chaveiro. Talvez ele tenha apanhado algum pertence de Lianne, também, mas provavelmente nunca saberemos ao certo. — Ele fez um gesto cordial com a cabeça. — São seus troféus, entende?

— Mas como... o quê...?

— Ele já tinha sido alvo de um ataque por parte de um desses grupos que fazem justiça com as próprias mãos e por isso estamos trabalhando com a hipótese de que eles o tenham matado. Ainda é cedo para confirmar.

— Minha bolsa — disse ela lentamente. — Ele estava com a minha bolsa.

— A senhora se lembra de tê-la perdido?

— Não. Não sei. Isto é, devo tê-la perdido na noite do ataque. Mas não pensei... eu sabia que ela não estava mais comigo, porém não me lembrava da última vez que a tinha usado. Eu estava confusa demais. Quando caí, ele deve ter... pensei que ele estivesse me ajudando... Como pude pensar isso? — Ela estremeceu violentamente e abraçou com força o próprio corpo.

— A senhora está bem? — perguntei.

Ela olhou para mim.

— Suponho que deva estar. Fiquei nauseada de repente. Mas acho que tudo vai ficar bem agora, não é? Acho que ainda não assimilei bem a história. — Ela fez um esforço e sorriu. — Estes últimos dias têm sido bem interessantes.

Oban estendeu-lhe a mão.

— Até logo, sra. Teale. Faremos novo contato em breve. Ainda temos muitos pontos a esclarecer. Ainda que para você as coisas nunca estarão definitivamente esclarecidas, não é mesmo, Kit? — Ele olhou-me com ar presunçoso.

— Até logo, Bryony. — Eu pretendia apertar-lhe a mão também, mas ela me abraçou e deu-me um beijo de cada lado do rosto. Ela cheirava a sabonete e seu corpo pareceu-me suave e frágil.

— Você tem sido um amor — ela sussurrou no meu ouvido. — Obrigada.

— Satisfeita? — perguntou Oban quando saímos.

— Não fique tão alvoroçado, Dan, isso não combina com você. Qual é o seu destino agora?

— A entrevista coletiva. Espero que você venha também.

— Você não pára um minuto, hein?

— Não quando temos um resultado. Entre! — Ele segurou a porta do carona.

— Não sei por que aceito suas ordens.

Ele riu com desdém.

— Estou brincando.

Não sei por que, mas levantei a mão e passei os dedos de leve na minha cicatriz.

— É engraçado — comentei — mas não consigo mais me lembrar de quando eu não era assim.

— Assim como?

— Marcada por essa cicatriz.

— Você está muito bem — ele disse, acanhado. E continuou: — Vamos, suba, não podemos ficar na frente da casa da sra. Teale discutindo a sua aparência a tarde inteira.

Já estava escurecendo quando voltei para casa. As janelas estavam escuras, sinal de que Julie ainda não havia chegado. Entrei e imediatamente preparei um banho. Menos de doze horas atrás eu estava frente a frente com Doll. Mesmo sem querer, seu rosto me veio à mente, não a massa disforme que vira sobre o carpete, mas o rosto que ele tinha virado para mim quando encontrei-o pescando junto ao canal. Seu sorriso de expectativa. Ele matara duas mulheres. Lianne e Philippa. Tentara matar uma terceira, Bryony. Apesar disso, eu não conseguia evitar um sentimento de piedade por esse homem. Ele nunca tivera uma oportunidade. Ele fora malvado, repugnante, perverso, um assassino, mas nunca tivera uma oportunidade. Eu havia encontrado muita gente como Doll.

— Oi. Você ainda está com espuma nos cabelos.

Sentei-me.

— Não ouvi você entrar.

— Provavelmente porque estava embaixo d'água. O apartamento está com cara de novo.

— Melhor assim. Eu o tinha praticamente abandonado.

— Também acho.

— Acabou.

— O quê?

— O inquérito. Está encerrado. Parece que Michael Doll era o culpado de tudo.

— Doll? O cara que veio aqui no apartamento?

— Ele mesmo.

— Meu Deus! Depois dessa vou pensar duas vezes antes de abrir a porta para alguém.

— Julie, por que não saímos esta noite? A não ser que você tenha outro compromisso.

— Adoraria, mas estou meio sem grana...

— Eu convido. Estou cheia de dinheiro e não tenho onde gastar.

— Nesse caso, pode deixar comigo. Sou especialista na arte de gastar.

Pedi consomê, rolinhos de peixe à moda tailandesa, *satay* de porco e frango, talharim e arroz, bolinhos de massa picante cozidos no vapor, camarões gigantes, lula ao limão e coentro, costeletas de cordeiro, uma garrafa de vinho chileno. Julie parecia impressionada e até alarmada.

— E duas taças de champanhe — acrescentei.

— O que está acontecendo?

— Por quê?

— Você pediu comida para seis pessoas. Está grávida, por acaso?

O champanhe chegou e brindamos com um tintim.

— É meu Ano-Novo — eu disse.

— Estamos em agosto, Kit.

— O ano-novo pode começar em qualquer dia.

— Não consigo saber se você está celebrando alguma coisa ou afogando as suas mágoas.

— Um pouco das duas coisas. Estou contente que tudo tenha acabado. Contente porque Doll não fará mal a mais ninguém. Mas não entendo como tudo isso aconteceu, é uma coisa completamente inexplicável, nada se encaixa. E acabo me sentindo...

— Frustrada? — ajudou Julie.

— Mais do que isso. Como se eu tivesse falhado com elas. Philippa e Lianne. Parece maluquice?

— Sim. Parece. Tenho andado preocupada com a sua...

— Na entrevista coletiva de hoje, Oban teve uma iniciativa inusitada e me elogiou. Foi efusivo, até. Eu me senti uma verdadeira impostora.

— Por quê?

— Porque fiquei com a sensação de não ter feito o necessário para que elas repousem. Parece idiota, não?

— Elas estão mortas, portanto já repousam. E com certeza o mais importante é que ele tenha sido apanhado.

— Ele está morto.

— Oh! — Ela pareceu desconcertada.

— Morto por um grupo de justiceiros que se sentirão inteiramente desculpados quando souberem o que ele fez. Oba, chegou nosso jantar.

Tomei toda a tigela de consomê. Estava tão picante que tive a sensação de estar engolindo agulhas e alfinetes. Senti um calorão no corpo inteiro. Depois comi três dos bolinhos picantes. Mastiguei-os inúmeras vezes e precisei fazer um enorme esforço para engoli-los. Mas consegui.

— Desculpe-me por ter andado tão preocupada.

— Não tem problema. Só quero saber o que aconteceu com Will Pavic.

— Acabou também. É o que parece, pelo menos.

— De verdade? Não durou nada. Mas talvez não seja uma coisa tão ruim. Ele era um cara meio sinistro, não?

— Acho que era o seu jeito sinistro que me atraía — respondi. Dei uma mordida na minha costeleta e tomei um grande gole de vinho para ajudá-la a descer. O rosto disforme de Doll flutuava diante dos meus olhos. A sala estava dentro de minha cabeça, borrifada com o seu sangue, com o meu.

— Então por que terminar?

— O quê? Ah, sim. Porque não quero seguir esse caminho. Eu acho... bem... acho que devo tentar ser feliz.

— Isso me parece uma boa idéia.

Peguei um anel de lula. Parecia borracha. Ou um pedaço de tripa. Coloquei-o de volta no prato e olhei o arroz bege. Bebi um pouco mais de vinho. Eu me sentia completamente estranha.

— Tenho uma coisa para lhe falar — disse Julie através da névoa na frente dos meus olhos.

Pisquei.

— O que é?

— Estou indo embora.

— Eu sei, está à procura de um apartamento que seja só seu.

— Não. Estou indo embora do país de novo. Não agüento mais. Tenho a sensação de estar presa em uma armadilha. Não quero ser professora, não quero trabalhar em uma empresa fonográfica, chegar ao escritório todo dia vestindo *tailleur*, meia fina e sapatos de pelica. Por isso vou embora de novo. Dou a impressão de ser uma dessas pessoas que não conseguem se adaptar à vida real?

— Sempre pensei que não há nada de errado com o escapismo — eu disse, e minha voz pareceu estar vindo de muito longe.

— Quero simplesmente ser feliz, também. Como você.

Ergui meu copo.

— À sua felicidade.

— Não chore, Kit. Nós duas podemos ser felizes. Ao mesmo tempo. — Rimos uma da outra no meio de lágrimas. — E aproveitando que você está bêbada e emotiva — ela acrescentou —, acho que devo comunicá-la que peguei emprestado seu vestido preto de veludo sem permissão, depois lavei-o com água quente e ele ficou muito esquisito. A bainha está toda ondulada. Sinto muito.

Trinta e nove

Acordei na manhã seguinte com o ruído do vento sacudindo as vidraças e agitando as árvores. Algumas folhas amareladas arranhavam as janelas antes de cair no chão. Por um terrível momento não consegui lembrar-me de nada: que dia era, quem eu era, onde estava. Tudo o que eu sabia era que não me lembrava de nada, que havia um branco na minha cabeça. Continuei deitada, à espera de que o vazio dentro de mim se enchesse de lembranças. E realmente as lembranças chegaram aos borbotões. Doll sem rosto, primeiro, deitado sobre seu sangue, e ao seu redor muito sangue, sangue escorrendo pelas paredes, pingando do teto. Uma câmara de tortura. Depois Doll com rosto, um braço levantado, um caco de porcelana na mão, sangue jorrando por todo lado, e era o meu sangue. Enfiei a cabeça no travesseiro, os olhos bem abertos, mas vendo apenas o que havia dentro da minha cabeça. Eu tinha a sensação de ter corrido sem parar ao longo de todos esses meses, acreditando que estava deixando o quarto vermelho para trás. E o tempo todo eu correra em círculos, voltando sempre ao ponto de partida.

Fui direto de Market Hill para Kersey Town, onde estacionei. Num impulso, corri para comprar flores. Eu não tinha a menor idéia do tipo de flor de que ela gostava — se é que ela gostava de flores — mas comprei um grande buquê de anêmonas roxas, vermelhas e cor-de-rosa, ainda úmidas pelo orvalho e parecendo uma coroa de pequenas pedras preciosas. Corri, pois não queria me atrasar. Eu tinha a sensação de que chegar no horário era o mínimo que eu podia fazer. Eu queria render-lhe uma homenagem. Queria dizer que lamentava muito.

Não sei por que Lianne tinha me sensibilizado tão profundamente. Eu não chegara a conhecê-la, mas ela era órfã de mãe, como eu. Só depois de morta eu vira o seu rosto, um rosto redondo com sardas no nariz. Eu não sabia nada sobre ela, e talvez se a tivesse conhecido em vida não tivesse gostado dela nem sentido tanta ternura. Eu não sabia nada sobre a sua vida. Nem sequer sabia o seu verdadeiro nome. Ninguém sabia. Ela talvez se chamasse Lizzie, Susan, Charlotte ou Alexandra. Não importava o nome. Era uma garota desconhecida que estava sendo enterrada em um pedaço de terra do governo, e talvez uma mulher que nunca a tinha visto seria a única presente ao seu funeral.

Quando cheguei, as pessoas saíam da cerimônia anterior, acompanhadas por uma música de órgão pré-gravada; e então, após alguns minutos de silêncio, a música acompanhou-me e entrei. Era uma sala comprida, pintada de creme e com várias fileiras de bancos de madeira novos. Na frente deles estava o caixão de Lianne. Eu era a única pessoa no local. Não sabia o que fazer com as minhas flores. Devia colocá-las sobre o caixão? Era isso que as pessoas faziam? Olhei à minha volta, depois deixei as anêmonas coloridas em cima do caixão de madeira polida e alças douradas. Sentei-me então no primeiro banco e esperei enquanto a fita cassete tocava a música de órgão. Mais ou menos um minuto depois, ouvi um leve ruído atrás de mim e uma mulher apareceu e sentou-se ao meu lado. Seus cabelos estavam escondidos por um lenço de cabeça e ela usava uma jaqueta cinza-escuro por cima de um vestido estampado, como se tivesse se arrumado às pressas.

Trocamos um sorriso cauteloso e logo ela inclinou-se para mim e disse num sussurro:

— Bom dia. Sou Paula Mann, do conselho distrital. — Ela esperou um instante, depois prosseguiu: — Eu não a conhecia, mas organizei a cerimônia. Ela morreu no nosso distrito, e como não havia outra pessoa... Pobre criatura, não importa quem tenha sido. Cabe a nós fazer isso. Gostamos de vir e assistir a cerimônia, sempre que temos tempo. Às vezes não conseguimos. Mas não está certo as pessoas partirem sem ninguém para saudá-las.

— Kit Quinn — eu disse e nos cumprimentamos com um aperto de mão. Pensei: "Não apenas uma, Lianne, mas duas pessoas no seu funeral, e elas apenas a viram depois que você estava morta."

— Também não a conhecia?

— Não.

— Foi o que pensei. Em geral conseguimos encontrar alguém, no caso de haver alguém a ser encontrado — ela disse. — É impressionante o número de pessoas que morrem inteiramente sozinhas, e a gente nem sequer sabe de onde elas vêm. Isso mostra bem o nosso estilo de vida. Há tanta solidão! Seu rosto suave tornou-se duro.

— Tentou então descobrir quem ela era?

— É o meu trabalho. Sou, na verdade, uma espécie de detetive, com a diferença que em geral não há um crime. Minha tarefa é ver quais corpos não foram reclamados e tentar descobrir se há algum parente próximo, um amigo que seja, que possa assumir a responsabilidade. Se não houver, organizo o funeral e decido o que fazer com os pertences. Quase sempre os jogo fora. Às vezes sinto-me péssima quando encontro fotografias, cartas ou coisas que um dia devem ter tido uma tremenda importância para alguém. Empacotamos as coisas e as guardamos em um grande arquivo durante alguns meses, mas depois precisamos nos desfazer delas. Queimamos tudo.

— O que fizeram com os pertences de Lianne?

— Com ela foi diferente. Nem sequer sabemos se ela tinha algum objeto pessoal. Tudo o que recebemos foi um cadáver encontrado perto do canal.

— E isso não acontece com freqüência?

— Não muita. Mas com mais freqüência do que se poderia imaginar.

A música de órgão mudou, o capelão entrou e por isso fizemos silêncio. Ele nos olhou solenemente e pôs a mão sobre o caixão barato de Lianne, logo acima das minhas flores. Mas antes que ele dissesse qualquer coisa, ouvi um ruído atrás de nós. Virei-me e vi quatro jovens perto da porta de entrada, com ar estranho. Reconheci-os de súbito, embora estivessem vestidos de maneira muito diferente, em uma estranha mistura de roupas pretas provavelmente emprestadas de amigos. Lá estavam Sylvia, com seus olhos verdes, lembrando um duende; a negra tímida, Carla, que tinha sido a última da turma a ver Lianne com vida; Spike, com a cabeça raspada; e o cabeludo Laurie. Cada um deles carregava um pequeno ramo de flores, embora o de Sylvia parecesse ter sido colhido do jardim de uma casa próxima. Carla trouxera enormes lírios brancos reluzentes, que deviam ter custado uma fortuna; eu sentia seu perfume do lugar onde estava. Sorri para eles, mas não me devolveram o sorriso. Talvez não se lembrassem de mim. Pareciam constrangidos, acanhados, e Spike começou a rir nervosamente e a cutucar Laurie enquanto se aproximavam do caixão e depositavam suas flores ao lado das minhas, e depois voltavam para o banco do lado oposto ao nosso.

O serviço fúnebre começou, afinal. Pelo menos o capelão não fingiu que conhecia Lianne ou que podia dizer alguma coisa sobre ela. Limitou-se a cumprir rapidamente os rituais de praxe. Na metade da cerimônia, tive a sensação de que alguém estava com os olhos fixos em mim e virei para trás. Uma leve dor atravessou-me o peito. Ele estava ali. Will. Vestia um austero terno preto e parecia mais do que nunca um corvo. Sentou-se no fundo da igreja, braços cruzados e olhos fixos em mim. Não, não era isso. Ele estava olhando através de mim, como se eu não estivesse ali. Seus olhos pareciam buracos no seu rosto lúgubre e frio. Sua cabeça estava quase raspada e pude ver uma pequena cicatriz branca no couro cabeludo. Virei as costas para ele, mas fiquei com a sensação de que seu olhar queimava a minha nuca.

Quando o caixão deslizou por uma rampa e desapareceu, imaginei o corpo de Lianne dentro dele, sendo consumido pelo fogo. Da geladeira para o forno. Imaginei seu rosto pequeno e suave, suas unhas roídas, a medalha em feitio de coração: "Melhor..." Meus olhos se encheram de lágrimas, mas consegui reprimi-las. Ouvi soluços vindos do outro lado da nave. Quando olhei, percebi que não era uma das garotas que chorava, mas Laurie. Laurie, que havia sido beijado uma vez por Lianne; que permitira que ela segurasse entre as mãos o seu rosto sem graça e beijasse a sua boca desesperada. A tímida Carla segurava-o pela mão. Spike mantinha os olhos fixos em suas grandes botinas pretas e eu não conseguia ver seu rosto. Apenas Sylvia olhava para a frente, com olhos calmos e verdes como o mar.

O órgão voltou a tocar e nos levantamos para ir embora. Will continuava sentado no fundo da igreja. Seu olhar estava fixo no espaço antes ocupado pelo caixão. Ele pareceu-me impassível até o momento em que vi seu rosto coberto por uma cortina de lágrimas. Ele não teve a preocupação de secá-las ou escondê-las. Caminhei até o banco onde ele estava e estendi-lhe a mão.

— Venha — eu disse. Ele olhou para mim, mas devo ter parecido uma estranha. Peguei a sua mão e puxei-a. — Venha, o próximo funeral vai começar em um minuto. Você não vai querer participar de mais um agora, ou vai?

Conduzi-o, piscando os olhos, até a luz do sol. Sua mão estava fria e seus movimentos eram rígidos.

— Você está bem, Will?

Ele não respondeu, mas olhou para mim, afinal, com um olhar cego. Tirei da bolsa um lenço de papel e sequei seu rosto. Ele permaneceu imóvel e não opôs resistência. Coloquei a mão no seu ombro, mas foi como tocar em um pedaço de madeira.

— Will? Will, posso dar-lhe uma carona até a sua casa?

— Não. — Ele afastou-se de mim com um movimento brusco.

— Onde está o seu carro?

— Vim a pé — conseguiu dizer. Ele parecia atordoado, como se alguém tivesse atirado um tijolo na sua cabeça.

— Deixe que eu o ajude.

— Não preciso de ajuda.

Olhei seu rosto fechado, seu desespero petrificado, e toda a minha ternura anterior voltou como uma onda. Ele precisava mais de ajuda do que qualquer outra pessoa que eu já conhecera.

— Venha — insisti, e passei meu braço pelo seu. — Vamos caminhar um pouco.

Com passos silenciosos, nos afastamos do crematório. Ele ia para onde eu o conduzia, como se vacilasse em uma caverna escura. Eu poderia tê-lo levado até o canal, empurrado para dentro da água escura e ele não teria percebido. No entanto, pouco a pouco senti que ele se descontraía ao meu lado. Eu queria levá-lo para casa comigo e cuidar dele. Queria massagear-lhe a nuca, preparar-lhe um banho, cozinhar algo para ele comer, fazê-lo sorrir, observá-lo dormir no escuro, apertá-lo contra meu peito, beijar o canto de sua boca triste — não em busca de sexo, mas de intimidade. De contato humano: da sensação de ter alguém ao seu lado neste frio e sórdido mundo. Mas ele jamais me deixaria entrar. Não nessas condições.

— Meu carro está aqui. Levo você para casa.

Ele não argumentou. Abri a porta e empurrei-o para dentro. Ele ergueu os olhos para mim e pareceu estar prestes a dizer alguma coisa, mas mudou de idéia. Dirigi em silêncio, e deixei-o na porta de casa. Quando olhei-o pela última vez, ele continuava parado no mesmo lugar, como um estranho que não tivesse idéia de onde estava. Parecia tão solitário.

Telefonei para Poppy. Seu cumprimento pareceu-me um pouco frio.

— O que está acontecendo? — perguntei.

— Nada — respondeu ela, com voz de ofendida. Mas logo acrescentou: — Há dias que telefono e deixo recado com a tal Julie, e você nunca se preocupou em me ligar de volta.

— Mil perdões — respondi. — Tenho andado superocupada.

— Tudo bem. Mas você não pode deixar as pessoas sem notícias.

— Oh, Poppy, você precisa me desculpar. Posso ir vê-la agora?

— Não. Seb e eu estamos de saída para uma palestra. Não que isso mude alguma coisa. — Ela deu uma risada amarga.

— O que está acontecendo de errado? Alguma coisa não vai bem?

— Ah, você sabe. O de sempre. Marido bem-sucedido e esposa dona de casa.

— Você quer dizer que...

— Não sei, Kit. A gente conversa mais tarde. Pode ser? Preciso me maquilar um pouco antes de sair. No momento estou parecendo uma matrona desleixada.

— Não diga uma coisa dessas.

— Por que não? É a verdade.

— Não, não é. Você é muito bonita.

— Deixe de brincadeira. Não consigo mais entrar em nenhum dos meus vestidos.

— Não estou brincando. Você é muito bonita, é maravilhosa e ele não sabe a sorte que tem.

Ela deu uma fungada.

— Desculpe-me por ter sido tão seca.

— Não. Eu é que peço desculpas.

Botei água para ferver a fim de preparar um pouco de macarrão. O que eu realmente queria era acomodar-me no meu sofá e ter alguém que me servisse chá com torradas, que me fizesse cafuné, que tomasse conta de mim. Por uma fração de segundo permiti a mim mesma sonhar que minha mãe acariciava meus cabelos e me dizia que eu agora podia descansar. Tremi de fadiga e emoção ao pensar no caixão de Lianne deslizando para as chamas. Imaginei Poppy experimentando roupas freneticamente na frente do grande espelho de seu quarto, e vi o seu rosto desapontado diante do reflexo. E então imaginei Will, sozinho na sua casa cheia de ecos.

De repente, não consegui mais me conter. Enfiei minha jaqueta de camurça e corri para o carro. Dirigi muito depressa, impaciente com todos os sinais vermelhos. Quando abriu a porta, ele ainda vestia o mesmo terno preto. Recuou, deixou-me entrar, e fechei a porta atrás de mim. Conduzi-o até o sofá, empurrei-o para que se sentasse e acomodei-me ao seu lado. Peguei as suas mãos frias entre as minhas, quentes, e soprei nelas para aquecê-las. Desabotoei o seu colarinho e desamarrei os sapatos pretos duros.

— Vou preparar uma xícara de chá para você — ofereci e ele não reclamou.

Na cozinha, torrei duas fatias de pão e espalhei nelas a geléia que encontrei na geladeira.

— Você está me tratando como se fosse a minha mãe — ele disse, mas nem por isso deixou de dar uma grande mordida na torrada.

Não perguntei por que ele tinha ficado tão triste. Apenas observei-o comer a torrada e tomar o chá. Depois, fiz com que subisse até o seu quarto e tirei todas as suas roupas, como se fosse uma criança. Ele deitou-se e sentei-me ao seu lado e acariciei os seus cabelos eriçados. Por fim, ele fechou os olhos e retirei a minha mão.

— Não estou dormindo — disse com voz suave.

— Vim apenas para ter certeza de que você estava bem.

— Claro. Claro. Você não devia preocupar-se tanto com os outros, Kit.

— Sou assim. Não posso fazer nada.

— Ah. — Ele estava escapulindo de mim. — Você devia preocupar-se mais consigo mesma, sabe disso.

— Por quê?

— A boa médica.

— Will?

— Mmm...

— Com relação ao que eu disse...

Mas ele tinha afinal adormecido. Seu rosto cansado abrandou-se, seus lábios se entreabriram ligeiramente, seus dedos relaxaram e se curvaram com suavidade sobre a borda do lençol. Contemplei-o por um momento, depois levantei-me, fechei as cortinas e fui embora.

Quarenta

Meu acompanhante ainda não tinha chegado, por isso comprei uma cerveja e fiquei do lado de fora do teatro, nos degraus, observando os espectadores que chegavam. O teatro de Gabe Teale chamava-se Sugarhouse e era um armazém abandonado que ficava próximo à via férrea, entre a enorme fábrica de gás e o canal. Ele parecia ter sido adaptado às pressas com a ajuda de andaimes e estruturas pré-fabricadas, obrigando cavalheiros em ternos bem cortados e senhoras de salto alto a abrir caminho entre montes de entulho. O West End estava a apenas quinze minutos de distância, mas aquele local parecia um outro continente. Essa era uma das coisas que me encantavam em Londres. Por mais seguro e familiar que seja o local em que nos encontramos, sempre estaremos a dois passos de um lugar estranho.

Pessoas respeitáveis apressavam-se rumo à entrada improvisada e depois, quase sem exceção, olhavam ao redor e sorriam com um prazer infantil de fazer algo trivial em um lugar improvável, quase secreto. Ou talvez sorrissem pela satisfação de terem se aventurado em uma área tão perigosa e fora de mão.

A multidão começava a diminuir à medida que as pessoas se acomodavam nos seus lugares. Olhei o relógio. Vinte e dois minutos depois da hora marcada. Ele não me daria o bolo, pelo amor de Deus. Não, não daria. Lá estava ele, ofegando um pouco ao me ver e fazendo uma patética tentativa de acelerar o passo para demonstrar pressa.

— Não estou atrasado, espero — disse Oban, olhando ao redor e parecendo envergonhado.

— Ainda temos alguns minutos. Posso pegar alguma coisa para você beber?

Oban animou-se.

— Há um bar aqui? — perguntou. Levantei meu copo de cerveja em resposta. — Um *scotch* duplo.

Abri caminho no meio da multidão. Quando consegui voltar com a bebida, tocou um sinal.

— Precisamos ser rápidos — avisei, entregando-lhe o uísque. Ele bebeu de um gole só.

— Eu precisava disto — disse, com voz rouca. — Não estou acostumado a esse tipo de coisa.

— Nem eu — afirmei. — Não vou ao teatro há meses, anos. Pensei que seria uma boa idéia vir a este. Uma espécie de comemoração.

Oban parecia desconfiado.

— A última vez que fui ao teatro foi em 1985, acho. Era um tipo de musical. Todo o elenco sobre patins. Nunca mais senti necessidade de repetir a experiência. O que vão apresentar hoje?

Dei uma olhada no programa.

— Não sei — respondi. — É alguma coisa que tem a ver com a história desta região.

Oban olhou melancolicamente para seu copo vazio.

— Eu não sabia que esta região tinha uma história, a não ser a da criminalidade.

Um alto-falante anunciou que o espetáculo estava por começar. Entramos para ir até nossos assentos, só que descobrimos que não havia assentos.

Market Day não era uma peça como as outras, assim como o Sugarhouse não era um teatro como os outros. A sensação era a de que estávamos circulando no meio de um carnaval a portas fechadas. Havia prestidigitadores, palhaços, acrobatas em pernas de pau, pessoas em cima de caixotes fazendo discursos. Havia crianças brincando, cantando e gritando. Havia esquetes estilizados encenados por pessoas de todas as idades, com roupas tiradas de um baú colocado bem no centro do teatro. A ação se desenrolava em todos os lugares, às vezes ao mesmo tempo, e o público precisava circular para tentar entender o que fosse possível. No início, fiquei um pouco irritada, atormentada pela sensação de estar perdendo algo importante no outro lado do teatro, mas logo consegui relaxar e fiz de conta que aquilo era um passeio por uma cidade estranha e exótica. Oban resmungou logo no princípio, reclamando que não havia uma história propriamente dita, mas foi de súbito puxado para longe da multidão por uma jovem e bela mágica. Ela perguntou seu nome e o que fazia, e deu uma grande risada quando ele confessou ser policial. Ele ficou muito vermelho, mas logo mostrou-se maravilhado por ela ter encontrado um ovo no bolso interno do seu paletó.

Adorei o espetáculo, e adorei-o em parte porque ele deu-me a liberdade de pensar. Assisti com imenso prazer ao homem que caminhava em um arame acima das nossas cabeças, mas ao mesmo tempo minha mente se agitava com as imagens de tudo o que eu tinha vivido no último mês. Repassei todas elas e tentei reuni-las e dar-lhes uma seqüência lógica, mas é claro que não consegui. Pela primeira vez, entretanto, no meio de uma multidão feliz, isso não pareceu ter grande importância.

No intervalo, os artistas não se recolheram aos seus camarins e circularam no meio dos espectadores, apresentando-se e conversando com um e com outro. Oban e eu conversamos com um dos malabaristas, com um acordeonista e com um grupo de crianças que freqüentavam a escola primária local.

Oban sugeriu com tom esperançoso que fôssemos conversar com a jovem atrás do balcão do bar, e entramos no "vestíbulo", que era na verdade apenas uma outra ala do velho armazém. Oban comprou gim-tônica para mim e outro *scotch* duplo para ele. A garota que o atendeu parecia ainda não ter saído da adolescência. Seus cabelos eram muito curtos e descoloridos. Ela usava pequenos anéis em toda a extensão da orelha, no nariz e no lábio inferior. Perguntei-lhe há quanto tempo trabalhava naquele local.

— Comecei há poucas semanas — respondeu.

— Você mora aqui perto? — perguntei.

— É isso.

— Deve ser bom ter um lugar como este por aqui.

— É isso — repetiu ela, no momento em que alguém atrás de mim pediu uma garrafa de cerveja mexicana com voz impaciente e então nos afastamos.

— Saúde — eu disse para Oban, tocando seu copo com o meu. — Gabe está visivelmente ajudando as pessoas da região. Este teatro se parece um pouco com o abrigo de Will Pavic.

Oban tomou um gole do seu uísque com um murmúrio de prazer.

— Acho que ele está fazendo um pouco melhor do que Will Pavic — ele disse. — Este não é exatamente o tipo de espetáculo de que mais gosto. Prefiro uma boa história. Não consegui entender a maior parte. Mas dá para perceber que é um trabalho inteligente. Ei! Veja quem está ali. — Ele fez um sinal com o queixo. Olhei para o lado e vi Gabe Teale conversando com um casal muito elegante.

— Vamos até lá — sugeri.

— Ele parece ocupado.

— Se estiver, o interrompemos.

Abri caminho no meio da multidão e cutuquei o braço de Gabriel. Ele virou-se e levou um susto, como eu esperava.

— Surpresa, surpresa — falei.

— Foi mesmo — respondeu ele.

Ele apresentou-nos ao casal com o qual estava conversando. Não entendi seus nomes, mas isso não teve a menor importância porque, depois de nos olhar com uma certa curiosidade, o casal seguiu em direção a um outro grupo que, como eles, parecia saber das coisas.

— Você com certeza nunca imaginou que fôssemos ligados em cultura — declarei.

Ele nos olhou com visível espanto. Estaria por acaso imaginando que formávamos um casal? Que idiotice de minha parte pensar uma coisa dessas. Por que os outros pensariam que eu estava de caso com qualquer pessoa que estivesse ao meu lado, por mais esquisita que fosse?

— Bem... — começou.

— Estou achando fantástico. Não tinha me dado conta de que este lugar era tão grande. E que espetáculo surpreendente. Ainda por cima empregando gente local. — Já estava eu de tagarelice. Chega de conversa fiada, Kit.

— Não faço isso sozinho — replicou ele. — Sou apenas o diretor artístico. Temos um conselho de administração e várias outras pessoas.

— Não seja modesto — retruquei. — Bryony está aqui?

— Ela não trabalha aqui. Está em casa, ainda não se sente muito bem.

Houve um momento de silêncio.

— Bem — continuei —, você provavelmente tem coisas a fazer.

— Tenho sim. Uma ou duas.

Trocamos um aperto de mão formal, em uma daquelas curiosas despedidas que parecem ser definitivas. Não era exatamente como se Gabriel e Bryony estivessem pensando em emigrar. Ele continuaria a trabalhar naquela área, eu continuaria a morar ali perto e, no entanto, Londres sendo Londres, era provável que nunca mais nos encontrássemos.

Quando ele se foi, Oban sorriu para mim.

— Você parece estar muito alegre — comentei.

— Estou mesmo. Passamos quase uma hora e meia juntos e você ainda não me disse que eu estava errado o tempo todo.

Não consegui conter um sorriso.

— Eu estava preparando o terreno para isso — respondi. O sinal tocou de novo, anunciando a segunda parte do espetáculo. Tomei um gole do meu drinque. — Sabe de uma coisa? Estou me sentindo alegre também. A noite está sendo ótima. Foi bom dar uma saída. O problema é que quando me sinto alegre, começo a me preocupar. Sou uma puritana, ao meu modo. Acredito que as pessoas só se sentem felizes quando não têm conhecimento de que alguma coisa ruim está acontecendo em algum lugar.

— Você nunca será feliz com uma idéia dessas — disse Oban.

— As pessoas insistem em me repetir isso. Quero dizer-lhe apenas uma coisa, depois prometo calar a boca. Sei que devíamos estar satisfeitos com nós mesmos, com nosso trabalho que está sendo bom e tudo o mais, mas há certas coisas que insistem em me incomodar. Você sabe, é como quando alguém compra uma camisa nova e, por mais cuidado que tenha, esquece um alfinete que espeta a pele o tempo todo.

Oban pareceu frustrado.

— É sobre isso que queria me falar? Sobre camisas?

— Não. Ouça. Michael Doll foi encontrado morto com seus troféus.

— Qual é o problema? Você conhece bem esse tipo de gente. Assassinos guardam objetos das suas vítimas como troféus, isso a gente sabe.

— Guardam sim — concordei. — É regra geral. Fazem isso para manter uma espécie de poder sobre as suas vítimas, para reviver a experiência. É claro que os dele não eram troféus tradicionais. A caneca pertencia à menina, que não foi vítima dele.

— Sim, mas de qualquer modo era um troféu, concorda comigo? Era uma forma de ele lembrar que tinha matado a mãe dela. E pelo que sabemos, talvez houvesse algum outro objeto de Philippa Burton naquela espelunca em que ele morava.

— Tem razão — admiti. — E da mesma forma, a bolsa de couro de Bryony não era um troféu normal. Em primeiro lugar, porque ela não estava morta.

— Ele agarrou a bolsa durante a luta e ficou com ela. O que era prático. Dentro dela estava a chave da casa de Bryony Teale e ele poderia tê-la usado.

— Sim — respondi. — Mas vou apenas mencionar dois outros pontos que não fazem sentido, e depois disso entramos para ver o final do espetáculo e damos o assunto por encerrado. Estamos agora considerando que foi Michael Doll quem atacou Bryony Teale perto do canal. Isso certamente explicaria a coincidência da sua presença naquele lugar. Mas e o outro homem?

— Pensei nisso — respondeu Oban, tomando mais um gole do seu uísque. — Estamos analisando o caso sob um ângulo errado. Em vez de considerar que Terence Mack e Michael Doll protegeram Bryony de um desconhecido, temos agora Terence Mack e um desconhecido protegendo Bryony de Michael Doll. De qualquer modo, sabíamos que os diferentes depoimentos eram totalmente contraditórios. Portanto, não devemos nos surpreender que Mack e Bryony não tenham percebido o que estava de fato acontecendo.

— E esse herói desconhecido fugiu porque era modesto demais para aceitar todo o mérito?

— Há muita gente que não quer enfrentar a polícia, ainda que seja como testemunha. Talvez ele estivesse portando drogas, ou algo assim.

— Tudo bem — eu disse. — Última dúvida. E a lista de Philippa Burton? E os telefonemas para o abrigo?

Oban terminou a sua bebida e largou o copo no bar.

— Em primeiro lugar, não precisamos saber. Quando um assassino morre antes de ser julgado, há sempre detalhes que são impossíveis recuperar. Poderia ser qualquer coisa. Talvez... talvez... — ele olhou em torno — ...talvez Bryony tenha tirado uma fotografia de Lianne e... e Philippa viu-a em uma exposição e quis ter uma cópia e...

— Bryony disse que não conhecia nenhuma das duas. E por que iria telefonar para o abrigo? E por que isso teria levado Michael Doll a matar todas elas?

— Foi o que me veio à cabeça — disse Oban, um pouco irritado. — Se você me der algum tempo, posso ter alguma idéia melhor.

— Isso não o preocupa?

— O que me preocupa é essa meia dúzia de assassinatos que estou investigando sem conseguir encontrar um único culpado. Penso nisso todas as noites antes de dormir. Mais ou menos uma vez por ano examino os dossiês antigos e me pergunto se deixamos passar alguma coisa ou se surgiu algum fato novo que poderia nos levar a uma nova pista. Este caso está encerrado. Isso me deixa satisfeito. Não me incomodo com uma ou outra falha. Lembre-se, a realidade é sempre mais inteligente do que nós. Não podemos ter a pretensão de entendê-la por completo.

Eu queria dizer mais alguma coisa, mas tinha prometido encerrar o assunto e, além disso, uma banda começava a tocar dentro do teatro.

Quarenta e um

Lottie e Megan disputavam, no gramado, uma partida de um complicado e incompreensível jogo. Uma hora mais cedo eu dera a Lottie um dinossauro de borracha cor de violeta e a Megan um caracol vermelho e branco também de borracha, e os dois animais tinham papel de destaque no jogo. Para Amy o presente tinha sido um caranguejo verde e azul do mesmo material, e ela rolava pela encosta e tentava persuadir o caracol a rolar com ela. Atrás delas estava Londres, sedutoramente encoberta pela névoa daquela tarde quente, vista do alto de Primrose Hill.

Eu estava estendida sobre uma manta, apoiada num cotovelo. Tomei mais um gole de vinho branco gelado.

— Quero que me conte a história toda — disse Poppy. — É claro que Seb contou-me alguma coisa, mas... — Ela olhou na direção de Megan, depois na de Amy. — Megan, pare com isso! Pare agora mesmo ou você fica sem o brinquedo! Mas a versão de Seb é provavelmente bem diferente da sua. — O tom da sua voz pareceu-me seco.

Deitei-me de costas na manta.

— Não sei se sou capaz de contar de forma coerente — eu disse. — Sobretudo em uma tarde como esta, já com dois cálices de vinho branco correndo pelas minhas veias.

Era um piquenique exclusivamente feminino. Três meninas brincavam no gramado enquanto duas mães e uma não-mãe conversavam sentadas sobre uma manta. A outra mãe era Ginny, velha amiga de Poppy. Os pais estavam em outro lugar. O marido de Ginny jogava críquete em algum lugar que ela não soube dizer qual era, e Seb estava em um estúdio de televisão em algum lugar à nossa frente, no centro de Londres.

— Sobre o que ele está falando agora? — perguntei. — Ainda sobre o caso Philippa Burton?

— Acho que sim. Ele já está começando a promover o seu livro, que deve ficar pronto em breve.

— Sobre este caso? Que rapidez!

— Ele foi escrevendo à medida que os fatos se desenrolavam.

— Está tudo bem entre vocês agora?

— Não exatamente. — Ela olhou na direção das meninas de novo. — Mas não posso falar sobre isso agora.

— É claro. Mais tarde.

— Quanto ao livro... na verdade creio que você se sentirá muito lisonjeada. Sabe por quê?

Tomei mais um gole de vinho.

— Não, não sei. Por quê?

— Por que em parte ele aproveitou a idéia daquela história que você contou para as meninas na noite em que foi jantar conosco, alguns meses atrás. Ela as manteve acordadas por quase um mês. Alguma coisa sobre um castelo, não era isso?

— Qual é o título do livro?

— O quarto vermelho, acho. Pode ser?

— Sim, pode. Era um pesadelo que eu estava tendo. Encaixei na história.

— Ah, entendo. Seb deve ter lhe falado sobre isso.

Não respondi, porque no momento estava impregnada, sufocada, mergulhada em uma onda de autopiedade. Eu fora atingida no rosto e tinha tido um pesadelo que me obcecava. Era como se tivesse sido agredida e o meu pesadelo particular, o pesadelo que era só meu, tivesse sido roubado de mim. Esvaziei meu copo e depois pensei: "E daí? Qual é o problema?"

Espalhados em cima da manta havia sanduíches, frutas, refrigerantes gelados e outros itens que eu havia comprado numa rápida incursão ao supermercado: potes plásticos com dois tipos de pastas, pão sírio, azeitonas, torradas, tarteletes de porco, mini-cenouras, couve-flor picada. Mergulhei a ponta de uma minicenoura em um molho cor-de-rosa e experimentei.

Eu me sentia entorpecida — agradavelmente entorpecida — enquanto mordiscava, bebericava, conversava com as outras duas mulheres; mas sentia que a atenção delas nunca era total. Estivessem elas me contando alguma coisa importante ou mastigando um talo de couve-flor, não deixavam um instante sequer de olhar ao redor ou por cima do meu ombro para ter certeza de que as meninas estavam por perto. Em um dado momento eu disse baixinho alguma coisa com a intenção de garantir-lhes que elas estavam a apenas alguns metros de distância, e Ginny imediatamente respondeu com a história de uma amiga de uma amiga que havia desviado a atenção da filha de três anos durante não mais de dois ou três minutos em um jardim com um lago de menos de cinco centímetros de profundidade. Bem, dá para imaginar o resto. Ginny tinha uma bela aparência, cabelos escuros e um riso encantador. Maternal ao extremo. Fiquei imaginando que tipo de pessoa seria ela antes de Lottie. Alguém como eu, provavelmente, julgando-se feliz como era.

Deitei-me de costas de novo e fechei os olhos. Quase no meu ouvido Poppy gritava que as meninas viessem comer agora e que, quando dizia agora, era *agora*. Houve uma confusão de pequenos corpos e gritos porque uma tinha chegado à manta sem esperar pela outra e de repente senti um choque gelado na calça *jeans*. Sentei-me com um grito e vi que Megan havia derramado a garrafa de vinho em cima de mim enquanto tentava alcançar as coxinhas de galinha. Quando percebeu o que tinha feito, seus gritos abafaram até os da sua irmã menor. Poppy pegou-a no colo.

— Está tudo bem, Megan, está tudo certo, minha querida. Não chore. Não foi nada, não é mesmo, Kit? Diga a Megan que não foi nada.

— Não foi nada, Megan — falei, obedientemente.

— Desculpe-me, Kit — disse Poppy —, mas Megan fica transtornada com coisas desse tipo.

A essa altura, no entanto, Megan parecia já estar animada de novo e mordia com vontade um pedaço de galinha.

— De qualquer forma — disse Ginny, despreocupada — vinho branco não mancha. Na verdade, é o que a gente usa para remover manchas de vinho tinto, não é mesmo?

— Só estou um pouco molhada — respondi, tentando secar as calças com um pedaço de papel-toalha. Tive a sensação de que era eu quem devia dizer que não era nada, não elas.

— Meu Deus — disse Poppy, rindo —, você devia agradecer por ter sido apenas vinho. Você nem imagina as manchas que já tive nas minhas roupas.

Sorri, com um leve esforço, e enchi meu copo de novo.

— Você sabe — disse Ginny — acho que muitas mães ficaram transtornadas com os seus assassinatos.

— Não são exatamente meus — objetei.

— Aquela pobre menina que teve a mãe seqüestrada enquanto brincava. Não desvio os olhos de Lottie nem um segundo desde que aquilo aconteceu. Sei que é uma coisa irracional.

Concordei com um murmúrio.

— Isso não a deixou com uma angústia terrível, Kit? Não acha que é uma coisa difícil de suportar?

Repousei meu cálice de vinho sobre a manta, mas pensei melhor e peguei-o de novo.

— Não sei se angústia é a palavra correta — disse. — Fiquei foi muito triste.

— De minha parte, sinto-me mais segura, de qualquer modo, agora que a pessoa que cometeu o crime não está mais por perto. Vi o detetive na televisão. Ele falou bem de você.

Olhei para as meninas. Amy estava agora na hora do doce. Ela supostamente comia um bolinho de chocolate, mas já o tinha amassado completamente, lambuzado o rosto e derrubado tanta migalha na manta que era difícil acreditar que algum pedaço tenha ido parar na sua boca.

— Mas não foi como você imagina — observei. — Esse homem, que se chamava Michael Doll, ele apenas foi encontrado morto...

— Morto por justiceiros — Poppy interrompeu-me.

— É óbvio que eu não defenderia uma coisa dessas — disse Ginny. — Mas devo admitir que quando li a notícia minha primeira reação foi: "Ótimo!" — Ela puxou Lottie para junto de si e abraçou-a. — Pode ser uma justiça injusta, mas pelo menos esse homem não fará mal a mais ninguém.

— Nem bem — acrescentei.

— Mas você deve saber tudo sobre ele — disse Poppy com tom encorajador ao sentir minha aflição.

— Eu tinha me encontrado com ele.

— Irgh! — disse Ginny. — Que nojo! Que tal ele era?

— Ele era nojento — respondi. — Andava transtornado, era repugnante em muitos sentidos, um pouco patético até.

— Mas qual é a sensação de ter conhecido alguém que cometeu esses crimes tão terríveis? — perguntou Poppy.

— Não sei ao certo — respondi. — Você devia perguntar ao Seb. Mas não acredito que ele tenha cometido esses crimes. E morreu antes que as coisas fossem devidamente esclarecidas.

— Mas havia provas consistentes. Era o que a polícia dizia.

— Isso é verdade. Havia provas consistentes. Muitas provas. Infelizmente, elas não se encaixavam muito bem. Mas vocês certamente não querem me ouvir falar do assunto.

Olhei para elas. Com certeza não queriam me ouvir falar do assunto. As meninas, que tinham se afastado um pouco, estavam agora de volta e exigiam atenção. As duas mães pareciam ligadas às filhas por cabos de aço e viravam o rosto na direção delas a todo instante. Teriam caído? Teriam se afastado? Estavam fazendo barulho demais? Ou estavam quietas demais? Teriam sido assassinadas? Pensei na pequena Emily no parque, brincando na caixa de areia enquanto sua mãe era seqüestrada, levada para longe e espancada até a morte. Criei o cenário na minha mente como fizera centenas de vezes antes, atribuindo a Michael Doll o papel de assassino psicopata. Era isso. Levantei-me de um salto.

— Aonde você vai? — perguntou Poppy. — Está com cara de quem viu um fantasma.

— Talvez eu tenha visto mesmo. Por favor, me desculpem. Preciso me apressar. Alguma coisa...

— Posso olhar para o sol? — perguntou Megan.

— Não — gritou Poppy. — Você nunca deve olhar para o sol.

— Por que não?

— Porque ele queimaria os seus olhos.

— E se eu fechar os olhos? — Ela fechou os olhos. — Fica tudo bem se eu fechar os olhos?

— Acho que sim. Mas você não enxergará nada.

— Não está escuro — disse Megan. — Está tudo vermelho. De onde vem o vermelho?

— Não sei — respondeu Poppy. — Deve ser o sangue das suas pálpebras.

— Sangue? — gritou Megan. — Oba! Estou vendo meu sangue. Vamos todas olhar nosso sangue.

E as três meninas ziguezaguearam de olhos fechados pela encosta verde e ensolarada, olhando o seu sangue enquanto eu me afastava delas correndo, como se estivesse sendo perseguida.

Quarenta e dois

Estava sem fôlego quando cheguei em casa, e a minha cabeça zumbia por causa do vinho e do sol, mas peguei imediatamente o telefone e liguei para Oban. Ele estava na rua, em algum lugar. Eu ouvia o ruído do tráfego, pessoas falando.

— Está ocupado? — perguntei.

— É fim de semana, Kit — ele respondeu. — O que está acontecendo? Quer me convidar para ir à ópera?

— Eu queria avisá-lo que vou ver a menina, Emily Burton.

— O quê?

— Você sabe quem é, a filha de Philippa Burton.

— É claro que sei, porra. Isso... isso... — Ele parecia ofegante. — Isso é uma péssima idéia.

— Tenho uma só pergunta a fazer a ela.

— Kit, Kit — disse ele com voz mais calma, como se tentando me persuadir a descer do parapeito de uma janela. — Há sempre mais uma pergunta. Pense no que está fazendo. Você provocará um novo rebuliço naquela pobre família. Vai acabar maluca. E vai me deixar maluco também. Deixe isso de lado.

— Eu gostaria de saber se você acha que um agente de polícia deve me acompanhar.

— Não, definitivamente não. O caso está encerrado. Vivemos em um país livre. Você pode visitar quem quiser, mas isso não tem nada a ver conosco. Sinceramente, Kit, gosto de você, mas você precisa de alguma coisa. E não sei o que é...

Em seguida, o telefone emudeceu. Não sei se Oban havia entrado em um túnel ou simplesmente desligado, em desespero. Um gravador. Era disso que eu precisava. Eu tinha um em algum lugar. Alguns minutos de busca resultaram na descoberta de um pequeno gravador no fundo de um armário e depois, em uma gaveta cheia de tomadas velhas, elásticos, canetas sem tampa e uma imensa margarida feita de clipes, descobri uma fita cassete empoeirada, a fita de uma festa do meu tempo de faculdade. Isso bastava. Telefonei para a casa dos Burton. Uma mulher atendeu.

— Alô. É Pam Vere?

— Sim.

— Aqui é Kit Quinn. Lembra-se de mim? Sou a...

— Sim, lembro-me bem.

— Eu estava pensando em passar aí e falar com Emily por alguns minutos.

— Ela não está em casa no momento.

— Posso passar mais tarde?

— Pensei que estivesse tudo encerrado.

— Quero apenas botar alguns pingos nos is, esclarecer alguns detalhes. E ver como está Emily.

— Ela parece estar bem. Fica feliz quando brinca com as amigas. E acabamos de contratar uma babá de um intercâmbio.

— Posso fazer-lhe uma visita? Cinco minutos apenas.

— Não quero criar dificuldades, mas isso é de fato necessário?

— Ficarei eternamente grata se concordar — respondi com voz firme, inflexível.

Houve uma pausa.

— Ela estará de volta logo depois das quatro. Talvez fosse bom então falar com ela antes da hora do chá.

— Estarei aí.

O encontro foi mais formal do que os anteriores. Eu tinha chegado antes de Emily e descoberto uma tomada na cozinha onde poderia ligar meu gravador. Como uma neurótica, testei-o duas vezes, dizendo um-dois, um-dois no microfone e fazendo voltar a fita para ouvir. Na segunda vez eu já não sabia ao certo se era o primeiro um-dois ou o segundo, por isso recomecei dizendo a-b-c-d, na falta de algo mais criativo.

Emily irrompeu na sala como um pequeno duende tagarela em um macacão vermelho manchado de tinta e uma babá loura correndo para alcançá-la. Como ela parecia feliz! De repente, imaginei-a dali a cinco anos, sem mais nenhuma lembrança viva da mãe, sem nada que pudesse ser desvinculado de fotografias e histórias mais ou menos inventadas que outras pessoas lhe contariam sobre Philippa. Ela correu e abraçou os joelhos da avó. Quando me viu, ficou em silêncio. Aproximei-me dela e ajoelhei-me ao seu lado.

— Você se lembra de mim? — perguntei. Ela sacudiu a cabeça com ar sério e desviou o olhar. — Tenho uma coisa para lhe mostrar.

Ela se preparava para bancar a tímida, mas, como era de seu interesse, logo mudou de idéia. Deu-me a mão e caminhamos até a mesa da cozinha, onde estava o gravador. Pam sentou-se à nossa frente, atenta.

— Olhe — eu disse.

— O que é? — perguntou ela.

Apertei o botão de gravar.

— Diga alguma coisa.

— Não quero dizer nada.

— O que você faz na escola?

— Faço tudo — respondeu com voz firme.

Desliguei o gravador, voltei a fita e toquei-a de novo. Ela ficou de boca aberta diante de tal maravilha.

— Faz de novo — pediu.

— Tudo bem. — Apertei o botão de gravar. Sentei-me bem perto dela. Eu podia sentir o cheiro de sabonete e de tinta.

— Bem — eu disse —, sobre o que vamos falar?

Emily franziu o nariz e riu.

— Não sei — respondeu. — É a sua marca — continuou, apontando a cicatriz no meu rosto.

— Isso mesmo. Está vendo? Você se lembra.

— Dói?

— Não muito — respondi. — Está quase bom.

— Posso botar a mão?

— Pode.

Inclinei-me e Emily espichou um dedo gorducho. Ela acompanhou com o indicador o percurso que doía e coçava e que se iniciava perto da orelha, descia pela face e terminava no queixo. Agora não doía mais.

— Da outra vez que vim vê-la — falei —, você estava brincando com a sua amiga e falamos sobre o parque. Você estava brincando no parque quando mamãe foi embora. Você se lembra?

— Lembro — respondeu.

— Muita gente falou com você sobre isso, não foi? — perguntei.

— A plícia — ela disse.

— Isso mesmo. E esses homens e mulheres da polícia perguntaram se você tinha visto sua mãe ir embora com alguém e você respondeu que não.

Emily arranhava a mesa com as unhas. Eu sentia que a estava perdendo. A minúscula reserva de atenção de uma menina de menos de quatro anos estava por acabar. Olhei para o gravador. As fitas continuavam a girar. Eu chegara com um único cartucho. Se o disparasse e não acertasse nada, seria definitivamente o fim. Eu me despediria com educação, voltaria para casa e retomaria aqueles fragmentos da minha vida que tinha por tanto tempo negligenciado. Segurei a pequenina mão quente e pegajosa de Emily entre as minhas. Apertei-a ligeiramente para chamar a sua atenção. Ela olhou para mim.

— Não é sobre isso que quero falar, Emily. Quero lhe perguntar uma coisa diferente. Você pode me dizer alguma coisa sobre aquela senhora simpática?

— O quê? — perguntou Emily.

— Quem...? — perguntou Pam.

— Sssh — sussurrei abruptamente, levantando a mão. — Emily, o que ela lhe deu?

— Nada.

— Nada?

— Um pirulito.

— Que bom — repliquei. Eu sentia as batidas do meu coração ressoarem pelo corpo inteiro, até dentro da minha cabeça. — O que ela fez? Empurrou você no balanço?

— Um pouco. Depois me levou na areia.

Tentei visualizar o parque. Sim, é claro. A caixa de areia era o ponto mais distante da balaustrada em que Philippa se apoiara para tomar conta da filha.

— É engraçado — comentei. — E depois ela foi embora. Deixou você lá?

— Não sei.

— Como era essa senhora?

— Você é chata — Emily quase gritou.

— Ela era grande?

— Chaaaata!

— Ótimo Emily — eu disse. — Muito obrigada.

Dei-lhe um abraço. Ela conseguiu livrar-se de mim, correu até a porta e desapareceu no jardim. Desliguei o gravador. Olhei para Pam. Ela parecia perdida em pensamentos dolorosos.

— Mas... — disse ela. — Foi aquele homem. O que ela estava...?

Minha intenção era apenas levantar-me e partir, mas lhe devia uma explicação.

— Eu devia ter pensado nisso há séculos — falei. — Uma pessoa pode seqüestrar uma mulher em uma noite escura, em um lugar isolado, sem causar muito tumulto. Pode fazer isso em um local apinhado de gente, também, embora seja preciso um pouco mais de cuidado. Mas ninguém pode persuadir uma mãe a deixar um filho sozinho, nem mesmo em um parque, nem por um só minuto. A não ser que haja uma pessoa de muita confiança para cuidar da criança. Foi o que pensei de repente. E imaginei que teria de ser uma mulher. E Emily sempre dizia que a sua mãe voltaria, não era isso? — Pam olhou firme para mim e concordou com a cabeça. — Porque provavelmente foi essa a última coisa que Philippa lhe disse. Ela teria dito algo como "Não se preocupe, voltarei em seguida" e Emily continua a esperar.

Tirei o gravador da tomada e levantei-me, segurando-o contra o peito como se alguém fosse tentar roubá-lo de mim.

— Preciso ir, agora.

— Então ele tinha uma cúmplice — disse Pam.

Sacudi a cabeça.

— Eu conhecia Michael Doll — falei. — Não acredito que ele se relacionasse com alguma mulher. — A não ser eu, pensei comigo mesma. E, com o coração apertado, deixei-a sentada à mesa da cozinha, as mãos postas como se estivesse rezando.

Quarenta e três

Telefonei do meu celular para o Abrigo para Jovens de Tyndale já bem perto dali. Quando a voz feminina que atendeu disse que Will não estava, segui em frente, estacionei e toquei a campainha.

— Sylvia está aí, por acaso? — perguntei à jovem de plantão. Ela tinha cabelos cortados bem curtos, uma teia de aranha tatuada no rosto e não parecia muito mais velha do que os residentes.

— Não. — A teia de aranha se mexia e se alastrava quando ela falava.

— Acha que ela virá para cá?

— Não sei dizer.

— Tem idéia de onde posso encontrá-la?

— Não sei dizer. — Ela pegou o cigarro que estava atrás da orelha e colocou-o entre os lábios. — É confidencial — disse e acendeu o cigarro.

— Ah, sim. Tudo bem. Se ela aparecer, diga-lhe por favor que Kit Quinn gostaria de fazer-lhe uma pergunta. Vou deixar os números dos meus telefones.

A jovem não respondeu, apenas olhou-me com um ar suspeito.

— Ela me conhece — acrescentei. Tirei um bloco da bolsa, anotei os números em uma folha e entreguei a ela. Ela colocou a folha em cima da mesa, sem olhar. Eu tinha pouca esperança de que ela fizesse alguma coisa com os números. — Obrigada, de qualquer forma, e desculpe-me por incomodá-la.

Mas quando me preparava para sair, sem a menor idéia do que faria depois, ouvi uma voz às minhas costas.

— Você pode tentar o parque.

Olhei para trás e vi um menino agachado perto da porta da frente. Parecia ter uns dez anos, só que tinha um cigarro no canto da boca e brincava com uma faca retrátil.

— O parque? O de Bibury Common?

Eu tinha passado por ele no caminho e sentido uma pontada de nostalgia ao lembrar-me dos tempos em que adorava montanhas-russas e suas quedas vertiginosas que me deixavam enjoada, os horrendos bichos de pelúcia e os gigantescos martelos de plástico recebidos como prêmio quando se conseguia acertar todos os alvos com uma espingarda de ar comprimido.

— É. — Ele hesitou. — Me arruma uns dois pitos, moça?

— Sinto muito, mas não fumo.

— Uma grana, então. — Ele juntou as mãos em um gesto irônico de quem fazia uma súplica. Olhei de relance para a jovem plantonista e entreguei ao garoto algumas moedas.

— Legal! Obrigado.

A noite estava caindo e o parque só agora começava a ganhar vida. Homens em jaquetas de couro, cabelos com gel penteados para trás e dentes manchados apertavam parafusos, revisavam toldos. A roda-gigante girava lentamente no crepúsculo, embora todas as cadeiras ainda estivessem vazias. Havia um grande tobogã, um carrossel de xícaras gigantes, um de animais, autopistas controlados por jovens magros com *jeans* apertados e goma de mascar na boca, um castelo mal-assombrado, um labirinto de espelhos cujo último segmento estava ainda sendo montado, barracas onde as pessoas atiravam argolas tentando acertar garrafas e ganhar golfinhos de brinquedo, barracas que premiavam com saquinhos de balas de alcaçuz e vasos horrendos quem acertasse o alvo com um dardo, caminhonetes que vendiam hambúrgueres gordurosos e enormes salsichas cor de laranja. E havia lama, uma lama marrom e líquida que corria pelos sulcos provocados pelas caravanas; lama por toda parte.

Caminhei a esmo, tentando encontrar Sylvia. As pessoas chegavam aos poucos. Uma música metálica começou a tocar. Um balão a gás, que se soltara da mão de uma criança que chorava desconsolada, flutuava na direção das nuvens. O cheiro de fritura e de cigarro impregnava o ar. Talvez ela não estivesse ali. Percorri um trecho do caminho lamacento, observando os grupos de pessoas, e já pensava em desistir quando a vi. Estava entrando em um carro de autopista com um garoto que aparentava ter uns dezesseis anos. Quando se sentaram, ele passou o braço pelos ombros dela, mas ela o empurrou com indiferença. Seus cabelos estavam amarrados em marias-chiquinhas ridículas e ela parecia muito mais jovem do que na minha lembrança, e feliz, como se não tivesse nenhuma preocupação no mundo. Observei-a percorrer o circuito batendo contra os outros carros, dando gritos de um falso medo quando algum carro colidia com força contra o seu, fazendo algazarra nas manobras bruscas que a jogavam contra os outros.

Quando desceu, fui ao seu encontro.

— Olá, Sylvia.

— Oi. — Ela não demonstrou surpresa por me ver naquele local.

— Estava procurando por você.

— Ah, é?

— Eu queria lhe fazer uma pergunta. Mas não quero interromper a sua noite. Por isso, se preferir, podemos nos encontrar depois.

— Tudo bem. Não tenho dinheiro, de qualquer forma. A gente se vê por aí, Robbie — ela disse, descartando o garoto ao seu lado, que afastou-se, as calças compridas demais arrastando na lama.

— Quer comer alguma coisa? Ou beber?

— Por mim, tudo bem.

— Que tal...

— Ok. Um hambúrguer com anéis de cebolas e ketchup, batata frita e uma Coca.

Caminhamos até uma das caminhonetes, onde comprei comida.

— Há um banco lá adiante, onde podemos conversar — sugeri.

— Como queira — disse, com voz amável. Não parecia curiosa, mas com certeza estava com fome. Quando nos sentamos no banco, ela já tinha comido metade do lanche. A gordura escorria pelo seu queixo e a boca estava suja de ketchup. Ela passou a manga no rosto e suspirou.

— Falta uma coisa ainda e acho que você pode me ajudar — comecei.

— Sobre Lianne?

— Mais ou menos. Bem, sobre Daisy também. A amiga de Lianne.

— Sei qual é. A que se matou.

— Você a conhecia bem?

— Eu a via por aí. Saímos juntas algumas vezes. Você sabe como é. A mesma turma.

— Sabe se Will Pavic a conhecia?

— Provavelmente. Isto é, seria normal que a conhecesse. — Ela começou a olhar em todas as direções. — Posso comer um algodão-doce também?

— É claro que sim. Em um minuto. Esta é uma pergunta difícil, Sylvia, mas você sabe como é... você tem idéia se Will Pavic alguma vez, bem, esteve envolvido com alguma das jovens sob sua responsabilidade?

— Envolvido? — repetiu ela, como se tivesse ouvido uma palavra em alguma língua estrangeira.

— Sim. Se ele teve relações sexuais com alguma delas.

— Ah, se comeu alguma, é isso? — Ela riu e bateu gentilmente no meu ombro. — Relações sexuais — ela disse, imitando minha voz.

— Ele conseguiu?

— Tem um cigarro?

— Não.

— Tudo bem. — Ela tirou seus próprios cigarros do bolso da calça *jeans* e acendeu um. — Não acredito.

— Tem certeza?

— Certeza? Claro que não. A gente nunca pode ter certeza de coisas como essas, você não acha? Bem, não que eu saiba. — Ela franziu seu pequeno nariz e soprou a fumaça. — Ele não era de ficar pegando.

— Pegando?

— É, alguns caras botam a mão no ombro da gente, no joelho, seguram aqui, seguram ali, enquanto estão falando. Irgh! — Ela estremeceu. — Cretinos. Como se a gente não soubesse o que eles têm na cabeça. Will não faz isso. Ele mantém distância.

— Certo. E Gabriel Teale? Daisy alguma vez mencionou seu nome?

— Gabriel? Não sei quem é. Nunca ouvi falar nele.

— É o gerente do Sugarhouse.

— Ah, o teatro? Conheço, claro.

— Daisy costumava ir lá? — perguntei, tentando reprimir a tensão da minha voz.

— Com toda a certeza. Como muitos de nós. Não eu. Mas Daisy sim, sem dúvida. Ela precisou aprender a dar cambalhotas. — Ela sorriu. — Ela estava perfeita, no final. Conseguia com o corpo bem reto, várias vezes seguidas. Entrava nos quartos, assim, dando cambalhotas.

A excitação percorria minha espinha de alto a baixo. Tirei da bolsa o programa do teatro e virei-o ao contrário.

— Lembra-se de que, na primeira vez em que nos encontramos, você disse que outra pessoa tinha feito perguntas sobre Lianne? Foi este homem? — Apontei com o dedo a fotografia de Gabe.

Ela olhou rapidamente.

— Com certeza não. — Ela riu. — A pessoa que procurou por Lianne era uma mulher.

Fiquei completamente paralisada.

— Você nunca me contou isso — consegui dizer.

— Você nunca me perguntou.

Tirei a fotografia de Bryony da bolsa.

— Foi ela, então?

Sylvia apertou os olhos na penumbra.

— Negativo — ela disse.

— Tem certeza?

— Tenho. Elas não são nem parecidas. Para início de conversa, a mulher que vi era loira.

Atordoada, peguei outra foto.

— Como esta?

— Sim, sim, é ela. Tenho certeza. Ela estava sempre bisbilhotando, perguntando coisas com seu sotaque esnobe. Quem é ela?

Baixei os olhos, e toquei levemente o rosto na fotografia.

— Uma tal de Philippa Burton.

— Philippa Burton. — Sylvia observou a foto e uma sombra toldou o seu rosto, como uma espécie de resistência. — Ela matou Lianne, então?

— Não — respondi. E depois: — Não sei.

— Você parece estranha. Está doente?

— Não. Apenas confusa, Sylvia. Quer seu algodão-doce agora?

— Você também vai comer um?

— Não.

— Por que não? Relaxe um pouco, vamos lá. — Ela virou para mim seu rosto delicado, penetrante, e lançou-me um olhar avaliador. — Você precisa relaxar.

Uma curiosa sensação de leveza tomou conta de mim.

— Tudo bem. Quero um algodão-doce gigante, cor-de-rosa.

— Ótimo. Depois vamos andar naquilo. — Ela apontava o trenzinho que andava tão depressa em um grande oito que eu mal conseguia distinguir os passageiros que gritavam a plenos pulmões.

— Vou pensar no assunto.

— Não pense. Vamos lá!

Comi o algodão-doce, que me deu uma sensação estranha nos dentes, grudou nos meus cabelos e derreteu-se na minha bochecha. Depois, Sylvia e eu subimos no trenzinho veloz.

— Não quero andar nisso.

Sylvia riu. O trem começou a movimentar-se, devagar no início, mas depois mais depressa, sempre mais depressa, um vagão atrás do outro no seu vertiginoso circuito. Tentei dizer alguma coisa, mas os músculos do meu rosto pareciam não responder. O mundo era um borrão em disparada. A força centrífuga prendia-me contra o assento; meu estômago estava em algum outro lugar, meus cabelos pegajosos colados no rosto.

— Porra — consegui articular, quase sem fôlego.

— Grite — disse Sylvia no meu ouvido. — Grite o mais forte que puder.

Joguei a cabeça para trás e abri a boca. Gritei, gritei, até meus gritos encobrirem os dos outros. Soltei com os meus gritos tudo o que estava preso no meu coração.

Quarenta e quatro

A confusão com o meu gravador continuou, e tornou-se ainda maior sob o olhar céptico, desdenhoso e claramente desaprovador do detetive Guy Furth e o ar consternado e constrangido do detetive-chefe Oban. Os dois estavam com a cabeça em outras coisas, em novos casos, e deviam ainda enfrentar uma mulher obcecada que parecia não desistir. Pior ainda, era uma mulher que tinha se agachado embaixo da mesa do escritório de Oban tentando simplesmente ligar o fio do aparelho em uma tomada, sem conseguir. Praguejei em voz baixa e em seguida quase aos gritos. Que droga, uma tomada era sempre uma tomada, certo?

Consegui finalmente concluir a operação e posicionei o aparelho em cima da mesa de Oban.

— Vocês precisam ouvir com atenção — eu disse. — A qualidade da gravação não está nenhuma maravilha. Usei uma fita velha que descobri no fundo de uma gaveta e acho que ela já deu o que tinha que dar.

Os dois detetives trocaram olhares quando apertei o botão PLAY. Os primeiros segundos foram embaraçosos porque eu tinha voltado a fita toda e a gravação começou com a minha voz dizendo um-dois, um-dois, e depois o alfabeto. Olhei para Oban. Ele estava mordendo o lábio como se para controlar o riso. A seqüência não foi muito melhor. Havia minha conversa boba e interminável com Emily sobre sua escola maternal e minha cicatriz. Oban mexia-se com impaciência na cadeira.

— Estava chovendo granizo quando você fez a entrevista? — perguntou Furth, com voz sarcástica.

— Tem um certo chiado na fita, eu sei — admiti. — Peço desculpas por esse início ruim, mas eu queria que vocês ouvissem tudo para entender o contexto.

Ele murmurou alguma coisa que não consegui compreender.

— O que foi que você falou? — perguntei.

— Nada — respondeu ele.

Desliguei o gravador e voltei um pedaço da fita.

— Pelo amor de Deus — ele gritou —, não nos faça ouvir isso de novo.

— Quero ter certeza de que não perderam nada.

Ele resmungou. Quando a conversa girou em torno dos acontecimentos no parque, ele franziu a testa, concentrado. De repente, Emily gritou que eu era uma chata, ouviu-se um clique e lá estávamos nós no meio de uma música. Era a gravação da tal festa da metade dos anos oitenta. Os dois homens riram abertamente.

— Acho esse pedaço melhor — disse Furth. — A qualidade do som também.

— E então? O que acharam? — perguntei, impaciente.

— Toque de novo — disse Oban. — Só a parte final — acrescentou depressa.

Depois de algumas tentativas e erros, consegui voltar a fita até as respostas de Emily sobre a mulher. Antes do final, ele inclinou-se e desligou por conta própria o gravador. Depois afundou na cadeira com ar aflito.

— E daí?

Ele estava olhando pela janela como se acabasse de perceber alguma coisa fascinante que exigia toda a sua atenção.

Depois virou-se para mim e pareceu surpreso ao ver que eu ainda me encontrava ali.

— Desculpe-me — disse ele. — Eu estava pensando que algumas semanas atrás éramos nós que fazíamos você escutar uma fita. É estranho como as coisas funcionam.

— Nem tanto.

— O que quer que eu diga? — perguntou ele.

Eu já estava com a desagradável sensação de que as coisas não seguiam o rumo que eu esperava.

— Não sei ao certo se esperava que você dissesse alguma coisa — respondi. — Pensei que fosse dar pulos de alegria e ficar entusiasmado.

— Ficar entusiasmado com o quê?

Olhei para os dois. A expressão de Furth era estranhamente gentil, o que me fez sentir ainda pior.

— Vocês não ouvem a mesma coisa que eu? Devíamos ter pensado nisso há séculos. Ninguém consegue seqüestrar uma mãe enquanto ela toma conta da filha com montes de gente por perto. Havia uma mulher envolvida, uma mulher que ficou alguns minutos com Emily enquanto Philippa Burton foi atraída para o carro em que foi morta.

— Não ouço nada disso — disse Oban.

— O que ouve?

Ele torceu o nariz.

— Ouço perguntas tendenciosas feitas a uma menina de três anos de idade que dá respostas vagas. Que história é essa de "senhora simpática", por exemplo? Poderia ser qualquer mulher que tivesse comprado um pirulito para ela ao longo do ano.

— Então você não acredita em Emily.

— Para começar, você sabe muito bem que essa fita seria totalmente inaceitável como prova. Acho também que ela está uma droga. Sinto muito, Kit, mas parece que você se deixou entusiasmar e está me fazendo perder tempo também.

— Quer dizer que não vai considerar a possibilidade de uma mulher estar envolvida?

— Você tem alguém em mente?

— Tenho.

— Quem?

— Bryony Teale.

— O quê?!

— Você pode me chutar para fora dentro de cinco minutos, mas antes vai ter que me ouvir.

— E ele a ouviu? — perguntou Julie, tomando um gole da sua bebida.

Estávamos em um novo bar no Soho chamado Bar Nothing. Aparentemente os ângulos pronunciados e as linhas retas estavam fora de moda. Ali só havia sofás em cores suaves e enormes almofadas macias no chão. Estávamos sentadas no bar, mas esse na verdade não era macio. Não poderia ser macio. Os copos teriam caído. Mas mesmo assim ele fazia uma suave curva em espiral.

Eu havia encontrado Julie no início da noite e tinha gritado, vociferado e metaforicamente batido com a cabeça na parede a tal ponto que ela insistira em que a única solução seria nos vestirmos e irmos a algum lugar. Mais uma vez ela pegou emprestado um vestido meu — preto com mangas de seda — e ficou deslumbrante. Eu estava com meu vestido cor-de-rosa especial que moldava sobremaneira as minhas formas e que era parte de uma fantasia na qual eu inspirava um daqueles *blues* em que o cantor lamenta ter ficado fascinado por uma mulher diabólica. Eu tinha uma espécie de esperança de que alguém se aproximaria e nos diria que estávamos violando a ordem pública.

Acho que deixei Julie imediatamente constrangida ao pedir duas *margaritas*, um coquetel talvez mais típico dos anos noventa, para não dizer oitenta, mas eu precisava de alguma coisa de efeito rápido.

— Rosa é a sua cor, você sabia? — perguntou Julie, quando tomamos os primeiros goles. — Combina de uma certa forma com os seus olhos.

— Combina com a minha cicatriz.

— Não diga isso, Kit.

— Acho que estou bem melhor. Eu antes me comparava com o Fantasma da Ópera, você se lembra? Mas não me preocupo mais com o que as pessoas pensam. Agora acho que elas pensam que foi uma cirurgia plástica que não deu certo.

Julie não respondeu. Apenas tocou meu rosto, virando-o na direção da luz para que pudesse olhar bem. Examinou-o com atenção, como se avaliasse um objeto decorativo no meu apartamento. Pensei na pequena Emily percorrendo a minha cicatriz com o dedo. Ao terminar a inspeção, Julie sorriu.

— Parece algo que conta uma história.

— A única história que esta cicatriz conta é que o agressor teve muito pouco tempo.

Julie esquivou-se e me desculpei. Pedimos mais um drinque para cada uma e dirigi a conversa para o seu lado. Ela falou sobre viagens, sobre muitos homens terríveis e um ou dois simpáticos, sobre seus planos, e de repente perguntou-me se eu queria ir junto com ela e fiquei horrorizada ao me surpreender pensando: "Por que não? Por que não jogar tudo para o alto e ir embora?" Quando estava quase acabando o meu segundo drinque pensei: "Por que não jogar tudo para o alto e ir embora naquela noite mesmo?"

Conseguimos uma mesa e pedimos duas saladas e uma garrafa de vinho, mas de repente isso não me pareceu suficiente. Eu estava com uma vontade louca de comer carne vermelha. Pensei até ter visto Julie empalidecer quando meu prato chegou: finas fatias de carne polvilhadas com queijo parmesão, borrifadas com azeite e suco de limão.

— Reconheço que sou carnívora — disse ela. — Mas acho que prefiro quando a carne está um pouco mais dourada por fora.

Esforcei-me para concentrar a nossa conversa em Julie e na sua vida, mas não deu certo. Eu parecia um vulcão fumegante e enquanto ainda comíamos nossa salada o vulcão entrou em erupção e comecei a fazer-lhe um animado relato dos dois últimos dias.

— Sim, Oban me ouviu — respondi, nossos copos cheios de novo. — Isto é, ouviu o que eu tinha a dizer. É essa a expressão que se usa, não é verdade? Ele ouviu o que eu tinha a dizer. Depois, foi a velha história de sempre: o assunto está encerrado, não nos faça perder tempo, não tente nos fazer achar que a vida é mais complicada do que parece, não nos obrigue a fazer nosso trabalho corretamente.

Parei e ri. Eu me surpreendera apontando um dedo ameaçador para Julie. Ela precisou desviar o rosto para não ser atingida.

— Não sou Oban — disse ela, rindo também. — Você não precisa me convencer. Bem, talvez sim. Devo admitir que não estou entendendo muito bem essa história. Você está querendo dizer que aquela fotógrafa simpática ajudou o maldito Doll a cometer seus crimes?

— Não, não. Doll não tem nada a ver com isso. Ela ajudou o marido, Gabriel.

Julie tomou mais um gole de vinho.

— Não sei — disse. — Eu devia ter feito minhas perguntas três drinques atrás, pelo menos. Eles são pessoas legais, concorda comigo? Ele dirige um teatro. Por que matariam essas mulheres?

— E Doll também.

— O que está querendo dizer? Ele foi morto por aqueles justiceiros, não?

— Não, não foi.

— Mas você disse que eles até deixaram uma mensagem.

— Sim, eu sei. "Homicida maldito" com todos aqueles erros de ortografia. Foi uma coisa patética, mas eu estava chocada pela cena e não pensei nisso. Alguém que não consegue escrever "maldito" vai usar uma palavra como "homicida"? Lembra-se do que pensei quando vi os corpos de Lianne e Philippa? Os ferimentos pareciam obra de alguém que quisesse se passar por um psicopata, mas sem muita convicção. Você precisa ver o que um verdadeiro psicopata sexual faz com o corpo de uma mulher.

— Acho que não preciso — disse Julie. — Então esses assassinos são bem-educados, é isso?

— Eles não mataram pelo simples prazer de matar. Foi porque acharam que precisavam fazê-lo.

— Mas por quê?

— Não tenho nenhuma pista. Mas isso não interessa. Agora é que vem a parte importante. Antes, nada fazia sentido. Agora tudo faz. Essa pobre menina, Daisy, tinha uma ligação com Gabe Teale. Encontrei com uma amiga dela ontem, que me disse que ela trabalhou no teatro dele. Lianne estava preocupada com Daisy e foi assassinada. Descobri que Philippa Burton estava atrás de Lianne.

— Por quê?

— Não tenho a menor idéia. O bilhete que encontrei no quarto dela mostrou que ela tinha feito a ligação entre Lianne e Bryony. O certo é que ela foi morta. Agora mostrei que Bryony estava envolvida no seqüestro de Philippa.

— Mostrou mesmo? — perguntou Julie, com ar de dúvida.

— É claro que sim. Bem, onde eu estava?

— Não sei mais.

— Michael Doll. A tal agressão a Bryony nunca fez muito sentido. Toda aquela cobertura da imprensa a respeito de Michael Doll fez com que todos pensassem que ele tinha matado Lianne. Mas para Gabriel e Bryony, Doll também estava no local do crime. Talvez ele tenha visto alguma coisa. Talvez tenha até feito contato com eles e ameaçado Gabriel. Eles fizeram uma tentativa mais ou menos frustrada de atacá-lo, golpeá-lo na cabeça, atirá-lo no canal, seja lá o que for, para dar a impressão de que um grupo de justiceiros tinha feito o serviço, mas então aparece o tal Terence Mack, Bryony é agarrada, Gabe dá no pé, Doll não entende nada do que está acontecendo, e aos olhos de todos o que houve foi uma agressão a Bryony. Não é de admirar que ela estivesse tão traumatizada.

— Bem...

— Então eles, ou provavelmente apenas Gabe, já que a essa altura Bryony é considerada em perigo e está sob proteção policial, vão até o apartamento de Michael Doll para completar o serviço. Bryony tinha pegado a caneca de Emily no dia em que prepararam a armadilha para que Philippa fosse conversar com Gabe no carro deles. Gabe mata Doll, deixa a caneca. Doll está morto, falsamente incriminado, o caso é encerrado.

Julie serviu nossos dois copos com o que ainda restava do vinho.

— Mais uma garrafa? — perguntou.

— Não — respondi. — Estou começando a ficar sóbria.

— Não parece. Ei, espere um minuto — disse ela. — Não foi apenas a caneca, foi? Havia também a bolsinha de couro. Você realmente acha que ele a deixaria de propósito? Seria um risco e tanto.

— Pensei nisso — respondi. — Não acho que tenha sido de propósito. Você devia ter ido lá. A sala era puro sangue. Gabe deve ter ficado coberto de sangue, também.

— Se é que ele estava lá — observou Julie.

— Estava sim. Coberto de sangue, ele tira a roupa para lavar-se no banheiro e esquece a bolsa. Ela é encontrada, mas ninguém lhe dá importância porque é imediatamente vista como mais um dos troféus de Doll.

Julie ficou calada por um instante. Ela parecia estar tentando resolver uma longa equação na sua cabeça.

— Você disse tudo isso a Oban em cinco minutos? — perguntou ela por fim.

— Dei uma versão resumida.

— Não me admiro que ele a tenha enxotado.

— Não está convencida?

— Não sei. Preciso acostumar-me um pouco com a idéia. Você pode dizer o que quiser, mas o que quero mesmo é beber mais alguma coisa.

Ela pediu dois conhaques, tomou um gole do dela e estremeceu.

— O que pretende fazer agora? Procurar Oban e voltar à carga?

Bati de leve com o dedo no copo, fazendo-o ressoar.

— Não — respondi pensativamente. — Acho que usei todo o meu estoque de boa vontade com ele. Não sei. Tenho pensado muito nisso tudo. Não sei se você sabe que quando Paul McCartney compôs *Yesterday*, passou dias e dias tentando descobrir onde tinha ouvido aquela música antes. Não conseguia acreditar que ele realmente a tivesse criado. Tenho me perguntado se não inventei encadeamentos lógicos que na verdade não existem. — Peguei meu copo e tomei um gole que me queimou a garganta. — Talvez fosse melhor eu falar com eles.

— Eles quem?

— Bryony e Gabriel.

— Dizer para eles que acha que eles são assassinos em massa?

— Dar uma indireta, deixá-los preocupados. Talvez eles façam alguma coisa.

Julie acabou sua bebida.

— Nada, por exemplo, se forem inocentes — disse. — E matar você, se forem culpados.

— Não consigo pensar em outra coisa que eu pudesse fazer.

Agora foi a vez de Julie apontar o dedo para mim. Um dedo não muito firme.

— O que você já bebeu? — ela perguntou.

— Duas *margaritas*. Mais ou menos uma garrafa de vinho. E este conhaque — respondi. E esvaziei o copo.

— Exatamente — disse Julie. — O que espero é que a bebida esteja falando por você. É provável que tudo seja efeito da bebida. Tenho certeza absoluta de que amanhã de manhã nenhuma de nós se lembrará do que aconteceu esta noite. Sobretudo eu. Mas quero que você prometa que não fará nenhuma besteira muito, muito grande. Promete?

— É claro que prometo — respondi, com um sorriso.

— Não sei se devo acreditar em você. — Ela botou a mão no meu ombro e sacudiu-me, como se quisesse me acordar. — Escute bem Kit, você não percebe que essa sua idéia é completamente maluca? E olhe que eu disse completamente.

— Não, eu...

— Uma coisa é correr algum risco quando se tem uma boa razão para tal, ainda que eu não aconselhasse isso a ninguém. — Ela fez uma pausa e deu um enorme soluço, depois continuou. — Mas você está falando em correr um risco sem nenhuma razão. Como se as vidas de duas mulheres mortas fossem de alguma forma mais importantes do que a sua própria vida, não sei se me entende.

— Sim, mas não é sob esse aspecto que vejo o caso.

— É claro, você o vê de trás para a frente e de dentro para fora. Você está tentando salvar pessoas mortas. Isso é impossível.

— Sei disso.

Ela aproximou seu rosto do meu e repetiu, mais alto:

— Você não pode salvar pessoas mortas, Kit. Você não pode devolver a vida a quem já morreu. Deixe isso pra lá.

Quarenta e cinco

Quando eu era adolescente, meu pai costumava fazer-me beber um copo grande de leite antes de sair para uma festa. Ele dizia que era para forrar o estômago. Eu devia ter bebido um copo de leite ontem de noite, pensei, quando acordei na manhã seguinte. A luz que entrava pelas cortinas entreabertas feria meus olhos antes mesmo de eu abri-los, e minha boca estava completamente seca. Olhei com o canto do olho para o despertador. Seis e meia. Eu podia ficar ainda cinco minutos na cama. Cinco apenas, nem um a mais. Meu travesseiro nunca me parecera tão macio, minhas pernas tão pesadas ou minhas pálpebras tão coladas uma na outra.

Ainda grogue, espiei de novo o relógio. Com um clique, os números digitais pularam para 6:35. Só mais uns minutinhos. Lembrei-me de uma ocasião, quando eu ainda era criança, em que tinha ficado doente e minha tia foi passar uma temporada conosco para que meu pai pudesse continuar a trabalhar. Durante aqueles poucos dias, fingi para mim mesma que minha tia era minha mãe — que assim é que teria sido se ela não tivesse ido embora e morrido. Eu passava o dia deitada com as minhas histórias em quadrinhos, uma limonada na mesa-de-cabeceira e as cortinas entreabertas exatamente como elas estavam agora, a poeira flutuando nos raios de sol. E cada vez que emergia dos meus sonhos febris eu ouvia a movimentação da minha tia no andar de baixo: armários que se abriam e fechavam, o ronronar do aspirador de pó, o vaivém da máquina de lavar, o tilintar de copos, passos que atravessavam o *hall* de entrada, o murmúrio de vozes na porta da frente. Eu me sentia em total segurança, embaixo das cobertas, sabendo que ela estava a poucos metros dali. Eu gostaria agora de ter de novo um dia como aqueles. Poderia ficar na cama até a manhã seguinte, em um eterno dorme-acorda, acorda-dorme, vagueando entre sonhos inconsistentes e uma vigília sonolenta; arrastar-me uma vez ou outra até a cozinha, de penhoar, para preparar uma xícara de chá. Esperar que uma mão fresca pousasse sobre a minha fronte.

Um ronco muito forte chegou até mim, vindo do quarto de Julie. Abri um olho. Seis e quarenta. Levante-se, ordenei a mim mesma e minhas pernas deslizaram da cama levando os meus pés até o chão. Tive a sensação de que a minha cabeça explodiria quando a levantei, mas ela depois começou a latejar com menos intensidade e a um nível suportável. No final das contas, eu não estava tão mal assim. Fui ao banheiro e joguei água fria no rosto. Depois me vesti, tão depressa e silenciosamente quanto pude. Antes de sair, bebi três copos d'água. O que eu queria mesmo era um café preto bem forte, mas desisti da idéia por medo de acordar Julie. Ela provavelmente teria trancado a porta e jogado a chave pela janela se soubesse onde eu iria. Mas eu tinha tudo na cabeça.

Havia uma forte névoa naquela manhã. Os contornos das casas no fim da rua estavam indistintos, e os carros passavam com os faróis acesos. Mais tarde provavelmente o dia ficaria ensolarado e quente, mas naquele momento o ar ainda estava gelado. Eu devia ter pegado um casaco, ou vestido um suéter em vez da minha fina camisa de algodão. O tráfego já estava intenso. Londres nunca está completamente às escuras, nunca inteiramente silenciosa. Mesmo assim, consegui chegar às sete e meia. Um horário perfeito. Com certeza diretores de teatro nunca se levantam antes das oito.

Todas as cortinas da casa dos Teale estavam fechadas. Aparentemente nenhuma luz estava acesa. Ótimo. Tentei acomodar-me no banco do carro. Eu não tinha idéia de quanto tempo teria de esperar. Eu devia ter comprado um pouco de café no caminho, pelo menos. Devia ter comprado alguma coisa para ler. Tudo o que eu tinha comigo era o manual do carro e um jornal de dez dias atrás. Li o jornal e todas as notícias já esquecidas sobre uma *top model* aqui, uma guerra ali, a morte de um menino acolá e um milionário da Internet em um outro lugar qualquer. Eu estava gelada, tensa, dolorida. Escovei os cabelos e amarrei-os para trás. Olhei-me no espelho do carro e estremeci diante da minha palidez da manhã seguinte. Eu estava impaciente. As cortinas da casa dos Teale continuavam fechadas. Eu podia ter dormido mais um pouco.

Às quinze para as nove, uma luz acendeu-se no andar de cima. Minha boca estava seca. Perguntas pulsavam na minha cabeça: por que vim até aqui? Que diabo de coisa estou fazendo?

Às cinco para as nove, a cortina abriu-se e por um breve momento vi a silhueta de Gabriel na janela. Afundei-me ainda mais no banco do carro e espiei a casa com meus olhos irritados. Eu precisava fazer xixi.

Poucos minutos mais tarde, as cortinas do andar de baixo foram abertas. Vi duas sombras; os dois estavam de pé. Imaginei-os na sua bela cozinha, preparando café, fazendo torradas, falando sobre o dia de trabalho que os aguardava, trocando um beijo de despedida. A porta da frente continuava fechada. Eu podia voltar para casa, pensei. Voltar para casa e enfiar-me de novo na cama. Julie provavelmente ainda estaria dormindo, enrolada nas cobertas e com o braço sobre os olhos.

Por fim, a porta se abriu e Gabriel apareceu. Parou na soleira por alguns segundos, apalpou os bolsos para certificar-se de que estava com as chaves e gritou alguma coisa por cima do ombro. Ele vestia calças *jeans* pretas e uma jaqueta de lã cor de cinza, e tinha a aparência de um pessoa comum, de alguém de meu relacionamento; de um de meus amigos.

Precisei esperar um pouco. Consultei o relógio do carro. Marquei dez minutos e saí do carro. Ainda não era tarde demais para mudar de idéia. Não era tarde demais até o exato momento em que bati mais forte do que o necessário na porta da frente e ouvi o ruído de passos.

— Sim?

Bryony vestia um penhoar e fechou-o com a mão junto ao pescoço, num gesto que eu também costumava fazer. Ela olhou-me com ar atordoado, como se eu a tivesse tirado da cama. Eu a vi engolir com dificuldade.

— Bryony — falei com voz cordial —, espero não incomodar. Estava passando por aqui, a caminho da casa de um cliente. Vi a sua rua na minha frente e, como eu estava ridiculamente adiantada, resolvi arriscar.

— Kit? — murmurou ela.

— Para ser franca, eu gostaria de usar o toalete e de tomar um café antes do meu compromisso. Espero não tê-la acordado, pelo menos.

— Não, não, desculpe-me. — Ela fazia um visível esforço para aparentar naturalidade. — Eu não esperava a sua visita, mas entre, por favor. Vou botar água para ferver. O toalete é ali adiante. — Ela indicou com a mão. Unhas roídas há pouco, reparei. Roídas como as de Lianne.

— Obrigada.

Quando saí, ela colocava grãos de café no moedor.

— Você parece cansada — eu disse.

Ela parecia mais do que cansada. Tinha perdido muito peso e seu corpo, antes forte, estava agora flácido. Suas clavículas estavam salientes. Seu rosto estava inchado; seus magníficos cabelos estavam oleosos. Percebi uma erupção avermelhada na face esquerda. Quando levantou a chaleira para despejar a água na cafeteira, vi um bracelete de eczema ao redor do pulso.

— Você está bem?

— Não tenho andado muito legal, não — ela respondeu.

— É, Gabriel me disse. Ele comentou que fui ao Sugarhouse uma noite dessas?

— Não, não comentou nada.

— É a preocupação que a deixa doente? — perguntei.

— Talvez — ela disse lentamente. Encheu duas xícaras de café e colocou-as sobre a mesa. — Quer comer alguma coisa? Ou está apressada para o seu compromisso?

— Tenho tempo de sobra — respondi com voz alegre. — Mas não quero comer nada, obrigada. Isso é o que eu estava querendo. — Tomei um gole do café escaldante. — Já procurou um médico?

— Para quê?

— Para falar sobre o que está sentindo.

— Isso vai passar. Afinal de contas, está tudo bem agora, não é mesmo?

— Está?

— Sim, acabou tudo. A preocupação. — Olhei para ela e vi que segurava desajeitadamente a xícara. — Foi o que a polícia disse.

— Eu sei. A polícia adora que as coisas cheguem ao fim. Adora encerrar um caso. Solucionado. Marcado com um X bem grande. Comemoração no *pub*. Prontos para o próximo.

— Não sei nada sobre isso.

— Mas é diferente para você e para mim, não acha?

— Talvez seja melhor eu me vestir agora. — Ela levantou-se, segurando mais uma vez o penhoar. — A hora passa depressa. Tenho coisas a fazer.

— O que lhe resta é o que você sofreu, o que ficou dentro da sua cabeça. — Ela olhou para mim com as pálpebras pesadas, como se manter-se acordada fosse um esforço supremo. — E para mim há perguntas que não consigo parar de me fazer. Sei que é ridículo, mas não consigo me conter. Por que uma vítima escreveria o nome de outra antes de morrer? Como poderia um assassino seqüestrar uma mulher em um parque, em plena luz do dia, na frente da filha? Por que uma testemunha confiável acredita que Michael Doll era apenas um espectador inocente?

— Não consigo... — Os lábios de Bryony estavam exangues. — Não sei...

— Por que uma mulher deixaria que a seqüestrassem em um parque sem gritar nem reclamar, e por que a menina não fez o maior estardalhaço quando sua mãe desapareceu? — Forcei um sorriso. — A polícia não estava de fato interessada nisso. Sobretudo depois que Michael Doll foi morto. Eu tenho um problema; não consigo simplesmente esquecer o que aconteceu. Isso é o que todo mundo me diz. De qualquer forma, nesse caso, tenho todos os fragmentos de uma história e venho tentando encaixar um no outro. Você se incomoda que eu lhe conte? — Ela não reagiu. — Havia uma garota chamada Daisy. Daisy Gill. Quatorze anos, embora talvez parecesse mais velha. Nunca a encontrei. Apenas vi uma fotografia dela e conversei com seus amigos. Foi uma criança infeliz, isso eu sei. Abandonada pelos pais, esquecida pelos que deviam tomar conta dela, ou coisa pior. Tinha uma necessidade incrível de amigos. Precisava de adultos nos quais pudesse confiar, que fizessem com que o mundo fosse um lugar um pouco mais seguro para ela. É difícil para pessoas como você e eu imaginar como deve ter sido a sua vida. Era uma garota muitas vezes irritada, sempre solitária e sempre assustada.

Bryony arrastou a cadeira e sentou-se de novo. Apoiou o queixo nas mãos e pela primeira vez fixou em mim seus olhos cor de caramelo. Eles contrastavam com a sua pele pálida.

— Daisy tinha uma amiga, Lianne. Não sei o nome verdadeiro de Lianne, não sei de onde ela veio. O que sei é que ela também era uma criança angustiada. Desesperada, até. Mas pelo menos Lianne e Daisy tinham uma à outra. Não tinham quase nada de precioso, a não ser a amizade. Talvez essa amizade as mantivesse presas à vida. Quando tivessem idade suficiente, queriam morar juntas e abrir um restaurante, vender comida italiana. Isso é o que as suas amigas disseram.

— Por que está me contando isso?

— Daisy suicidou-se. Enforcou-se no seu terrível e minúsculo quarto no lugar que ela devia chamar de lar. Depois, poucos meses mais tarde, Lianne foi morta, perto do canal. E logo em seguida, Philippa Burton foi assassinada pela mesma pessoa. Philippa conhecia Lianne, mas não temos idéia de como ou quando isso aconteceu. E o engraçado é que Daisy trabalhava no Sugarhouse. Em suma, tudo está relacionado.

— Não é que esteja realmente relacionado — disse Bryony. — Esta região é pequena. De qualquer forma, fui vítima também.

— Michael Doll. — Por um breve instante, lembrei-me das últimas imagens que eu tinha dele. Michael Doll vivo. Michael Doll morto. — Ele entrou sem querer nessa história. Por puro azar. Nada mais do que isso. Ele apenas estava lá, à margem do canal, onde ninguém poderia perturbá-lo, pegando seus infelizes peixes e devolvendo-os para a água.

— Ele matou aquelas mulheres. — Ela pôs as mãos sobre a mesa, na sua frente, e endireitou-se na cadeira.

— Ele estava com um aspecto terrível — acrescentei. — Vi o corpo.

— Sempre quis tirar fotografias — Bryony disse com voz macia. — Desde que eu tinha nove anos de idade e meu tio me deu uma Instamatic pequena e barata de aniversário. É curioso como a gente toma, de repente, consciência de alguma coisa, mas sempre senti que eu podia ver o mundo mais claramente quando o via através da lente de uma câmera, como se assim ele fizesse sentido. Mesmo as coisas feias podem parecer bonitas através de uma lente. Coisas sem sentido passam a tê-lo. — Ela olhou para a fotografia de sua pequena cigana. — E sou boa nisso, pode ter certeza. Não apenas em bater a foto em si, mas em saber o que estou procurando. Posso passar semanas sem que nada aconteça, mas sei que um dia verei alguma coisa. Um rosto. Algo acontecendo. Uma luz especial. Como um clique na minha cabeça. E isso deu-me a sensação de estar fazendo a minha parte, sendo uma testemunha. — Ela passou a língua nos lábios pálidos. — Pela sociedade, ou pelo que quer que seja, assim como por mim. Como Gabe e seu teatro. Ele também é muito bom no que faz, você deve saber.

— Sei sim — eu disse. — Eu vi.

Uma grande quietude tomou conta da cozinha, como se o mundo exterior tivesse parado.

— Fomos arrastados para essa história também — continuou ela, com um longo suspiro. — Mas isso não importa, não é mesmo? Já acabou. A polícia diz que já acabou, que estou em segurança. Foi o que você disse também. Que eu acabaria me sentindo melhor. Mas estou tão cansada. Tão cansada que poderia dormir durante cem anos.

Ouvi um leve clique atrás de nós e um súbito silêncio invadiu a cozinha. Cada objeto parecia claro, preciso: a planta no peitoril da janela, as xícaras penduradas em ganchos; a pequena teia de aranha na lâmpada; o reflexo do sol sobre as panelas de cobre, desenhando padrões geométricos na parede; minhas mãos tranqüilamente cruzadas sobre os joelhos.

Tudo o que eu ouvia era a minha própria respiração, calma e regular, e o fraco tique-taque do meu relógio. Passavam vinte e dois minutos das dez horas.

Bryony continuava sentada, imóvel.

Por fim, virei a cabeça. Gabriel estava em pé sob a moldura da porta. Ele fechou a porta com um segundo clique suave e olhou para nós. De Bryony para mim e de mim para ela. Ninguém disse nada. O sol brilhava através da janela.

Abri a boca para falar, mas logo fechei-a. De que adiantaria? Eu não tinha mais nada a dizer. Levantei um dedo e acompanhei o traçado da minha cicatriz, do início dos cabelos até o queixo. Isso confortou-me, de algum modo. Serviu para que eu me lembrasse de quem era.

— Esqueci minha bolsa — disse Gabriel.

— É melhor eu ir — falei. Mas não me levantei.

— Ela só estava de passagem — explicou Bryony por fim, na sua nova voz monótona.

Gabriel concordou com a cabeça.

— Quero me deitar — murmurou ela, e levantou-se com um movimento vacilante. — Estou doente.

— Foi apenas uma visita social — continuei. — Estávamos falando de diversas coisas.

— De que coisas? — Ele olhou para a mulher.

— De todas elas — disse Bryony. — Ela mencionou uma garota. Qual era mesmo o nome?

— Daisy. Daisy Gill. Ela se matou. Era amiga de Lianne. E trabalhava no Sugarhouse.

— Isso é um absurdo — disse Gabriel com ar cansado. — Essa história já devia ter acabado. O que a polícia diz sobre isso?

— É só ela — respondeu Bryony, com voz quase inaudível. — Ela está sozinha.

Ele aproximou-se de mim.

— O que você queria? — perguntou. Ele inclinou-se e tocou o meu ombro, suavemente no início, depois agarrou minha blusa e me forçou a ficar de pé.

— Gabe — exclamou Bryony.

Olhei para o seu rosto exausto, seus olhos injetados de sangue. Atrás dele, vi o rosto lívido de Bryony. Adiante dela, uma porta fechada. Não havia como escapar.

— Você pretende matar todo mundo? — perguntei.

Suas mãos estavam quentes quando ele agarrou o meu pescoço. Pensei no rosto da minha mãe na fotografia que carregava comigo aonde quer que fosse, como se ela pudesse me proteger. No modo como ela sorria, no sol que acariciava a sua pele pálida. Minha mãe, sentada na grama. O rosto de Gabriel estava muito próximo do meu naquele momento, como o de uma pessoa amada, e ouvi-o murmurar:

— Não queríamos que tudo isso acontecesse. — Seu rosto era um esgar de horror. Os olhos estavam semicerrados, como se não suportasse ver o que estava fazendo. Bati nele com os punhos fechados, mas o seu corpo era sólido e inflexível, como uma torre sombria. Então perdi a capacidade de reagir e ele começou a apertar.

Contra todos os meus instintos, deixei meus joelhos se dobrarem levemente. O mundo era apenas vermelho, preto, dor. Havia um único som, o de alguém que chorava. E depois, com meu corpo tão mole quanto consegui, como se eu estivesse a ponto de desfalecer, levantei a mão direita com muita força e rapidez, abri os dedos em V e enfiei-os violentamente nos seus olhos. Senti uma umidade macia e ouvi um grito. Seus dedos relaxaram por um instante, mas logo voltaram a apertar meu pescoço. Desci a mão com vontade pelo seu rosto, sentindo a pele rasgar sob as unhas, depois enfiei os dedos na sua boca, ignorando os gemidos, e empurrei-os o mais fundo que pude. Seu grito tomou conta dos meus ouvidos; minha cabeça latejava de dor e tudo o que eu via era o vermelho. O sangue inundava a minha visão. Eu o agredi sem parar, enfiei os dedos em algo macio, senti o visco do seu sangue, a umidade da sua saliva, a consistência gelatinosa dos olhos.

— Bryony! Acabe logo com isso, porra! Bryony!

Um objeto preto descreveu um arco através da bruma vermelha à minha frente. Fechei os olhos por fim, mas ouvi um estalido alto, como o de uma arma que disparasse a poucos centímetros de mim, e os dedos soltaram a minha garganta. Desabei no chão e senti lascas da madeira do assoalho ferirem minhas faces. Mais um ruído forte e percebi o formato de um tripé preto, que caía de novo. E então Gabriel desabou em cima de mim. Seu corpo cobriu o meu, seu sangue correu pelo meu rosto e sua respiração estava nos meus ouvidos, e os gritos de Bryony também. Empurrei-o e consegui me levantar, embora o mundo ainda estivesse gemendo ao meu redor, e o chão se inclinasse perigosamente sob meus pés. Gabriel estava deitado no seu próprio sangue e com os olhos fechados. Havia um violento corte na sua cabeça, seu rosto estava lacerado e um olho inteiramente vermelho. Mas o seu peito subia e descia, acompanhando a respiração. Tirei o tripé das mãos de Bryony e, curvando-me para poder ampará-la, conduzi-a até uma cadeira e empurrei-a, para que se sentasse.

— Não sou uma pessoa má — ela soluçou, olhando para mim. — Não sou uma pessoa má. Sou boa. Boa. Sou uma boa pessoa. Tudo isso não passa de um erro. Um erro terrível.

Quarenta e seis

O parlatório do centro de detenção provisória de Salton Hill parecia uma lanchonete sórdida em uma região abominável. Havia até uma espécie de guichê em uma das paredes, onde uma mulher que devia ser uma das detentas enchia copos de papel com chá tirado de uma grande chaleira de metal ou despejava suco de laranja com aparência de industrializado. Havia pratos de plástico cheios de biscoitos com círculos de geléia no centro. As crianças corriam por todos os lados, havia gritos, ruído de cadeiras sendo arrastadas, fumaça de cigarro e o mau cheiro da pobreza impregnado em tudo.

Nos presídios para homens há todo tipo de gente: assassinos, psicopatas, estupradores, crápulas, trapaceiros profissionais, pequenos traficantes. Em um presídio de mulheres, no entanto, quase todas as detentas parecem malucas, tristes, desprovidas de tudo. Não há assaltantes de banco do sexo feminino. Nem estupradoras. Não há prisioneiras duras ao ponto de considerar que doze meses de detenção correspondem a uma espécie de ano sabático. Há pessoas desesperadas e confusas que foram pegas roubando em alguma loja porque não tinham dinheiro algum, ou mulheres que ouviram vozes e sufocaram seus filhos com um travesseiro. Elas estavam espalhadas pelas mesas, fumando, sempre fumando, e conversando com seus constrangidos pais e mães, namorados, filhos inquietos.

A mulher que verificou minha autorização na porta disse que Bryony estava a caminho, por isso comprei dois chás e um pacotinho de biscoitos e peguei dois envelopes de açúcar e uma pequena espátula de plástico, como se uma colher de plástico pudesse representar um grande luxo. Coloquei tudo em uma bandeja de papelão. Nada que pudesse ser usado como arma ou, por se tratar de uma prisão para mulheres, como instrumento de automutilação.

Sentei-me à mesa que me tinham designado, a de número 24, e tomei um gole de chá, que estava tão quente que queimou o meu lábio superior. E antes que tivesse tempo de sentar-me e botar os meus pensamentos em ordem, ela apareceu. Usava as suas próprias roupas, é claro, um suéter marrom sem gola, calças azul-marinho, tênis sem meia. Vi que continuava a usar a corrente de prata ao redor do tornozelo; sua aliança tinha sido tirada, no entanto, e no lugar dela nada mais havia do que uma leve marca branca. Sua vistosa cabeleira estava puxada para trás e amarrada. Mas não adiantava muito. Ela estava sem maquilagem, o que me fez pensar no quanto ela se maquilara antes, mesmo quando ficara deitada no sofá, na manhã seguinte ao ataque. Havia algumas linhas novas ao redor dos seus olhos e uma palidez que fazia com que parecesse estar emergindo de uma caverna. Ela sentou-se sem dizer uma palavra.

— Trouxe o seu chá — eu disse, passando-lhe a xícara por sobre a mesa.

— Obrigada.

Ela inclinou-se para pegar os dois envelopes de açúcar. Rasgou o canto de cada um e colocou o conteúdo no chá, observando-o. Depois mexeu o líquido com movimentos bruscos. Enquanto mexia, vi as ataduras ao redor de seus pulsos.

— Contaram-me sobre isso — falei.

Ela baixou os olhos.

— Não fiz direito — disse ela. — Alguém me explicou.

As pessoas cortam de atravessado porque foi assim que viram na televisão. Mas desse jeito fica bom depressa demais. Eu devia ter cortado na direção oposta. Ao comprido. Em sentido longitudinal. Sei lá como se diz. Você veio me agradecer, imagino.

Eu estava espantada com a súbita mudança de assunto.

— Vim porque Oban disse que você queria me ver. Mas é verdade que quero lhe agradecer. Eu teria sido morta. Você salvou a minha vida.

— Isso vai contar a meu favor, você não acha? Que salvei a sua vida.

— Com certeza será levado em consideração.

— Eu cooperei. — Contei tudo para eles. Você trouxe os cigarros?

Tirei quatro maços do bolso do meu casaco e entreguei-os, fazendo-os deslizar pela mesa e olhando ao meu redor.

— É permitido? — perguntei.

— Contanto que os maços ainda estejam fechados, sim. Eles têm medo que a gente receba coisa ilegal de fora. — Ela pegou um cigarro do seu próprio maço e acendeu-o. — Eu tinha diminuído para mais ou menos um cigarro por semana. Depois, de repente, aqui, pensei: "Por que não? Não se tem muita outra coisa a fazer."

— Posso imaginar.

Ela olhou à sua volta e sorriu.

— Uma mudança e tanto — disse. — Você não me imaginaria em um lugar como esse, não é mesmo?

Olhei para aquela mulher que tinha matado Lianne, Philippa e Michael Doll e olhei a seguir para as outras mulheres patéticas que, sob o efeito da depressão ou diante da angústia de não conseguir pagar as suas contas, tinham entrado em pânico e se destruído.

— Conheci Gabe na faculdade. Todos o adoravam. Eu tinha tido apenas dois namorados antes dele. Fiquei perdidamente apaixonada. Eu imaginava ser a garota mais felizarda do mundo. Que ironia, não? Se não tivesse sido eu a agarrar Gabe Teale, não estaria aqui agora.

— Suponho que possa dizer isso sobre qualquer coisa — observei. — A vida é assim, concorda comigo? Uma coisa leva a outra.

— Mesmo assim é difícil conviver com isso. Sinto como se eu estivesse vivendo uma situação que não foi criada por mim. Sinto que sou uma boa pessoa. Eu amei Gabe, fui dominada por ele e então tomei uma única decisão. Isto é, fui levada a uma situação, depois a outra situação e não consegui mais resistir. Por fim, decidi revidar. E foi com você. E agora estou aqui.

Ela fez uma pausa, esperando algum tipo de resposta, mas a repugnância bloqueou minha garganta e não consegui falar. Ela continuou.

— Sabe o que é o mais engraçado? Quando conheci você, não no hospital, mas quando foi à minha casa, pensei comigo mesma que você era o tipo de pessoa que eu gostaria de ter como amiga. Teríamos nos encontrado para almoçar juntas e para conversar sobre vários assuntos.

Eu tinha dificuldade para respirar. Precisava dizer alguma coisa. Precisei fazer um grande esforço para manter um tom sereno.

— Você não sentiu a mesma coisa quando conheceu Lianne? — perguntei. — Ou Philippa? Que elas poderiam ser suas amigas, que eram humanas, como você, com esperanças e temores, exatamente como você? Com um futuro pela frente?

Ela apagou o cigarro em um pequeno cinzeiro de papel alumínio colocado no centro da mesa. Nada que pudesse servir para atacar alguém.

— Eu quis vê-la porque você foi a única pessoa com a qual pensei que poderia falar. Que não me julgaria. Imaginei que me compreenderia. Como vai Gabe, a propósito? Você o tem visto?

— Sinto muito — respondi. — Tenho ordens expressas de não falar com você sobre Gabe. Há razões legais, aparentemente. Mas ele está melhor. Fisicamente, pelo menos.

— Que bom — ela disse. — Onde eu estava? Ah, sim, eu falava sobre você. Você conhece bem essas coisas, estou certa? Tenho refletido muito. Salvei a sua vida. É uma circunstância atenuante, não acha?

— É provável que sim — concordei —, mas talvez eu esteja sendo parcial.

— Acho injusto que sejamos os dois tratados como criminosos, como se fôssemos igualmente culpados pelo que aconteceu. Você é mulher, você é especialista, por isso imaginei que compreenderia que foi ele o assassino. De certo modo, eu estava sob o controle dele. Pensei que as pessoas pudessem entender isso. Em certo sentido, sou uma vítima dele também. Acabei por me rebelar quando salvei você. Voltei a ser eu mesma, se preferir. É como se eu fosse outra pessoa até salvá-la.

Ao dizer isso, ela olhou bem dentro dos meus olhos pela primeira vez. Estaria querendo dizer que eu lhe devia alguma coisa? A sua vida em troca da minha?

— O que aconteceu? — perguntei. — Com Daisy.

— Nada. Ela se matou. Você sabe disso.

— Ela estava envolvida com seu marido.

— Não sei se isso é verdade. O fato é que as jovens sempre correram atrás de Gabe. Não é uma coisa que vou defender. Não vou fingir que gosto disso. Pelo que ouvi dizer, ela era muito instável. E nunca deu queixa na polícia, ou estou enganada?

— Não.

— Você entende, então. Nada disso faz sentido.

— Ela tinha quatorze anos, Bryony. Quatorze.

— Como já disse, eu não sabia de nada. Mas a verdade é que essa outra garota, a tal Lianne, apareceu um dia, histérica. Tinha uma idéia completamente errada de Daisy. É provável que estivesse drogada.

— Vi o laudo da autópsia. Nenhum vestígio de droga foi encontrado na sua corrente sangüínea.

— Apenas falei que ela estava fora de controle. Corria de um lado para o outro, gritava. Quando cheguei, ela já se encontrava nesse estado, e não entendi o que estava acontecendo. Uma hora ela gritava e tentava agredir Gabe, e atingir a mim, também, e no momento seguinte ela estava caída no chão e acredito que tenha batido a cabeça. Foi um verdadeiro pesadelo. Eu não entendia o que estava acontecendo. Tudo o que eu sabia era que ela estava morta e eu em pânico. Tentamos reanimá-la, você sabe.

— Você ficou em pânico — repliquei. — Então você e Gabe apunhalaram seu cadáver inúmeras vezes. Ao redor dos seios e no abdômen. Depois, abandonaram o corpo perto do canal. Isso talvez tenha sido idéia sua. Você conhecia o lugar por causa das suas longas caminhadas naquela área.

— Não — disse ela, pensativa. — Não, foi idéia de Gabe. Só dele. Ele estava histérico. Disse que precisávamos fazer com que pensassem que tinha sido um outro tipo de assassinato, cometido por gente bem diferente de nós. "Nós", foi a palavra que ele usou. Ele disse que estávamos no mesmo barco. Que essa história poderia ter arruinado tudo, mas que agora estaríamos a salvo. Disse que não me deixaria ir embora.

— Mas vocês não estavam a salvo, ou estavam?

— Não, não estávamos. Aquela mulher...

— Philippa Burton. Ela tinha um nome, você sabe.

— Sim, ela conseguiu o nosso endereço por intermédio da outra garota, da Lianne. Ela sabia que Lianne tinha estado lá.

— Por quê?

— Lianne tinha contado para ela sobre Gabe. Foi o que ela disse.

— Não, perguntei por que ela estava procurando Lianne.

— Que importância tem isso? Gabe estava transtornado. Não sabia o que fazer. Estou tentando explicar por que isso tudo parece tão terrível no conjunto, mas quando se examina cada detalhe, há uma explicação... uma explicação para isso.

— Você ia dizer uma explicação natural?

Bryony fez uma pausa. Ela já estava no terceiro cigarro.

— Ia mesmo, mas eu podia parecer insensível. Não quero que pense isso de mim, Kit. Não me importo com o que a maioria das pessoas pensa, mas quero que você me compreenda.

— O que aconteceu com Philippa, então?

— Gabe disse que tinha uma idéia. Disse que falaria com ela, que teria uma conversa séria com ela. Marcamos de nos encontrar.

— Em Hampstead Heath.

— Isso mesmo. Eu não sabia o que iria acontecer. Ele disse a ela que queria conversar, acho que queria inventar uma história que a convencesse. Fiquei tomando conta da menina. Eu não tinha idéia do que estava acontecendo. Não sabia ao certo se ele tinha. Ele disse mais tarde que ficou aterrorizado e a atacou.

— E golpeou seu corpo com um martelo e depois livrou-se dele no extremo oposto de Hampstead Heath. Nesse caso, ele provavelmente carregava um martelo consigo.

— Provavelmente — disse Bryony. — Isso está prejudicando Gabe, não?

— Está, claro. E você ficou com Emily, esperando que a mãe dela voltasse?

— Depois de algum tempo, fiquei com medo. Ninguém aparecia. Por isso, fugi. Havia muita gente por perto, ela ficaria bem. Mas isso é o que me faz sentir mais culpada, ter deixado a menina sozinha daquele jeito.

— Posso imaginar. — E acredito que você tenha tido um choque terrível também quando voltou e Gabe lhe contou o que tinha acontecido.

— Ele não estava lá. Não apareceu um dia inteiro. Ele me disse que chegou a pensar em se matar.

— E ele ainda tinha que limpar o carro.

— Nunca cheguei a pensar nisso. Tudo o que eu podia fazer era ficar calada. Eu estava no purgatório. Queria gritar a verdade. Queria contar tudo. Sinto-me melhor só em contar para você. Eu queria muito contar toda a verdade.

— Depois foi a vez de Michael Doll. Ele também não teve sorte, não é mesmo? Como você, quero dizer. O lugar que vocês escolheram para jogar o corpo de Lianne foi justamente aquele onde Mickey Doll passava os dias pescando. Você leu nos jornais.

— É verdade.

— O que ele tinha contra vocês? Ele os viu?

— Acho que não. Não sei. Foi Gabe quem a levou. Ele não viu nada.

— Gabe deixou cair alguma coisa que Doll tenha encontrado?

— Não.

— Então o que foi que houve?

— Nada.

— Como, nada?

— Não acredito que ele soubesse de alguma coisa. Mas Gabe ficou obcecado pela idéia de que esse sujeito estava lá, de que ele talvez soubesse de alguma coisa. Disse que só por intermédio dele é que poderiam prendê-lo.

— Por isso você foi vê-lo no canal. Você não pode negar que estava presente naquela noite.

— Não. Eu estava lá. Admiti isso. Mas naquele momento eu teria feito qualquer coisa para ajudar Gabe, para acabar com tudo aquilo.

— Qual era o plano? Atingi-lo na cabeça e jogá-lo na água?

Ela começou a chorar. Dei-lhe alguns lenços de papel. Ela secou os olhos e assoou o nariz.

— Não sei — disse.

— Mas vocês foram pegos. — E foram brilhantes. A descrição que você fez depois que se recuperou do trauma foi particularmente fantástica. Aquele assassino misterioso que era completamente diferente das outras descrições para fazer com que todas parecessem pouco confiáveis. Que proeza!

— Não foi proeza nenhuma. Pensei que estava ficando louca.

— De qualquer forma, vocês se livraram de Doll depois disso.

— Foi Gabriel. Ele disse que se Doll morresse e fosse considerado o assassino, o caso estaria encerrado.

— O que você respondeu?

— Eu não tinha mais vontade de nada. Só queria que tudo acabasse.

— Quando você fugiu e deixou Emily sozinha, quando ficou tão preocupada, você levou junto a caneca dela. Um objeto que acabou sendo muito útil. Você, ou talvez eu devesse dizer Gabriel, deixou a caneca no apartamento. É claro, ele também esqueceu uma bolsinha de couro. Mas isso não teve grande importância. Foi um outro milagre. Apenas incriminou ainda mais o pobre Mickey Doll. Afinal de contas, que assassino deixaria deliberadamente no local do crime um objeto que poderia identificá-lo? Um pouco duro para Doll, eu acho.

Ela assoou de novo o nariz.

— Eu sei — disse. — Isso me deixa atormentada. Mas não consigo pensar em outra coisa que eu pudesse ter feito.

— E depois ainda teve o meu caso.

— Eu estava a ponto de contar-lhe tudo. Você sabia disso. Eu pretendia confessar quando ele voltou. Você não acredita. Vejo isso nos seus olhos. Você não tem certeza se pode acreditar em mim. Mas não deixei que ele a matasse. Disso você está certa.

— Sim, estou certa. Você de repente o enfrentou. Por quê?

Ela acendeu outro cigarro enquanto pensava, contraindo seu lindo rosto.

— Tive a sensação de que aquilo não acabaria nunca e de que jamais estaríamos em segurança, pelo menos Gabe. Talvez eu estivesse apenas exausta.

Tomei um gole de chá. Estava frio, com um gosto metálico, embora talvez fosse apenas por causa da minha boca seca.

Bryony inclinou-se à frente com ar insistente.

— Tenho lido muito — ela disse. — Acho que eu tinha algum problema mental. Li muito sobre isso. Trata-se de uma síndrome de dependência emocional. É muito conhecida, me parece. As mulheres sucumbem ao poder dos homens e perdem toda e qualquer defesa. Sofri durante anos nas mãos de Gabe. Ele é um homem difícil. Violento. E não era uma situação preto no branco. A primeira morte foi um suicídio, uma tragédia. Depois teve o acidente. Quando estávamos no meio da história, eu tinha perdido completamente a minha identidade. — Ela deu mais uma tragada no cigarro e olhou para mim com os olhos apertados. — Você acha que as pessoas acreditarão nisso?

— É possível que sim — respondi. — Descobri que as pessoas acreditam nas coisas mais estranhas possíveis. E você é jovem, bonita, pertence à classe média, o que sempre ajuda.

— Você é uma especialista. Foi uma pessoa crucial para esse caso. A polícia confia em você. Está disposta a me ajudar?

Respirei fundo e enfiei as mãos nos bolsos, talvez para esconder que elas tremiam.

— Receio que eu esteja envolvida demais no caso para dar um testemunho na condição de especialista — respondi.

Sua expressão endureceu.

— Kit, eu poderia ter deixado você morrer. Salvei a sua vida. Poderíamos estar agora tranqüilos na nossa casa e você estaria morta. Eu salvei você.

Levantei-me.

— Estou contente de ter sido poupada — eu disse. — Lamento não me mostrar mais efusiva. Mas não consigo deixar de pensar em Emily e nas pessoas que morreram. Não consigo tirá-las da cabeça. Estavam todas vivas e vocês as mataram. Bem, você parece ter se perdoado sem muita dificuldade. Se há uma coisa que sempre me deixa espantada é a capacidade que as pessoas têm de se justificarem e de nunca se sentirem culpadas.

— Mas você não ouviu tudo o que lhe contei? — perguntou Bryony. — Estou tão arrasada quanto todo mundo.

— Ouvi você dizer que nada do que aconteceu foi culpa sua. Ouvi você dizer que foi Gabriel quem fez tudo, não você. Parece que eu devia ter tanta pena de você quanto de Daisy, Lianne, Philippa e Michael.

— O que preciso é de ajuda. — Sua voz era quase um gemido. — Ajuda. Foi disso que sempre precisei.

Oban esperava por mim no estacionamento. Soprava um impiedoso e frio vento de outono e fechei os olhos para recebê-lo em cheio no rosto. Eu queria que ele levasse aquela última hora para longe de mim. Oban sorriu-me.

— Foi como você esperava? — perguntou ele. — Ela apresentou-se como mais uma vítima de Gabriel Teale?

— Foi mais ou menos isso.

— Acredita que ela possa escapar impune?

— Não se pedirem a minha opinião — respondi, com um arrepio. Meus olhos encheram-se de lágrimas.

*

A noite estava caindo quando Oban deixou-me no início de minha rua, mas mesmo à distância percebi quem era o homem parado diante da minha porta. Ele vestia um casaco comprido e tinha as mãos enfiadas nos bolsos. Suas costas estavam arqueadas, como se ele estivesse à beira de um precipício e um vento frio soprasse ao seu redor.

Fiquei imóvel, e por um instante pensei em correr dali. Ou correr na sua direção e abraçar o seu corpo sombrio. É óbvio que não fiz nem uma coisa nem outra. Segui pela calçada com o passo mais natural possível, e quando ele finalmente ouviu-me e olhou para trás, consegui esboçar um sorriso.

— Estou chegando de Salton Hill — eu disse.

— Ah — exclamou ele, desanimado. — Foi vê-la?

— Sim.

Ele resmungou e voltou a enfiar as mãos nos bolsos.

— Pelo menos não teremos mais nenhum desses espetáculos imbecis — ele disse, afundando ainda mais as mãos nos bolsos.

— Eu não sabia que você tinha assistido a algum deles.

— Nem precisava. — Houve um momento de silêncio. Will parecia ter recebido uma ordem expressa de ficar de sentinela diante de meu prédio. — Ele deu uma fungada. — Imagino que esteja esperando que eu a felicite.

— Bem...

— Imagino também que queira que eu diga que você estava certa e que todo mundo, inclusive eu, estava errado. É isso? Que eu lhe dê uma medalha qualquer ou sei lá o quê.

Dei uma boa risada.

— Aceito com prazer. Abri a porta e afastei com o pé as cartas acumuladas no tapetinho da entrada. — Quer subir? Ele hesitou. — Um copo de vinho? Uma cerveja? Venha.

Ele subiu a escada atrás de mim. Na cozinha, tirei da geladeira uma garrafa de cerveja para ele e servi um copo de vinho tinto para mim. Fechei as cortinas, acendi uma vela e coloquei-a na mesa entre nós. Ele tomou um gole.

— Como está o seu pescoço? — perguntou ele. — Ou qualquer outra parte do seu corpo que ele...

— Está tudo ótimo — respondi. Olhei para o seu rosto sob a luz fraca e oscilante. Eu sabia que ele não mudaria. E tinha consciência de como seria o futuro: eu esperaria o tempo todo por alguma coisa a mais, sempre pedindo algo que ele não poderia me dar.

— Will... — comecei.

— Por favor — disse ele, fechando os olhos por um instante. — Por favor. — Eu me perguntava a quem ele estava suplicando. Não parecia mais que ele estivesse se dirigindo a mim, mas sim a alguém dentro da sua própria cabeça.

Debrucei-me sobre a mesa e pus a mão no seu braço. Era como tocar uma viga de aço. Tive vontade de segurar seu rosto entre as minhas mãos e beijá-lo até que ele correspondesse aos meus beijos. Queria que ele me tomasse nos braços, com força. Se fizesse isso, eu não perderia a oportunidade. Mas ele não se mexeu, embora tenha reaberto os olhos.

— Não é justo de sua parte — falei por fim.

— Não. Acho que não. — Ele tomou o que restava da cerveja e levantou-se, a cadeira arranhando o chão. Olhou ao redor. — Você vai embora desta área?

— Por que deveria ir?

— Não sei. Lembranças ruins. Traumas.

Sacudi a cabeça.

— Que lembranças ruins? — perguntei. — Continuarei aqui.

— Que bom — ele disse, mas depois se corrigiu. — Isto é, esta região é muito interessante. Em alguns aspectos.

— Também penso assim.

— Ótimo. — Ele abaixou a cabeça e beijou meu rosto. Senti sua respiração, sua barba por fazer. Por um momento ficamos assim, em pé, próximos um do outro, sob a luz da vela.

Depois ele se afastou.

— Você fez um belo trabalho — disse. — Já lhe falei isso, não?

— Não com estas palavras.

— Não posso acreditar que pretenda continuar a viver assim, sozinha. Você devia se cuidar um pouco mais.

E então ele foi embora, as abas do seu casaco balançando. Fiquei parada onde estava e observei-o partir.

Quarenta e sete

Eu estava ajudando Julie a arrumar as malas. Era um momento de amizade, mas também de melancolia, intensificado pelo outono ameno do lado de fora da janela. As faias e as castanheiras estavam amarelas, vermelhas e douradas, e um vento morno soprava entre seus galhos, espalhando folhas em luminosas saraivadas. Redemoinhos de folhas coloridas corriam pelo pátio e uma vez ou outra as crianças as trituravam ruidosamente com suas botas e gritinhos de alegria. O sol brilhava através de uma tênue camada de nuvens. O verão, que na verdade jamais chegara, estava de partida. Julie estava de partida. Eu ficava.

— Ei, isto é seu. — Ela jogou uma blusa cor de lavanda que eu quase não usara. — E isto também. — Um cardigã leve voou até onde eu estava, as mangas abanando. — Meu Deus, eu nem imaginava que tivesse tomado emprestado tanta coisa nesses meses. Pareço uma ave de rapina. — Ela riu. Seus olhos brilhavam e ela resplandecia de energia e entusiasmo.

Tínhamos ficado nisso a manhã toda, sem nenhuma pressa e parando a cada meia hora para uma xícara de chá. Dividimos seus pertences em três lotes: um, com as coisas que ela levaria consigo; outro, com o que queria que eu guardasse até a sua volta; o último com o que pretendia destinar à lata de lixo, a um bazar de caridade ou a mim. Esse terceiro lote era, de longe, o maior. Julie estava com uma vontade louca de livrar-se de tudo o que era seu e se desfazia de quase toda a bagagem.

Ela jogou longe um par de sapatos pretos com presilhas que aterrissou em cima de um impermeável amarelo vivo que ela comprara poucas semanas antes por ter ficado saturada de tanta chuva. Juntou a esses itens uma calça de algodão que, segundo ela, deixava seu traseiro com um formato engraçado; um casaco do qual na verdade jamais gostara; três ou quatro blusões de moletom; meias com fio puxado; uma bolsa de contas; uma saia preta comprada para o pretenso trabalho em um escritório, e que segurou com dois dedos apenas como se estivesse malcheirosa; uma camiseta verde-limão; uma blusa de malha roxa com gola rulê.

— Tome. Seu vestido vermelho — ela disse, tirando-o do cabide.

— Fique com ele.

— O quê? Não diga bobagem. Ele é seu e você fica linda nele.

— Gostaria que você o aceitasse.

— Não é um vestido particularmente prático. — Ela parecia tentada, no entanto, e acariciou-o como se ele estivesse vivo.

— Joga no fundo da mochila. Não pesa quase nada.

— E se eu estragar ou perder?

— Tanto faz, porque ele é seu. Vamos, aceite. Você está se desfazendo das coisas como se não fosse haver um amanhã. Agora é a minha vez.

— Tudo bem. — Ela inclinou-se e beijou-me no rosto. — Cada vez que usá-lo pensarei em você.

— Faça isso. — Fiquei espantada ao sentir que havia lágrimas nos meus olhos e tratei de ocupar-me dobrando de novo algumas peças de roupa, sem nenhuma necessidade.

— Você foi realmente um amor.

— Pare de brincadeira. Fui anti-sociável e mal-humorada a metade do tempo, e neurótica a outra metade.

— Por falar em mau humor, o que está acontecendo com Will?

— Nada.

— Você quer dizer que acabou tudo?

— Não sei. "Acabou" é uma palavra muito forte. Quase nunca considerei uma coisa definitivamente acabada na minha vida, nem mesmo quando era isso que eu queria. É possível então que eu esteja deixando que ele decida terminar, não me procurando mais. Ou talvez ele me procure e então... não sei. Não sei o que faria. Mas ele não serve para mim. É muito áspero, como uma rocha na qual sempre me machucarei.

— Talvez tenha razão. Com certeza encontrará alguma outra pessoa logo.

— O que faço com este *short*?

— Jogue fora. Seu hematoma está diminuindo, você deve ter visto. Está agora amarelo e marrom, não mais aquele roxo violento. Ainda dói?

— Não muito. Está um pouco sensível, apenas. — Toquei-o de leve.

— Que verão estranho.

— Você tem razão. Tudo me parece irreal agora, como uma história que tivesse acontecido com outra pessoa.

— Você nunca teve a impressão de ser apenas uma menina brincando de gente grande?

Sentei-me sobre os calcanhares e peguei um colete azul-elétrico.

— Você devia levar isto.

— Falando sério, não me sinto uma pessoa adulta. Parece que foi ontem que deixei de ser criança. E é verdade que não vivo como gente grande, você não acha? Ando por aí, não crio raízes em lugar nenhum, não tenho uma carreira nem projetos de longo prazo, uso roupas de adolescente, como aquele *top* — acrescentou, pegando um colete verde e colocando-o na pilha de coisas a levar. — Ao contrário, você tem um trabalho excelente, um apartamento que parece estar a anos-luz do seu tempo de estudante. Você faz até palestras em seminários, pelo amor de Deus! Mas é assim que você se sente de fato no seu interior?

— Não. — Joguei nela uma calcinha de seda e ela enfiou-a dentro da mochila. — Tenho a impressão de que tudo isso não passa de um disfarce atrás do qual me escondo. Mas todos nós sentimos isso. Imaginamos que os outros são diferentes, classificados de um modo como nunca seremos. Ainda que vivamos até os cem anos, provavelmente continuaremos a pensar assim. Quando estivermos em nosso leito de morte ainda estaremos esperando pelo momento de nos sentirmos adultos.

— Talvez. — Ela sorriu para mim. — Mas na verdade sou assim. É por isso que estou novamente de partida. Não gosto da vida real.

— Quem disse que eu gosto?

Ela olhou para mim. Parecia uma sereia em um colorido mar de roupas.

— Você devia vir comigo, então.

— É tarde demais.

— Nunca é tarde demais.

— Às vezes é.

O telefone tocou.

— Eu atendo — disse Julie, levantando-se com dificuldade. — Você bota a chaleira para ferver.

Mas a ligação era para mim.

— É a polícia — murmurou, passando-me o fone e encolhendo os ombros.

— Kit Quinn?

— Sim, sou eu.

— O detetive Oban pediu-me que lhe telefonasse. Parece que uma tal sra. Dere quer falar-lhe.

— Sra. Dere? Nunca ouvi esse nome.

— É alguma coisa relacionada à filha dela, Philippa Burton.

— Ah, é Sra. Vere. Pam Vere.

— Não sei como é. O que sei é que ela quer falar com você.

— Tudo bem. Qual é o telefone dela?

— Ela provavelmente quer que eu fale sobre os Teale — repliquei, depois de colocar o fone no gancho. — Se bem que Oban foi visitar Jeremy Burton logo em seguida. Não há mais nada a dizer.

— Pobre mulher.

— O enterro será depois de amanhã. Até que enfim. Philippa era a sua filha única. Ela tem apenas Emily agora.

— Você vai?

— Acho que sim. Embora vá ter muita gente.

— Estarei não sei onde. Muito longe daqui.

— Eu queria pelo menos saber por que ela morreu. Tenho a sensação de que essa história está mal contada. E essa sensação de não saber absolutamente nada me atormenta e deve atormentá-los cem vezes, mil vezes mais.

Pam Vere foi rápida e seca ao telefone. Queria encontrar-se comigo antes do funeral, ela disse. Hoje ainda, se possível. Ela estava livre o dia inteiro. Fiz uma careta para Julie e disse que poderia estar na casa dela dentro de meia hora.

— Prefiro encontrá-la em outro lugar.

— Tudo bem. — Olhei para o céu incerto. — Que tal o Hamstead Heath? É perto da sua casa, não?

— Pensei que poderíamos nos encontrar perto do canal.

— Do canal?

— Onde a garota foi morta.

— Lianne. — Eu detestava essa mania de as pessoas nunca

se referirem a Lianne usando o nome que ela escolhera. Mesmo nos jornais, ela era sempre "a garota desamparada", "a jovem sem domicílio fixo". Detestava também o modo como os adjetivos eram usados por uma imprensa sem criatividade: a morte de Philippa tinha sido trágica, a de Lianne apenas triste.

— Isso mesmo. Podemos nos encontrar lá?

Tentei não demonstrar minha surpresa.

— Como queira.

Começava a chover quando desci a escada que levava ao canal. Alguns pingos grandes e ocasionais se esborrachavam na água e formavam círculos crescentes. O lugar parecia ameaçador, mas na verdade o que me amedrontava já tinha acontecido e era coisa do passado.

Pam Vere estava à minha espera, imóvel em seu casaco de pêlo de camelo e com um cachecol no pescoço. Ela não sorriu, mas estendeu-me a mão quando me aproximei. Cumprimentou-me com firmeza e determinação. Seu olhar também era firme, no seu rosto de giz. Percebi que pela primeira vez ela se maquilara sem cuidado. Havia uma leve mancha de pó no lado do seu nariz e um vestígio de rímel em uma das pesadas e enrugadas pálpebras.

— Obrigada por ter vindo — ela disse, cerimoniosa.

— Não há o que agradecer. Eu quis vir — respondi.

— Você vai ao enterro, não é?

— É claro que vou.

— Eu tinha ainda uma coisa a lhe dizer. Mas não podia dizer lá.

Ela olhou ao nosso redor, as ásperas urtigas, o caminho lodoso coalhado de embalagens de biscoitos, a água escura e viscosa onde a chuva caía mais pesada agora.

— Foi aqui?

— Perto da ponte — respondi, apontando com a mão.

— Você acha que ela sofreu?

Essa não era a pergunta que eu esperava, e precisei de alguns segundos para ordenar meus pensamentos.

— Acho que não. Eles não eram assassinos em série, sra. Vere. Não tinham prazer em matar. Certamente tudo aconteceu muito depressa. Talvez a pior coisa para a sua filha tenha sido saber que havia deixado Emily entregue à própria sorte.

Ela limpou a garganta.

— Estou falando da outra garota.

Olhei fixamente para ela.

— Quem? Lianne?

— Sim. — Ela manteve os olhos nos meus. — Acha que ela sofreu muito?

— Não — respondi. — Parece que foi tudo muito rápido.

A sra. Vere concordou com a cabeça e depois falou, a voz subitamente rouca:

— Ouvi dizer que ela foi apunhalada inúmeras vezes.

— Isso foi depois de morta.

— Pobre moça. — Uma gota de chuva caiu na sua face e escorreu na direção da boca. Ela não a secou.

— Sim — concordei, perguntando a mim mesma por que Pam Vere insistia em ficar comigo embaixo de chuva, à margem de um canal.

Ela deu-me as costas e contemplou a água.

— Philippa era uma boa moça — disse ela. — Talvez tenhamos exigido demais dela. Era nossa única filha, você deve entender. Às vezes, agora, quando olho as fotos em que ela aparece com o pai e comigo, percebo como ela era pequena e solitária entre nós dois. Dois adultos e uma menina. Mas depois, quando ela tinha onze anos, seu pai morreu e ficamos as duas sozinhas. E ela continuou a ser uma boa menina, sempre caprichosa, sempre pensando nos outros, sempre prestativa. Prestativa demais, talvez. Nunca foi rejeitada, mas também não tinha muitos amigos quando era pequena.

Gostava de brincar sozinha, com a sua boneca preferida. Ou de ficar comigo, preparando bolos, fazendo compras ou arrumando a casa. Nunca me deu trabalho.

Ela prosseguiu:

— E na escola era a mesma coisa. Aluna muito aplicada, era o que diziam sempre os seus boletins. Nada excepcional, mas muito esforçada, era um prazer ensiná-la. Sempre fez as lições de casa logo que chegava da escola. Uma menina preciosa. Gostava de sentar-se à mesa da cozinha e comer torradas quentes com manteiga. Depois fazia os deveres, com tinta azul e letra caprichada, a perna do *y* sempre bem desenhada. Posso vê-la agora, de uniforme azul-marinho, os pés apoiados na barra da cadeira e as sobrancelhas franzidas, secando seu trabalho com mata-borrão ao final de cada linha. Ou colorindo os mapas de geografia. Ela gostava de fazer isso, e desenhava as linhas que demarcavam as fronteiras, pintava o litoral de azul e as florestas de verde. Tirei seus trabalhos escolares da cômoda alguns dias atrás e examinei um a um os seus cadernos, com os assuntos escritos no canto superior direito, além do seu nome e da sua classe, sublinhados. Tive a sensação de que tudo aquilo era de ontem. Havia coisas das quais eu conseguia lembrar, como os desenhos que ela fazia dela mesma quando ainda era muito pequena, com rabiscos amarelos no lugar dos cabelos e uma boca cor-de-rosa em semicírculo. As crianças sempre se desenham com um grande sorriso, não é mesmo? E Philippa não era de sorrir muito. Depois, mais tarde, os croquis de flores feitos a lápis, com pistilos e estames. Os planetas. As seis esposas de Henrique VIII. Álgebra. *Je m'appelle Philippa Vere et j'ai onze ans.* — O francês de Pam Vere era impecável. — E havia as redações. Os alunos costumavam escrever redações nas segundas-feiras de manhã, contando o que tinham feito no fim de semana, esse tipo de coisa, sabe como é? — Fiz que sim com a cabeça. Eu não queria dizer nada que pudesse interrompê-la. — Li todas. E sabe de uma coisa?

Eu estava em cada uma delas. Ela sempre escrevia sobre o que tinha feito com mamãe. Mamãe e eu fizemos compras, mamãe e eu fomos ao parque, mamãe comprou para mim um gatinho que se chama Blackie, mamãe me levou ao museu. De repente percebi que não havia quase mais ninguém nas suas redações além de nós duas. Eu não tinha me dado conta de como ela se sentia solitária até o dia em que li esses textos. Ela nunca se queixou.

Pam virou-se para olhar-me de frente.

— Você deve estar se perguntando por que cargas d'água estou lhe contando tudo isso, não é verdade?

— A senhora precisa contar para alguém.

— Estou velha, agora. Bem, sei que não estou muito velha, na verdade. Cheguei agora aos sessenta e poderia viver mais uns trinta anos. Mas sinto-me velha agora. Tenho a impressão de ter o dobro da idade que eu tinha um ano atrás. Você não tem filhos, tem?

— Não, não tenho.

— Ainda tem mãe?

— Não. Minha mãe morreu quando eu era pequena.

— Foi por isso, então.

— Por isso o quê?

— Por isso que eu quis falar com você. Philippa continuou a ser uma boa menina mesmo quando entrou na adolescência. Ela fez mais alguns amigos, e às vezes saía nos sábados à noite. Tomava um drinque ou outro, mas sempre pouco. Não fumava. Não usava drogas. Era muito bonita, mas não se dava conta disso, e acredito que o resultado era que as outras pessoas também não percebiam como ela de fato era bonita. Era uma moça recatada, não era intrometida nem muito namoradeira. Sempre achei que ela era a garota mais encantadora que eu conhecia, mas afinal de contas eu era a sua mãe e só podia pensar assim, é claro. E os rapazes de quatorze, quinze ou dezesseis anos não conseguem olhar de maneira adequada para uma garota, você não acha? Eu ficava agradecida por isso. Eu sempre disse a ela que não se preocupasse com o que as suas amigas andavam fazendo, que ela tinha muito tempo pela frente. Tempo — sorriu ela com amargura —, ela não teve muito, no final das contas, não é mesmo? — Bruscamente, se interrompeu.

— E depois?

— Depois ela conheceu alguém. Um rapaz. Bem, um homem, na verdade, mais velho do que ela. Ela estava com apenas quatorze anos naquela época. Ele soube olhar de maneira adequada para ela. De repente ela não parecia mais uma menina e eu via que estava prestes a se tornar mulher. Pensei apenas que ela estava crescendo. Acho difícil acreditar hoje, mas eu realmente não tinha idéia do que estava acontecendo. Só descobri mais tarde. Ela era tão inocente, minha meiga filhinha. Pensava que estava apaixonada por ele. E que ele estava apaixonado por ela, o que é mais grave. Se eu tivesse percebido na época, poderia tê-la prevenido.

Ela sorriu para mim.

— Você vê agora, não estou lhe contando tudo isso apenas porque preciso falar com alguém sobre Philippa. Um segredo é uma coisa terrível. O único modo de fazer com que ele deixe de ser terrível é contá-lo, mas é difícil. Esse homem abandonou-a, é claro. Não levou mais do que algumas semanas. E Philippa ficou desesperada, embora eu ainda não soubesse de nada. — Ela virou-se de novo para o canal e completou: — Desesperada e grávida.

Caminhei até onde ela estava e parei ao seu lado, olhando as profundezas escuras onde os peixes de Doll se escondiam.

— Ela teve o bebê?

— Descobri que ela estava grávida depois de vinte e sete semanas e cinco dias. Por isso ela teve o bebê. Tudo foi feito no maior segredo. Fiz o que pude para esconder. Ninguém sabia, só Philippa e eu.

— Uma menina?

— Sim. Uma menina que teria completado dezoito anos alguns meses atrás.

— Lianne? — Ela era mais velha do que eu pensara, então.

— Eu disse na escola que Philippa estava com mononucleose. Fomos juntas para a França esperar o nascimento. Ela andava muito calada, como se estivesse em estado de choque, mas fez o que eu disse. Não havia na verdade outra escolha. Levaram o bebê para longe quase na mesma hora. Philippa quis segurá-lo, segurá-la, aliás, pelo menos uma vez. Ela chorou, soluçou, implorou. Ficou quase maluca. Mas não deixei. Eu não queria que ela se apegasse à criança. Ela não podia ter um filho, pelo amor de Deus, ela própria ainda era uma criança. Queria que ela tivesse uma vida, um marido, todas as coisas que eu planejara para ela. Por isso, não permitiria que ela segurasse o bebê. Ela chorou sem parar durante dois dias. Ninguém jamais tinha visto tanta lágrima, era como se um dique tivesse se rompido. Ela chorou todas as lágrimas que não havia chorado na sua vida inteira. Mas depois pareceu se recuperar. Seu leite secou, a barriga desapareceu aos poucos. Ela voltou para a escola, prestou exames e entrou para a faculdade. Nunca mais tocou no assunto.

— Sra. Vere...

— Mas peguei a neném nos braços. Pequenina, enrugada, vermelha, olhos azuis. Ela agarrou meu dedo com sua mãozinha e parecia não querer largá-lo, como se soubesse.

— Soubesse?

— Que eu era a sua avó. Sua família. Seu lar. Sua última chance. Soltei um a um os seus dedinhos firmes e entreguei-a.

— Entregou-a para adoção?

— Adoção, sim, acho que era isso. Eu não queria que Philippa soubesse. Pensei que seria melhor virarmos definitivamente a página desse episódio. É claro que a menina teria tido condições de descobrir a verdade sobre sua origem ao completar dezoito anos, cinco meses atrás.

— Então aqueles telefonemas...

— No início eu não sabia de nada, é claro, até o dia em que fiquei sabendo dos telefonemas, dos telefonemas entre Philippa e... e ela. Eu não estava escondendo provas. Acredito que você pense que não quis saber. Mas durante dezoito anos não houve uma única semana em que não tenha pensado no bebê segurando meu dedo e com os olhinhos grudados em mim. E fico me perguntando se Philippa conseguiu passar uma hora que fosse sem lembrar-se da filha também. Nunca falamos nisso. Nem depois do nascimento de Emily falamos uma para a outra sobre o que sentíamos.

Ela olhou para mim, por fim.

— Foi por isso que quis ver você. Para saber se minha neta sofreu.

Então toda essa triste história tinha girado em torno de uma filha à procura da mãe e de uma mãe à procura da filha.

— Fico pensando se elas chegaram a se encontrar antes de serem assassinadas — falei por fim.

— Às vezes me consolo imaginando que sim. Que Philippa conseguiu finalmente abraçar e segurar o seu bebê. Mas nunca saberemos ao certo, não é verdade?

— É. De fato, nunca saberemos.

Estávamos por nos despedir quando Pam Vere segurou meu braço.

— Eu queria saber se é possível enterrar a minha neta na mesma sepultura da minha filha. Você acha que sim?

— Lianne foi cremada — eu disse. — E as suas cinzas espalhadas.

— Ah, sim — disse Pam. — Nada a fazer, então.

Voltei para casa a pé. Subi os degraus que me afastariam do canal e andei por ruas miseráveis. Através das janelas podia ver as pessoas vivendo suas próprias vidas, cada uma à sua maneira: um homem com um violino na mão, o arco a postos; uma mulher ao telefone, animada, gesticulando; um menino nu junto a uma janela do segundo andar olhando a rua com expressão triste. Reparei nos seus rostos. Nenhum deles era comum. Todos os rostos são bonitos se os olhamos de uma maneira específica.

Julie estava à minha espera. Senti o cheiro de alho que chegava da cozinha e vi um vaso com rosas amarelas frescas sobre a mesa. Sua mochila estava junto da porta, volumosa, afivelada, uma etiqueta da companhia aérea presa a uma das tiras. Sentei-me, tirei da bolsa a fotografia da minha mãe e coloquei-a sobre a mesa, na minha frente. Ela sorriu para mim e o seu sorriso atravessou todos os anos da sua ausência sofrida. Seus límpidos olhos acinzentados brilhavam com promessas. O sol tocou o seu rosto jovem e feliz. Senti muita paz e muita tristeza. Despedida nunca foi uma coisa fácil para mim.

Este livro foi composto na tipologia Stone Serif,
em corpo 10/14, e impresso em papel
off-set 90g/m², no Sistema Cameron da Divisão
Gráfica da Distribuidora Record.